I0592733

Uomo Infranto

Antonio Casella

Yellow Teapot Books Australia

Antonio Casella è uno scrittore australiano di origine italiana. Nato a San Fratello, in Sicilia. All'età di quindici anni è emigrato in Australia, dove risiede tutt'oggi. Casella scrive esclusivamente in lingua inglese. *Uomo Infranto*, la seconda opera dell'autore, è stato pubblicato in Australia col titolo *The Sensualist*.

Questo libro è dedicato alla memoria
del caro amico Guido Bulla

© Antonio Casella

Prima edizione in inglese 1991
col titolo *The Sensualist*
Hodder & Stoughton (Aust) Pty Ltd

Questa edizione 2020

ISBN: 978-0-6486502-6-3

Yellow Teapot Books Australia

Traduzione dall'inglese dell'autore,
con l'assistenza di Rosaria Manuela Distefano 2020
...

Copertina a cura di Ding! Servizi per Autori
Dipinto: *Senza Titolo* di Umberto Boccioni 1913

Ringraziamenti

Ringrazio la casa editrice, Yellow Teapot Books, per il supporto nella pubblicazione in italiano di questo titolo. In particolare ringrazio l'autrice Rosanne Dingli, per la sua assistenza e preziosi consigli. Ringrazio inoltre Rosaria Manuela Distefano per la sua assistenza nella traduzione in italiano del testo inglese.

Nota ai lettori

Questa edizione include a conclusione del libro un appendice di traduzioni e precisazioni sul testo.

Uomo Infranto

PROLOGO

Joyce

Ormai è questione di tempo, pochissimo tempo, poiché a questo punto ogni indugio sarebbe segno di codardia. Certo che non c'è ora più adatta di questa: prima che la luce s'inasprisca, e le cortine di blu zaffiro pendono, aspettando il giro di fuoco.

Questa volta però, Joyce Amedeo, non sarà più in questa casa dal giardino teso verso il sole, che ne traccia le forme di tacito languore. Ora è decisa a percorrere l'ultima tappa della propria vita a modo suo. Perché, per quanto si cerchi di darsi certi atteggiamenti alla fine, per mantenere un lembo di dignità, bisogna poter prendere in pugno quel poco di vita che rimane e scagliarla via. Se non fosse per il fatto che lei detesta i melodrammi.

No, meglio agire con calma, mentre il geranio tinge la ringhiera del balcone di rosso. Mentre l'aria è immersa negli odori di primavera e tutte le cose tendono verso la bestia che crea e poi distrugge. Prima che quest'uomo sonnolento che le sta sdraiato accanto, ben pasciuto, inizi a inaridirsi.

Sì, andarsene mentre il peso della loro esistenza sta ancora avvolto in una nuvola di sensualità, visto che lei è una creatura di lui, e lui di lei. Come potrebbero mai sopravvivere l'uno con l'altro, mentre il tempo è intento a scavare in tutte le cose, a svelare, a sbiadire inesorabilmente? Ben presto non resterebbe altro che una parodia: due maschere di vecchi che si beffano a vicenda.

Più che altro lasciare prima che Nick possa scoprire il segreto che lei non gli ha mai svelato: ossia che il mistero che lui vedeva in lei non era altro che confusione; che la sua passione era solo timore di essere scoperta.

E così il tempo è maturo ma l'ora non è ancora arrivata. Poiché il barometro scende e la luna sale, Nick volerà da lei per cibarsi ancora una volta. Attenta però a non farsi scoprire crudele, perché anche se non è più l'uomo di un tempo, rimane sempre quel Nick Amedeo che prese a sé per rimpastarlo e allo stesso tempo farsi ricreare da lui, per sopravvivere insieme.

Meglio accordargli un ultimo weekend a sussurrare il suo canto e assaporare l'ultimo vino dei suoi cinquant'anni. Poi se ne andrà dileguandosi nel nulla, lasciandolo in pieno sonno, fiducioso di potersi ricreare.

Tornerà però? Ecco, questo è il punto. Tornerà a essere *Nicola*? Farà il suo viaggio verso quella terra di paesetti solari, messi su cime di rocce bianche, come nidi d'aquila?

Lei stessa viveva in una terra, dove una donna poteva svanire senza che nessuno ne sapesse nulla. Una terra che ancora lamentava la scomparsa del proprio manto di *she-oaks* e eucalipti; un paesaggio che stava sempre ad ascoltare il sibillìo dei *black-boys* suonati come cetre dal vento. E la vastità degli spazi faceva eco alla desolazione degli uomini e donne.

I suoi sogni la conducevano nella terra dei pastori, col suo profumo d'aranci e i vigneti e la ricotta calda. Voleva spalmarsi di quegli odori per condire la propria blandezza. Lui proveniva dall'isola che conosceva gioie campestri e civiltà antiche, eppure restava dentro il proprio guscio, rinchiusa nell'onore caparbio. Nick era il palo adatto a cui legarsi, perché le radici della sua forza sprofondavano nella vitalità fatale del contadino.

Ora, al principio dell'estate (ma al termine della sua) si trova colma di linfa ma allo stesso tempo sterile. E il peggio è da venire. E allora cosa farà Nick ora che si profila l'inverno dei suoi anni?

Inutile dire che tali esami di coscienza a Nick Amedeo non passano per la testa. Vi è troppa terra in lui, troppa armonia fra il suolo che calpesta sotto i piedi e il flusso nelle sue vene. E anche se il lemmo imbocca l'ultimo sentiero e la balena si arena sulla spiaggia deserta, il sogno di Nick Amedeo procederà tranquillo. Continuerà a palpitare col ritmo della vita, in quel punto in cui l'ombelico s'insedia in un nido di peli nerastri.

Nick

In piedi sulla prua della Nella-John cullandosi da un capo all'altro come fosse una gondola, s'impunta sulle dita dei piedi e scruta in vano attraverso l'oceano. E non comprende il perché tutto questo fastidio laddove i capelli gli strisciano la pelle e s'infilano nell'orecchio. Se continuano a crescere di questo passo ben presto gli copriranno le orecchie. Ce la farà oggi a farsi tagliare i capelli da Calogero? Ci sarà tempo?

Mentre si sforza di remare spingendo e tirando con un singolo remo (ottimo per i muscoli del petto) il calore si sparge per l'intero addome e ancora più in alto, lì proprio lì (oh, che delizioso dolore!) E adesso all'estremità della barca, visibile solo all'istante che la cabina si leva in aria come un fantasma, appare qualcuno. Pesta il piede allo straniero, un piede in zoccolo di legno, e la barca fa su e giù, pulsandogli sangue all'interno e sudore all'esterno e calore su tutta la pelle. (Oh che delizioso dolore quasi da scoppiare!)

Ma chi è? Chi lo fa sentire così? Su e giù, su e giù fa la barca e lui sta quasi scoppiando con tutto quel calore che gli sale fino alla cima del capo e gli fa il solletico come spazzola di setole. Le setole della mula del Nonno. Ma come cavolo si chiamava la mula?

Steve

Un giorno voglio scrivere la storia di Nick Amedeo. Vero nome Nicola, in italiano nome maschile con declenzione femminile; nome tutt'altro che adatto al carattere della persona e la reputa di cui gode. Fosse restato nel suo paese di nascita, avrebbe ancora lo stesso nome, invece all'età di dieci o undici anni, è stato messo su una nave e al termine di una quarantina di giorni approdò a Fremantle accolto da un suo zio, un pro-zio per esattezza, mai visto prima.

Al giorno d'oggi quando si parla di emigrazione il discorso, si muove sul filo della discriminazione e le sofferenze, senza fare alcun cenno ai vantaggi, omettendo il fatto che in effetti dei vantaggi esistono e magari non si notano. Per quanto mi riguarda, ho vissuto e lavorato con gli immigrati per quasi l'intera carriera, e posso costatare che per ciascuno di loro che se la passa male, ce ne sta uno che si gode il successo.

Gli immigrati con cui ho avuto a che fare sono più dinamici, più competitivi, più disposti a intrattenere una nuova sfida. Sono più che convinto che, nell'atto di traferirsi in un altro paese, l'emigrante si ricarica le batterie della propria vita. Chissà, sarà magari lo stimolo del nuovo che si trasforma in sfida.

Arrivato in questo paese nel lontano 1938, Nicola divenne Nick. Fu il primo di tanti cambiamenti che trasformarono il giovane emigrato in uomo di successo. Sotto molti aspetti Nick è un vero leader: gregario, grande coraggio, sempre di buon umore e un atteggiamento ottimista verso la vita. E poi c'è ancora un altro aspetto, le persone gli vogliono effettivamente bene. In effetti non conosco nessuno che non gli voglia bene. Certo che negli affari può anche sembrare intransigente (beh, quando si tratta di business bisogna pur fare i duri); a volte può anche perdere le staffe (è italiano, no?) ma alla fin fine con Nick ci si rimane sempre amici.

Quindi la vita di Nick è piena di gente. Joyce, prima di ognuno, che, al pari di me, è incisa nell'orbita di Nick. Poi ci sono i due figli, senza omettere la grande folla di amici e conoscenze. Lavoro per Nick da quasi undici anni e devo dire che sotto tanti punti di vista sono stati gli anni più belli. Nick non è solo il mio principale, è il mio amico. Direi anzi che mi ha fatto da padre, più o meno.

PARTE PRIMA

Il CANE

Nick

Sveglio finalmente, col sapore di saliva malsana in bocca, le labbra gonfie dal brandy, gli torna in mente il sogno di prima, in cui si accingeva a scuotere Joyce dal sonno, in una scena analoga a questa. Solo che lei non ne voleva sapere di svegliarsi e Nick ne capiva il motivo. Nel momento in cui stava per baciarla si accorse che non era affatto Joyce ma il viso incerato e costosamente profumato della Stansfield. Deluso, si voltò dall'altro lato trovandosi di fronte il volto irato di sua moglie che gli diceva, 'Nick, ma che diavolo stai facendo? Girati di nuovo e soddisfala. Ricordati che ti vale un mucchio di soldi'.

Anzi un bel mucchio. Dodici villette di lusso che gli faranno intascare un profitto di lusso, basta che si sappia giocare la partita.

Joyce in effetti si è già alzata. Cavolo quanto gli dà fastidio svegliarsi e non trovarsela accanto! Avrà avuto un'altra notte insonne. Non lui però, mai avuto difficoltà a dormire. Nel momento in cui il capo tocca il cuscino, si assopisce. Come se non vedesse l'ora di mettersi a sognare. Per cui le sue notti sono piene di sogni. Ieri notte è stata più affollata che mai. Sarebbe stato meglio non mangiare i peperoncini a tarda ora. E neanche bere il caffè corretto. Tante cose non si dovrebbero fare nella vita, ma allora che vita sarebbe?

Cazzo, bisogna far presto! La sveglia della radio segna le otto e sette. Saranno le otto e due, dato che Joyce fissa gli orologi cinque minuti in avanti dicendo: 'mi fa sentire meglio sapere che mi trovo cinque minuti in anticipo sul tempo'. Che strana creatura sua moglie ma, mio Dio, quanto le vuol bene!

Passa in bagno e si accorge che il sole, attraverso il vetro del finestrino tremola sul giallo e il rossastro delle piastre. Non gli serve la conferma del polline nelle narici per capire che oggi

6

farà un gran caldo. Ottimo! Le giornate di caldo gli portano fortuna. Buon augurio. Non che lui sia affatto superstizioso, per carità. Ha vissuto una vita piena lui, a certe fesserie non ci ha mai fatto caso. Sua nonna sì che lo era, ma poi, quando si è consapevoli che se le piogge tardano, l'anno dopo si fa la fame, conviene darsi alla superstizione.

Pure Joyce legge l'oroscopo ed altre corbellerie. Una volta, quando erano già fidanzati si fece leggere la mano. Le raccontarono delle frottole, le stesse che raccontano a tutti i semplicioni con soldi da buttar via. Le dissero che un giorno sarebbe stata ricca e che avrebbe vissuto a lungo. Be' magari ne hanno indovinata una: i soldini non mancano. Strada ne ha fatta parecchia Nick Amedeo e se tutto procede bene in quest' affare, ha otto mesi di lavoro garantito, mentre parecchi costruttori stanno senza lavoro o, peggio ancora, falliscono.

Curvandosi sul lavabo si sciacqua la faccia e il collo con acqua fredda. Si avvolge la vita, sparsa di gocce d'acqua con l'asciugamano morbido come lana nuova e profumata di sole. Si pianta davanti al grande specchio del bagno e s'insapona la guancia. Mentre si rade, si guarda le guance da marinaio abbronzato che emergono a strisce da sotto la schiuma. Inutile negarlo, gli piace tanto ammirarsi nello specchio con quel torace da fusto che, nonostante i suoi 54 anni, fa perdere ancora la testa alle giovani signore. Certo che ha saputo vivere bene lui, non ha da lamentarsi.

Osservando l'acqua del lavabo portare via la barba rasata, d'un tratto si rammenta il compleanno di Joyce. Joyce, 50 anni, incredibile! Non ne dimostra più di 40. Certo, non è mica dovuta andare a lavorare nei campi lei, come fece sua nonna laggiù in Sicilia. Joyce si è saputa curare. Bel fisico, pelle morbida e aspetto dignitoso. Senza dubbio una moglie ammirevole. È stata la sua fortuna avere una moglie così: devota, tranquilla e tutta sua. Così è il matrimonio.

E poi ovviamente ci stanno i figli. Una famiglia che gli fa tanto onore. È vero che John stenta a trovare la sua strada, bisogna pensare però che ha appena 24 anni, prima o poi si calmerà. Lo si lasci fare un po' di casino. Gli farà bene. C'è da dire che Nick stesso non era mica un angioletto a quell'età. Be', magari a quei tempi era tutto diverso. All'età di tredici anni stava a lavorare undici ore al giorno, sei giorni a settimana. Lavoro che i giovani di oggi non potrebbero nemmeno immaginare. Come ad esempio, portare pacchi di cemento da 20 chili sulla schiena. Lavoro che ti faceva crescere in fretta e maturare. Non avevi tempo per deprimerti, o stare a riflettere sulla vita.

Invece Nella è il tipo che si dà da fare, come lui. Amedeo di razza pura. Diceva che voleva fare la hostess di volo ed eccola lì a volare dappertutto a soli 19 anni, facendo come le pare e piace e chissà che altro. E se le viene in testa di volere una cosa, non le puoi fare niente. In lei almeno c'è questo, che nessuno può mai convincerla a cambiare idea. Non è mica una stupida, la sua Nella. Resistente, furba e con la testa a posto, proprio un'Amedeo. Che bello riaverla a casa per Natale!

Porco diavolo, si era quasi scordato. Allora, quale lozione mettere oggi? *Brut33*? *Old Spice*? No, non quella, non in una giornata così calda. E questo cos'è? Ah, ecco quella roba che gli regalò la Rosie. Al tempo gli costò una bugia, "un'offerta promozionale da parte di un cliente" disse a Joyce, e lei ci credette! Il tutto per un niente, perché comunque lui si rifiuta di usarla. Gli darebbe l'odore di una puttana. Che altro ci si può aspettare da quella sguattera di Rosie Stanos?

E così punterà su *Torero*. Quella sì che gli è sempre piaciuta, gli dà la carica di un toro, pronto ad affrontare qualunque ostacolo che Dorothy Stansfield gli porrà davanti. È intenzionato a fare firmare il contratto a quell'Inglesina che si sente chissà chi. Non intende mollare finché non avrà la sua firma. Tanto i soldi a lei non mancano. Riccona, arrogante e furba. Tutte le qualità di una puttana. E poi, già si sa che cosa cerca quella lì. Lui però non ha intenzione di mollare, 'si guarda, ma non si tocca' sennò quella è capace di prendersi ciò che vuole e poi dare il contratto ad un altro.

Si affretta con brio giù per la scala di teak con gli scalini a scacchi, fiducioso e compiaciuto. È una di quelle giornate in cui nulla può andare storto. Si sente colmo di gioia e di energia.

Ma quando si siede per la colazione alla tavola, elegantemente apparecchiata con un singolo garofano giallo nel portafiori a forma di fenicottero, lo infastidisce non trovarsi davanti Joyce, avvolta in un négligé trasparente, a leggere il giornale bevendo un caffè, oppure impegnata a preparargli un uovo in camicia. Starà in giardino ad innaffiare i fiori, ('mia moglie coltiva i più bei garofani ' si è vantato a volte.) Versa il latte sul *Weetbix* poi esce in balcone.

Un venticello già caldo e pungente gli sferza la guancia. E sì, oggi sarà una giornata di fuoco. Se continua così domenica non potrà portare la barca a mare. Comunque è probabile che non avrà neanche tempo, ci sarà tanto da fare questo weekend.

Con il vento gli arriva lo sciacquìo dell'acqua dalla piscina, dove Nick nota la snella figura di Joyce, elegante in un costume verde, snodarsi sulla superficie dell'acqua, inseguita da una scia di schiuma. La osserva ammirato di come s'impadronisce dell'acqua con tanta naturalezza. Ad uno come lui che non sa nuotare (e dove la trovava lui l'occasione d'imparare?) sua moglie dà l'impressione di un'aquila che vola via verso luoghi irraggiungibili. Cosa che lo mette in soggezione, come pure quando si metteva a palare di libri che aveva studiato... cosa che in verità non fa più. Non fa bene all'uomo sentirsi sottomesso da sua moglie.

Gelidi spruzzi di rammarico gli arrivano col vento. Avvolge il braccio intorno alla colonna (tinta fresca in un color crema appena un mese fa) come per estrarne una forza misteriosa. C'è qualcosa che lo turba nei movimenti languidi di Joyce. Galleggia su e giù sull'acqua come un fantasma. Cazzo, doveva starsene a tavola. Un uomo non dovrebbe essere abbandonato a fare colazione da solo.

Joyce

Tsum. Tsum ... tsum ... tsum. Uno ... due ... tre ... quattro.

Dunque, quante vasche sono? Vent'otto? Di già? Madonna fende l'acqua come un pesce. La sua stessa agilità la sorprende.

Venerdì, 18 dicembre e il mondo è pieno di sorprese, pieno di sorprese. Nell'aria c'è una tale energia da far scoppiare e distruggere, per poi ricreare. Il giorno fugge consumandosi in vampe e i nervi vibrano con troppa prontezza. È il giorno adatto per fare una rivoluzione, concepire un bambino o assassinarne uno. Una giornata che scorre tanto veloce che la devi acciuffare prima che si esaurisca nel turbine della propria frenesia.

Quanto a lei, starebbe bene in una vasca di pesci o meglio ancora, se fosse un sasso in fondo al fiume inceppato nella sabbia mentre l'acqua le scorre sopra il viso melmoso. Che gioia proverebbe ad osservare il mondo rotolarsi in miriadi di futili movimenti. Purtroppo Nick Amedeo la sta aspettando.

Nick

'Scusa,' dice, 'Ho pensato di fare una nuotata prima che il sole 'cominci a scottare.'

Ma non c'è alcun tono di scusa nella sua voce. Nessuna emozione. Come dire, poco m'importa. Un pizzico di arroganza. Ma in fondo si è abituato a Joyce. Del resto quest'oggi si sente più innamorato che mai, vedendola entrare così con il giornale in mano, mentre con l'altra stringe l'asciugamano intorno al suo candido collo inglese, trapunto da sparse lentiggini che Nick conosce intimamente da quasi 30 anni. L'acqua le ha reso la pelle fine e morbida. E sì, peccato che si sia svegliato così tardi stamattina.

'Che succede nel mondo?' le chiede.

Gli mette il giornale davanti e va a prendergli il caffè.

POLONIA: 7 MORTI NELLE DIMOSTRAZIONI.
ITALIA: UFFICIALE NATO SEQUESTRATO
DA BRIGATE ROSSE.

'Sicuramente non c'è un posto migliore di questo paese in cui vivere.'

Lo dice senza alzare lo sguardo, come fosse un monologo. Ma una risposta lei gliela dà, anche se non è quella che si aspettava. Arriva col caffè.

'Senti, Nick, dovrei parlarti.'

'OK, ti ascolto.'

'No, non ora, mentre sei così di fretta.'

Si strofina i capelli con tanta forza da farsi male. Snoda l'asciugamano e lo stende sulla spalliera della sedia.

È chiaro che ha qualcosa per la testa. Lo si deduce dal guizzo involontario della mano, mentre con le dita si tira i capelli bagnati. Ora che ci pensa, è da tempo che Joyce non gli dà alcun segno. Potrebbe essere questo il momento opportuno per dare il via alla giornata in bellezza. E allora? Che fare? Si è fatto già tardi peraltro. Mentre ci riflette, sorseggia il caffè. Nel frattempo gli occhi di Joyce stanno fissi su un articolo che non legge.

Contemporaneamente il rombo del traffico dell'autostrada lo distrae. Sul vetro della finestra semiaperta ne scruta i riflessi scorrere veloci come scudi sul campo di battaglia e viene sopraffatto dalle sfide del giorno.

'Più tardi andrò a Karragullen, per il maiale.'

'A proposito, Nick, preferisco che lasci perdere per domani sera. Sai bene che detesto la confusione. Preferirei andare in un ristorante, oppure cenare fra di noi... in famiglia.'

'Ma che dici? Per il cinquantesimo compleanno di mia moglie? Scherzi, Joyce! Cinquant'anni segnano un traguardo speciale nella vita. Io mi sarei offeso se avessi lasciato passare il mio senza farmi una festa.'

'Sì, certo, ma tu sei diverso. A te piacciono queste cose.'

'Pure a te, dai! Essere festeggiati fa bene a tutti. E a noi piace farti delle coccole una volta tanto.' Con la lingua si bagna il labbro carnoso, poi lo rilascia, 'immagina che direbbe Nella se non ti facciamo un party.'

Impulsivamente le va vicino.

'Ehi,' le sussurra, 'Joycie, vuoi cominciare a

celebrare?'

La prende da dietro, fa scivolare le braccia sotto le sue e la solleva. Lei protesta ma si gira, e anche se gli lancia uno sguardo severo, lui sa che è solo finzione. Strane le donne. La stringe a sé con impeto, godendosi la freschezza del suo costume umido contro il petto.

'Lo sai bene che per queste cose il tempo lo trovo sempre.'

Gracchia come un ranocchio.

'Lascia perdere, Nick.'

Lo spinge via da lei, ma non troppo forte e la sua bocca è morbida e seducente. Si vede che è in sì.

'Ma che fai?'

Sempre la stessa, Joyce. Richiede un po' d'insistenza ma quando si convince non c'è modo di frenarla. Nel momento in cui il telefono squilla, lui già è tutto affannato a snodarsi la cravatta.

'Crepi il telefono,' pensa, ma poi si ricorda che oggi è un giorno fatidico, un giorno in cui grandi cose si mettono in marcia, lo sente dentro di sé. Questa è una telefonata da non perdere. Le occasioni bisogna acciuffarle al volo. Raramente cadono a terra per essere colte.

'Ciao papà. Che c'è, fai il bravo?'

La voce di Nella è ironica e giocosa. Quella ragazza deve essere telepatica, 'sto per partire ... prendo il volo pomeridiano ... dovrei arrivare a Perth alle 18.30 ... no, non domani, stasera ... alle 18.30 ... esatto.'

Joyce se n'è scappata al lavello. E be', questa palla gli è caduta dalle mani. Fa niente, ha perso la voglia ormai. Che bello rivedere la sua piccola monella. L'immagine della sua famiglia tutta al completo lo mette di buon umore.

'Quando torna John dalla campagna?'

'È già in camera che dorme.'

Porco diavolo! Ma come... e non gli diceva niente

mentre lui la stava corteggiando per tutta la casa.

'Potevi anche dirmelo!'

'Non l'hai sentito arrivare?' le bolle di sapone le si appiccicano ai guanti, 'È rientrato stanotte verso le due.'

Nick stesso non era tornato a casa fin dopo l'una.

'Sai bene che quando m'assopisco non sento niente.'

'Con tutto quel frastuono che ha fatto...'

Esattamente cosa intende fargli capire? Lui non ha nulla da rinfacciarsi. Ieri sera è stato un appuntamento di lavoro.

'Ottimo, allora saremo tutti insieme stasera. Dì a John che lo voglio a casa per cena.'

Sarà bello avere la famiglia intera a casa per Natale. Nella è tanto vivace. L'atmosfera in casa è stata un po' cupa durante la sua assenza.

'Allora, meglio che me ne vado.'

La bacia sulla guancia. Un odore di cloro emana dalla sua pelle. Lei si schermisce mettendo le mani schiumate in alto.

'Ma perché non adoperi la lavastoviglie. Per questo te l'ho comprata.'

Non vuole andare oltre con quel tono conciliatorio. Se le fai credere che sei in debito, ti metti nei guai.

Steve

Venerdì mattina. Dovrebbe essere l'inizio di un weekend eccezionale. Nick sta preparando una festa e le sue sono sempre divertenti. Tanta gente, tanto da mangiare e bere. Gli italiani sanno come divertirsi, questo è scontato. Poi, domenica si va a pescare insieme e se la gita riesce, come la settimana scorsa, sarà molto divertente. Niente di più eccitante di quando abboccano le cernie. La settimana scorsa Nick si è entusiasmato tanto che quasi quasi è finito in acqua. Anch'io mi sarei eccitato se avessi beccato un pesce da due chili.

In verità, oggi la giornata non è iniziata bene. Appena alzato mi sentivo un po' letargico. Sentivo le ossa morbide e pastose e la fronte mi pesava sugli occhi. Si prospettava l'ennesimo attacco di febbre da fieno. Mi succede di frequente all'inizio dell'estate a causa del levantino gonfio di polline che mi rende sonnolento. Talvolta sono costretto a buttare giù la testa sulla scrivania per una decina di minuti. A quel punto la mente mi si riempie di figure fantastiche che si agitano davanti, bizzarri scenari si susseguono in una strana processione, oppure mi girano intorno in un girotondo di sogni sconnessi. Sogni sfuggenti che non potrò mai riacciuffare e che in verità preferisco che si dileguino. Affrontare le difficoltà della vita reale è già cosa ardua.

Il traffico sull'autostrada è già pesante. Con questo umore che mi ha preso, non mi va affatto di buttarmi sulla scia del traffico impazzito. Sempre così quando il termometro balza di scatto. La gente somiglia alle mosche, arrivano i primi giorni di caldo e tutti stanno a ronzare. D'un tratto ognuno sente di avere una meta a cui arrivare.

Considero di darmi malato. Devo star male sul serio se ci sto pensando. Anche nei giorni più brutti quando sono in preda all'emicrania vado comunque al lavoro e prendo Panadol di continuo. Raramente non riesco proprio ad alzarmi. Allora me ne sto a letto con la testa avvolta nel cuscino e mi sento malissimo o in gran colpa, o entrambe. Preferisco proprio prendermi una sbornia.

Insomma, oggi c'è tantissimo da fare in ufficio. A parte i soliti lavoretti, gli inquilini vengono a pagare l'affitto e gli appaltatori prendono lo stipendio … e poi c'è altro. Prima ancora di arrivare ad intravedere i tetti delle fabbriche, con i vetri abbaglianti nel sole, che annunciano il dominio di *Nick Amedeo & Figlio*, la prospettiva di dovermi confrontare con Lily mi mette un po' a disagio.

Joyce

Bolle di detersivo s'incollano precarie alle sue dita ricoperte di politene, come microbi extra-terrestri. Se magari la sua testa fosse ugualmente protetta dai pensieri. Ma quale diritto ha lei di drammatizzare su se stessa in questo modo? Almeno Nick può affermare di amarla. Per lui possedere e amare sono la stessa cosa. Non per Joyce. Al massimo lei sperava di potersi annientare in lui.

Alza le dita davanti agli occhi e fissa le bolle dileguarsi. Poi fra le dita palmate spia la figura lupesca di suo figlio e sussulta.

'Mamma che ti prende? Sembri impaurita.'

Non è affatto lui che la mette a disagio, ma i propri pensieri. Vive con la paura costante che uno di loro le possa sfuggire. È la ragione per cui aspetta con ansia l'arrivo di sua figlia Nella. Quella lì la scruta come un falco e proprio nel momento in cui vuole restare sola, non le va proprio di avere Nella in casa.

'Scommetto che ti ha maltrattato.'

'Non dire sciocchezze. Tuo padre mi tratta bene.'

'Non mi risulta, mamma.'

'John, non stavi mica ad ascoltare, spero.'

'Ecco, lo sapevo che avevate litigato.'

Scoppia in una di quelle sue strane risate. Sembra un mezzo deficiente. Tutti quei peli sul corpo non aiutano proprio.

'Niente affatto. Mi sono appena svegliato. Una volta sì che lo facevo. Mi nascondevo e stavo a sentire i vostri litigi ed altro.'

'Non ci credo.'

'Ogni tanto lo facevo,' afferra una mela dal frigo e la morde con quelle sue mascelle da mantide, 'ti rendeva la vita difficile il Vecchio, vero?'

'No John, smettila dico.'

E visto che le si avvicina forse con l'intenzione di metterle il braccio intorno, lei apre il frigo e dice, 'Ti faccio due uova affogate?'

'Non per me, grazie. Mi sento un po'...' si vede bene come si sente. 'Senti mamma, chiama l'ufficio per dire che non sto bene. Non me la sento ancora di presentarmi lì dopo aver lavorato tutto il weekend.'

'Giustamente, sei stato in viaggio tutta la notte, mica possono pretendere che vai a lavorare oggi.'

'Eh, appunto. Ma lo sai come sono questi spilorci di giudei. Se ne fregano se ti esaurisci e crepi. Sto pensando di mollare questo lavoro con l'anno nuovo.'

'E che intendi fare?'

'Non so, qualcosa di meglio. Basta che non abbia a che fare con questa gente di campagna. Credimi, mamma, sono dei somari. Potevo sbrigargli gli affari in poche ore, se questo sapeva mantenere la contabilità, invece mi ci sono voluti tre giorni. Tre giorni in compagnia di questa gente ti fa perdere la testa. Meno male che tu te ne sei scappata dalla campagna. Sarei uscito matto se dovevo crescere in uno di quei paesetti.'

'Se "avessi dovuto", John, non "dovevo".'

'Be', come dici tu.'

'Da come parli sembra proprio che tu sia cresciuto in campagna.'

'Dove sta il giornale di ieri?'

Ovviamente in cerca degli annunci dei locali notturni.

'Mi ha cercato qualcuno?'

Sì, più ci pensa, più è convinta che nessuno dei figli è infetto dal malore degli Hathaway. Almeno in questo ha avuto successo.

Steve

Lily Stockden lavora da *Amedeo & Figlio* da appena otto settimane. Di origini Filippine, tempo fa faceva la maestra, poi ha sposato un anziano australiano che recentemente è scomparso, lasciandola con un figlio di otto anni.

Devo confessare che al primo incontro Lily mi ha messo a disagio. Mi pareva un po' arrogante, presuntuosa. Direi che m'incuteva un po' di soggezione con tutta quella sua energia e il modo efficiente di fare le cose. Si è capito subito che le sue capacità andavano al di là di ciò che richiedeva il lavoro da *Amedeo & Figlio*. Già dal primo giorno ha iniziato a parlare di aggiornare il sistema operativo del computer.

'È più veloce ed efficiente, Signor Amedeo,' diceva ' vedrà che quando sarà aggiornato, l'intero *business* sarà a portata di mano. In un attimo controlla i prezzi, calcola i profitti, fa proiezioni su nuovi progetti ...'

Ma Nick, che è di natura sospettoso delle cose che non comprende, non ha ceduto.

'Questo sistema ha funzionato bene fino ad ora. Non ha senso istallarne uno nuovo. La cosa più efficiente è saper lavorare bene, come si è sempre fatto.

In effetti, Nick non vedeva Lily di buon occhio fin dall'inizio, e se non fosse che l'aveva assunta con la sponsorizzazione del governo nell'ambito del 'Piano di Supporto per Dipendenti Madri', l'avrebbe già licenziata.

'Quella donna non mi garba.' Diceva, 'sorride troppo. Non mi fido di quelli che sorridono sempre senza però mai ridere. Quella lì, non la vedi mai fare una di quelle risate piene, di gola. Non ha il senso dell'umorismo. Gli asiatici non hanno il senso dell'umorismo come a noi.'

Non penso che Nick sia proprio razzista; è semplicemente il suo modo di fare : spara a zero senza pensarci sopra.

'Senti, Steve, hai mai notato le sue gambe? Magre come stuzzicadenti. Non oseresti mettertela di sotto per paura che si spezzino.'

A Nick piacciono ben messe e morbide e non troppo intelligenti, ad eccezione di Joyce. Ma Joyce è la moglie.

La verità è che Lily è talmente capace da mettere noi maschi in soggezione. Però anche lui in fondo la ammira, suo malgrado.

'È una buona segretaria, la Lily. Senza dubbio le cose le fa bene.'

La sua diligenza le lascia tempo libero. Dopo aver ricevuto le chiamate, scritto le lettere e i messaggi, controllato la contabilità, nonché miriadi di minuzie che fanno parte del suo lavoro da segretaria, le resta tempo per studiare per un diploma di qualifica, per poter mettere su un'agenzia immobiliare e gestirla in proprio. Vedendola lavorare, non ho dubbi che un giorno ci riuscirà.

Ribadisco, m'incute un po' di soggezione. Comunque siamo diventati subito amici lo stesso. Niente di serio, però. Spesso mi capita di accompagnarla a casa in macchina. Più di una volta mi ha invitato su per un caffè. Niente di speciale la sua casa, una modesta abitazione di cemento e mattoni, indistinta tra migliaia di altre sparse per i sobborghi . Ma all'interno è pulita e ben tenuta. Il tipo di abitazione di una persona che vive una vita ordinata.

Poi, giusto pochi giorni fa Lily mi ha scioccato.

'Mi licenzio. Ho trovato un nuovo impiego presso un'agenzia immobiliare. Ti prego di non dire nulla al signor Amedeo, prima che glielo dica io stessa.'

In effetti Nick non si è turbato per niente quando lo ha saputo, Lily non era il tipo di segretaria che gli conveniva. Per quanto mi riguarda, mi stupisce il fatto che una donna, da sola e con un figlio a carico, sia capace di prendere delle decisioni importanti con tanta disinvoltura. Il suo coraggio m'inquieta.

'Questo lavoro non mi dà sicurezza,' mi ha detto in confidenza, 'voglio gestire un'azienda mia. Voglio ottenere la mia licenza. Il nuovo principale è disposto a lasciarmi tre pomeriggi liberi a settimana perché possa frequentare il corso. È la soluzione ideale per me. Ciò che cercavo.'

Confesso che questi discorsi mi infastidiscono. La lezione è fin troppo ovvia : stare tutto questo tempo con lo stesso lavoro non ha giovato alla mia carriera. C'è da dire, però, che lavorare per Nick non è solo un lavoro, è uno stile di vita. Amo tanto andare a pesca insieme, le serate al club, le feste di famiglia.

In certi modi, la famiglia di Nick è anche la mia. Lily sta con noi da appena otto settimane. Come può mai apprezzare tutto questo?

'E tu, Steven?' Mi ha chiesto qualche giorno fa, mentre si prendeva il caffè,

'Tu ci pensi mai di cambiare lavoro?'

Be', per prima cosa non sono fatti tuoi, ho pensato.

'No, io no, sto bene così come sono. Io resto. A parte

18

tutto,' ho aggiunto, un po' per scherzo, 'voglio troppo bene a
Lupo.'

Joyce

Allora, sarà pronta per le nove e quindici? Tanto da fare
ancora. La cucina è già pulita, grazie a Dio, e la camera
matrimoniale pressoché finita. Rimane solo il davanzale da
spolverare e anche intorno al condizionatore, che attira
sempre polvere. Per quanto riguarda la camera di John,
meglio lasciar perdere per ora, sennò non ce la farà mai in
tempo. Il segreto è non pensarci, sennò sarà troppo in ansia
per concentrarsi su ciò che deve dire.

Esattamente cosa dovrà riferire al dottor Camberwell
questa mattina? Gli dirà: 'Senta, tutto questo non mi fa per
nulla bene. Questo modo di rivoltarmi tutta come un guanto
che esibisce le mie emorragie, non mi conviene affatto. La
settimana prossima parto per Melbourne, vado dallo zio
Desmond, all'alveare dei miei antenati. È lì che voglio
arrotolarmi ad aspettare. È l'unico modo.'

Ma no, sicuramente non dirà questo. Meglio lasciare
questo tipo di melodramma agli attori di prosa.

A proposito, come mai non gli ha ancora parlato di
Lynne McLuskie? Strano che l'abbia trascurata del tutto,
quando in effetti, quella donna ebbe un ruolo determinante.

Senza dubbio, se non fosse stato per la McLuskie lei non
avrebbe neanche pensato a sposare Nick. Ah, quell'anima santa
della Lynne McLuskie, la pia organista di Wonga! Le sue labbra,
disegnate a perfezione, erano capaci di inneggiare l'assioma più
virtuoso o enunciare la più ragionevole osservazione con voce
chiara e vivace. E il suo conversare consisteva in una litania di
sagaci moralismi.

'Mia cara, il mondo è sulla via del suicidio. Ci siamo
appena salvati dalla distruzione totale' (era il 1951), 'e non
saranno soddisfatti finché non ci riusciranno, credimi. La
cosa strana è che nessuno se ne curi. Nessuno vuol saperne.
Certamente, questa è la ragione per cui c'è tanta infelicità nel
mondo. Eppure, se sapessero com'è facile mantenersi sani di

corpo e sani di mente ... chiamami Lynne, mia cara.'

Ma le parole più edificanti Lynne le riservava per suo marito. 'Il mio Will è una di quelle creature, rare al mondo, che uniscono grande forza d'animo ad un cuore colmo di compassione. È intelligente, di grande sensibilità e fortemente affidabile. Più che altro è un uomo di sani principi. Ecco quel che più mi attrae di Will. I principi sopra tutto il resto, a mio parere, prima del talento, molto prima della bellezza. Spero che lo tenga in mente quando sarai pronta a sistemarti.'

Stranamente, però, mentre da un canto Joyce intuiva che la McLuskie non era proprio quella che sembrava, allo stesso tempo Joyce ammirava la sua falsità e si sentiva attratta da lei in modo conflittuale con la base morale della propria natura.

'Dovresti venire ad abitare con noi, qui in casa. Puoi prendere il bus della scuola per andare al lavoro. In paese, da sola, non sei al sicuro. E poi, senza compagnia sarà triste, mentre qui ci prenderemo cura di te.'

La decisione di Joyce di accettare l'offerta non aveva niente a che vedere con la virtù della McLuskie e neppure con quelle di suo marito. La casa messa a sua disposizione dal Ministero della Pubblica Istruzione era così malandata, che una mattina di pioggia intensa la cucina si era allagata.

E così l'inverno procedette a galoppo in groppa ai virtuosi aforismi di Lynne McLuskie. Poi, con la primavera arrivarono i boscaioli italiani. D'un tratto le cose cambiarono alla casa colonica.

All'inizio le stavano molto antipatici e la impaurivano. Non erano 'i semplici pastori dall'antica Trinacria', come li aveva descritti suo zio Desmond, quando aveva combattuto in Sicilia. Aveva scritto, con un misto di vera passione e di condiscendenza da uomo raffinato, "di figure greche con la fronte larga e gli occhi che sembravano scrutarti da una statua di marmo".

In una quindicenne quale era lei all'epoca, questi discorsi suscitavano visioni di uomini lisci come statue, gloriosi contro le avversità della natura che li sfidava attraverso le epoche. Oppure di Heathcliff greci, maestosi in cima a colli ripidi e solari.

A vent'anni le visioni si erano un po' affievolite, senza però perdere i contorni più salienti, per cui al momento di confrontarsi con la realtà, era inevitabile che restasse delusa.

'E fu proprio così, quando quel mondo che aveva appassionatamente costruito si frammentò alla vista di quei tre scuri Siciliani con la loro aggressività, la voce rozza e il loro gesticolare nervoso così estranea nel muto sfondo. Più che altro la indignava quel loro modo di fissarti: derisorio, insolente e che si prolungava oltre il limite della decenza.

Wonga si armò contro la prima invasione di stranieri nei suoi 54 anni di storia. Ma per Lynne McLuskie fu un'occasione provvidenziale per dimostrare che la sua carità non conosceva limiti. In chiesa ci tenne a far sapere che 'il suo Will' aveva deciso di assumere i tre stranieri, 'per dar loro una possibilità, poiché dopotutto' aggiunse aprendo uno spiraglio fra le sue labbra delicate, 'siamo tutti figli di Dio.' Trascurò di menzionare, però, che i tre erano pagati molto meno dei boscaioli locali.

Lavoravano per lunghe ore, dodici e anche oltre. All'imbrunire rientravano nelle capanne dei tosatori di pecore dove erano alloggiati. I loro corpi, spolverati di cenere e cotti dal sole, si distinguevano appena dal blu scuro della canottiera che indossavano.

Combattevano l'afa delle umide serate sulla balconata, giocando a carte e urlando così forte che una volta Lynne chiese a suo marito di andare a controllare. Con il tempo, si abituarono a quella strana cacofonia che usciva dalla bocca degli stranieri.

Uno di loro suonava l'armonica dalla quale era capace di estrarre languidi motivi velati di nostalgia che in un primo momento la turbavano e la distraevano dal lavoro. Presto, però, si accorse che stava ad ascoltare con attenzione quella musica melancolica. Fu ugualmente sorpresa quando si accorse che la sera tendeva l'orecchio per sentire l'arrivo del loro camioncino.

Il fatto che lavorassero sette giorni a settimana offendeva la sensibilità cristiana della McLuskie. E neppure suo marito lo apprezzava, per tutt'altro motivo.

'Di questo passo guadagneranno più di me,' si lamentava.

Ma la domenica pomeriggio rientravano prima del solito. Allora l'atmosfera sonnolente intorno alla tenuta era infranta dalle voci stridule degli stranieri, che si apprestavano a fare pulizie.

Spesso consumavano i pasti sulla veranda, gran piatti fumanti, dagli odori forti che avanzavano verso la casa, ne invadevano la blanda sobrietà e turbavano i padroni.

Dopo il pasto la conversazione si faceva sommessa, anche se ancora udibile dalla casa. Il consumo abbondante di cibo li rendeva fiacchi e, con il pensiero che fuggiva altrove, c'erano tratti di silenzio nella conversazione. La tregua forniva la giusta occasione alla McLuskie di mettere in risalto la sua reputazione di anima caritatevole, presentandosi alla porta della cascina con tè e biscotti su un vassoio d'argento.

A riportare il vassoio era di solito Nick Amedeo, che parlava l'inglese come gli australiani, tanto da far sbalordire la gente. Si presentava alla porta in camicia bianca e calzoncini, strettissimi, al limite della decenza. Ti dava un certo sguardo di cui non c'era modo di fraintendere il messaggio. Ad aumentare ancora la sua ripugnanza, Joyce notò che i capelli di Nick erano unti di brillantina e le estremità gli avevano insudiciato il colletto.

Ma quando il ragazzo se ne tornò in baracca, con quel suo passo spavaldo di un uomo consapevole e compiaciuto di attrarre su di sè sguardi ammirevoli, Joyce si accorse che sia lei, sia la McLuskie lo fissavano intensamente attraverso la zanzariera della porta di cucina. E si turbò molto vedendo negli occhi dell'altra donna i medesimi sentimenti che assalivano lei: il vuoto rimasto in cucina con l'uscita dello straniero. Pensare che avevano vissuto quel vuoto ogni giorno, senza mai chiedersi il perché. Ora, che si trovavano faccia a faccia con quella vitalità rozza che prometteva di far vivere una donna libera da conflitti e compromessi, la desolazione del loro silenzio le faceva vergognare. Anni dopo, quando poté conoscere Nick meglio, si rese conto che la sua non era affatto ignoranza, piuttosto una raffinata attrezzatura trasmessa dai suoi antenati, attraverso secoli di povertà, per sopravvivere.

A poco a poco, fece conoscenza dei tre uomini. Charlie, il maggiore, era tozzo e scuro, con i sopraccigli folti sopra il naso piatto. Era lui che suonava l'armonica, soffiando attraverso i denti macchiati di nicotina, e che talvolta scrutava in direzione della casa come un incantatore di serpenti. La stupiva il fatto che un tipo così fosse capace di creare musica di tanta delicatezza. La stupiva ancora di più quando nei momenti peggiori di quell'estate si vedeva sopraffatta dal potere di quell'omino scuro.

Poi c'era Angelo, il più giovane, un diciassettenne che parlava della sua famiglia, (con quel poco di inglese che sapeva) con un'emozione che la metteva in imbarazzo. L'altro era Nick, ventiquattrenne e che già dava segni di pasciutezza. Era lui il più stridulo dei tre. Il suo faccione s'illuminava quando rideva, mentre gli occhi grigi piroettavano come presi da intime e sensuali vibrazioni che ti restavano a lungo nella memoria.

Era proprio quella irascibile intensità, comune a tutti e tre, che suscitava la sua curiosità e allo stesso tempo la intimidiva. Se li era immaginati misteriosi, savi e fatalisti, come gli antichi Arabi o Greci; invece sembravano carichi delle forze che li circondavano.

Sembravano attori di prosa in armonia con l'energia collettiva del pubblico, capaci di sfruttarla per ottenere altissimi livelli di virtuosità nella loro performance.

Allo stesso modo, si accorse suo malgrado che la loro pelle assorbiva l'aspro sole australiano, derivandone massimo potere. Mentre la sua pelle si screpolava e si copriva di bolle sotto il sole, la loro si apriva al sole, ne assorbiva i raggi, si arrossiva fino a diventare una bella abbronzatura.

Eppure, non le venne mai in mente in quel periodo di riflettere che chiunque afferri la vita con tanta tenacia deve per forza avere visioni della propria fragilità.

La Signora McLuskie proseguì col suo pellegrinaggio giornaliero verso la cascina degli uomini, col solito vassoio di tè e biscotti in mano. Gradualmente Joyce cominciò a sospettare che il suo non fosse semplicemente un gesto da buona samaritana. Si accorse anche che parlava di 'quei poveri uomini' là fuori nella cascina con il tono di una che, prima o poi, si emozionerà tanto da agire per migliorare le condizioni di un animaletto.

E poi smise di parlarne del tutto, anche se più volte Joyce la spiò mentre fissava attraverso la finestra.

Un giorno verso la fine dell'anno (più o meno in questa stagione), tornò a casa prima del solito. Mentre s'incamminava dalla fermata del bus verso casa, notò il camioncino parcheggiato vicino al filo del bucato, ma nessun segno dei tre italiani. Prima che Joyce arrivasse all'entrata, Nick comparì sullo scalino . Indossava solo la canottiera e i calzoncini neri e stava con le mani incrociate davanti al petto nudo, le orecchie arrossite, gli occhi vitrei. La fissava intentamente con un sorrisetto compiaciuto stampato sulla faccia pasciuta.

'Mi serviva un cacciavite,' disse, mentre con il piede teneva aperta la zanzariera per farla entrare. Nel momento in cui Joyce gli passò così vicino da fiutargli l'alito, fu sopraffatta da un istante di rabbia.

'E allora te l'ha dato il cacciavite?' gli disse, cercando in vano di nascondere la rabbia col disdegno.

'Certo che me l'ha dato, Joyce,' era la prima volta che la chiamava per nome, 'eccolo qui, vedi?' e fra le sue dita tozze e ruvide annerite dal sole e dalla cenere del bosco teneva il manico rosso di un cacciavite. Questo lo notò di sfuggita . Ciò che attrasse i suoi occhi fu quel sorrisetto compiaciuto che metteva in mostra i denti corti e spaziati. Voleva biasimarlo ma non ci riusciva e da ciò scaturiva una rabbia diretta per lo più contro se stessa. Chi odiava veramente era la McLuskie, per fortuna qualche giorno dopo Joyce se ne andò per sempre da Wonga.

Scaricare Nick non le fu altrettanto facile. Col passare dei mesi si rese conto che le restava fisso in mente.

Impercettibilmente, la sua rabbia fu sostituita dal bisogno di sapere dove fosse Nick, cosa facesse, quali donne amasse. Più che altro voleva perdersi in quella sua energia animalesca. Per riuscire in questo, era disposta a rischiare la condanna della sua famiglia e il suo rifiuto. S'innamorò di lui, se in effetti lo si poteva chiamare amore, senza che lui ne sapesse nulla e con nessuna prospettiva di rivederlo.

Di certo c'è questo, Joyce non avrebbe potuto sopravvivere la tragica scomparsa di sua madre alla propria colpa, se non fosse stato per la speranza che un giorno avrebbe ripreso contatto con Nick. E così fu in effetti, esattamente due anni dopo Wonga, (sembra che il destino la venga a visitare sempre in questo periodo dell'anno) spuntò al collegio di Hallshead, con una squadra di muratori per eseguire delle ristrutturazioni all'edificio scolastico. Quando intravide quelle spalle da lottatore libero spingere una carriola per il corridoio, non ebbe alcun dubbio che era lui e che un giorno l'avrebbe sposato. Già da allora aveva imparato a riconoscere l'inesorabile tirannia del destino.

Steve

Da sopra la tettoia della macchina intravedo Lupo sdraiato all'ombra dell'ulivo che mi lancia un mezzo sguardo e si dà una leccata al muso. Anche lui deve essere di cattivo umore. Normalmente sarebbe venuto saltellando verso la macchina per accogliermi. L'effusione del vecchio cane è pari alla sua aggressività verso persone che non conosce quando il recinto è chiuso. Non c'è tempo per andare a fargli una visita, quando arrivo ai primi scalini dell'ufficio il sole è già salito sopra i tetti delle fabbriche con i loro lucernari metallici. Un'altra sorpresa ben più piacevole me la fa Lily. Eccola seduta alla scrivania, fresca e bellissima in una blusa di pizzo viola, generosamente scollata e messa in risalto dal rossetto lilla. Una treccia alla francese le traccia la nuca e dal suo corpo si sparge un profumo sottile di acqua di lavanda.

Sin da bambino mi ha sempre affascinato il viola. Mi sembrava un colore spirituale, misterioso e intimo. Nella mia gioventù quando i miei sogni erano stravaganti, pensavo che questo mio amore per un colore così insolito mi distinguesse dagli altri ragazzi. Mi sentivo in qualche modo prescelto per conseguire magari non delle grandi imprese, ma almeno dei traguardi di sostanza.

Certo che fin d'allora la vita mi avvertiva di non articolare certe ambizioni ad alta voce. Sarebbe stato come ammettere di essere in possesso di poteri paranormali o rivelare un amore illecito. E così il colore viola fu per me come un privilegio segreto, un simbolo di ciò che c'era in me di originale e non trasferibile.

Con l'andare del tempo le mie ambizioni si fecero meno stravaganti, come succede a tutti. Maturare vuol dire anche confrontarsi con la realtà della vita, accettando che non tutti siamo capaci di fare grandi cose. Insomma, il fatto che Lily indossasse il viola mi sembrò un buon augurio.

'Buon dì, Lily, che succede a Lupo?'

'Non ha toccato il cibo oggi, hai visto?'

'Mm, sarà il caldo che lo strapazza, povera bestia'... poi squadrandola bene aggiungo 'Mi piace ... la tua scelta di colori stamattina.'

Il viso le si illumina. Avrà forse... chissà? Trent'anni o qualcosa di più (essendo carina e di taglia piccola ne dimostra comunque di meno). In questo istante ha l'aspetto di una ragazzina felice di ricevere un complimento.

'Lo sai,' dico, e mi pare che il mio pensiero si unisca al suo in un impeto di tenerezza, 'quando ho iniziato a lavorare per Nick, undici anni fa, Lupo era ancora cucciolo ... mi strappava i risvolti dei pantaloni, me ne ha rovinati parecchie paia.'

'Oh Dio! Spero che almeno Nick ti abbia risarcito.'

'Cosa? Ma scherzi! Nick si sarebbe piuttosto sbarazzato di Lupo.'

Ci ridiamo su insieme. Mentre provo un gran piacere a costatare che Lily ha un bel senso dell'umorismo, le si arriccia la fronte.

'Undici anni! Veramente stai in questo lavoro da tutto questo tempo, Steven?'

Quell'espressione seria, sulla scia del sorriso mi eccita, non so il perché. Divento loquace.

'Proprio così, undici anni completati il mese scorso. Un bel pezzo di vita. Allora ero un ragazzo tutto magro, adesso invece guardami,' e se cerco complimenti non ho scelto il momento adatto, perché prima che lei abbia il tempo di dire qualcosa mi metto a starnutire sulla scrivania. Quando mi riprendo, mi trovo con il capo fra le sue braccia mentre mi unge gentilmente le narici con un fazzolettino.

'Ti calmerà il prurito,' mi assicura.

La prossimità con lei mi conforta. E poi una verità si rivela, avanzando nello specchio dei suoi occhi limpidi. Mi ci vedo tutto diverso, scolpito nell'immagine di vaghi sogni. Mi sento forte, sicuro di me stesso. Mi viene l'impressione che potrei essere qualcuno di valore.

Ecco, questa sensazione non la provavo da quando ero adolescente, quando immaginavo che il mio mondo era *il mondo*. Poi mi accorsi che il lottare per impadronirsi del centro richiedeva troppo sforzo e non era per me. Non ne valeva la pena. Meglio lasciare quello spazio ai tipi come Nick. Per quanto mi riguarda, la periferia mi conviene meglio. E ora spunta questo.

'Lily ... oggi è venerdì,' le dico, imbarazzato di trovarmi col respiro affannato, 'che ne dici se andiamo a prendere qualcosa dopo il lavoro, eh?'

M'inclino verso di lei, l'orlo della scrivania mi affonda nella pancia. Un profumo di lavanda mi rende euforico. Stendo le mani per toccare il viso di Lily. A quel punto arriva Sergio il meccanico.

Devo essere sincero, l'intrusione non mi è del tutto sgradita. Anzi mi sento piuttosto sollevato, non saprei il motivo. Allo stesso tempo mi ha seccato il fatto che Sergio molto probabilmente andrà a dire in giro che Lily ed io flirtavamo in ufficio.

'Nick non è ancora arrivato, Sergio.'

'Lo so. Quello può fare quel che gli pare, no? Invece noi, si è sul posto di lavoro già da due ore, noi bisogna guadagnarcelo il pane.'

Sergio si presenta in ufficio per lagnarsi, come sempre.

'Vengo a pagare l'affitto, mentre mi rimane qualche soldo.'

'Benissimo, Sergio.'

'E sì, non so per quanto tempo ancora sarò in grado di farlo. Hai visto che ci colpiranno con un'altra stangata sul prezzo della benzina? Il nostro margine di profitto è già basso. Di questo passo, non ci sarà modo di pagarvi l'affitto in futuro.'

Sergio è uno di quelli per cui è difficile sentire pena. Sarà a causa di quella smorfia da uomo leso fissa sulla faccia. E neppure impressiona il suo profilo limato da uomo tirchio. Quel suo darsi del povero non impressiona Nick affatto e Sergio lo sa. E per sbarazzarmi di lui dico, 'Ti consiglio di parlarne con Nick. Dovrebbe arrivare fra poco.'

Il volto di Sergio fa più contorsioni di una danzatrice del ventre.

'A che vale? Quel vecchio tirchio è capace di succhiare l'ultimo centesimo perfino a sua madre.'

Sono fatti così loro due. Tutto a causa della rivalità fra gli italiani del Nord e quelli del Sud. Sergio non accetta di essere inquilino di un meridionale che considera culturalmente inferiore. E per illustrare questo fatto spesso racconta un 'episodio' a chiunque sia disponibile ad ascoltarlo.

'Quando Garibaldi sbarcò in Sicilia incominciò a distribuire saponette alla popolazione, tanto per farseli amici. Quando quegli ignoranti se le trovarono in mano credettero che fosse formaggio, perché i Siciliani non conoscevano il sapone. E così si misero a mangiarlo .'

E quel suo viso arcigno per una volta si stende per ridacchiare in modo beffardo. Ma la sua rivincita non è mai totale, perché non oserebbe mai raccontarla in faccia a Nick. Ancora più umiliante per Sergio è il fatto che Nick non abbia un'istruzione superiore. Inutile negare che Nick sia una schiappa con la penna in mano, cosa che lui stesso ammette.

'Il lavoro di penna glielo faccio fare agli altri. Li pago per questo.'

E ciò basta a mettere in silenzio quelli come Sergio.

'Mio padre,' disse Sergio una volta in presenza di Nick, 'era un perito tecnico con la Olivetti, in Italia.' A cui Nick subito rispose, 'Mio padre invece, accudiva alle capre in Sicilia e questo non mi ha fatto nessun male. Questo paese funziona bene, non conta chi era tuo padre, ciò che conta è quello che sei capace di fare *nella* vita. Ed è giusto così.'

Comunque, avendo incassato i soldi, mi sposto fuori sulla veranda in modo da farlo uscire dall'ufficio. Sergio non smette di parlare. Per fortuna la Mercedes bianca di Nick spunta nel parcheggio. L'auto rappresenta una cornice adatta per la sua figura tozza e muscolosa, sormontata da quelle sue spalle da bull terrier. Coi capelli irti sulla fronte, ostenta più spavalderia di un gallo combattente. Sergio tenta in vano di sfuggire. Nick, allunga il capo attraverso il finestrino e lo chiama. Parcheggia la macchina, ignora Lupo che si avvia ansante verso di lui e intercetta Sergio.

'Salve, Sergio,' strilla, 'che caldo, vero Sergio? Volevo parlarti di quel tuo deposito. Senti, manda il tuo ragazzo e fagli dare una spazzata. Sembra un *fumarazzo*.'

Cavolo quel Nick! È un genio nel mettere le persone al loro posto. Dalla sua misera tana di coniglio a Sergio non resta altro che lagnarsi.

'È tutto lo spazio che abbiamo. Dove vuoi che mettiamo le attrezzature?'

'Lo spazio ce l'hai, basta che metti un po' d'ordine a quella roba buttata alla rinfusa. Di questo passo arriverai sulla strada.' Senza curarsi della smorfia indignata di Sergio, si mette a ridere.

'Non si sa mai, può essere anche questo il tuo scopo. Sulla strada non si paga l'affitto, vero Sergio?'

'Eh sì, hai ragione, Nick.' L'ironia per un'istante calma la rabbia di Sergio, 'per come stanno andando le cose, va a finire che mollo.'

Ma ci vuole altro che l'ironia per commuovere Nick. Quello lì ha la corazzata di un armadillo.

'Sì, sì lo so! Coi tempi che corrono, si è messi male un po' tutti. Senti, facciamo pulizia, mi raccomando.'

Sergio s'incammina, sbattendo il cancello dietro di lui. È

quel poco di rabbia che il suo piccolo cuore gli permette di sfogare.

'Ma che ha Sergio? Che gli prende per la testa, eh?'

Nick si batte alla tempia con l'indice, 'Quello lì è pazzo.'

Io ci rido sopra ma penso a Lily che sta dentro e mi chiedo come reagirà quando la vede.

'Be', bisogna anche essere comprensivi; le cose non sono proprio rosee per lui al momento.'

'Soffriamo tutti di questi tempi, sai. A me nessuno mi alleggerisce le spese. Nessuno si dispiace quando le cose vanno storte a me. E io dove mi troverei, se mi lasciassi inculare da questi fannulloni?'

Infatti! Sarà stato deprimente quel giorno nel lontano '38 quando sbarcò a Fremantle. Non era altro che un ragazzino, impaurito e ignorante, ma fin d'allora si sarà reso conto di possedere una certa tenacia, che lo avrebbe catapultato al comando della propria vita e quella degli altri. Del suo passato ne parla senza rimpianto, non è il tipo da rimuginare sulle cose. Se mai rievoca il passato lo fa solo per ricordarsi dei propri successi e riportarli ad altri o per rivivere momenti di piacere. Ad esempio se si mette a parlare dei tempi quando faceva il boscaiolo si sofferma sull'episodio della storia con la moglie del coltivatore. È fatto così lui. Ma se per caso la cenere di quei tempi dovesse insudiciare i suoi sogni, c'è sempre la piscina e tre bagni della sua palazzina sul mare in cui sciacquarsi. Ma non credo che i sogni di Nick vengano turbati da questo genere di incubo. Come dicevo, non ne è il tipo lui. Nick Amedeo è un ottimista, innamorato della vita. Ha tutto sotto controllo, lui.

'In ogni caso,' aggiunge, non tanto per giustificarsi ma per appropriarsi del diritto di avere l'ultima parola, 'Sergio non è tanto alle corde come fa capire. Quello lì fa il furbetto. E se quel che guadagna non gli basta, dovrebbe lavorare più duramente, come facevo io. Quando mi misi a fare il muratore, lavoravo 12 ore al giorno. Mi fissavo un traguardo di settemila mattoni per settimana e se per sabato non ce la facevo, tornavo domenica mattina per completare il lavoro.'

Mentre c'incamminiamo in ufficio dico, 'Stamattina

Lupo sta male.'

'Perché? Che gli prende?'

'Non sembra star bene. Forse è meglio portarlo dal veterinario.'

'Lascia perdere per ora. Abbiamo cose più importanti per le mani. Vieni, entriamo in ufficio, ho da dirti una novità.'

Come un gatto che ha appena finito di mangiarsi il topo, si dà una leccata di soddisfazione alle labbra. Si ferma sulla porta, palesemente impressionato dalla toilette di Lily, ma non dice nulla, appena un sorriso, un piccolo sorrisetto da gatto ben nutrito. Quando siamo soli in ufficio mi sussurra, 'Eh, ma quella donna cosa cerca, truccata come una puttana? Ma che vuole?'

Joyce

La sua sensualità divagava attraverso la pelle. Perfino da lontano non potevi fare a meno di andargli vicino. Ma non era solo attrazione fisica. In seguito alla crisi di sua madre, Joyce si era rifugiata nella relativa certezza dei sensi. Nick non avrebbe mai preso in considerazione la possibilità di annientarsi. Era come un fiume che proseguiva in linea diretta il suo corso. Joyce non ambiva ad altro che a far scorrere il gocciolio della sua esistenza nel flusso di energia di Nick Amedeo. E per un periodo ci era riuscita.

Vivere la vita di Nick era straordinariamente semplice. Si licenziò dalla scuola e andò a lavorare per lui nel suo ufficio. Si tenne occupata. La sera uscivano a visitare amici dove giocavano a carte, bevevano, mangiavano, ridevano di tutto fino a tardi. Spesso erano loro ad ospitare gente. Si sentiva come se fosse liberata da una cella buia e messa in un luogo pieno di luce. La sua casa era stata una fortezza in cui nascondersi dalla gente. Quella di Nick era una casa aperta, la gente arrivava inaspettata. Nelle vesti di Joyce Amedeo accoglieva gli ospiti sicura di sé. Imparò ad essere socievole, ad amare la confusione, il baccano delle voci in casa sua.

Scoprì il senso di libertà che le dava il non pensare, quell'immersione totale nell'esistenza di un altro per cui la vita è solo ciò che vedi, e ciò che fai. Niente più dubbi, paura e conflitti.

La sua arroganza era tale che nulla e nessuno lo metteva in soggezione. Bastava solo che si facesse trasportare dal flusso della vita. Mangiavano, bevevano, parlavano mentre rosicchiavano delle cose, facevano l'amore. Eccome lo facevano l'amore! E poi s'addormentavano. Nick aveva l'abitudine di stendere il braccio sul piumino di lei e Joyce si assopiva appoggiandoci sopra il capo. Per anni la sensazione del suo braccio irsuto sotto la sua guancia era sinonimo di piacevole sonnolenza.

Una volta i suoi contatti erano limitati alla sua famiglia e a uno o due colleghi di lavoro. D'un tratto faceva parte di una comunità. Nick la conduceva a grandi feste piene di gente che chiacchierava in una confusione di suoni strani. Lei avanzava sicura e fiera (era la sicurezza di lui, il suo orgoglio). La presentava come *me mugghieri,* stendendo il suo braccio casuale e condiscendente in direzione di lei, come se lei fosse un altro suo braccio, una sua appendice, talmente parte di lui da necessitare poca attenzione. E lei ci stava, amando la libertà, la sicurezza assoluta che questa posizione implicava.

Andavano a dei barbecue dove c'erano montagne di cibo sulla tavola. Frequentavano balli siciliani con centinaia di visi mediterranei, scuri e sudati, che emanavano odore di cibo grasso e vino di casa. Danzavano vorticando sul parquet al suono della musica stridente della fisarmonica, facendo polche, tanghi e valzer. Non si sentiva per nulla a disagio, né preoccupata per avere mangiato troppo o nauseata dagli odori, e neppure in colpa perché gustava quei piaceri sensuali.

Capì che il piacere fa parte della vita come il lavoro, il dormire e pure l'angoscia. Gli amici di Nick erano come lui – avevano lottato nei tempi duri, ora si godevano il successo. Accettarono Joyce come la moglie di Nick, parte della vita di suo marito. Imparò a mangiare pane croccante e olive (lasciando cadere il nocciolo in pugno) e formaggio che si sentiva duro e piccante al palato. Rotolava fili di spaghetti sulla forchetta mentre con l'altra mano accentuava una frase con l'indice e il pollice. Aprì le sue papille al gusto, alla sensazione del sugo e formaggio accompagnato da un vino casareccio. Imparò a parlare il siciliano. Era Joyce Amedeo e prosperava.

Era stata educata a rispettare il valore della lettura, a razionalizzare le emozioni. Ma ciò le aveva portato solo infelicità. Adesso che aveva imparato a vivere, le venne il sospetto che i libri fossero utili solo a coloro che hanno un senso tenue della realtà, lievi surrogati della vita vera.

Nel mondo fisico di Nick smise di riflettere sulla vita e iniziò invece a sperimentarla, accarezzandone le sfumature, a sentirne le varie sensazioni. La presenza massiccia di Nick la rassicurava. In effetti non era neanche necessario che lui fosse con lei. L'importante era sapere che suo marito stava lì in quell'angolo o fuori sulla veranda a giocare a carte.

E non si turbò neanche tanto quando, anni dopo, cominciò a rincasare con un certo lampo negli occhi e la camicia profumata. Come quando non tornò a casa da una festa d'addio al celibato fino al mattino seguente. No, lei non ci fece tanto caso, era da aspettarselo da un tipo come Nick. Non poteva sperare, e neanche ne aveva il diritto, di mettere i ferri a quello straordinario fascio di sensualità. Si sentiva talmente parte integrante di Nick che poteva vantarsi in segreto delle sue conquiste ... quasi ne avesse partecipato anche lei.

Sì, era convinta che per sopravvivere non serviva altro che mantenere una nicchia in quel mondo solido di Nick e così poteva persino essere felice. Be', l'aveva spuntata, quasi.

Steve

Data: venerdì 18 dicembre. Ora: 9.30, circa. Scena: Una grande poltrona girevole in vero cuoio, una scrivania imponente, pareti rustiche color crema, il condizionatore d'aria che ronza affannato. Attraverso le veneziane s'intravede un muro di pietra calcarea. Rami d'ulivo color argento brillano nel sole. A destra e sullo sfondo, l'ingresso del dominio Amedeo. Invisibile attraverso la finestra (ma suggerito dall'arroganza del padrone) si estende l'intero dominio consistente di 6.07 ettari di proprietà all'angolo tra Hogarth Road e Plaver Way.

Contenuti fra questi confini, troverete un numero di uffici e piccole fabbriche date in affitto a operai specializzati nel settore edilizio, ma non esclusivamente, tipo intonacatori, falegnami e negozianti di ferramenta. Fra i vari edifici e rinchiuso da un recinto di sicurezza, spicca un complesso di uffici, per uso esclusivo del proprietario stesso, contenente una sala di ricezione, due uffici occupati e uno non usato, una cucina/sala relax e un bagno.

Sulla poltrona a distanza dalla scrivania siede il boss a gambe aperte (mai con le gambe incrociate a causa del fardello abbondante là in mezzo) messo dietro a quella sua grandiosa scrivania. Il braccio destro poggiato allo schienale, il sinistro steso in avanti e posato sull'angolo della scrivania. Il busto girato in questo modo mette in evidenza il suo corpo di profilo avvolto in una camicia bianca le cui maniche, arrotolate fino al gomito, mostrano le grosse braccia folte di peli neri e ricciuti. Fa un sorriso segreto e malizioso. Sopra le mandibole le guance si gonfiano sotto gli occhi suini.

'Ho avuto un bell'incontro ieri sera.' Lo spettacolo comincia. 'Ieri mi telefona Dorothy Stansfield ... sì ... sì ... proprio lei, la padrona, dicendomi che voleva vedermi per discutere del contratto. Io pensai, ma che diavolo vuole questa?

'Abita in una di quelle ville signorili sul lungofiume: a due piani, super lussuosa, affacciata sull'acqua, con domestica in casa... Mi fa entrare un tipo che sembra un rimbambito. I mobili sfarzosi, antichi ... come si vedono sui programmi inglesi in televisione. Dopo un po' (mi lascia ad aspettare per più di dieci minuti) si presenta questa donna snob in un abito ... come si chiamano? Uno di quegli abiti lunghi ... una specie di caffettano, con lo spacco sul fianco. Le sue tette ti stavano per saltare addosso, i capelli ancora caldi dalla permanente, viso truccato e il corpo riccamente profumato. Ullallà!

"È molto gentile essere venuto, Signor Amedeo." Il

cognome lo pronuncia *Amedeooh*, come se l'italiano l'aveva imparato dal disco. E io mi dico, cara signora, tu non mi ci hai fatto venire qui per *parlare* di business. Tu il *business* vuoi farcelo.

E scoppia a ridere malizioso e compiaciuto, dondolandosi sulla sedia, con la mano sulla pancia come per trattenere un'esplosione.

Le due dita medie infilate fra i bottoni della camicia, frugano sul torace, mentre l'intero viso, dalla giugulare piena alla mascella, sembra travolto da una scossa violenta. Anche col condizionatore acceso la sua fronte è già unta di sudore. Adesso si prende una pausa mentre io accendo una sigaretta, aspettando. I suoi occhi mi scrutano esigenti. Che altro mi resta di fare?

'Allora, vecchio diavolo, sputa fuori; hai fatto qualcosa?'

Lui finge di essere indignato.

'Ma scherzi! Lasciami dire, in queste cose uomini e donne sono uguali. Lo involti ben benino, falle credere che lo stai conservando per lei e sei tu che controlli. Ma al momento che le fai avere ciò che desidera, il controllo passa a lei.'

Mi aspetto un'altra risata, ma la faccia si fa seria.

'È per questo che bisogna sempre lasciare qualcosa di riserva, non tanto, ma il meglio di te . E stai sicuro che loro lo sanno ... o almeno devi convincerle che è ancora da venire.'

Una pausa. Dal corridoio arriva la voce di Lily al telefono, confortante sotto il ronzio del condizionatore. Nick mi si avvicina e sussurra,

'Senti, ma che ha quella?'

'Che vuoi dire, Nick?'

'Come? Non vedi? È tutta acconciata come una ragazza di bar di Manila.'

'Bastardo!' penso, ma non oso dirlo ad alta voce. Per lui lo allungo con una battuta bonaria.

'Sei un diavoletto, caro mio. Per me è molto elegante.'

Mi guarda sorpreso, sbattendo le palpebre. Mi fissa con quei suoi occhi grigio mare.

'Che diavolo hai combinato? Stai attento giovanotto, le

donne hanno più trucchi nascosti nelle maniche di un mago da circo.'

'Che dici? Non ho nessuna idea.'

Si fa serio, paterno.

'Dico di non farti montare la testa, ecco.'

D'un tratto s'interessa alla cenere della mia sigaretta. La sua intensità mi mette sempre a disagio, ancora più delle esplosioni di rabbia. Per fortuna dura poco. Già si rilassa e il braccio destro gli pende al fianco.

'Questo contratto, ne abbiamo bisogno. L'edilizia è in crisi profonda. Se prendiamo questo lavoro stiamo apposto per un po'. In seguito ci si può buttare negli appalti più grossi: hotel, grossi edifici ... con quelli sì che si fanno i soldi.

'OK e allora, come stiamo messi?'

La faccia di Nick s'illumina .

'Per me ce l'abbiamo fatta. OK non c'è la firma ancora, ma ... non so, c'è qualcosa nel modo in cui mi guarda. Qualcosa intuisco.'

'Ma allora perché non firma?'

'Perché è furba. Indugia per farci capitolare e arrivare al suo scopo. Mica scema quella lì, sai. Mi ha trattenuto per quasi due ore a contrattare su questo e quell'altro. Alla fine le faccio, "E allora, questo appalto ce lo concede?"

Ancora un'altra pausa. L'attore in lui si prepara: occhi vitrei, totalmente assorto nel suo ruolo, si trasfigura in una ricca signora inglese con voce femminile e accento snob. "Ma caro signor *Amedeooh*" mi fa, "non può pretendere che io possa prendere una decisione proprio questa sera! E poi adesso io devo andare, ho un impegno per le ... ma guarda, già le sei e trenta! Farò tardi all'opera. Dove sta Roderick? Dove si è andato a ficcare quel diavolo di ragazzo?"

È tanto buffo osservare quell'orsone fare i versi da donna, che scoppio a ridere. Cosa che fa tanto piacere a Nick. C'è in lui la gioia infantile di uno che ama far ridere. Allo stesso tempo, sembra grottesco, ma ovviamente non lo dico a lui. Non gli voglio rovinare la performance.

'Spunta fuori che Roderick, suo figlio, odia l'opera e

farebbe qualunque cosa per non andarci. Così ad un tratto, lo sai che ho fatto?' l'eccitazione lo bagna di sudore, 'ci dico, "Signora Stansfield mi permetta di accompagnarla, in verità non sono il tipo che frequenta l'opera, per il fatto che non mi è mai capitato di andarci." Lei si mette a chiocciare come una gallina che ha fatto l'uovo. Subito mi scoccio, perché penso che mi sta sfottendo. Poi dice, "Ma no, un Italiano mai stato a vedere un'opera! Non ci credo. Oddio, lo sapevo che questo paese produce dei filistei, ma lei, un italiano ... be', almeno è stato onesto con me".

'Mi squadra su e giù, per vedere come ci starei nel foyer del teatro *His Majesty's* poi mi fa, (in quella voce in falsetto che detesto), "ebbene ... sì ... certo, se proprio vuole mi accompagni pure. Chissà che non potremo fare di lei un patito d'opera? Sicuramente non ci riuscirò mai con Roderick".

'E allora sei andato a finire all'opera ...'

'E così corro a casa per cambiarmi ...'

'E Joyce come l'ha presa?'

'Preso cosa?'

'Che tu sei andato all' opera con una donna.'

'Ma scherzi! Mica lo dico a lei. Le ho detto semplicemente che avevo una cena di lavoro ... be', effettivamente lo era. E così andiamo all'opera. Che barba! Mi ciondolava la testa tutta la sera, anche se ci stavano un paio di mignotte con le tette abbondanti su cui attaccare gli occhi. Poi l'ho portata da Gino per il caffè: interno fiorentino, musica romantica, bell'odore di caffè. Le donne inglesi vanno matte per quel tipo di locale.'

Adesso tocca a me fare gli occhi da diavoletto.

'Allora sputa fuori, non tenermi sospeso.'

'Noo! Ma che dici! Te l'ho già detto, niente di fatto, pure se me la presenta messa sul vassoio, rifiuto lo stesso. "Guarda pure bella," ci direi, "fai festa con gli occhi, ma non si tocca fino a quando non metti la firma sul contratto!"

Dilata la mascella in una risata da balena, il corpo gli traballa.

'Senti, a proposito, mi ha detto che Murray – lo conosci Murray Williams, l'ingegnere civile – ci ha raccomandato. Un tipo decente, quel Murray . Beve un po' troppo, ma a noi ci ha sempre trattato bene ... mentre ci penso ...' Si mette a gridare, 'Lily ... Lily ... senti, aggiungi due bottiglie di *Johnny Walker* per Murray Williams alla mia lista dello shopping di Natale.'

Si accorge dell'ora sull'orologio digitale appeso alla parete.

'Merda! Già così tardi? Devo andare. ..'

'Ma quando controlli i disegni dell'architetto?'

'Quali disegni?'

'Il caseggiato di Natta, hai detto che l'avresti fatto oggi.'

'Oggi non posso, non ci penso neanche. Oggi sarà uno di quei giorni. Ho un milione di cose per le mani.'

Caratteristicamente, alle parole fa seguire i fatti. Per prima cosa, come di consueto di venerdì, andrà a fare una visita agli inquilini, per ricordargli di dare a Cesare quel che è di Cesare.

Sulla veranda, un altro dei suoi sudditi ha recuperato l'energia per salutarlo, anche se Lupo non sembra del tutto in buona salute. Si spinge sulle zampe, s'incammina lento verso gli scalini d'entrata, si gratta il muso contro la zampa ronzante di mosche. Nick s'inchina e lo acciuffa al muso.

'Allora, che ti prende, Lupo? Che c'è vecchia bestia? Gli anni ti buttano giù vero?'

Lo trascina al tubo d'acqua e lo spruzza, massaggiandogli il dorso, la testa e la pancia. Il cane si sottomette come un vecchio sibarita. Così rinvigorito, si alza sulle zampe posteriori e si butta contro Nick, quasi da farlo rovesciare a terra.

'Ehi!' gli ringhia, 'ehi!'

Impugna le zampe anteriori del cane e le tira su, cosicché adesso cane e uomo si confrontano faccia a faccia. Lupo tenta di leccargli il viso ma viene travolto. Nick lo riprende tra le mani e lo stringe a sé e per un istante il ventre del cane pastore e quello del suo padrone combaciano. I suoni dei grugniti e della fragorosa risata si disperdono sotto il rumore di un furgone che arriva. Ma neanche quel frastuono riesce a obliterare la forza selvaggia che unisce l'uomo e il cane.

La cosa strana è questa, (e mi colpisce mentre osservo Nick dal terrazzo) in undici anni che conosco Lupo, quasi mai ho visto Nick portargli da mangiare. Il bagno glielo faccio sempre io. Eppure quel cavolo di cane gli sta sempre dietro a leccarlo.

Comunque, per fargli capire chi è il padrone, Nick gli dà uno spintone e Lupo si abbatte a terra con le zampe in aria. A questo punto Nick nota il pene dell'animale spuntare dal sacco tutto rosa e vibrante. Sorpreso e divertito Nick spalanca la bocca.

'Ma vattene là, vecchio lascivo, via! Stai benissimo tu, se sei ancora capace di eccitarti così, vecchione.'

E una grande risata convulsiva (interrotta dal tossire) accompagna la sua ombra mentre si affretta verso l'uscita.

Nick

Se questo pensa di farla finita, dovrà procurarsi un altro cane pastore. Non si può lasciare la proprietà senza guardia, i ladri se la spasserebbero. Dovrebbe comunque prenderne un altro, caso mai. Solo che Lupo sarebbe ostile, come quella volta ... un paio d'anni fa, quando un suo cliente gli regalò un cucciolo e quasi quasi Lupo se lo divorò in un boccone. Geloso del proprio territorio è il vecchio spilorcio. Si direbbe che dopo tanti anni da solo un po' di compagnia la gradirebbe.

C'è qualcosa di curioso fra quei due stamani, scommetto che stanno combinando qualcosa di losco. Scommetto che quel bastardo se la sta scopando di soppiatto. Hanno tutti e due lo sguardo colpevole come, Giuda Iscariota, per dirla come zio Basile. Queste cose non si possono nascondere a un esperto come lui. In realtà, c'è poco da eccitarsi con quella, sembra una gallinetta affamata, tutta pelle e ossa. Poco davanti e neanche tanto culo. Tuttavia, questi asiatici di sesso ne sapranno, a giudicare dal numero di figli che producono.

Ora che ci pensa, non ha mai fatto sesso con un'asiatica

... aspetta, ma sì, certo, come si è potuto scordare di quella Indiana la prima volta che andò a Singapore. Come cazzo si chiamava? Tipo Adjal ... Ashal ... una cosa così, molto probabilmente un nome d'arte. Aveva un perno inserito nel naso e lui glielo fece togliere. A letto mentre le stava di sopra non riusciva ad alzare lo sguardo da quel buco nella narice. Quasi quasi, lo fece distrarre. Ma poi, nel momento in cui si misero a pompare ... quella sì che sapeva muoversi, per Dio. Le contorsioni le sapeva fare quella!

Strano però, alquanto buffo che Steve, di solito così timido con le donne, adesso si riveli essere un cavallo incognita, anzi uno stallone che scopa proprio sotto i suoi occhi senza che lui ne sappia niente. Be' comunque, auguri. Non si può prendere d'invidia per queste cose. Però, meno male che la ragazza adesso va via. Meglio evitare certe complicazioni . Non che lui abbia idee su di lei. Non è il suo tipo: troppo minuta, asciutta, troppo sapientona. Un maschio che si sente di essere chissà chi è già troppo. Una donna così sarebbe insopportabile.

Si ferma un istante all'ombra dell'ulivo, uno dei quattro alberi piantati lungo il viale asfaltato che conduce alle fabbriche. Così caldo, così presto. A meno che la brezza del mare non arrivi a rinfrescare un po' l'aria, la giornata sarà afosa. Bisognerà innaffiare gli ortaggi due volte. Quando torna in ufficio dirà a Lily di accendere l'irrigatore, se no i peperoni, i pomodori , la melanzane e il finocchio si bruciano. Il finocchio no, quello sopravvive all'arsura. Raccoglie un ramoscello di finocchio dall'aiuola accanto e se lo porta alle narici. Punte di felce gli solleticano le labbra ... ah, quanta fatica per ottenere dell'acqua al suo paese!

Nannu lo mandava alla Mancusa per attingere l'acqua alla fontana con due brocche attaccate alla sella della vecchia mula. Era un tratto di tre chilometri e lui non poteva neanche andare in groppa perché il tragitto era irto e sassoso. Una volta ci provò e per dispetto la mula si buttò a terra, rompendo una delle brocche e rifiutando di rimettersi in piedi. Poi arrivò suo zio Saru e riempì l'animale di botte per 'insegnargli un po' d'educazione'. Quando pensa a quei tempi, si rende conto di come si è fortunati oggi.

'Ehi, Nick, ma dove vai?' La voce lo ferma, suo malgrado.

Il vecchio Oreste Ancelli, l'ebanista molisano, sta seduto sulla scalino della sua bottega, a mangiare pane, formaggio e olive, e sorseggiando vino di casa dal termos. È sempre quello lui!

'Porca miseria, Oreste, ma tu stai sempre a riposo.'

'E cosa vuoi, qua dentro è come una fornace. Mica mi metto a lavorare, no? A 'sto caldo resistono solo gli Aborigeni. Fra poco vado a casa.

'Non ci credo!'

'Ma sì, vuoi che crepo dal caldo? Per Dio no, è pazzesco! Me ne torno a casa io.'

E scommette che lo farà davvero. Abituato a fare quel che gli pare e piace, lui. Mai pensato di metter su famiglia, il vecchio Oreste. E chissà, magari ne avrà una cantucciata da qualche parte. Sarebbe tipico di lui, un giorno svegliarsi e decidere che moglie e figli non fanno per lui, di mollare tutto e andarsene via. Però è un mastro ebanista, quello sì. Se vuoi un mobile fatto su misura non c'è di meglio di Oreste. Purché sei disposto ad aspettare, specialmente adesso che ha deciso che al lavoro ci va solo quando è al verde.

Dallo scaffale dietro al tornio prende un bicchiere, uno dei tanti che ha per offrire da bere agli ospiti.

'Non per me grazie, Oreste, devo scappare.'

Naturalmente Oreste non gli dà retta, procede a versagli un bicchiere e glielo passa. Nick prende in mano il bicchiere appannato. Il vino gelato gli rinfresca la gola. In fondo ne aveva di bisogno. Si ricorda come andava dietro a Nannu quando andava a riempire il fiasco dalla botte del catoio. Ah che odori! Ancora oggi gli viene il solletico al naso quando si ricorda di quelle salsicce e il lardo salato, le acciughe. E ghirlande di aglio e peperoncini e i sottaceti.

'Una buona goccia sto vino, Oreste, dove lo prendi?'

'Bel gusto, eh? Un tale di Wanneroo, un mio vecchio amico. Giulio Brendis. Lo conosci Giulio? Non è abbastanza capitalista per te, vero? Ci vado tutti gli anni a riempirmi la botte. Mai saltato un anno. Sessanta galloni.'

'Madonna! Quanto ne bevi al giorno, mezzo gallone?'

'Noo! Ma che dici! D'inverno forse un litro, non di più. Il vino fa bene alla salute, no?'

Il baffo grigio di Oreste fa un saltino. Ha le labbra di una prostituta quello. E adesso procede a fargli la predica.

'Ma perché corri sempre? I giovani hanno sempre fretta.'

Avrà una decina d'anni più di Nick, eppure lo tratta come un giovanotto. Mica lo fa per lusinga, è il suo modo di fare. Un uomo un po' strano. Un morto di fame, se si vuole, eppure si comporta come un pascià. Come se fosse chissà chi. Un po' presuntuoso. Solo che Oreste è uno di poca importanza. Un buffone che si ignora facilmente. Non si dà conto a uno che, alla fine di una giornata di lavoro, non resta altro che un fiasco di vino con pane e olive; un uomo che sta seduto in una bottega in un giorno di fuoco in Australia, sognando l'Italia.

'Credimi, Nicola, sto paese è adatto solo per i neri.'

Si riferisce sempre alla madre patria come se fosse il paradiso terrestre. Sebbene non abbia mai spiegato il perché non ci è mai tornato a vivere. Un anno ci tornò, per un po'. Aspetta, in che anno? Giusto un paio d'anni fa. Arrivò a Roma, litigò col fratello che non vedeva da oltre un quarto di secolo e rientrò in Australia meno di due settimane dopo. Eppure, continua a parlare del suo paese come un posto meraviglioso. Per Oreste a casa sarà sempre altrove.

'Oh, d'estate al mio paese era tutt'altra cosa. Si andava in bicicletta in montagna, noi tutti giovani insieme a fare una corsa in montagna. Poi si faceva un picnic oppure si giocava a calcio in piazza.

'Talvolta magari non si faceva niente, si stava giusto sdraiati a terra o seduti sul prato con un filo di paglia fra i denti. Così ... si chiacchierava fra di noi, si scherzava. Ah come ridevamo! Le burle che ci facevamo! Era tutto diverso. Tutt'altra cosa, caro Nicola. In questo paese i giovani vanno in giro come i forsennati per guadagnare ancora più soldi, non hanno tempo per godersi la vita. Un altro anno sta per andarsene, ancora un anno speso a correre dietro ai soldi. È pazzesco. Un giorno ti trovi vecchio e poi muori. Ma perché si vive, eh? Perché?'

Questo paese è strapieno di brontoloni. Questa è una nazione di scontenti, immigrati che non sanno adeguarsi e non ci riusciranno mai; sempre pronti a rimpiangere il passato; senza rendersi conto che la vera vita è il presente. Il passato è finito.

Ascoltare le lamentele di Oreste lo fa sentire meglio per i successi che ha ottenuto nella vita. Meglio andarsene prima che Oreste ricominci con un altro dei suoi racconti del passato. Come, ad esempio, quando fu chiamato alla leva e la guerra scoppiò due mesi dopo. Quella storia l'avrà sentita un milione di volte. Ma oggi Oreste si appiccica ad un altro argomento. Il caso dello stupro Dury.

'In Australia si parla sempre di stupro. Stupro tutti i giorni.'

Oreste Ancelli torna a battere dove gli duole il dente.

'E allora, al tuo paese lo stupro non esisteva?'

'No, per Dio no, ste cose non si sentivano mai. Al mio paese le donne si tenevano la gonna addosso e conservavano l'onore. A volte è proprio la donna che provoca l'uomo. Se la veste mette in mostra mezzo culo, cosa vuoi che faccia l'uomo, eh? Sai che al mio paese c'è la statua di Persefone. Conosci la storia di Persefone, no?'

'No, ma conservala per un'altra occasione. Devo scappare, ho mille cose da fare oggi.'

Dall'altra parte c'è tutto un mondo che aspetta, non vuole restare seduto qui, lui, ad ascoltare le sciocchezze di un vecchio rimbambito.

'Eh! Vedi, sei diventato un canguro tu. Le storie non t'interessano, solo i soldi cerchi.'

Questa è una storia di cui dovrà farne a meno. S'incammina sotto un sole infuocato, ma non gliene importa. Qui si sente libero, qui è il futuro. Oreste continua a inseguirlo lungo il viale ombroso.

'Devi farci attenzione alle storie del passato.'

Oreste ride, condiscendente e ironico. Come se sapesse qualcosa di lui, qualcosa che non sa nessuno. Vecchio stordito! Eccolo ridacchiare isterico, con la mano appoggiata al muro di mattoni, mentre Nick va via di corsa lungo il viale, passando davanti a Haynes Cement di proprietà dei fratelli Sidney e Brad, coi loro camion nuovi di zecca, perché hanno vinto gli appalti statali per costruire i bordi delle strade. Hanno scoperto una miniera d'oro, quei due! Dovrà aumentargli l'affitto, non di troppo però, se no quelli si prendono di picca e vanno via.

Ah, questo sole! La sua infanzia, se la ricorda tutta bianca e solare, ancora più bianca di questa. Ma le notti erano piene di fantasmi. Spiriti dietro ad ogni angolo, ogni cespuglio, ogni muro di pietra. Ma da dove gli spuntano sti strani pensieri? Non è tipico di lui. Oreste gli ha messo la pulce nell'orecchio. Vattene all'inferno Oreste! Un uomo deve vivere per il presente e il futuro: un presente che ti entusiasma, un futuro che ti appassiona ancora e che vale la pena rincorrere.

Il suo futuro sarà colmo di passione. Una sensazione di delizia e meraviglia lo sommerge per la seconda volta stamani. S'intravede qualcosa nell'afa che galleggia sull'asfalto, come un miraggio. Qualcosa appare laggiù, un qualcosa ... eccolo lì accanto all'ulivo, un'ombra che s'innalza verso il fogliame, stirandosi come calzoni elastici, per poterci arrivare.

Un respiro affannoso lo sorprende da dietro. È Lupo, con la lingua ansante color cremisi e passo strascicante, prova a tenere il ritmo. Per un istante ha la sensazione che esista un filo di connessione fra il cane e quell'ombra, ma appena rialza lo sguardo per confermarne il profilo, svanisce. Sarà stata l'ombra di un'automobile che scorreva veloce oppure di un furgone carico di roba. Una distorsione visiva quanto mai verosimile in una mattinata in cui raggi solari guizzano luce e ombre in tanti recessi.

All'angolo, dove la strada interna giunge al confine della proprietà, gira a sinistra e infila la scorciatoia in direzione del grande magazzino dove ha un appuntamento con Bill Artie per negoziare un nuovo contratto d'affitto. Poi bisogna che rientri in ufficio. Non ci sarà tempo per visitare tutti gli inquilini questo venerdì, troppo da fare. La priorità è il contratto della Stansfield. Proverà a fissare un altro appuntamento con lei.

Si ricorda inoltre che deve far visita a Santina e scegliere un regalo per Joyce. Un qualcosa di eccezionale, ci sarà tanta gente lì domani sera e come minimo deve presentarle un bel paio d'orecchini. O magari un anello. Anche se di anelli ne ha diversi. Comunque un altro anello potrebbe pure essere adatto. No, un momento, ben presto si celebrerà il trentesimo anniversario del loro matrimonio, meglio rimandare l'anello a quell'occasione. Be', chiederà a Santina, lei saprà consigliarlo. Con due uomini che la amano, non le manca di certo l'esperienza.

Joyce

Le 9.58, ecco ce l'ha fatta! E con due minuti di anticipo. Il dottor Camberwell non la farà attendere. La puntualità è solo una delle tante virtù che adornano il carattere del giovane psichiatra.

Il dottor Camberwell – Joyce non aveva potuto fare a meno di notarlo fin dalla prima visita – è senz'altro giovane. Sincero e affidabile il suo volto è una vera vetrina di buone intenzioni. Un po' troppo giovane per essere uno psichiatra. Da contrappeso a questo felice handicap e in modo da conquistare la fiducia iniziale da parte dei più scettici o timidi dei suoi clienti, il dottor Camberwell ha conferito al suo studio dei colori sobri, arredandolo con mobili solidamente bourgeois, molto rassicuranti.

Le pareti sono color pesca, molto rilassanti, e il soffitto di un bianco candido. La finestra, con le tende di sciantung e doppio tulle, lascia filtrare abbastanza dello scottante sole australiano da illuminare lo studio, senza però invadere la privacy.

Il tavolino rettangolare rifinito in *jarrah* è ben decorato da un vaso di fiori secchi australiani. Una brocca di ceramica e due bicchieri sottosopra su un vassoio sono messi accanto al cliente per suo conforto e rassicurazione.

Un imponente focolare, non proprio confortevole da vedere in un'estate rovente, fa da ripostiglio a un climatizzatore a ciclo inverso il cui ronzio, come il suono di una brezza marina, tranquillizza la mente inquieta.

È chiaro che il Dottor Camberwell è riuscito a creare l'atmosfera di un confortevole salotto all'antica. È molto piacevole trovarsi davanti un tale *tableau* di eleganza nello studio di uno psichiatra. Senza dubbio fin dalla prima visita il novembre scorso questo l'ha messa subito di buon umore verso Camberwell. E bisogna dire che, a parte la sua età giovanile il dottor Camberwell ha l'aspetto classico dello psichiatra. Alto, snello, sobrio, raffinato e calvo; sicuramente mette in mostra tutte le qualità di un rispettabile e serio strizzacervelli. Infine le sue labbra sottili e la bocca minuta e allungata come il becco di uccello, riassicurano il più diffidente dei pazienti della sua assoluta discrezione e riservatezza.

Quindi non c'è dubbio che Camberwell farà strada. A meno che non si lasci trasportare dalla dedizione a rivoltare la mente delle persone. La prova della sua dedizione è disposta sul tavolino nella forma di una cartella, in posizione equidistante fra lei e quel mazzo elegante di natura-morta Australiana.

'In questa seduta vorrei fare una consolidazione dei due primi colloqui ... ogni tanto farò riferimento ai punti già discussi ... come vede mi piace prendere appunti ...'

Alza la cartella con la copertina di cuoio tenendola in aria fra il pollice e il medio. Il poter osservare la propria vita in quella forma, stretta fra le dita sottili e anemiche del dottor Camberwell, è una cosa ... beh, sconcertante dapprima, ma indubbiamente d'immenso valore terapeutico, per tutti e due. Non vede l'ora di alzare la copertina. '... alla fine dialogheremo sugli esiti e le strategie da intraprendere ...'

Strategie? Mm! Il dottor Camberwell fraintende la sua perplessità. Non ha mica sopravvalutato la sua perspicacia?

'Senta, le assicuro che ...'

Joyce sente il dovere di rassicurare *lui* con un sorriso vacuo. Non è del tutto convincente.

'Penso che ... penso di poter dire con sincerità che abbiamo fatto progressi notevoli. Sono lieto di costatare un'apertura ...'

Che modestia esemplare questo dottor Camberwell! La verità è che è riuscito a spalancarla quell'apertura, come non era mai riuscito nessuno, uomo o donna. Ovviamente da principio Joyce aveva provato un po' di riluttanza, ma alla terza seduta era stata sopraffatta dal desiderio, anzi dall'urgenza di confessarsi. È un'emozione nuova per lei, stranamente in conflitto con la riservatezza cronica della sua natura.

Per il suo bene professionale, dovrebbe dirglielo. Ma non osa oltrepassare il limite delle convenzioni sociali, in particolare con uno che svolge il suo lavoro con tanta serietà.

In effetti una padronanza di sé tanto scrupolosa fa pensare che al dottor Camberwell potrebbe convenire di aprirsi un po'. Meglio evitare questa idea, però, e ricordarsi che, dopo tutto, la paziente è lei, non il contrario.

'Stiamo facendo dei lusinghieri progressi, Joyce.'

Ma sì, lasciamo perdere la condiscendenza e tiriamo avanti, per amor di Dio! C'è tanto da confessare ancora.

'Tornando al sodo, mi sento fiducioso che potremo implementare una strategia (eccolo ancora quel sostantivo!) che le permetterà di prendere il controllo della sua vita.'

Lo dichiara forse con più disinvoltura di quanto sia necessario. Ebbene, che altro c'è da aggiungere?

'Vorrei ripartire da un dettaglio che mi ha accennato lei stessa la settimana scorsa: la similitudine di carattere fra Nick e suo figlio John. Le dispiace elaborare un po'?'

Il viso di Camberwell, così ricettivo e aperto, aspetta paziente.

'Diciamo che hanno entrambi personalità grintose, ostinate, passionali. La possibilità che si possano sbagliare non gli entra nemmeno in testa. Allo stesso tempo, possono essere generosi, a volte capaci di commuoversi. Però, nessuno dei due è abituato a riflettere ... cioè la riflessione non è il loro forte ... voglio dire, non sono tipi ansiosi loro.'

E il Dottor Camberwell, invece, lo è. In questo momento

è preoccupato per la prossima domanda.

'Il loro ... antagonismo ... che effetto ha avuto su di lei?'

'Sicuramente non mi rende felice. In un certo senso mi sento un po' responsabile della situazione.'

'In che modo?'

'Diciamo che John mi è molto vicino, lo è sempre stato. Non che io l'abbia incoraggiato. Al contrario sono sempre stata abbastanza ... contenuta nei confronti di mio figlio.'

'Perché mai? '

'Come dicevo, non volevo monopolizzare il suo affetto alle spese della relazione fra padre e figlio.'

'Ho capito e ... per quanto riguarda sua figlia?'

'Con Nella è diverso, lei non ha mai avuto le stesse esigenze nei miei confronti ...'

'Esigenze?'

Dio mio, quel tono accusatorio! Bisogna che tiri un po' le briglia, sicuramente deve lavorarci su. Potrebbe mettere un paziente vulnerabile in difesa. Per fortuna Joyce non è il tipo da scomporsi così facilmente.

'Be', diciamo che la mia relazione con Nella è più ... facile da gestire.'

Il Dottor Camberwell opta per un lungo passo indietro. 'Quando sono arrivati i bambini, suo marito si è comportato diversamente verso di lei?'

'Be' certo, quando sono nati i bambini è cambiato tanto. Inevitabilmente sia lui che io abbiamo trasferito l'affetto sui bambini. Mi pare abbastanza naturale, no?'

'Sì ... certo ... Quindi si direbbe che il matrimonio fu un po' messo da parte in quegli anni.'

'No, non proprio. Nick mi ha sempre trattata bene. Trascorrevamo tanto tempo insieme, anche perché a quei tempi io lo aiutavo in ufficio. Come dicevo, mio marito fa il costruttore. Non ha fatto sempre questo. Ha dovuto affrontare grandi ostacoli. Da ragazzino, lavorava da manovale. Ha dovuto tirarsi su lavorando sodo. Adesso ha messo su un'azienda che vale ... be' non saprei quanto, ma i figli saranno messi bene quando Nick deciderà di smettere e dar loro l'azienda in mano.'

'Certo che ci ha saputo fare.'

'Appunto ... È un uomo straordinario, Nick Amedeo.'

Be', anche lei ha il suo orgoglio. Non vorrebbe che il buon medico pensi che sia stata una stupida per aver sposato Nick.

'Eppure adesso ha intenzione di lasciarlo.'

'Be' ... sì'

'Perché?'

Si era aspettata una tattica più sottile, che l'attacco arrivasse di lato. Questo assalto frontale quasi la mette a disagio.

'Signora, perché vuole lasciare suo marito?'

'Perché devo. Non voglio che sappia ciò che mi sta succedendo.'

Ecco, ha dovuto concedergli una piccola vittoria. A questo punto Camberwell potrebbe anche lasciarsi andare ad un sorriso compiaciuto, ma chiaramente a lui non interessano le piccole vittorie. Nient'altro che il trionfo può appagare un professionista come lui. Infatti è già intento a studiare la prossima mossa.

'Torniamo al suo ... problema. Direbbe che con l'andare del tempo sia progressivamente peggiorato?'

'No, per tanti anni, dopo che mi sposai, era sotto controllo. Solo quando i figli sono cresciuti e mi sono ritrovata sola in casa di continuo, allora sì ho cominciato a ricaderci. Non appena Nick esce, ho il bisogno di fare una doccia. Resistere all'impulso richiede tutto il mio autocontrollo. Così, metto in ordine la casa, faccio la biancheria, passo l'aspirapolvere, lucido i mobili ...'

'E mi diceva che rimane fino a mezz'ora sotto la doccia.'

'Anche di più, se potessi. Fortunatamente, ho preso degli impegni di volontariato. Tre volte a settimana vado a distribuire pasti ai malati, così da avere meno tempo libero. Nel pomeriggio, preparo il pranzo e poi vado a fare la terza doccia giornaliera.'

'Ho l'impressione che ... non riceva tante visite.'

'No, non durante il giorno. Ognuno va al lavoro

oggigiorno ...'

'Ha alcuni amici con cui potersi confidare?'

'Be', diciamo che ho la famiglia ...'

'E ha confessato questo suo problema a qualcuno in famiglia?'

'Dio mio, no!'

Silenzio. Inaspettatamente eccessiva la sua reazione. Lascerà il dottor Camberwell deluso a questo punto? Sicuramente no. Per fortuna lui è ben addestrato a manovrare questi momenti con delicatezza.

'Mi parli dei suoi genitori, signora.'

Joyce accetta volentieri di andare a frugare altrove.

'La famiglia di mia madre è di origine coloniale. Ai tempi delle occupazioni abusive acquistò dei terreni e una posizione di tutto rispetto, tanto che quando nacque mia madre la famiglia si era già spostata a Melbourne dove aveva una posizione sociale "solida".

'I genitori di mio padre, al contrario, erano piccoli commercianti, proprietari di un'azienda di foraggio, con sede in un paesino confinante con la grande tenuta dei miei nonni. La famiglia di mia madre era contraria all'unione, anche perché mio padre aveva undici anni in più. Non so per quale ragione mio padre traslocò nell'Australia Occidentale, però zio Desmond (il fratello di mia madre) era solito dire che suo cognato aveva una grande ambizione: di possedere una tenuta ancora più vasta di quella dei suoceri.

'In effetti papà ci riuscì. La nostra proprietà era una delle più grandi tenute di pecore e frumento nella zona del Murchison. All'inizio mamma fu di grande aiuto e supporto a papà. L'unico suo problema era che non tollerava il sole, la sua pelle si copriva di macchie quando stava al sole. Quando usciva era sempre vestita con cappello e maniche lunghe, anche nel caldo più intenso.

'Dimostrava la medesima ansia verso papà, insistendo che anche lui fosse ben coperto prima di uscire la mattina. Con noi figlie si agitava ancora di più, a me e a mia sorella Flo non era permesso andare a giocare fuori. La nostra era una spaziosa casa colonica, con tante camere per giocare, ma non era facile trattenerci, quando all'esterno ci circondavano chilometri e chilometri di spazio. Un intero continente si estendeva ad est e noi si stava imprigionati dentro mura pietrose.'

'Mm, capisco bene.'

'Continuava a raccontarci di un suo zio che morì di cancro alla pelle. Descriveva il suo corpo coperto da una "grande eruzione di nei che si allargavano come granchi." E poi ... '

'E poi, Signora Amedeo?'

'E poi c'erano gli Aborigeni.'

'Gli Aborigeni?'

'Ne era terrorizzata, in particolare dei più anziani, uomini e donne.'

Ora che è stata aperta la nuova cassa, Camberwell brama di scrutarci dentro. Be', è confortante sapere che non ha ancora perso il fascino dell'imprevisto.

'Vada Avanti, Signora.'

'Non credo che fosse razzismo, perché amava veramente i bambini aborigeni e li difendeva. Con gli adulti era molto contenuta, distante, ma non era mai ironica o condiscendente, come gran parte dei bianchi. Non li criticava mai, né permetteva agli altri di farlo in sua presenza. Se veniva a sapere che un pastore bianco maltrattava gli uomini o toccava una donna, lei insisteva che fosse licenziato.

'Penso che la sua paura fosse di natura mistica. Se qualcuno accennava ai riti o alle maledizioni che gli altri bianchi, mio padre incluso, canzonavano, lei ne era terrorizzata.

'Perciò io non credo che mia madre fosse affatto razzista. Al contrario, proprio il fatto che avesse paura di loro implicava rispetto per la loro cultura, un rispetto che mancava fra i bianchi di quell'epoca.

'In seguito ad una sparatoria in una tenuta nel Kimberley, mia madre decise di iscrivere mia sorella e me (di appena sei anni) in un collegio di Geraldton. Dopo di che frequentai mia madre raramente, ma mi dicono che fu presa dalla paranoia e si chiuse in casa.

'Quando morì mio padre, nel '46 (proprio per un melanoma, cosa da non credere!), abbiamo dovuto vendere e trasferirci in città. Zio Desmond, tornato dalla guerra di recente, si trovava da noi in visita e ci rimase. Con la morte di mio padre ci fece lui da padre.'

'E sua madre di che cosa è morta?'

Che fare? Proprio adesso? Sì, sì, se lo merita. Dopotutto, è ciò che vogliono sentire gli psichiatri, no? Un fulcro perfetto a cui attaccare una realtà oscillante che tenta di mutare e di fuggire.

'Ci curammo di lei in casa, cioè lo fece Zio Desmond, mentre io e Flo proseguivamo gli studi e trovavamo lavoro. Mamma divenne progressivamente più paranoide, nonostante che adesso vivevamo in città. Però, in tutti quegli anni non aveva mai dato segno di volersi ... Per questo, quando arrivò la notizia del suicidio fu uno shock totale ... fra la roba nella sua borsetta trovammo un sasso di australite nero, grande come un pollice.'

Il viso del dottor Camberwell's è aperto e scrutabile. Almeno avesse la barba o magari più capelli! La verità è che lo si può leggere per tutto il tragitto fino alla nuca. Che brutto handicap da portare per uno psichiatra! Comunque la sfortuna di uno è la fortuna di un altro, per cui adesso che gli ha svelato il suo sconvolgente segreto, Joyce è capace di leggere i pensieri di Camberwell come un libro.

E così la madre si suicida e la figlia, una donna estremamente vulnerabile, ne paga il prezzo. Un vero caso di assunzione di colpa.

È chiaro che ha fatto il colpo nel rivelargli il segreto. Tutte le storie vere dovrebbero essere condite con un pizzico di melodramma. E infatti la faccia di Camberwell è bagnata di compassione e simpatia.

Richiede coraggio l'incolparsi dei misfatti altrui. Ci vuole lealtà e un profondo senso di giustizia. Una donna ammirevole. Peccato che sia così stracarica d'integrità morale ...

Amen!

Steve

Come se non avessi già tanto da fare ... alle 10.30 Nick mi fa una chiamata per dirmi che vuole vedermi da *Santina's Gold Designs*. Dio solo sa che sta combinando – niente mi sbalordisce di lui!

Se mai dovessi scrivere la biografia di Nick, dovrei inserire un capitolo sulle faccende di quella donna di dubbia fama. Santina viene riferita nella comunità (con appropriata curvatura del sopracciglio) come 'la signora dai due mariti'.

Il nomignolo contiene due errori. Il primo è che Santina è sposata con solo uno dei due uomini con cui condivide la casa e la vita. In secondo luogo, all'inizio di quest'anno ha scosso la comunità quando ha deciso di divorziare dal marito, ma continuando comunque a coabitare con tutti e due gli uomini. Quindi, per essere esatti, attualmente Santina non ha nessun marito. Ma questa situazione non durerà a lungo ...

Cal (abbreviazione di Calogero), il marito da cui Santina ha appena divorziato, per molti anni ha fatto lavori di carpenteria per noi. Con l'industria edilizia in recessione negli ultimi tempi, Cal ha trascorso molto tempo in provincia a lavorare per la *State Housing Commission*. La sua assenza avrà forse influenzato la decisione di Santina di divorziare da lui. Eppure al suo ritorno in città Calogero è tornato a vivere con la sua ex.

L'uomo che ha condiviso la vita di Santina ancora più a lungo di Cal è Pino, il gioielliere. Pino non solo fa parte integrale del *ménage* domestico, ma per quanto la gente si ricordi, Pino e Santina sono stati soci nella stessa azienda. Santina gestisce il negozio, chiacchiera con i clienti, tratta le vendite e intasca i soldi. Almeno così dicono i pettegoli. Pino, un omino timido e triste tutto testa e ventre, e con gli occhi di un lemure, trascorre i suoi giorni a creare gioielli con pietre preziose in un tetro botteghino sul retro, dal quale emerge alla fine della giornata.

La fronte bovina di Pino è tracciata dalla cintura della

piccola luce che porta in capo per tutta la giornata. E a volte anche di notte, se ha un lavoro urgente da consegnare oppure, più probabilmente, se a Santina prende uno dei suoi scatti violenti. In tali occasioni, non infrequenti mi preme aggiungere, Pino è obbligato a passare la notte in bottega senza cenare.

Dal loro arrivo in Australia i tre hanno condiviso la casa e, al parere di tanti, il letto. La cosa più sorprendente è che questo strano ménage sia del tutto possibile nell'ambito di una sotto-cultura in cui il divorzio è ancora raro e il codice morale severo.

Non so esattamente come viene condotta la situazione. Penso che nessuno al di fuori di loro tre lo sappia. Certo che non mancano le ipotesi. Queste sotto-culture etniche sono un alveare di pettegoli. Alcuni dicono che Pino è un ex, piantato da Santina, e che quando lei emigrò Pino la seguì e lei lo accettò soltanto sulla base di una sorta di servitù. Questa ipotesi scaturisce dal fatto che Santina è tirannica nei confronti di Pino. D'altro canto non spiega il perché il marito sia così ben disposto ad averlo in casa.

Fino a qualche tempo fa alcuni andavano dicendo che Pino fosse il suo fratellastro. Verità che non voleva divulgare per proteggere il buon nome di sua madre. Questa storia ebbe inizio a una festa di lavoro, dove una collega ficcanaso, mentre parlava con Pino, si riferì a Santina come 'sua moglie'. Pino la corresse, ma la donna insistette.

'Mi scusi,' disse, 'sarete fratello e sorella, immagino.' A cui Pino avrebbe risposto, 'Ha ragione, è mia sorella.' E andò via.

I più cinici sostengono che si tratta semplicemente di soldi, che Santina (che ha fama di mangiadenari) lo sfrutta semplicemente per lo stipendio extra che le porta. E sebbene ciò non spieghi cosa ci guadagna lui nella transazione (a parte quello che viene suggerito dagli stessi cinici) questa ipotesi è più attendibile, in particolare perché è ben noto che Santina non è contraria a concedersi un po' di gioco d'azzardo in uno dei tanti locali illeciti che operano più o meno all'aperto in città.

Non mancano altre tesi, tutte variazioni delle solite due o tre. Fra queste, Nick ne offre una particolarmente stuzzicante e, a giudicare dal tono canzonatorio, con cui la racconta è lecito assumere che neanche lui ci creda.

'Stammi a sentire, ci hai mai fatto caso di come son messi i due uomini? Eh?'

Con gli occhi grigi lampeggianti e il sorrisetto furbo sulle labbra lascive, solo un cieco non sarebbe capace di immaginare quel che gli passa per quella lurida testa.

'Nick, sei disgustoso!'

'Ascoltami, il marito è magro e muscoloso e un furbo figlio di puttana – anche se fa finta di essere tonto – mi sbaglio? L'amichetto è ... beh, guardalo bene, ha l'aspetto di un rospo, sta sempre seduto accanto al marito. E la moglie? È tutta tette e culo, due grandi talenti quando ti porti due uomini a letto ... Immagina tu che succede in quella casa.'

Scoppia a ridere e arrossisce, grattandosi sotto le palle per enfasi. Ebbene, Nick Amedeo possiede senz'altro molti aspetti positivi, bisogna ammettere però che è un tipo volgare. Io do la colpa al fatto che ha avuto un'infanzia difficile.

Personalmente non ho mai dato credito alle chiacchiere, anche se non ho alcuna spiegazione da offrire. Comunque sia, l'ipotesi che siano fratello e sorella è saltata in aria recentemente quando Santina ha fatto esplodere l'ennesima bomba, annunciando che si sarebbe di nuovo sposata, questa volta con Pino. Roba da pazzi!

Joyce

'Signora, se qualcuno le dovesse chiedere quali sono le sue migliori caratteristiche, come risponderebbe?'

Le viene da ridere.

'Cos'è questa, una seduta di autostima?'

'Beh, quella non va mai persa ... poniamo la domanda in un altro modo allora: quali delle sue qualità pensa che siano apprezzate dagli altri?'

'Veramente non saprei. Suppongo che la gente mi trovi

educata. Cioè, non offendo mai le persone, almeno cerco di non farlo ...'

'Mm, benissimo! Gentilezza, curarsi delle sensibilità degli altri. Che altro?'

'Non ci ho pensato tanto ... ah ecco, questo la farà divertire. Sa qual è il primo complimento che mi fece Nick? Non me lo dimenticherò mai ... passeggiavamo per la città ... forse si andava al cinema, non c'era tanto da fare a quel tempo ... c'imbattemmo in alcuni marinai all'uscita dell'Hotel *Criterion*, alcuni erano con ragazze al braccio. D'un tratto, si volta verso di me e dice, "Joyce, quel che amo tanto di te è ... il tuo aspetto semplice, pulito." Non sapevo se mettermi a ridere o piangere.'

Il dottor Camberwell non sembra voler fare né l'uno né l'altro. Chiaramente gl'interessa di più la sua interpretazione che le manie morali di Nick. E allora Joyce lo soddisfa.

'Diciamo che per noi il suo complimento è quasi un insulto. L'avessi conosciuto meglio mi sarei resa conto che il suo 'pulito' voleva dire senza trucco, naturale.'

Camberwell offre un commento. 'Un po' puritano, non crede?'

'Assolutamente, quasi Islamico. Non del tutto sorprendente quando si viene a conoscere la storia della Sicilia, che io non conoscevo all'epoca. Ad ogni modo, ben presto ho scoperto il vero significato del complimento, anche se non avevo alcuna idea di come lo potesse sapere.'

'Appunto,' il mento del buon medico ha l'aspetto di volere essere accarezzato, certo che gli servirebbe un pizzetto, 'come poteva sapere?'

Boh! Ma aveva visto giusto. Tecnicamente, all'epoca Joyce era vergine, ma non per ragioni di morale, come Nick credeva. La verità è (ed ecco un altro colpo d'inganno da parte sua) che Joyce non avrebbe avuto scrupoli a perdere la verginità se avesse avuto più coraggio. Ciò che temeva di più era che, quando fosse arrivato il momento, sarebbe andata in panico e avrebbe fatto una figuraccia.

Nulla di questo con Nick. Sapeva già d'istinto che con lui

sarebbe stato tutto diverso. Aveva solo ventidue anni ed era ingenua e del tutto impreparata al vulcano Amedeo. Nick scatenò forze in lei che non sapeva di avere e che stentò a controllare. Una volta provò a lasciarsi andare con qualcosa di ... diverso, ma quando Nick se ne accorse, si arrabbiò. "Non fare mai così. Tu sei mia moglie, non una sguattera.'

Quindi la sua 'purezza' è la qualità che suo marito apprezza di più. Si capisce, visto che è di religione cattolica, anche se non mette mai piede in chiesa. Joyce ha il sospetto che la consideri una specie di Vergine Maria. È naturale che vada altrove in cerca della sua Maddalena.

'Per quanto riguarda le 'altre' donne,' sta dicendo Camberwell (ma possibile che incominci a leggerle anche i pensieri in testa?), 'teme che possa mai ...?'

'Cosa?'

'Ad esempio che un giorno possa compromettere il suo affetto ...' Questa volta la sua dignità, e un certo riguardo per la sensibilità del giovane medico, la trattengono dal ridere.

'Ma no, Nick? Ne dubito! Il sesso per mio marito è un'attività puramente fisica, nulla a che vedere con le emozioni. Non vede alcuna contraddizione.'

'Dunque lei è convinta che Nick la ami ancora.'

Il tono di Camberwell indica una mezza dichiarazione, più che una domanda. Forse si sente intimidito o anche minacciato in un certo modo. Joyce intuisce che la sua risposta deve essere definitiva.

'Ma sì, mi dispiace,' le sue scuse sanno di rimprovero, 'non intendevo dare l'impressione che non mi amasse più. Certo che mi ama. Sono sua moglie. E io amo lui. Ecco perché lasciarlo sarà difficile.'

Steve

Non ci vogliono più di cinque minuti a piedi per arrivare alla bottega, ma in queste condizioni sono sul punto di maledire Nick; in particolare quando scopro il perché della sua convocazione.

'Vieni, andiamo da Santina, voglio che mi aiuti a

scegliere un regalo per Joyce.'

È fatto in questo modo, lui. Urla come un forsennato se un lavoro non viene fatto in tempo, poi non si cura neanche se si perde tempo (il mio e il suo) per qualche stupidaggine.

Siamo arrivati davanti all'officina dell'intonacatore. Qualcosa mi dà sui nervi. Sarà il rumore dell'acqua, la puzza dell'intonaco o quell'espressione compiaciuta sulla faccia di Nick.

'Tutto qui?' gli faccio, senza neppure celare il mio malumore.

'Che vuoi dire?'

'Sai bene che ho un sacco di cose da fare in ufficio oggi. Non mi posso permettere di perdere tempo.'

Ma Nick non accetta quel tono di voce.

'Che diavolo hai oggi? Ma che ti prende?'

'Niente, Nick, non ho proprio niente. Ribadisco, ho molto da fare. Ti faccio presente che oggi è venerdì.'

'Lo so che oggi è venerdì, mica sono imbecille. E che c'entra? Perché ti rivolgi a me in questo modo. Sappi che io ci tengo tantissimo a questa cosa,' la vena giugulare gli pompa su e giù, 'ho bisogno del tuo consiglio per scegliere un regalo per il cinquantesimo compleanno di mia moglie. A mio parere ti sto facendo un onore.'

È fatto così lui. Sa bene dove colpirti in modo che tu non possa colpire lui. È così esasperante, ma se non sono io a cedere, mi fa un gran casino. I conflitti lo rendono ancora più aggressivo. A me invece no. Non me la sento proprio di litigare, specialmente con questo caldo.

'OK Nick, andiamo dai.'

'Non ci pensare, faremo presto,' la giugulare gli ondeggia nel collo, presto palpita appagata mentre la rabbia si trasforma in un sorrisetto. La rapidità del suo recupero è prodigiosa.

'Eh, ascolta' mi sussurra con voce gracida, anche se non c'è bisogno che parli a bassa voce visto che siamo noi due soli, 'facciamo finta che non sappiamo.'

'Sappiamo cosa?'

'Di quel fatto ... che Santina si risposa con quell'altro.

Con Pino.'

'Ma questo lo sanno già tutti.'

'Sì, OK, facciamo finta di non saperlo però, così ce lo deve dire lei ... la mettiamo in imbarazzo la puttanella.'

'Nick, me l'ha confidato lei stessa.'

'Ah, vero?' Non sarebbe sembrato più deluso se l'avessero obbligato a disfarsi della sua più bella camicia.

'E va bene allora,' si dilegua il sorriso e gli subentra una faccia da birichino, 'OK facciamole credere che io sono all'oscuro. Voglio vedere se sarà lei stessa a darmi la notizia. Ti ho mai raccontato di quella volta quando ci provai con lei, proprio qui nel suo negozio?'

Ridacchia come un ragazzino che si appresta a giocare un tiro in classe.

'Ehi, attento!'

L'eccitazione gli fa ignorare il traffico. Un furgone carico di legname esce a marcia indietro, sobbalza cercando di evitarlo, raschia il bordo del marciapiede e sbanda, facendo un gran frastuono. L'autista lancia una bestemmia attraverso il finestrino.

'Guarda dove vai, testa di cazzo.'

Poi, accorgendosi che si tratta di Nick, si scusa. Nick urla.

'Ehi, amico, va' piano, non sei su una pista da corsa.'

Ma non c'è rabbia nella voce di Nick, concentrato com'è nella sua narrazione.

'Allora, un giorno le feci una visita, non ricordo la ragione ... anzi mi pare che pioveva e andai a ripararmi nel suo negozio ... sì adesso m'è venuto in mente. Comunque, lei stava lì tutta appuntata, lo sai com'è, no? Tette appoggiate sul bancone, con quello sguardo che ti dice ... vieni a servirti da te. "Nicola," mi fa, (di nuovo quella sua voce in falsetto!) "ma guardati, poverino ... tutto bagnato, sei ridotto come un pulcino. Togliti la camicia, ci metto su il ferro da stiro, prima che prendi il raffreddore."

'Ebbene, stavo lì in canottiera e lei che mi lanciava certi sguardi, mentre Pino se ne stava nascosto nel retro come sempre ... e così io feci la mia mossa.'

'Per te è sempre questione di, *se si muove mi ci butto*, vero?'

'No, beh ... dimmi tu, quando una donna come quella t'invita a toglierti la camicia ... cos'altro vuoi che pensi, eh? Basta, lo sai che succede? Quella fa finta di non capire, si comporta come una vergine. "Ma che fai?" mi dice, "Nicola, che stai facendo?"'

Una risata convulsiva quasi gli rovina il racconto. 'E io le faccio, guarda qui ... un regalo per te Santina, un bel regalo tutto grosso, giusto per te mia cara.' Mette il pugno all'inguine mentre recita la scena.

'Immagino che la camicia si bruciò sotto il ferro ...'

'No, ascolta. Cosa da non credere. Lo sai che mi fa quella?' Tutto quel ridere mentre riprende la scena, rovina la narrazione. È proprio frustante ascoltarlo. 'Prima cosa, gli occhi le cominciano a girare nell'orbita, le pupille si affondano e io mi dico, "Wow! Questa qui è infuocata, è già in orgasmo prima ancora che la tocco." Poi, d'un tratto le prende un capogiro e mi sviene davanti. Ti giuro, proprio così, si lascia andare e crolla come un filo di pasta cotta.'

'Ma dai!'

'Te lo giuro.'

'E allora?'

'Niente, che vuoi che faccio? Hai mai provato a scopare una donna che ti è svenuta davanti? E nemmeno io, ma immagino che sarà come fare lo jogging nel fango un metro profondo. Così, lasciai perdere, alzai la cerniera, rimisi la camicia e me ne andai. E io ci scommetto la mia palla sinistra che Santina è rimasta fedele sia a Cal che a Pino da quando si è messa con tutti e due.' E ci ride sopra così tanto che comincia ad ansimare e gli prende un attacco di tosse, 'Uno di questi giorni andrò dal medico a farmi visitare.'

Non ci credo. L'ultima volta che Nick è andato dal dottore è stato per avere un certificato richiesto dalla compagnia d'assicurazione. Sei anni fa mi pare. Non riesco a capire come fa a star così bene, visto che si prende poca cura di sé.

Nick

'Ah, Nicola!' fa coro Santina, col fazzoletto ricamato in mano, pronto per asciugare le lacrime che le inondano gli occhi. Non ha mai conosciuto una donnaccia che non sa produrre lacrime a volontà. 'Se sapessi quanto invidio te e la tua famiglia. 'Na famiglia così perfetta. Figli belli, moglie bellissima. Una vera *signorona* è tua moglie. Lo sai che non ho mai visto tua moglie fare una *smorfia* di dispiacere in tutti gli anni che la conosco ...'

Parla un linguaggio snob fra il siciliano e l'italiano, che i diplomati di San Michele usavano. Si vede che questa si sente di essere chissà chi. Alquanto buffo: ha la faccia a forma di cipolla, il naso rincagnato, le labbra rosa e carnose di una ragazzetta che desidera di essere baciata, e il corpo tutto tondo. Santina è una grossa bambola e continua a mettere su peso, cosa che sorprende poiché può contare su due uomini con cui fare sport.

'Credimi, Nick, un'altra donna come la tua non la troveresti di questi tempi, è 'na regina. *Re-gi-na*. Ti dico una cosa, Nicola, se io fossi *nu uomu*, tua moglie te la porterei via. *Ti giuru.*'

E scoppia in una risata trillante, mentre il grasso del sottomento le vibra come un bargiglio di tacchino. Si volta verso Nick e gli dice in inglese macinato, '*Missisa Amedeo, she a beautiful lady, eh Steve?*'

'Allora Santina, che mi consigli di comprarle?'

'Fa cinquant'anni, vero? Be', è un compleanno molto speciale quello, sai,' sicuramente sta pensando di guadagnarci lo stipendio per una settimana intera su di lui, 'Pino! Pinoo! *Veni cca.*'

Pino emerge dal retro. Com'è brutto, però! Tozzo e gonfio e una faccia che sembra pronta a sciogliersi come il burro in padella. Ma che cazzo ci vede questa in un uomo così? Gli occhi ce l'ha enormi e sanguigni per il fatto che sta sempre a scrutare gioielli. Che ci vede Santina? Questo ce ne avrà uno grosso, l'unica ipotesi è quella..

'Guarda Pinuzzu,' miagola come una gatta in calore, indicando Nick con la lunga unghia dell'indice, 'hai sentito? La moglie di Nicola compie cinquant'anni ...'

Nel frattempo ha cominciato a girare e rigirare un costosissimo anello che porta al dito, sperando che Nick dica qualcosa. Ma lui resiste. Lascia che sia lei a svelarglielo. Stuzzicala un po' per gioco. Tanto non gli è mai stata simpatica, la puttana. Non si può avere simpatia per una donna che nasconde il portafoglio al marito. Non dovrebbe essere lecito per una donna trattare un uomo con tanto disprezzo.

'Quando?' gli chiede, 'Sabato? Domani allora! Il diciannove. Ora che ci penso è un giorno speciale pure per me, sai. Sono esattamente tre mesi e due giorni al giorno tanto, tanto felice per me.' Si volta verso Pino. 'Una giornata fatidica per noi, eh Pino!'

Pino si fa tutto untuoso ma non dice nulla. Santina stira il colletto della sua blusa bianca di cotone con la mano. Vuol fargli notare l'anello ma lui non cede.

'Eh ... suppongo che saprai già della nostra novità.'

'No Santina, nessuna idea. Niente di male, spero.'

'Ma no. Troppe cose tristi nella vita. Questa è novità buona,' ma ora si schermisce, 'sicuro che non mi prendi in giro, tu?'

Nick fa la faccia innocente, batte la palpebre come un bambino ma a Steve lancia un sorrisetto in privato, tanto per innervosirla. Nick si sta veramente godendo il momento ... Lei si rivolge a Steve per saperne qualcosa, lui volta via lo sguardo e quasi quasi rovina il gioco, lo stupidone. Non resta che Pino.

'Pino, diglielo tu. Digli che novità abbiamo.'

Quel rospo di Pino sembra sul punto di sprofondare nel fango della propria timidezza, ma non osa farlo sotto lo sguardo di Santina.

'Ehhh, ehhh!'

La confusione di Pino (e il sospetto di una presa in giro) la riempiono di rabbia.

'Ma come sei ignorante, Pino! Di' a Nicola che ci

maritiamo.'

Il viso di Nick sta sospeso tra finto stupore e aspettativa.

'Chi?'

'Io e lui. Questo qui, Pino.'

'Ma come ...?'

'Eh, lo so che pensi tu ... con Calogero ancora in casa ... eh lo so Nick, hai ragione ...'

'No Santina, anzi, *me ne compiaciu. Auguri e mille anni felici*'

'Eh, adesso mi stai sfottendo. Ti conosco bene Nicola, sei *birbante.*'

'No, te lo giuro Santina, sono molto felice per te.'

Quanto a Pino, sembra così gonfio e unto di sudore che potrebbe svenire in ogni momento dall'emozione o l'ansia. Ha ragione lui. La prospettiva di mettersi con una donna come Santina metterebbe in ansia qualunque uomo, anzi due.

Steve

Porca miseria! Ho tanta fretta di tornare in ufficio e questi due fanno come due galline che hanno appena fatto l'uovo. Non ci farei tanto caso se si trattasse di un affare importante, ma questo non è altro che una perdita di tempo. Anche se non parlo la lingua, sono capace di seguire la linea generale della conversazione dal tono, dalle gesta, dall'espressione sul viso e poi qualche parola la capisco pure.

Santina gli ha annunciato il suo fidanzamento, anche se sospetta che Nick lo sappia già. Nick, che finge di non saperne nulla (anche se vuole che lei abbia dei sospetti, tanto per farla incazzare), gli risponde a ruota, così tutta la scena diventa teatro. Questi italiani sono dei veri esibizionisti.

Infine si mettono a trattare sul serio. Acquistare un gioiello dovrebbe essere una transazione seria e poco complicata. Non per questi due, però. Nick e Santina faranno tante manovre per ottenere vantaggio l'uno sull'altra.

Lo pseudo-dramma montato da Nick nel ricevere la novità del fidanzamento ha punto Santina, anche se non lo dimostra. Ma adesso gli farà pagare qualcosa di extra per *puntigghiu*. Quindi il valore dell'oggetto non avrà lo stesso peso di quanto l'avrà chi la spunta meglio nella contrattazione sul prezzo, chi ottiene più colpi e contraccolpi derivati da un semplice gesto, un'espressione, il tono di voce e così via.

Intanto il mio lavoro resta da fare. Ciò che mi infastidisce di più è che il mio ruolo in tutto questo è di semplice spettatore. Non mi illudo che Nick abbia veramente bisogno del mio consiglio in merito. Nick mi vuole solo per fare da pubblico.

In ogni modo, aspetto con pazienza per un po', quando penso di potermela svignare, lei si rivolge a me. Forse crede che nella battaglia che sta per cominciare le serva un alleato. E immagino che mi giudichi un tipo più ricettivo di quel cinico di Nick.

'Eh Steve guardami. Adesso mostrerò una cosa speciale a Nick.'

Prende in mano una chiave, la più piccola del mazzo. Il seno le palpita di orgoglio e forse segreta cupidigia. 'Ecco Pino, usiamo la chiave speciale, eh? ' Pino acconsente e aguzza gli occhi, concentrati sulla chiave.

Santina solleva in aria un cofanetto di velluto nero, a forma di cuore, e lo rigira ostentatamente, come un illusionista che si appresti a dimostrare un gioco di prestigio. Ne estrae un paio d'orecchini in oro bianco, a forma di foglie di edera attaccate al 'tronco'. Sinceramente non son capace di distinguere fra un gioiello di qualità e un bottone di camicia, però devo ammettere che rimango impressionato nel vedere quell'oggetto.

'*This, Pino done for me. Tree munse he work.* Mi mette tre dita della mano destra davanti agli occhi, '*Beautiful, eh?*'

Mi parla come se in queste cose fossi io l'esperto. Pino lancia sguardi calorosi in direzione di Santina, per dire che ha creato questo oggetto per amore di lei. Per cui c'è da credere che non sospetti affatto quale sarà la prossima mossa di Santina. Quando all'improvviso intravede le sue vere intenzioni, Pino è sconvolto. Nell'atmosfera chiusa del botteghino, umida malgrado il ventilatore, il viso di Pino tutto unto e timido, irrompe in ansioso sudore. Sembra un rospo disfatto.

'No Santina ... *ti prego,'* gracchia ripetutamente, e prova ad afferrarle la cassetta dalle mani. Ma Santina adesso è risoluta, più per ripicca che Pino abbia osato contrariarla, che per convinzione che sia la cosa giusta da fare. Per cui finge di non notare l'agitazione di Pino mentre continua a parlare con me col suo inglese scadente.

'Questo regalo speciale per Joyce. Bella signora! Come queste foglie, niente disturba lei. *Tranquilla eh!* Questo speciale per lei.'

Segue una lite furiosa fra lei e Pino, in cui Santina minaccia di buttare a terra il prezioso gioiello e calpestarlo. E come prova che non sta scherzando, con un guizzo della mano sbatte contro il vasetto degli scontrini e li fa sparpagliare su tutto il tavolo. Nick osserva divertito, senza curarsi di celare il sorrisetto sulle labbra. Si vede che si sta godendo lo spettacolo. Ma io non ci trovo nulla di divertente. Sento solo pena per il poveretto.

Alla fine Pino cede e sparisce nel retro. E scommetto che sta spasimando tutto solo. Santina è trionfante e anche se a questo punto Nick sarebbe disposto a scegliere qualcos'altro, lei insiste, per un nuovo senso di *puntigghiu,* che prenda gli orecchini. Il suo viso da bambola di mezza età è eccitato dalla cupidigia e dal dolce trionfo, mentre Nick le firma un assegno per otto cento e venti dollari. Nessuna traccia di rimorso per il fatto che ha appena venduto a un altro il pegno d'amore che le aveva amorosamente creato il suo promesso.

Joyce

'... Sì, direi che il rifiuto di John segnò un cambio di direzione per Nick. '

'Appunto, come la prese suo padre?'

'Beh ... le sue aspettative su suo figlio erano al massimo. Quando nacque John, la prima cosa che fece fu di cambiare il nome dell'azienda in Amedeo & Figlio!

Provai a spiegare a Nick che i figli alle volte attraversano una fase di rifiuto, che non era il caso di prendersela personalmente. Purtroppo l'antipatia di John verso suo padre non fu una semplice fase passeggera. Fu costante e fin troppo ovvia per fare finta di niente. A tavola, per esempio, John si rifiutava di sedere accanto al padre, così lo sedevo accanto a me. Nick si arrabbiava, pensava che ero io a viziarlo, per cui John fu ragione di conflitto in famiglia.

'Certo, lo immagino ...'

'Sedersi a tavola era molto stressante. Col passare del tempo la sua irritazione si trasformò in rancore.'

'Perché?'

'Be', penso che qualunque padre si sentirebbe scocciato, non crede dottor Camberwell?'

'Sì, però il padre non era semplicemente seccato ...'

'Intendevo dire che Nick si sentiva offeso dall'atteggiamento di John nei suoi confronti ... in effetti lo ero anch'io.'

'Davvero?'

'Sì, certo. Pensavo come sarebbe stato bello se John si fosse comportato diversamente con suo padre. Immaginavo quel faccione di Nick illuminarsi di orgoglio e affetto come faceva con Nella.'

'Dunque con Nella era diverso.'

'Oh, del tutto. Fin da bambina Nella era molto vicina a suo padre. Ovviamente anche Nick era affettuoso con lei. Una relazione intensa in effetti. Quando lui era a casa, i due giocavano molto insieme.'

'Che giochi?'

'Oh, ogni genere. Nella lo pregava di continuo che la sedesse sulle spalle e la facesse cavalcare in giro per la casa oppure che le facesse fare il girotondo o giocasse a 'l'assassinio nel buio'. Gli faceva fare la parte dell'orso, del lupo, del cane. Cose del genere.'

'Giochi abbastanza atletici, allora.'

'Direi di sì. Nick è sempre stato un tipo fisico, come ha già capito: un sensualista ... cioè ... non voglio che pensi anche solo per un secondo che ci fosse qualcosa di strano. Per Nick i bambini sono sacri. Un gioco che amavano fare era *batti manuzzi*, un po' come il nostro, *clap hands*. La sedeva sulla tavola della cucina e le faceva battere le mani mentre cantava *batti manuzzi* in siciliano. Alla fine le faceva il solletico.'

'E John come la prendeva, reagiva?'

'Intende dire se fosse geloso?' Joyce ci ride sopra, 'Per nulla ... almeno non lo sembrava. John mi si rannicchiava in grembo o sedeva vicino a me e li osservava. A volte rideva insieme a loro. Ma si rifiutava di andare vicino a suo padre.' Una pausa. Il ricordo la riempie di tristezza. 'Mi faceva tanta pena. Aveva un padre così affettuoso, un padre che gli offriva tanto, eppure per il povero John era come se non ce lo avesse un padre. Ciò che sentiva era più forte di lui.'

'Quindi lei non crede che Nick potesse avere delle responsabilità per il fatto che suo figlio respingeva il suo affetto?'

'Sicuramente no. Piuttosto ero io che mi sentivo in colpa.'

'E perché mai?'

'Contavo molto sul fatto di dare a Nick il figlio che tanto desiderava ... anni dopo fu Steven Lambert a farmi capire fino a che punto avevo fallito nel mio tentativo.'

'Allora, chi è Steven? L'assistente di Nick mi pare, no?'

'Sì. È stato suo impiegato per ... undici anni, penso. Ricordo che John aveva tredici anni e la situazione in casa non migliorava, anzi andava peggio, a causa dei normali problemi dell'adolescenza. Quando Nick annunciò che aveva assunto Steve, le mie speranze sfumarono.'

'Vuole intendere che vedeva in lui un rivale?'

'Fin dall'inizio mi accorsi che Steve era un rischio per me, ancora più di un'altra donna. Temevo che sarebbe potuto diventare quel figlio, amico ed erede che io non ero riuscita a dargli. E in un certo senso avevo ben intuito. Ben presto Nick e Steve sono diventati inseparabili. Insieme lavorano, bevono, vanno a pescare.'

'Intende suggerire che ci sia qualcos'altro di ... non

platonico fra di loro?'

'Dio mio, no! Tutti sembrano fissati su questo oggigiorno. No, Nick non è il tipo, la sua indole è esclusivamente eterosessuale.'

'E quindi in che modo cambiò la sua relazione con Nick all'arrivo di Steve?'

'Era già cambiata. Steven Lambert arrivò sulla scena perché il figlio che avrebbe dovuto cementare l'unione fra me e Nick ci aveva separati. Ovviamente capii subito qual era il vero problema.'

'Quale?'

'Quei geni difettosi degli Hathaway.'

'Non mi dica adesso che crede sul serio a questo!'

'Be', mi pare ragionevole ... '

'Lo ha detto a Nick? ... di sua madre, voglio dire.'

'Sì, e c'è anche questo: non rivelai i particolari della morte di mia madre fin dopo che ci sposammo.'

'E lui come reagì?'

'In nessun modo. Ci passò sopra, dicendo che per lui non era una gran cosa. Disse, "Non ci pensare. Adesso sei mia moglie, tutto sarà OK." Ho avuto l'impressione che per quanto lo riguardava io non ero obbligata a dirglielo. Gli fui molto grata per avermi rassicurata così.'

'Ne sa tanto della famiglia di Nick?'

'Parla spesso di suo nonno, sembra che lo amasse molto, da come ne parla. Diceva spesso che voleva portarmi a visitare il suo paese di nascita.'

'Ma non l'ha fatto ancora.'

'No.'

'Come mai?'

'Non saprei. Quando i figli erano piccoli rimandavamo sempre ... Nick era sempre occupato ... be', per essere sincera ho il sospetto che lui tema il ritorno ...'

'Oh, perché mai?'

Ecco una domanda molto complessa. Troppo vasta per poterla affrontare a questo punto, quando il tempo è scappato via. Camberwell sposta il peso da una metà all'altra del suo sedere. Sicuramente le fa pena il povero dottore. Per questo aspetta con pazienza la prossima domanda così da poter chiudere. Non si fa attendere molto.

'La decisione di lasciare Nick, quando l'ha presa?'

'Quando Nella andò via, mi successe qualcosa di pauroso.'

'Ne vuole parlare?'

In effetti cosa le successe? Semplicemente si sentì di nuovo da sola per la prima volta dopo ventott'anni. Nick non le garantiva più protezione dai pensieri oscuri. Capì che non è possibile per una persona scorrere come un ruscello e sparire dentro il fiume di un altro. Era stato un esperimento bizzarro. Lo strano viaggio l'aveva ricondotta all'inizio, separata da Nick, dai suoi sentimenti, i suoi amici ed esperienze. Erano tornati ad essere stranieri, ostili. Tutti quegli anni, oltre un quarto di secolo, appesi a un filo illusorio. Era quella la scoperta più temibile.

A poco a poco, nel silenzio della grande casa coglieva di sfuggita profili di un passato che credeva sotterrati. E poi, inesorabilmente, Joyce Hathaway era riemersa, brutta e lentigginosa. E quanto tempo ancora prima che Nick notasse le macchie?

Il povero Camberwell ha l'aspetto deluso, distrutto quasi. La rassegnazione gli sta attaccata precaria sulla fronte.

'Signora, forse preferisce non parlarne questa volta. Ha ragione, è stata una lunga seduta.'

'Scusi?'

'Preferisce rimandare alla prossima volta?'

Neanche lei può astenersi dai compromessi. Per cui dice:

'Trascorro sempre più tempo nella doccia, a strofinarmi. Talvolta ho le braccia sanguinanti.' Più che dalle parole, Camberwell viene colpito dalla sua voce cavernosa.

'Intende dire che ... vuole farsi del male?'

'Talvolta.'

Ha vinto lo spirito di compromesso. Camberwell sarà soddisfatto con questo, anche se il vero movente è il tempo. Sono quasi le undici, ma perfino il puntualissimo dottor Camberwell è dotato di troppo cuore, troppe buone maniere per lasciare tutte le decisioni in balia del

tempo. Sì, si è arrivati a una specie di fine, una pagina
letta e firmata per il presente. Il fatto che coincida con il
Tempo, be' si tratta di una convergenza fortunata che fa
piacere a tutti e due. Camberwell studia gli appunti scritti a
mano. Chiaramente ce l'ha messa tutta. Vorrebbe
ricompensarlo per tutto lo sforzo che ha fatto dicendogli che
si sente curata o qualcosa di simile.

Col pennino il dottore continua a strofinarsi il mento.
Senza dubbio gli serve qualcosa per darsi più serietà. Non il
pizzo però, un po' aggressivo. Forse i baffi. No, nemmeno
quelli, troppo frivoli. Uno psichiatra non può permettersi di
trivializzare la propria professione, anche perché avrebbe
l'effetto di sminuire ancora di più le sue labbra già molto
sottili. Un piccolo problema da risolvere. Joyce si chiede
cosa stia pensando. Se solo sapesse cosa fare con gli occhi in
momenti come questo. Che imbarazzo! Ha la sensazione che
lui la stia studiando, anche se non la guarda direttamente.

Si sente come l'assassino che aspetta il verdetto. In
effetti ha la sensazione di aver assassinato qualcuno. No,
non se stessa ma una persona simile a lei, perché né la Joyce
che ha parlato in questo studio, né la persona di cui si è
parlato è infatti lei. Questo è certo. Ancora peggio, gli altri
sono stati inventati pure loro. Nick non è il vero Nick. Sarà
perché si è lasciata trasportare dalle emozioni o dalla
propria narrativa. O forse è rimasta impressionata dal
giovane Camberwell. La verità è che in questo studio si è
ricreata tutta nuova di zecca. Anche Nick, John e Nella, e gli
altri. Tutti nuovi. Ma perché la verità è così elusiva?

C'è da dire, però, che trova qualcosa di rassicurante in
tutto questo. Visto che la donna che ha sviscerato con tanto
brio non è lei, non c'è alcun motivo di preoccuparsi di ciò che
dirà Camberwell . Be', comunque, eccolo finalmente: si
muove per dare la sua sentenza.

'Sarò chiaro con te, Joyce – ti dispiace se ci diamo del
tu? Bene – probabilmente sarò più chiaro di quanto sia
prudente esserlo, ma sono convinto che, essendo tu una
donna intelligente e razionale, solo la franchezza ti
soddisferebbe. In secondo luogo, e soprattutto, tieni presente

che il tuo problema è facilmente curabile.

'Non c'è dubbio, Joyce, che c'è in te la tendenza ad incolparti di un gran numero di cose, che per la maggior parte sono al di là del tuo controllo. Questa non è di per sé una cosa insolita. Molte persone che vengono definite in possesso di 'una coscienza sociale' rientrano in questa categoria. E non è neppure una caratteristica negativa, se conduce la persona a fare del bene. Tuttavia quando la condizione comporta tendenze depressive oppure, ancora peggio, autolesionistiche, allora sì che bisogna cambiare direzione.

'Predominante in questo genere di patologia è il senso di colpa. Il tuo è particolarmente debilitante perché condiziona il tuo comportamento verso gli eventi che hanno segnato la tua vita, dal suicidio di tua madre ai conflitti in famiglia. L'effetto è di reprimere il tuo ego e impedire che la tua vera personalità possa affermarsi.

'Vedi, sposare Nick non è stato tanto un atto di autolesione, quanto un tentativo di sradicare il tuo senso di colpa. Ecco il motivo per cui hai scelto Nick, che ti sembrava del tutto privo di dubbi o colpe.

'Il tuo matrimonio che dapprima sembrava ti avesse salvato, in effetti era destinato, e questo mi dispiace dirtelo, a rendere la tua condizione ancora più problematica. Hai parlato del tuo desiderio di volerti perdere nella personalità di tuo marito. Ciò oltrepassa il limite dei legittimi bisogni di compagnia, supporto e protezione. No, il tuo vero bisogno era, almeno da come lo vedevi tu, di rimpiazzare la tua entità con quella di tuo marito. Volevi rifarti tutta nuova. Ma per rinascere prima bisogna accettare di essere distrutti. Ovviamente ciò non è possibile perché al momento che si tenta di sommergere la propria personalità si crea una forza contraria che vuole riportarti a galla. Come sai uno degli istinti più forti è quello della sopravvivenza. Non vogliamo soltanto sopravvivere, vogliamo vivere come noi stessi. Quel che tu hai provato a fare, ha creato violente tensioni dentro di te. Quindi era un tentativo destinato a fallire.

'Non è mia intenzione giudicare tuo marito, però è lecito fare delle osservazioni sui tuoi rapporti con lui. Al di fuori delle differenze di cultura e livello intellettuale esistente fra voi due, che già rappresentano formidabili ostacoli, c'erano anche conflitti di carattere. È ovvio, come dici tu, che tuo marito è di personalità forte. È altrettanto vero che la sua energia spesso si esprime in forme aggressive – sviluppate attraverso un'infanzia trascorsa in ambienti duri ed ostili – con tendenze a sottomettere e dominare. Per cui tuo marito ha avuto un effetto debilitante su di te. Nick non capiva che il tuo bisogno primario non consisteva, come tu stessa immaginavi, nel rimpiazzare la tua "debolezza" con la sua "forza", serviva piuttosto a fortificare quelle che erano le tue vere forze, cioè sensibilità, compassione, intelligenza. Credimi, il tuo matrimonio avrebbe funzionato molto meglio se Nick avesse potuto valorizzare le tue qualità anziché, magari, senza volerlo, arginare le tue tendenze autodistruttive.

'Bisogna ammettere però, che questa non è una cosa facile da compiere, tanto meno per uno che ha dovuto iniziare dal basso e poi ha lottato per ottenere successo nella vita.

'La tua esperienza ti ha insegnato una lezione e cioè che il matrimonio non può mai essere adoperato come mezzo per salvarci da noi stessi. Vale a dire che, come tu stessa hai scoperto, la persona è, e rimane sempre individuale, separata e spesso imprevedibile.

'Il comportamento dei tuoi figli, John in particolare, conteneva un messaggio in chiave psicologica. Il rifiuto del padre da parte di John va letto come una condanna di come le cose si erano messe in famiglia. In secondo luogo, va visto come un gesto di solidarietà verso la madre e il suo diritto (anzi dovere) di gestire la propria vita come entità distinta. Aggiungerei che questo non fu percepito da lui come pensiero bensì come emozione.'

'Ed ora?'

'Per prima cosa devi accettare la tua realtà emotiva. Certo che la depressione è solo il sintomo, ma in questo caso la priorità è di curare il sintomo per arginare la base da cui poter andare all'attacco dei vari problemi.

'Per quanto riguarda l'intento di lasciare tuo marito, quella è una decisione che spetta a te prendere, eventualmente. Personalmente non lo farei a questo punto. Potrebbe complicare la situazione, anche perché da come parli, pare che tu e tuo marito vi amiate ancora. In tal caso aumenterebbe il tuo senso di colpa.

'È chiaro che dovrai rivelare la natura dei tuoi problemi a tuo marito in primo luogo ed in seguito ai figli ... che c'è, Joyce?'

'Niente, OK. È stata una seduta piuttosto lunga. È meglio che me ne vada.'

Per un istante Camberwell vede i suoi fiori perenni afflosciarsi attorno al portafiori, ma è solo un'illusione. Un giovane come lui non si lascerà battere tanto facilmente.

'Senti, se ti preoccupa la prospettiva di aprirti con i tuoi ...'

'Mi scusi, devo proprio partire. Nick sta preparando una festa domani sera per il mio compleanno. Ho tanto da fare.'

Camberwell è visibilmente stanco, ma non ancora disfatto.

'Facciamo così, Joyce. Fissiamo un appuntamento per la settimana prossima. Che ne dici? Nel frattempo rifletti su quello di cui abbiamo parlato. Sono certo che tutto si risolverà per il meglio. Ci vuole tempo e pazienza, OK?'

E sul filo della condiscendenza, Joyce Amedeo si sente libera, illesa e relativamente felice per il fatto di aver preso almeno una decisione: non metterà mai più piede nello studio del dottor Camberwell.

Steve

Per primo si presenta il figlio: stralunato, pelle sbiadita, la guance coperte di foruncoli e peli d'adolescente al posto della barba. È così alto da raggiungere con la testa l'arco che separa il vestibolo dalla reception. Io sto lì vicino al bancone a sistemare una fattura.

'Sì, in che modo posso aiutarti, giovanotto?'

Senza neanche un saluto ignora me e Lily, e sofferma lo sguardo sul calendario appeso alla parete con stampe di auto d'epoca.

'È una Buick, no? Oppure una Bentley?'

Si lascia andare ad un sorrisetto di condiscendenza, che abbinato al suo accento oxfordiano, m'infastidisce. Mi viene voglia di mandarlo a quell'altro mondo, ma l'espressione tranquilla e divertita sul volto di Lily mi trattiene.

'Cosa desidera, signore?'

Di nuovo non le dà retta, si appoggia sulla scrivania aguzzando gli occhi dietro le lenti spesse.

'Ecco, lo sapevo è una Bentley '28, un'auto magnifica.'

Questa volta neanche Lily riesce a contenermi.

'Senti, giovanotto, se stai qui per parlare di automobili, hai sbagliato indirizzo.'

Mi guarda con quella faccia da pappagallo, come se stesse a decidere se valgo la pena di essere preso in considerazione. Il sangue mi bolle dentro.

Lily ripete con calma, 'Desidera?'

'Mammà è qui,' dice lui, adottando il tono di voce come quando si sussurra il nome di un ospite illustre a un ricevimento di gala.

Preceduta da un profumo di lusso e una viso altero, 'Mammà' si pianta davanti al banco di ricevimento e passa in rassegna l'ufficio con l'espressione sprezzante e superba di un feldmaresciallo.

L'accento svela subito che questa è la ricca e superba signora Stansfield.

'In effetti desidero parlare con il signor Amedeo. E lei sarebbe il signor ...?'

'Lambert.'

'Origine inglese?'

'Irlandese ... piuttosto.'

'Un irlandese e un italiano che lavorano insieme ... be', insomma, non mancherà la fantasia almeno.'

E come se ciò non bastasse, si volta verso Lily e dice, 'E chi sarebbe questa creatura?'

Lily lo guarda imperturbabile, riesce perfino a fare un sorriso vacuo, ma io arrossisco ... di rabbia e indignazione.

Lo so che non dovrei reagire in questo modo. Il risentimento verso gli inglesi ha radici profonde nella mia famiglia. Mia madre li odiava, essendo molto fiera della sua Irlanda e della sua religione cattolica. Quindi il suo rancore è anche comprensibile. Però non spiega il perché lavorò per quasi tutta la vita a cucinare in un asilo per giovani gestito dagli anglicani. Forse per poi andare a casa e inveire contro di loro.

Nick ovviamente non ha questi pregiudizi. Non appena arriva in ufficio la circonda come un piccione corteggiatore.

'Cara Signora Stansfield, che onore ricevere la sua visita! Un grande piacere, veramente! Mi scusi se non c'ero per poterla accogliere. Sono venuto appena ho ricevuto il messaggio.'

L'arte della seduzione la conosce bene lui.

'Non ci pensi affatto, signor Amedeo. Sono passata perché volevo accertarmi io stessa sul tipo di azienda che gestisce, per rassicurarmi sul fatto di essermi messa in buone mani.'

'Certo, signora cara. Fa benissimo. Fossi stato io avrei fatto lo stesso. Eh ... che ne pensa, eh?'

'Devo ammettere che mi aspettavo qualcosa di diverso. Sembra che lei abbia uno staff molto limitato.'

'Meglio così, no? In questo modo limitiamo i costi per essere più competitivi e quelli che ci guadagnano sono i nostri clienti. Inoltre ci permette di offrire un servizio più individualizzato.'

Le sue parole parlano di affari, ma gli occhi alludono a una promessa più suggestiva e per sottolineare il messaggio, le lancia uno sguardo di apprezzamento da capo a piedi.

'E poi, come vede ho uno staff eccellente. Steve e io stiamo insieme da oltre dieci anni.' Nick mi lancia uno sguardo affettuoso e paternale, e sicuramente andremo in pensione insieme.'

I miei occhi corrono a Lily. Mi solleva vedere che lei ha lo sguardo puntato a terra.

'Come sa bene, signora Stansfield, le migliori aziende vengono gestite con uno staff minimo. Come lei ad esempio, che ha scelto di gestire il proprio *business* e se vuole fatto un lavoro, paga un esperto. Questo è buon senso. La gente sa bene chi è che comanda. Trovo tutto questo ammirevole, molto affascinante.'

La Stansfield non appare offesa dal tono familiare, lo accetta con l'espressione indulgente di un'aristocratica che trova divertente la faccia tosta di un inferiore *parvenu*.

E Nick? Sta seduto fresco e comodo nella poltrona di manager, pronto per le domande della Stansfield. Dopo un po' le sue palpebre sembrano gonfiarsi e gli occhi si fanno indolenti, senza però deviare lo sguardo dalla scollatura del suo abito di raso color pesca. Poi le labbra di lei si fanno morbide e invitanti. È una vera trasformazione a vista d'occhio. Quel figlio di ... scommetto che le fotterà i soldi e qualcos'altro.

E così, mentre tutte le cose appassiscono nel caldo che avanza inesorabilmente verso il mezzogiorno, Nick continua a fiorire nella certezza della sua realtà. Il volto rubicondo, gli occhi furbi e sicuri, la fronte di toro emanano forza e benessere.

Capisco che il segreto del successo di Nick sta nella sua capacità di trasformare e di lasciarsi trasformare. I superstiti di questo mondo si adeguano. Nick ci riesce meglio di chiunque. Ne fa uso per controllare il mondo e le persone che gli girano intorno. È un camaleonte, sempre pronto a cambiare colore o, al contrario, a dare al mondo le sue stesse sfumature. Ne scaturisce un reame di realtà tutto suo, in cui tutti esistono per il suo piacere e conforto. La sua personalità pervade il momento come il sole regna sopra gli edifici all'esterno, sopra i grilli esausti, sopra gli uomini e i macchinari che stridono per tutta la giornata.

Non mi sorprende affatto che prima di mezzogiorno la signora si avvii verso l'uscita col suo nobile gomito bianco stretto fra le dita tozze e rozze del contadino siciliano. E mentre lui le stringe il braccio, lei ride in modo sfrenato.

Joyce

Carissimo Zio,

Tu sei l'unico che possa capire ciò che sta per capitarmi... voglio dire che temo me stessa, temo di fare la fine di mia madre, ma non solo quello ...

Merda! A che serve tutta questa boria, questo melodramma? Ci vuole invece un po' di umiltà, Joyce, dai meno... presunzione, meno egotismo, punto e basta. Considerando le circostanze sarebbe più corretto essere supplichevole. E poi, che male c'è se ci si concede un po' di comune untuosità? Eh?

Desmond carissimo,

Son sicura che non c'è alcun bisogno che ti dica che tu sei stato per me un padre, anzi più di un padre, sei stato il mio salvatore ...

Beh, questo forse è un po' troppo. Ancora un'altra coda nel traffico. Tutto il mondo si avvia verso i negozi oggi. Di fronte al Mount Palmon Emporium sta Babbo Natale, campanello in mano, che esorta i clienti a comprare. C'è da sperare che almeno venga ben pagato, con questo caldo starà soffocando in quella tenuta.

Ora che ci pensa, se c'è un approccio che dovrebbe funzionare con Desmond è la nostalgia.

Ricordo bene quei tempi meravigliosi, quando mi raccontavi dell'epoca d'oro della Grecia e di quei posti bellissimi che ti hanno ispirato tanto ...

Oppure più sottile e furba:

Mio Caro Zio Desmond,

Scusami che non ti scrivo da tempo, ho avuto molto da fare. Come stai? Spero che la tua ricerca sul ... stia procedendo bene ...

Ma qual era il soggetto della sua ricerca? Un certo Sir ... boh? Lasciamo perdere.

Avrei idea di trascorrere qualche mese ...

Meglio dire 'settimane' oppure 'giorni' per non dissuaderlo.

*Ora che i figli sono cresciuti e Nick sta sempre occupato,
ho pensato di fare qualche viaggio. Mi piacerebbe iniziare da
Melbourne per riaccendere i ricordi dei miei antenati.*

Magari un pizzico di leggerezza ci starebbe bene.

*Ciao Zio, mi dicono che a Melbourne piove sempre. È
proprio quel che mi ci vorrebbe, molta acqua per bagnarmi ...*

Oh diavolo! Una spiegazione di convenienza dovrebbe
pur dargliela.

*La verità è che non mi va tutto bene negli ultimi
tempi. Non do la colpa a Nick, però, le cose si son messe
male e una breve separazione farebbe bene sia a me che a
lui ...*

No, no questa è una distorsione. Ma perché la verità è
così difficile da dire? E pensare che ha trascorso molte ore
dentro lo studio del dottor Camberwell e anche lui è
all'oscuro della verità. OK, allora perché non attenersi ai fatti:

*Sono stata sotto cura di uno psichiatra e non mi ha fatto
bene per nulla. Se mi permetti di venire a trovarti per un po' di
tempo, forse potresti aiutarmi, come hai fatto con Mamma ...*

No, così non va, considerando la fine che ha fatto sua
madre. Ad ogni modo, quel povero Desmond avrà
l'impressione di essere obbligato a curare Joyce come fece
con sua madre. La storia si ripete. Lei non è come sua
madre. Be', non proprio. Non si può fare il confronto fra la
sua relazione con Nick e quella dei i suoi genitori.

Forse l'idea è del tutto pazzesca. Insomma qual è il
motivo di questo viaggio a Melbourne? Perché mai imporre i
suoi guai a Desmond? Non ne ebbe già abbastanza con sua
madre? Forse meglio chiamarlo al telefono, sarebbe più
informale. Dirgli che avrebbe intenzione di fare una gita a
Melbourne dopo Natale, sperando che sia lui ad invitarla e a
dettare le condizioni. Dopo tutto è casa sua, no? Ciò che
conta è andare via da qui, da Nick, dalla vita che ha fatto
in tutti questi anni. La separazione le farà bene. Poi si
vedrà.

Quasi a casa. Che conforto quell' odore di mare in una
giornata afosa come questa! Si sente meglio già. La
prospettiva di una buona doccia la invigorisce. Ecco, il suo

arrivo coincide con quello del postino, prudentemente protetto dal sole di mezzogiorno da un berretto giallo, che consegna i suoi messaggi alle bocche spalancate delle caselle, affamate di nuove.

Melbourne, dicembre 16, '81

Carissima Joyce,
Poche righe per augurarti un felicissimo cinquantesimo compleanno. Mio Dio come vola il tempo! Non ho intenzione di fare il nostalgico, però, devo dirti che quasi tutti i giorni mi ricordo con vivo piacere di quegli anni trascorsi insieme, tutti in famiglia. Temo che non potrò evitare del tutto di commuovermi.

Senti cara, era mia intenzione di farti una bella sorpresa per celebrare con te il tuo compleanno: il biglietto l'avevo già acquistato e i bagagli erano fatti. Purtroppo mi è preso un malanno. È stato tutto all'improvviso. In una nottata mi sono gonfiato tutto: braccia, gambe, volto … orrendo. Sto in ospedale da due giorni e ancora i medici non mi sanno dire nulla. E così sembra che dovrò trascorrere il Natale in ospedale. Mi dispiace darti brutte nuove, ma almeno capirai perché non potrò venire a condividere la gioia con voi.

La mia ricerca sulle prime opere di Sir James Frazer è quasi completa. Finalmente! Lo so che ci ho messo tanto, ma ci tenevo a fare del mio meglio. Il Preside si è complimentato con me, con la raccomandazione che venga pubblicata dall'editrice dell'università. Tuttavia dovrò dare un contributo con i costi. Non nego che sono super eccitato alla prospettiva di vedere stampata questa mia creatura, il risultato di tanti anni di ricerca.

Sto leggendo i Diari di Berenson (1947/56) e mi permetto di citarti un brano in cui parla del Tempio della Concordia di Agrigento:

"Mi pare di aver letto da qualche parte che all'origine le colonne del tempio fossero ricoperte in stucco. Possibile che fossero ancora più belle di oggi, così calorose e color del miele? Mi riempie di nostalgia per il passato quando avevo tempo da

79

trascorrere con le spalle appoggiate contro una colonna, fiutando l'odore del timo, a leggere Teocriteo e Virgilio."

Bellisimo! Mi fa venire voglia di prendere il primo aereo e andarci, non fosse per questa fobia che ho di volare. Comunque sono convinto che un giorno ci tornerò.

Un forte abbraccio ai figli e a Nick. Solo l'altro giorno pensavo a quanta gioia sia per te avere la tua bella famiglia intorno a Natale ...

Che colpo di fortuna! Zio Desmond sta male. Vado a Melbourne per prendermi cura di lui. Nick non avrà nulla da obiettare, se c'è una cosa che lui apprezza è che la famiglia è sempre al primo posto. Ancora una volta Desmond è riuscito a salvarmi. Zio, sei un genio.

Steve

A mezzogiorno osservo Lily in cucina mentre prepara un'insalata vegetariana per noi. L'idea è stata sua, ha insistito per farlo. Sulla tavola sono messi in fila formaggio, giardiniera, lattuga, pomodorini, champignon, germogli di alfalfa. Ora procede a ordinarli sui piatti con dita svelte. Mi affascinano le mani di Lily con quelle sue dita snelle coronate da unghie smaltate lilla. Le mani di una donna capace. Io faccio conversazione.

'Scommetto che Nick le farà firmare quel contratto entro la fine della settimana.'

'Credi?'

'Ne sono certo. Quel vecchio furbastro sa come persuadere le persone a fare ciò che vuole lui, in particolare le donne.'

Lily non ne è convinta. Le sue mani svolazzano da un piatto all'altro posando ogni ingrediente in piccoli cumuli ordinati.

'Non tutte le donne, Steven, te lo assicuro.'

'Tutte magari no, la maggioranza direi. Col passare degli anni ne ha accumulato tutta una collezione.'

Mi chiedo se dovrei confidare queste cose, ma Lily sembra di essere poco interessata.

'Non capisco come,' taglia le teste dei funghi premendo con le dita sul coltello, 'tanto per cominciare, guardalo bene, non si può dire che abbia un fisico da Don Giovanni. Un po' di peso lo porta ... '

'Non lo descriverei grasso però.' Mi metto in bocca un'oliva, non ha il sapore di quelle che fa Nick in cantina.

'L'hai mai visto senza camicia? Tutto muscoli. E non capisco come. Non l'ho mai visto andare in palestra e mangia come un orso ... Dio solo lo sa dove va a finire tutto quel cibo che consuma.

Io invece vado in palestra due volte a settimana, mi regolo nel mangiare, consumo la metà di lui, e che succede? Ingrasso a colpo d'occhio. Non c'è giustizia al mondo.'

'Hai un bell'aspetto, Steven. Stai molto bene così come sei.'

Lily liscia le foglie verdi con le unghie.

'Certo che sarebbe molto meglio se avessi più capelli in testa.'

'Quello non è niente, Steve. È segno di distinzione.'

Mette i pomodorini in cima e aggiunge un ramoscello di prezzemolo. Il capolavoro è completo.

'Olè! Pronto per noi, Steven, me e te.'

Le sue mani piroettano in aria come una danzatrice con le nacchere. Il suo volto s'illumina. Nick si sbaglia, Lily sa godere della vita in modo meraviglioso.

Dopo, faccio io il caffè. Lily mi segue all'acquaio, ancora più loquace di prima.

'Che tipo è la signora Amedeo? Mi pare un po' reticente.'

'Chi, Joyce ...?'

Esito, avrei così tanto da dire su di lei e così poco. In realtà, ho sempre avuto difficoltà a comunicare con la moglie di Nick, figuriamoci avere una conversazione. Niente di personale. Joyce non è il tipo da farsi coinvolgere in questioni personali. Lei è una vera signora, ha tanta classe, è un tipo che sa ascoltare, ma se mai ci capita di cominciare un dialogo, la conversazione è segnata da piccoli silenzi imbarazzanti. Sarà perché, al contrario di molti, le interessa poco parlare di se stessa. Cioè, non è il tipo da volersi aprire, come se considerasse la propria vita poco interessante per gli altri.

Non ci penseresti affatto di contrariarla. Però, la consapevolezza che in qualsiasi circostanza spetta a te riempire i silenzi, ti mette un po' a disagio in sua presenza. In quella sua maniera tanto cortese, ci trovi lo scudo perfetto, quasi dell'arroganza.

Se in compagnia è una fortezza, come moglie è proprio senza difetti. Leale e confortante in qualsiasi circostanza e la sua fedeltà a Nick è indubbia. Eccezionale, se si considera che Nick, per quanto la ami, è meno che perfetto in quel senso.

Nick, tipo irascibile come tanti dei suoi connazionali, è propenso a perdere le staffe da un momento all'altro e fa uso della sua imprevedibilità come arma di controllo. Joyce invece è tutta l'opposto. Non l'ho mai vista alzare la voce, una delle ragioni per cui ispira molto rispetto. Senza dubbio Joyce è un motivo per cui considero un segno di grande privilegio essere accettato come un figlio nella casa degli Amedeo. Esito a fare questi discorsi a Lily. Bisogna che si conoscano gli Amedeo da tanti anni, prima che si possano condividere queste opinioni.

Quando le porgo il tazzone di caffè, lei mi guarda pensosa. Le chiedo se qualcosa la preoccupa.

'Stavo pensando, com'è bello avere un uomo che ti fa il caffè.'

'E perché, tuo marito non lo faceva?'

'No, mai.'

'Be', ad alcuni di noi piace farlo.'

'Lo vedo ed è una cosa bellissima,' i suoi occhi si inumidiscono, 'vedi Steven, alle donne interessa poco che un uomo abbia i capelli folti o muscoli sporgenti. Personalmente, preferisco che un uomo sia dolce. Non riesco a vedercelo il signor Amedeo che serve il caffè ad alcuno, non credi Steve?'

'No, immagino di no. Non è il tipo,' ci rido su, 'potrebbe anche farlo se crede ci sia qualche ricompensa.'

Lily sorride, ma si vede che sta riflettendo. Incominciano

a preoccuparmi i pensieri di Lily. Mescola il caffè a lungo in silenzio, con il cucchiaino fra il pollice e l'indice. Le altre dita tessono una ragnatela invisibile sopra la tazza.

'Sì, lui sa come sfruttare le persone,' segue un silenzio preoccupante. Poi, 'posso farti una domanda personale, Steve?' sono in apprensione, ma ... 'Il signor Amedeo ti ha mai invitato a far parte dell'azienda? Cioè, come socio ...'

Mi sento arrossire, barcollo.

'Be' ... no, c'è suo figlio ... per gli italiani la famiglia è la prima cosa ...'

La mano si accosta laddove una ciocca di capelli è caduta sulla fronte. La infila dietro l'orecchio. La guancia scoperta mi promette un sorriso rassicurante.

'Be' comunque ne sono contenta per te, Steve ... ' il mio imbarazzo la fa sorridere, 'sarei più preoccupata se tu restassi intrappolato qui per sempre. Un uomo di talento come te ...'

Essendo io tanto più alto, Lily alza lo sguardo. C'è qualcosa di straordinario negli occhi di una donna che ti fissa direttamente. Specialmente quando gli occhi sono umidi e luminosi come i suoi. Una donna così piccola... il suo capo mi arriva al mento.

'Se resti qui, ti guasti la vita, Steve,' dà uno sguardo sprezzante in giro al piccolo ufficio, 'questo è niente. Roba da pesci piccoli.'

Ci rido sopra, imbarazzato, per nascondere il mio stupore.

'Grazie per il bel pranzo, purtroppo il lavoro chiama.'

Le mani di Lily stringono con forza la tazza, come se volesse impedire che il caffè si freddi. Poi dice,

'Oh Steve ... '

Mi fermo sulla porta.

'Ti piace la cucina cinese?'

'Credo di sì, non penso di averla mangiata molto ...'

'Vieni da me stasera, ti cucino il miglior piatto che tu abbia mai assaggiato.'

Seduto nel mio ufficio mi trovo a riflettere su ciò che ha detto Lily. Chiaramente lei non conosce Nick molto bene. Un po' rozzo lo è sicuramente. Spregiudicato, forse. Un pesce piccolo, mai.

Nick

'Porco diavolo, che caldo qua dentro!'

Murray Williams si allenta la cravatta in preparazione dell'abbuffata che sta per fare a spese sue, lo stronzo. Gli costerà un bel gruzzolo solo per le bevande. Comunque, se li guadagna. Negli ultimi anni gli ha girato parecchi clienti, compresa la Stansfield. Adesso, si sbottona la camicia al collo. Color lilla, addirittura! Roba da quattro soldi al *K Mart*. Come ingegnere comunale sarà ben pagato, se non fosse che una percentuale se la spende nei pub o la perde scommettendo alle corse dei cani. Malgrado sia un gran bevitore e forse a causa dei cani, si mantiene striminzito come un levriero. Però, il viso ce l'ha rosso, a causa del sole e della birra, e la pancia comincia a gonfiarsi. Fra pochi anni avrà il profilo di un emù.

Faranno tardi per pranzo. Hugh O'Donnell sarà già ad aspettarli. Dovrà scusarsi, però Hugh capirà. Gli affari sono affari, dopo tutto lui è un manager di banca.

La Stansfield voleva che andasse con lei, ma lui non ha accettato. Le ha detto che aveva un altro impegno. Ed infatti è vero; ma avrebbe cancellato se lei fosse stata pronta a firmare.

'Rimandiamo a lunedì, Signor Amedeo, troppo caldo oggi per fare affari, non crede?'

Lo squadra su e giù come se volesse sbottonargli la camicia proprio lì davanti agli occhi del figlio. Solo un imbecille non capirebbe. Può darsi che imbecille lo sia effettivamente, il figlio, oppure se ne frega. Certa gente è proprio sfacciata. *Senza pudore*, direbbe Oreste.

Non si vede anima viva a quest'ora, meglio così. L'afa galleggia sotto il sole scottante come uno spettro a mezzogiorno, mentre l'auto, scorrendo fra siepi appassite, divora la strada. Solo quando raggiunge il limite della città, oltre il campo da golf, spunta qualcuno: un vecchio che spinge il tagliaerba in un prato di un verde surreale e talmente ripido, che l'uomo sembra che scivoli giù verso una fossa. Ma la cosa ancora più strana è che i pantaloni scuri dell'uomo sembrano svolazzare da soli qualche metro più avanti di lui. Sarà a causa dell'aria che si solleva dall'asfalto infuocato o ci potrebbe anche essere una brezza leggera sulla collina, anche se quaggiù sembra tutto immobile.

'Guarda a quello lì,' dice e subito si pente di aver richiamato l'attenzione di Murray su quella visione.

Murray gli concede uno sguardo casuale e trovando poco spazio nella sua mente, assorta a immaginare la schiuma di un bicchiere ghiacciato di birra, dice, 'è pazzesco sgobbare all'aperto in questo caldo. Personalmente non lo farei neanche morto!'

'Una volta mi piaceva lavorare all'aperto,' dice, ma non se la sente di elaborare. Che ne sa Murray del miracolo di una giornata di lavoro al sole! Il problema dei giovani consiste nel fatto che trascorrono le giornate rinchiusi tra pareti con la penna in mano o a battere sulla tastiera del computer, mentre la vita scorre via. Non c'è da sorprendersi se si sentono depressi. Il loro corpo non è mai sottoposto a grandi sforzi fisici. E poi c'è altro, una sensazione che non puoi mai provare gingillandoti nel giardino di periferia e ancor meno frequentando la palestra. È la consapevolezza di aver alterato il tuo mondo, di aver lottato e vinto, di essere riuscito a dar forma e struttura e significato a quell'energia che delinea la persona. Vivere bene vuol dire partecipare al ciclo di nascita, di crescita e di morte. Di aver provato sensazioni di estasi e dolore.

I tempi trascorsi a Wonga a bruciare il bosco sono stati tra i più belli della sua vita. Si sentiva carico. Lavorava dodici ore al giorno alimentato da una forza inarrestabile. Tutti i minuti della giornata combatteva contro l'ostinazione della natura. Una guerra in cui era riuscito a domare ettari di bosco selvaggio, imponendogli nuove forme dettate dall'immaginazione. Per cui ogni giorno segnava un trionfo.

E non si stancava mai. Alla fine di una giornata di

lavoro al sole, dopo una doccia, una buona cena e un paio di birre ed era pronto a soddisfare un harem di ninfomani. Come la moglie di quell'agricoltore che si chiamava... boh? Una donna dall'aspetto asciutto. Però lo voleva, eccome! Proprio affamata era! Nelle notti di caldo, stava in cucina a scrutarlo attraverso la retina della zanzariera. Ovviamente Nick non la vedeva, ma sapeva che stava lì a desiderarlo. Queste cose le fiuti, non si sa come, ma lo sai. Le onde del suo desiderio gli accarezzavano i capezzoli sul petto attraverso lo spazio che li separava. Si sentiva d'impazzire.

Un venerdì decise per istinto di tornare a casa per pranzo. Lei stava lì alla corda del bucato, il viso incorniciato dai calzoni che Nick aveva appeso la sera precedente. E già riconosceva, dal modo in cui stirava le pieghe con la mano, che lo stava ad aspettare, come se sapesse che lui quel giorno sarebbe tornato dal lavoro a mezzogiorno.

'Non le dispiace che ho appeso i pantaloni sul filo del bucato, spero,' disse lui infilando la sua guancia sporca di cenere attraverso il finestrino del furgone.

'Certo che no.'

Il suo viso s'era fatto rosso fiamma, eppure fremeva.

'Li stiro, se vuole. Che ne dice?'

'Faccia pure, quando ha tempo.'

'Lo faccio ora, se vuole ... se le va.'

Brandelli di nuvole le avvolgevano il capo, il suo volto sembrava schiacciato contro quel blu sbiadito. Si ricorda gli occhi, gli occhi verdi da lucertola, perché l'iride sinistra aveva una scheggia sull'orlo, una piccola imperfezione da cui non riusciva a sottrarre lo sguardo. Per un istante, uno solo, la donna gli suscitò pietà. L'intero sfondo era immobile, in muta testimonianza di quell'istante bizzarro. Era sul punto di mollare ed andarsene, ma si accorse che lei lo desiderava e Nick non era in condizioni di rifiutare.

'Perché no?' disse e senza alzare lo sguardo da quell'occhio imperfetto, spense il motore e lasciò il veicolo lì dov'era sul vialetto polveroso. Dio sa che avrebbe fatto se il marito fosse arrivato a quel punto. 'Come no?,' ripeté, 'lo faccia ora, l'accompagno io, voglio vedere come lo fa.'

Dentro la casa le saltò addosso. Ma forse per paura o per chissà quale altro motivo, lei si mise a tremare tutta. 'No, la prego! La prego! Parliamo un po'. Voglio pensarci su.'

Ma non tentò di respingerlo, al contrario lo strinse a sé con le braccia al collo e affondò il viso nel suo petto sporco di cenere. Meno male; non stava con una donna da sei settimane e neanche un cintura di castità di ferro lo avrebbe fermato a quel punto. Come a dire, 'Cazzo duro non tiene coscienza ...'

La scopò proprio lì in cucina, in piedi contro la stufa a legna, col collo tirato in su a fissare la canna del camino. Le gambe di lei lo stringevano ai fianchi, mentre lui la teneva con le mani sulle natiche. Il viso della donna era poggiato sulla scollatura della sua canottiera di cotone blu e alla fine scoprì che aveva morso un lato del capezzolo. Gli lasciò una cicatrice poco visibile fra i peli scuri ed è ancora il punto più sensibile del suo petto, come ricordo della moglie dell'agricoltore, il cui nome ha dimenticato.

Cosa strana, Joyce non ha mai chiesto di quella cicatrice. Adesso che ci pensa, sembra strano che non le abbia mai parlato di quell'occasione, visto che, mentre lui aveva ancora le mutande alle ginocchia, l'autobus della scuola si era fermato davanti al cancello. Fosse stato qualche minuto prima, Joyce li avrebbe sorpresi in un momento delicato, tanto da rendere una futura relazione fra loro due problematica. Qualcosa magari la sospettava comunque, ma non è lo stesso che saperlo con certezza. Le donne sono orgogliose, in particolare una donna di gran classe come Joyce. Cosa strana il tempo. Un istante in più o in meno può cambiarti la vita.

Flavinio è pieno di facce conosciute. Questi sono tempi d'oro per i ristoranti, con tutte le feste di Natale e fine d'anno. E la crisi non sembra di aver toccato *Flavinio*. Prima di raggiungere il suo consueto tavolo riservatogli sul retro del ristorante, lo salutano una mezza dozzina di persone. Lui ricambia con un saluto lento della mano, una risata sonora che per un istante domina sul baccano generale, scambia battutine con gli amici più intimi, 'Eh *Biagio, stiamo attenti alla linea mi raccomando!'*

Che bella giornata! Com'è bella la vita! Ancora prima di farsi il primo bicchiere gli ritorna l'euforia del mattino. Hugh O'Donnell lo aspetta, accompagnato.

'Ti presento Terry Broglie,' dice Hugh, 'un tuo connazionale.'

'In tal caso sarà senz'altro una brava persona. Era ora che assumeste nuovo sangue in quella tua banca.'

'In effetti sono solo mezzo italiano,' spiega Terry, ' e di origini molto lontane, i miei nonni paterni.'

'Un meticcio regredito,' ridacchia Murray, e meno male che Terry sa come reagire, ignorando il commento.

Una piacevole sensazione gli si avvolge intorno, mentre Nick stringe la mano al giovane.

'Murray, ti prego chiamami quel cameriere, sto crepando dalla sete. Ragazzi che si beve oggi?'

Stare in mezzo alla gente lo mette sempre di buon umore, specie quando festeggiano. Gli odori del cibo, l'acciottolio delle posate e il vociare della gente alimentano ancora di più la sua allegria. Si sente inebriato di amabilità, prima ancora di aver bevuto il primo bicchiere, diciamo il secondo, se si conta il vinaccio di Oreste.

Nel labirinto di immagini che gli ruotano in testa, una, per un istante, è prominente: lui stesso in calzoncini da lavoro, camicia di flanella e scarpe da scolaro, ai Mercati Metropolitani, mentre scarica casse di frutta dai furgoni e le ginocchia gli si screpolano come ghiaccio nel freddo dell'alba. Il contrasto dell'immagine gli alimenta l'euforia. Questo è il vero paese! Questa è la vera vita!

'Andiamo, ragazzi, lasciamoci andare un po'. È Natale.'

Dentro il ristorante è facile dimenticare. Flavinio's chiude la porta alla folla dei shoppers, al traffico, al sole di mezzogiorno, a pensieri e preoccupazioni. L'interno è scuro e fresco e le voci sono confortanti. Flavinio's è la bella vita, e lui ne fa parte, è proprio al centro, nel presente. Quel che conta è partecipare. Flavinio's è il modo per imporsi sulla vita, per fare l'inventario di quanto vali, per mangiare e bere e lasciarti andare. Flavinio's è il luogo in cui puoi lasciarti galleggiare nella languida corrente di mezzogiorno, in una giornata d'estate ruvida e selvaggia.

'OK ragazzi, che prendiamo ? Facciamone un'occasione da ricordare.'

'Che si celebra? Non hai mica fatto un colpo ancora una volta?' chiede Hugh.

'Il vecchio Nick di colpi ne fa spesso,' dice Murray, e Hugh incalza.

'E questa volta chi è?'

Nick fa un sorrisetto ingenuo.

'Niente, non date conto a Murray.'

'Si tratta di *business*, Terry, ha fatto un colpaccio.'

Hugh si sforza di sorridere. Non è felice oggi, il vecchione.

'Fortunato nell'amore e negli affari. Nick ce le ha tutte.'

Triste e forse un po' invidioso. Ha solo sei o sette anni più di lui, ma sembra un vecchio. Le rughe gli si arrampicano attorno agli occhi e alle guance come onde sulle rocce.

Un cameriere che non conosce, finalmente, arriva e si accosta al tavolo con gesti timidi e ossequiosi. È un uomo di mezza età, sottile e calvo. *Nu omu di pocu* avrebbe detto suo nonno. Come se non bastasse, si muove e parla come un finocchio. Porca miseria!

'Ascolta, oggi voglio offrire qualcosa di eccezionale ai miei ospiti,' parla a voce alta mentre lancia uno sguardo intorno al tavolo che vuol dire, 'facciamogliela sudare a questo qui.'

Le sue maniere innervosiscono il cameriere. In bocca ha una dentiera a basso costo, che comunque ostenta con sorrisi falsi. Ma come diavolo fa Flavinio ad assumere questo viscido!

'Avanti dai, che ci porti oggi?'

'Cosa desidera, Signore?'

Nick dà al menu un breve sguardo di disprezzo.

'Tu che ci proponi?'

Il cameriere è sconcertato e si ripara contorcendosi dietro a quei denti falsi. Non si aspettava un cliente esigente come questo. Infine, si ricompone,

'La bistecca *pissaola* è buonissima.'

Nick scommette che il cretino non l'ha mai assaggiata. Ma quel che gli dà sui nervi è il fatto che non sappia nemmeno pronunciarne il nome.

'Quale bistecca?'

'Pissa-ola, Signore.'

'Piscia ... cosa?'

Lo dice tanto forte che si sente dal tavolo accanto. Per fortuna non ci sono donne sedute neanche a quel tavolo.

Il cameriere è mortificato. Sta immobile, rosso fino alle radici dei capelli, occhi fissi sul nulla come una vergine in un casino, facendo finta di studiare i fiori sul tavolo.

'Vuoi dire, pizzaiola ... pizza-io-la,' scandisce Nick in perfetto italiano, per dare una lezione a quell'ignorante. 'No, l'abbiamo già presa la settimana scorsa, vero ragazzi?'

Gli altri borbottano qualcosa per accontentarlo.

'No, vogliamo qualcosa di meglio. Che altro ci offri, eh?'

'Be', Signore, preferisce un piatto di pollame?'

Nick si sente esplodere.

'Pollame! Ha detto pollame, ragazzi? Ma dove siamo alla casa dei poveri dell'Esercito della Salvezza?'

Il cameriere non sa più cosa dire.

'Lascia perdere, Nick,' la voce di Hugh vaga intorno al tavolo, 'facciamoci un aperitivo e poi si ordina.'

Questo dovrebbe calmarlo, invece, e senza motivo, viene sopraffatto dalla rabbia. Si guarda attorno e nota che tutti stanno a guardare in silenzio. È chiaro che danno ragione a quel cretino del cameriere.

'Sai che fai,' il suo tono di voce allude a un compromesso, 'portaci delle aragoste per incominciare. Che ne dite ragazzi?'

Consenso generale, ma il volto del cameriere si fa buio.

'Mi perdoni, signore, purtroppo le aragoste sono finite.'

'Come!' Questo gli sembra assurdo, intollerabile. Si accorge che sta gridando, e se ne frega. 'Ma che stai dicendo? Son vent'anni che frequento questo locale e le aragoste non sono mai mancate. Ragazzo, vai a controllare un'altra volta, sennò ce ne andiamo da un altro locale.'

Tutti lo fissano. Lo sa che sta facendo una figuraccia, ma se ne frega. Qualcosa di perverso lo induce a far del male, a umiliare qualcuno. È più forte della censura della gente.

Sullo schermo della sua immaginazione, sullo sfondo lontano fino quasi a sparire, intravede la sua figura nuda entrare nel ristorante con una smorfia arrogante e sfacciata. Mentre la folla strilla a vederlo senza pantaloni, lui esulta, pieno di sensazioni di libertà e di espiazione.

Quando si riprende e si ritrova il cameriere davanti, gli torna l'ira. Quel suo viso da donna è impudenza pura. Le sue labbra tremanti intorno alla dentiera lo riempiono di ripugnanza. Se non smette di guardarlo con quegli occhi da cane randagio non potrà resistere all'impulso di riempirgli la faccia di pugni.

'Vattene,' gli urla, 'che ci stai a guardare? Vaffanculo!'

Per fortuna arriva Flavinio. Flavinio è suo amico. Uno che ha fatto successo, come lui. Un po' calvo, anche lui, però è ben impostato, sa come comportarsi, è simpatico. Flavinio è OK Ritorna la calma, adesso si chiede come mai aveva perso la testa in quel modo. Ora è solo questione di salvare l'onore.

'Il servizio è un po' giù oggi, Flavvy, niente aragoste', la voce ha già perso la collera. Lo sa che si è comportato male, sgarbato, ma non ha intenzione di scusarsi.

'Scusami, Nick,' Flavinio è calmo, accomodante, 'non ci crederai che confusione oggi.' Gli offre un bel sorriso, gli mette una mano sulla spalla , 'Non so perché tutta questa folla oggi, come lupi affamati. Si mangeranno me se non sto attento. Guarda, se proprio ci tieni le aragoste te le ordino, ci vorrà una mezz'ora direi, sennò abbiamo degli ottimi gamberi giganti provenienti da Dampier. Ti garantisco che sono buonissimi.'

Tutto viene sistemato con calma. La faccenda non doveva arrivare a quel punto. Non capisce perché ha perso la testa in quel modo. Sarà stato il caldo. È imbarazzante. Ognuno sorseggia dal bicchiere e si mette a parlare di cricket, ma Nick sa che tutti pensano a quel brutto incidente e questo li rende cauti verso di lui. Meglio dimenticarlo subito quell'affare sgradevole. E comunque, l'importante è godersi la vita.

Con la marinara, accompagnata da una bottiglia un buon pinot di Margaret River, torna l'euforia generale. Perfino Terry riesce a rilassarsi. Al loro tavolo si fa gran chiasso. Il pranzo si protrae nel pomeriggio, ma lui non se ne cura. È tempo di feste e gli piace la compagnia. Bisogna, però, che non si dimentichi che c'è d'andare a Karragullen a prendere il maiale.

Hugh è suo amico da oltre trent'anni. Si conobbero quando andò in banca per il suo primo mutuo, negli anni '50. Acquistò un lotto di terreno da quattro ettari in Joondanna che in seguito suddivise in lotti di case di un quarto di acro ciascuno e ottenne un profitto di cinque mila sterline australiane. Un bel gruzzolo a quei tempi.

'Hai occhio per capire un buon affare, ragazzo mio' gli disse allora, ' ti auguro gran successo.'

Ora, nel silenzio rubato, Nick scruta le facce allegre attorno al tavolo per scovare tracce di invidia. E, al di fuori del cerchio nebuloso dell'occhio, spia la sua figura giallo-verde che danza maliziosamente ai lati della loro bocca mentre mangiano il cibo che lui pagherà.

Ma non se la prende a male. È il prezzo da pagare per avere avuto successo. E sa pure che queste persone non gli possono fare del male. Perché ci son tante cose che loro non sanno. Neanche Joyce, che ha vissuto con lui e dormito nello stesso letto per tutti questi anni, neanche lei ne sa.

Del *malocchio*, ad esempio. Che ne sanno questi? Dalla trave di nocciolo della casa del *Nannu* pendevano uno zoccolo di cavallo e un corno, legati insieme da un nastro rosso, per proteggersi dal malocchio della gente. Certo che lui a quelle cose non ci crede, ma conoscerne la natura ti rende più consapevole dell'invidia degli altri. Non si sa mai.

Il ristorante è illuminato da luci a candela appese alle pareti, diffondono un delicato bagliore color ambra. Come ... come una chiesa. Ha frequentato Flavinio per anni e non si è mai accorto che l'interno dà l'impressione di una chiesa. Ma se ascolti, se ci fai attenzione in mezzo al chiacchiericcio e il suono delle posate sui piatti, ci scopri vuoti di silenzio, come in chiesa.

'L'importante nella vita è sapersi godere i tempi belli,' dice Nick, alzando in aria il bicchiere e studiandolo.

'Assolutamente!' risponde Murray, gustandosi la mousse al Marsala. Ma l'istante appartiene a Hugh O'Donnell.

'Mi pare che qualcuno abbia detto: vivi ogni giorno come se fosse il tuo ultimo, mi sbaglio?' La sua è una domanda che non richiede risposta, anche perché sembra che abbia bevuto un po' troppo per un manager di banca. 'Dunque, proprio riguardo questo argomento, ho da fare un annuncio.'

Terry Broglie coglie briciole immaginarie dalla tovaglia con la punta dell'anulare.

'Devo dire che ancora non è ufficiale, ma qua dentro siamo una comitiva privilegiata ... Nick è stato per me, prima di tutto, amico intimo e, poi, un cliente, quindi non penso ci sia miglior occasione per dare la notizia. Come Nick può confermare lavoro alla Northside Branch da lunghissimo tempo, e mi sono goduto ogni minuto di quell'esperienza. Purtroppo, 'tutte le cose belle hanno una fine' dice il proverbio, e mi toccava prendere le ferie per il lungo servizio ... ad ogni modo, ho pensato di farmi da parte in anticipo ... dare spazio ai giovani. E così ... be' insomma ... vi presento il nuovo manager.'

A dire il vero Terry si comporta da gentiluomo. Non fa il falso modesto e non esulta.

'Mi hanno dato la grande responsabilità di mettermi nei panni di Hugh. Sarà una grande sfida poterli indossare bene.'

Hugh si mette in linea e dà una mano a stirare le pieghe.

'Senti Terry, mettiti a mangiare quanto me e ti garantisco che ben presto i miei panni ti staranno a perfezione.'

La risata generale disgela l'atmosfera intorno al tavolo, ma nessuno guarda Hugh. Solo Nick osa farlo ed è testimone di uno straordinario fenomeno: in pochi secondi, gli anni gli scendono sul volto e pendono lì su tutti e due i menti di Hugh. La differenza la fa la consapevolezza. Riconoscere che ci hanno messo da parte è già tragico; il vero dolore si sente quando lo vengono a sapere gli altri.

Grazie a Dio lui è proprietario della sua impresa. Nessun bastardo potrà buttarlo fuori. Pensa a Steve che potrebbe usurparlo; e a John il figlio-erede. Che vadano a quell'altro mondo. Lui non intende mollare di un centimetro!

'Quando avverrà il cambio?' Nick chiede e non riesce a rimuovere dalla sua voce l'odio che sente per il nuovo gallo. Sì, perché la notizia ha alterato l'aspetto anche di Terry Broglie. Quello che poco fa era un giovane affabile, si è trasformato ora in orribile rospo.

'Oh, Hugh ha tutto il tempo che vuole,' dice Terry, 'Su questo punto ho insistito.'

Bella questa! Il galletto *insiste,* eh! Siamo già a questo punto allora! Il vecchio Hugh si fa untuoso, ma scoppia a ridere.

'Vedi che ti succede quando ti regalano le pantofole? Parlano di te in terza persona, come se non ti notassero più ...'

Ma Hugh se la caverà. È sempre stato molto capace lui. Sempre di buon umore, malgrado il fatto che le cose non gli sono sempre andate lisce. Tre matrimoni e un numero indeterminato di figli da mantenere, divisi con tre donne. L'ultima volta che ci cascò fu con una che era già madre di tre figli. Una trappola! Certa gente i guai li va a cercare. Gli antichi avevano ragione, moglie e bambini non puoi cambiarteli. Sono permanenti come la data di nascita e il colore degli occhi.

'Embè', s'invecchia un po' tutti,' Nick fissa il suo bicchiere vuoto. 'La moglie mi compie 50 anni domani.'

'Cinquanta, eh?' Murray si riempie il bicchiere. 'Menopausa. Anni difficili. Non lo vogliono fare più, vero?'

'A me dicono il contrario,' Hugh si lecca il labbro inferiore e fa capire che il mal umore gli è passato, 'che lo vogliono più spesso.'

'Sono sicuro che Nick non ha problemi in quel reparto, almeno da quel che si sente dire in giro.'

'Ribadisco, sono tutti pettegolezzi,' si lascia andare ad un sorriso compiaciuto, 'niente di vero ... be' diciamo che qualcosa di vero c'è.'

'No, amico mio,' dice Murray, 'non ti puoi sottrarre alla tua reputazione.'

'Comunque non potete accusarmi di fare il losco' sta pensando a Steve, 'almeno io la mia reputazione la porto qui davanti, (si accarezza la pancia) evidente davanti a me.'

Sul segno dell'ilarità finisce l'ultimo atto. Ben presto l'afa del pomeriggio li insegue fino a qui, in questa tana letargica. L'immagine di un albero di castagno ed un paio di pantaloni appesi al ramo gli svolazza per la testa. Per tutto il giorno la medesima immagine ha continuato a perseguitarlo sul fondo della sua memoria. In qualche modo è connessa a Hugh, che sembra consapevole di tante cose, ma non dice nulla. Il pomeriggio è sfuggito e la sensazione che qualcosa sia sparita per sempre rattrista Nick. Resta un vuoto e il rammarico. Prova una grande pena per Hugh che se ne va, per Terry che prende le redini alla banca e anche per quel scemo di Murray, senza sapere il perché. L'unico che non gli fa pena è se stesso. Nick è messo bene, è in posizione di controllo. Nick non si tocca perché sta al di sopra, sorvolando la vita come un Dio. Dopotutto, è lui che paga il conto. Ecco il conto. Salato, ma ne vale la pena. Non c'è modo migliore per spendere i soldi che con gli amici, giorni prima di Natale.

Questo pensiero lo riempie di buon umore e compiacenza. Tutto andrà bene. Hugh se la caverà. Lupo se la caverà. Gli affari andranno bene. Le cose andranno bene per Joyce e Nella e John, e pure per Steve. Tutto gli andrà bene anche a lui. Ma sì, certo, perché no? Si sente al colmo.

In macchina Murray invece continua a inveire contro tutti, d'altra parte non si può pretendere che Murray si renda conto che è troppo tardi nel pomeriggio per fare conversazione. Che questo è tempo di sogni e riflessione. Si ricorda di Nella. Importante che non si dimentichi, le sei e mezza all'aeroporto ... anche se fa tardi al ritorno dalle colline, non fa niente perché Joyce sarà lì ad accoglierla.

Nella è un pensiero molto piacevole. Un pensiero che calma i nervi. E sarebbe bello potersi appoggiare per un po' e farsi un pisolino. Non c'è tempo. Passerà dall'ufficio per prendere Steve e dirigersi in collina. Dovrebbe già essere lì, lo aspettavano alle due e trenta. Fa niente.

Ma dopo aver riportato Murray al lavoro, decide che fa ancora troppo caldo per macellare il maiale. Invece s'incammina per la costa a controllare l'appalto di *City Beach*.

Joyce

Per celebrare il suo trionfo segreto ha deciso di mettersi una crema ricostituente sul viso. Al cetriolo, per spianare le borse sotto gli occhi. Nel mortuario a luce fievole del suo solario Joyce giace immobile malgrado il ronzio delle mosche attratte dall'odore della crema sul viso. E perfino nel bagno, dove va per sciacquarsi, il sole ha invaso la stanza col suo bagliore attraverso il lucernario ... Ripensandoci però, non è affatto onesta con suo zio. Non che lei sia immune all'inganno: le armi a disposizione dei timidi sono limitate. È vero, non è stata sincera con il caro Desmond o con Nick e più o meno con tutti coloro che sono venuti in contatto con lei. Dovrebbe fare outing, come le consiglia quel saggio di Camberwell e dire, "Signori, ascoltate, mi dispiace ma la verità sta in questo, questo e questo ..."

Ovviamente, lei invece si rifugerà nella solita menzogna. In apparenza sarà un modello di virtù. Come quella decana delle convenzioni sociali che era Lynne McLuskie.

Ancora una volta è sorpresa dalla somma infinita di simulazioni che la realtà ci riserva al fine d'ingannare e di confondere. Quel modo che ha di farsi viva, esibirsi in passerella in un'infinità di trasfigurazioni, per poi sparire. Il volto pio della McLuskie ha l'abitudine inquietante di emergere regolarmente dal profondo e di agitarsi come un gavitello sulla superficie del mare mosso.

Lynne McLuskie, ecco una donna dalla noia perfetta. Difficile da poter immaginare un'icona più adatta alla tristezza nelle zone rurali degli anni cinquanta. Che altro poteva fare una donna eccetto che darsi alla virtù e alle convenzioni? Finché non arrivò Nick Amedeo, ovviamente.

Ma, che fine fece poi? Ecco, dov'è andata a finire la McLuskie dopo l'avventura con Nick? Si è fatta forse più avventurosa? Probabilmente no, le mancava il coraggio di fare quello. Anche se ciò che fece richiese coraggio a quell'epoca. Oppure la sua frustrazione era più forte della sua codardia.

Chissà se tornò a fare la donna virtuosa? Cosa assai plausibile. La quantità di martirio implicata in quella storia marcò il limite della sofferenza massima alla quale la preziosa Lynne McLuskie poteva abbandonarsi. Quindi, la possibilità di farsi altro male era sfumata. Niente, Lynne era di certo tornata nell'ambiente salubre della chiesa entro poche settimane dallo scandalo, munita di un viso adatto a dimostrare contrizione e l'alibi vago del diavolo cornuto unico responsabile dell'incidente. Vero.

Certo che potrebbe essere scomparsa ormai. All'età di 75 anni e oltre, la vecchia amante di Nick è senz'altro vecchia. Prova che il decoro morale alla fine ha poco valore. E allora perché mai corteggiarlo per tutta la vita? Ad ogni modo è ironico che Joyce abbia trascorso anni disdegnando qualcuna per poi finire con l'assomigliarle! Molto peggio che fare l'insegnante.

La signorina Hathaway ha dato un contributo prezioso alla Scuola Elementare di Wonga. Non esito a raccomandarla per un futuro impiego, fiducioso che saprà svolgere i compiti a lei richiesti con dedizione, talento e grande sensibilità.

Quell'anima piena di buone intenzioni, il preside Bowmal, infatuato della signorina Hathaway perché sua moglie era tanto arida quanto la sua testa pelata, non poteva certo immaginare quanto sarebbe stata vera la sua profezia.

Per quanto riguarda Nick, non c'è assolutamente nulla di cui preoccuparsi. Una che se lo stringerà a sè, la troverà sempre. Sempre. Anche quando i peli delle narici (che taglia delicatamente tutti i sabati nel bagno con un asciugamano avvolto intorno allo stomaco) si fanno bianchi e lanosi. Anche in età avanzata, quando il petto gli si affloscia; ci sarà qualcuna disposta a tenergli i testicoli in mano. È fatto così Nick.

Certo, adesso il pecoraio si è fatto stallone. E forse i pecorai di Desmond non erano mai esistiti, erano solo dei rozzi contadini. Lei questo lo sospettava fin dall'inizio, ma proteggeva la propria illusione, anche se Flo glielo aveva scritto chiaro su carta. Che guastafeste quella Flo!

Albergo Fante
via Roma 98
San Michele
21/9/1970.

Cara Joyce
Finalmente ho le prove di ciò che sospetto da molto tempo e cioè che Desmond ci ha prese in giro con le sue storie. Oppure (peggio ancora) ha mentito a se stesso.

Lascia che ti dica chiaro e tondo (o almeno, per quanto lo permetta la parola scritta), che in questo paesetto non son riuscita a trovare alcuna traccia del mito che il nostro caro Desmond ci aveva descritto. Personalmente non ho visto altro che povertà e squallore. Se devo essere sincera è molto fortunato il tuo siciliano ad essere emigrato ad un'età tanto giovane da avere assorbito così poco della vita di qui.

Non è semplicemente che il paese è sporco e poco curato, ciò che delude è il fatto che la gente, questi discendenti di civiltà millenarie, sembrano intorpiditi. Persino i giovani, i pochi che si vedono per strada, sembrano come fantasmi di altri tempi, senza energia. Mia cara, visto che mi ci metto, mi conviene descriverti le cose tali e quali come sono. Lo sai bene che non adopero eufemismi con te.

Mi dicono che gran parte della popolazione riceve assistenza sociale in un modo o in un altro. Non lo dubito. Hanno tutti l'aspetto di aver rinunciato a vivere. Quel che non capisco è come mai Nick sia dotato di tanta energia, quel ritmo di vita frenetica che conduce. Lo sai bene che detesto drammatizzare, ma qui devo dire che ho trovato una specie di suicidio genetico (un confronto con i nostri Aborigeni non sembrerebbe del tutto fuori luogo.)

Ci siamo visti parecchio con la zia di Nick, che ha provato a convincermi di lasciare questo 'albergo' (si fa per dire!) e andare a stare con lei. Sinceramente devo dire che la poveretta è davvero affettuosa, dignitosa e peraltro una cuoca eccezionale. Da una settimana che sto qui (questo ti farà ridere) ho avuto una proposta di matrimonio dal sessantaduenne direttore dell'ufficio postale, che non parla inglese per niente. Mi sa che forse li ho sottovalutati!

I paesaggi, devo ammettere, ti tolgono il fiato. La costa, con le cime che sorgono dal mare e le vallate coperte di agrumi e di uliveti, ha più arroganza di una reginetta di bellezza.

Eppure le creste bianche di pietra mi fanno pensare alle ossa antiche, tanto solitarie come il nostro immenso entroterra. E, come tu ben sai, nessuna di noi era tanto attaccata alla terra da tenere la grande tenuta di papà in famiglia. Ecco perché trovo incomprensibile l'infatuazione di Des per questi paesetti antichi. Per quanto mi riguarda, preferisco il palpito vibrante di una città moderna.

Un'ultima cosa. Ti lamenti per il fatto che in Australia ci curiamo poco della nostra eredità culturale. Lascia che ti faccia un esempio. Questo villaggio vantava un monastero spagnolo, con un chiostro circondato da colonne di marmo, fontana, meridiana e una sequenza di affreschi, di artista ignoto, della metà del sedicesimo secolo. Almeno così mi assicura Don Biagio il parroco. A proposito, Don Biagio, che è stato missionario nella Rodesia, parla un inglese decente.

Dopo la guerra il monastero venne usato come scuola elementare, in seguito, come case popolari per i poveri! Attualmente sta vuoto e in rovina. Se quella fosse l'alternativa al materialismo moderno, preferisco quest'ultimo.

Per quanto riguarda i pastori, io almeno non ne ho visto alcuna traccia, comunque sono propensa a credere che in montagna esistano ancora. Sono più che certa, però, che se gli fosse data scelta, sarebbero ben disposti a cambiare ruolo con un impiegato d'ufficio.

Basta così, sennò non mi rivolgerai più la parola. Avevo intenzione di farmi una crociera nel Mediterraneo e assorbire tutto quel sole rifratto sui ruderi antichi. Ma come già intuisci, ne ho avuto abbastanza del Mediterraneo. La vecchia culla fa troppo odore di muffa e cimiteri. Invece, trascorrerò alcuni *giorni a Parigi (chiamami snob se vuoi) poi farò sosta a Hong Kong (sono una snob pratica, come vedi). Nel mio attuale umore mi sta meglio così.*

Ti abbraccio,
Florrie

La carta ha la consistenza dello stucco, per il fatto che tante volte ha appallottolato la lettera per poi riprenderla dal cestino. Una volta non avrebbe permesso mai che il criticismo di Flo s'intromettesse fra lei e quel mondo che aveva creato con cura. A quel tempo non importava che nessun altro ci credesse.

Immobilizzata da questo pensiero, ignora il campanello, finché non sente aprire il portone e qualcuno avvicinarsi a passi sicuri sulla scala interna. Non è pronta a ricevere visite, tanto meno Flo, eppure adesso che se la trova davanti, mani ai fianchi a stringere il tronco di un albero di boab stampato sul vestito, non può fare a meno di pensare che sua sorella stia lì per soccorrerla.

'Non chiudete le porte in questa casa?'

Sapendo bene che con Flo ogni battuta conduce ad un duello verbale, esita a risponderle.

'Sei molto fiduciosa,' la mano le scivola verso un mazzo di foglie sul sedere, 'e come mai ancora in vestaglia? Sono quasi le due!'

'Ho appena fatto la doccia.' Flo è una di quelle che esige spiegazioni su tutto, se non altro perché così può distribuire le colpe.

'Caffè?'

'Joyce, sono veramente preoccupata per te.'

In piedi sull'ultimo gradino della scala finge di essere offesa. In realtà prende tempo per riflettere ancora un po'. È possibile che Flo sia capace sul serio di preoccuparsi? Possibile comunque, che una persona possa preoccuparsi sinceramente di un'altra? Forse, solo fino al punto in cui si è coinvolti personalmente. L'amore, la cura, l'altruismo... nient'altro che visi truccati che nascondono l'egoismo. Manca il tempo per razionalizzare il concetto in pieno, specialmente mentre la sorella maggiore sta in piedi laggiù, in fondo alla scala.

'Dico che mi metti tanto in pensiero,' Flo insiste.

'Perché, che ho fatto?'

'Non hai fatto nulla, è proprio ciò che mi preoccupa. Almeno facessi qualcosa. Ogni volta che arrivo ti trovo a fare le pulizie o a bere il tè. '

'Caffè.'

'Joyce, gradirei se non riducessi tutto quello che dico in stupidaggini. Comunque, il venerdì pomeriggio hai quell'impegno con la *Silver Chain*, no?'

'Ho deciso di non andarci. Nella arriva oggi e andrò a prenderla all'aeroporto. Ci vuoi venire?'

'No grazie. Hai fatto due errori nella tua vita. Il primo è aver accettato di sposare quell'uomo, il secondo di aver dato vita a una figlia che gli assomiglia tanto.'

'È molto simile a te di carattere, sai.'

'Sciocchezze! È tutta suo padre, una piccola impertinente che crede di sapere tutto...il motivo per cui sono qui è per chiederti se hai bisogno di una mano per domani sera.'

Per un istante l'immagine di Flo che fermenta miscugli di arsenico attraversa deliziosamente il palcoscenico della sua fantasia.

'No, pensa a tutto Nick. Le feste le organizza bene.'

'Certo, lascia che faccia lui. Visto che hai accettato di sposarlo, è il minimo che ti deve.'

Non c'è nulla di originale nella nozione di Flo che gli uomini siano la croce delle donne. Flo non ha nulla di originale, punto e basta. Ragion per cui si sforza costantemente di scioccare e scandalizzare. Per quanto riguarda le croci, Flo ne ha avuta tutta una collezione e una la portò perfino all'altare. Il grande errore che commise quell'uomo fu di metterla incinta. Questo provocò in lei un tale sdegno che prima andò ad abortire e poi licenziò il marito.

I mariti successivi non li ha fatti progredire oltre l'anagrafe e quando diventano noiosi, liberarsene non è mai un problema.

L'attuale marito tende alla depressione, ma Flo nega che il suo stato dipenda dal fatto che è sposato con lei.

'Come sta Harold?'

Invece della solita espressione accigliata, Joyce viene sorpresa dal volto della sorella che s'illumina d'entusiasmo.

'Non ci crederai, cara, sono stata testimone di un miracolo. Un miracolo della medicina alternativa. Un naturopata l'ha messo a dieta con spremute di frutta, radici di vegetali, semi e nocciole. Niente sale, zucchero, piccole quantità di tè o caffè e assolutamente niente alcool. Un miglioramento al cento per cento. Straordinario!'

'Bella novità, Flo.'

'È un uomo nuovo ti dico, Joyce, anche se talvolta è così piagnucoloso da darmi sui nervi. Però meglio così che la depressione ... Perché non ti prendi un appuntamento?'

'Cosa?'

'Un naturopata, cara. Ma che ti prende oggi?'

'Perché mai dovrei?'

'Perché, mia cara, sei troppo solitaria e introspettiva; trascorri troppo tempo da sola in questa casa. Non è salutare.'

A questo punto, e senza preavviso, a Joyce viene la voglia perversa di stupire sua sorella, anche se aveva determinato di non rivelare le sue intenzioni prima di aver parlato con Nick.

'Visto che ci tieni a saper tanto,' le fa lei, e spera che Flo si accorga che la sua voce è piena di cattiveria, 'se proprio ci tieni, in futuro non ho intenzione di trascorrere molto tempo in questa casa, Flo.'

Sarà a causa dello sguardo nei suoi occhi oppure l'ottusa quiete della sua voce, ma Flo la fissa attentamente una volta tanto.

'Non capisco che stai dicendo ... '

E il suo tono suggerisce che forse preferisce non saperne nulla. Meno male, perché a quel punto il portone sbatte e nel corridoio si affrettano i passi di una abituata a fare da padrona. Le pareti si inchinano in riconoscimento. L'aria di aspettativa che pendeva rigida dal soffitto, d'un tratto viene scossa da un vento di eccitazione. Può essere solo Nella.

'Mi hanno offerto un volo in anticipo e l'ho afferrato. Gli

aerei sono pieni zeppi, in ogni caso.'

Ha le guance rosse, è tutta sudata e stanca, ma si butta avanti in un abbraccio alla cui intensità Joyce non ha possibilità di resistere. Si baciano per confermare le emozioni dolceamare e complesse che scorrono fra di loro.

'Perché non mi hai telefonato, Nella?'

'Non ho voluto disturbarti, mamma. Ho chiamato un taxi e sono passata dall'ufficio. Papà non c'era, naturalmente.' Non si cura neanche di nascondere una smorfia di disappunto, 'e tu come stai zia? Ti trovo in gran forma.'

E nemmeno quella poveretta di Flo, riesce ad evadere la sua esuberanza. Flo le offre una guancia, con formalità, ma viene sopraffatta dalla stretta della nipote che le infila la mano nel braccio e la trascina verso il frigorifero.

'Grazie cara, hai fatto un buon viaggio?'

Flo è fatta così; piena di furore quando parla di Nella, ma in sua presenza diventa timida. Strano! 'Ho una fame da lupo, che tieni di buono in frigo, mamma?'

Steve

Ciao,
Vieni all'Ocean Reef oggi, intorno alle 5.30. Ho due offerte per te: una birra e un lavoro.
Nick.

Oggi è una giornata di distrazioni. Certo che ho perso un sacco di tempo. Ero quasi pronto a mollare tutto e andare a casa, quando mi trovo fra le mani un biglietto scritto tanti anni fa! Ci voleva anche questo.

Manca la data, ma mi ricordo come se fosse ieri quando ho ricevuto il biglietto al *Water Board*, dove ero impiegato. A prima vista non ricordavo chi fosse questo Nick. Era tipico dell'arroganza di quell'uomo presumere tanta familiarità dopo avermi appena conosciuto!

L'avevo visto parecchie volte all'ufficio del *Water Board*, ma con tanta gente che si presentava, non ci feci caso. Finché, un giorno arriva infuriato per il ritardo in un collegamento d'acqua. Quando si è messo ad urlare a una delle nostre assistenti che lo stava a servire alla reception, sono andato io a dare una mano. Risultò che la colpa del ritardo era sua, per non aver compilato la domanda nel modo giusto. Tipico! In seguito, ogni volta che veniva, chiedeva di me personalmente. Un giorno mi fece, 'Ehi, perché non lasci questo manicomio? Tu hai troppo talento per rimanere con questi senza-speranza.'

Ci ridemmo su e per conto mio non ci feci più caso, però qualche giorno dopo mi arrivò quello strano messaggio.

Dapprima pensai, assolutamente no! Questo sarà un pazzo. Eppure, quel venerdì mi trovai all'entrata del *Ocean Reef Hotel* all'ora dell'appuntamento. Nick Amedeo sorrideva compiaciuto come se non si fosse aspettato altro. A parte quello il suo comportamento fu del tutto educato. Nessuna traccia di quella sua solita aggressività. Stavo per ricevere la prima lezione sulla complessa personalità di Amedeo: la sua capacità di accendere lo charme quando conviene a lui.

'Grazie per essere venuto.'

Sul tavolino c'era una bottiglia di *Swan Export* aperta, ma ancora piena, e due bicchieri.

'Io bevo questa, ma se non ti va, ne ordino una diversa. Come vuoi.'

Fino a quel momento non avevo mai toccato un bicchiere di birra in vita mia e in retrospettiva avrei dovuto rifiutare, ma a quel punto non avevo voglia di spiegare l'alcolismo di mio padre e il proibizionismo di mia madre, per cui dissi, 'No, va bene così, tanto io non bevo molto.'

Gli piacque la mia risposta.

'OK benissimo, Steve. Quanto m'infastidisce vedere in giro tutti questi giovani ubriachi fradici.'

Ci sedemmo lì, a guardare l'Oceano Indiano sotto un cielo incerto. M'indicò con lo sguardo a sinistra dove una flottiglia di motoscafi di lusso stava nell'imbarcadero.

'Quello lì è il mio,' disse, indicandone uno grosso col nome *Nella-John* scritto a grandi lettere sul lato, 'immagino che la pesca ti piaccia almeno.'

In effetti pescare mi appassiona anche se, avendo vissuto a Kalgoorlie, ho avuto poca occasione di farlo.

'Non conosco nessuno a cui non piace pescare,' dissi, e mi sembrò così felice che aggiunsi, 'A me piace di certo.'

'A mio figlio non piace … be', forse non tanto la pesca quanto la prospettiva di andare in barca. Ogni volta che ci prova, gli viene un mal di mare tremendo. Per cui mi pare che non ci sia speranza.'

'Potrà abituarsi col tempo.'

'Be' … forse.'

Diede una spremuta al porro che aveva sulla parte inferiore del mento, così violenta che pensai di vederlo sanguinare da un momento all'altro. Mi riempì il bicchiere colmo, anche se gli avevo detto di non farlo pieno e poi fece lo stesso con il suo. Li posò sui sottobicchieri ornati con l'immagine del gancio, lenza e piombo, emblema del pub. Aspettò che bevessi il primo sorso prima di parlare ancora.

'Che ne dici?' mi fece in una voce così intensa che pensai fosse scocciato con me. Col tempo mi abituai all'intensità di Amedeo.

'Di cosa?'

'Della proposta di venire a lavorare con me, Steve.'

Questa volta non rideva. Il tono era intimo, gentile. Pronunciò il mio nome con la familiarità di qualcuno che mi conosceva da anni.

'Quanto ti danno, eh?' Piegò il gancio, la lenza e il piombo del sottobicchiere a forma di stella a tre punte, ' caro amico quelli ti derubano.'

Stentavo a credere che l'uomo facesse sul serio. Mi sembra che finché si arriva ad essere maturi noi stessi, si misura la gente col metro dei nostri genitori. Mio padre non era capace di cacciare via una mosca finché non aveva bevuto la seconda o terza bottiglia di birra. A quel punto si faceva sguaiato e aggressivo e tutti lo evitavano.

Quando mi resi conto che mio padre era un codardo ubriacone, non avevo ancora perso tutti i denti da latte. Capii anche che, al pari di mia madre, non avrei mai potuto contare su di lui.

Nick, al contrario, si vedeva che era un tipo pieno di coraggio e fiducioso nelle proprie capacità. Lo sapevo senza nemmeno chiedere che era molto stimato dalla gente. Ma quel che mi fece buona impressione fu la sua natura spontanea e calorosa. Avevamo scambiato non più di una dozzina di parole e già mi trattava da amico, perfino da padre direi. Un vero padre.

'Vieni a lavorare con me, Steve, e non ti pentirai.'

Accettai, non per i soldi, ma perché provavo grande ammirazione per il suo coraggio e il suo approccio diretto. Spericolato, chiassoso e aggressivo; si vedeva che era uno di quelli che non esitava a buttarsi nelle cose a cui teneva e dava l'impressione di ottenerle spesso. Rifiutare sembrava fuori questione.

In un certo modo questa prima impressione si rivelò giusta. Non c'è dubbio che Nick Amedeo sia convinto della propria straordinarietà, che nel mondo non esista persona migliore di lui. Ci si può fidare di un uomo come quello.

E così, la mia vita s'intrecciò con quella di Nick. Insieme abbiamo lavorato, pescato, bevuto e giocato. No, non ne sono pentito. Ci siamo divertiti e abbiamo condiviso tante esperienze. Ciò che Lily non comprende, (Come potrebbe capire? Sta con noi da così poco!) è che per me questo non è semplicemente un lavoro, è uno stile di vita. D'altro canto, ha ragione anche lei: gli anni si accumulano e avrei potuto fare di meglio nella mia carriera. Per quasi undici anni, potenzialmente i più redditizi della vita, ho vissuto la vita di Nick e non ho mai pensato di cambiare.

Nick

Porco diavolo! L'ultima cosa che voleva era di trovarsi davanti quei parassiti dei sindacalisti. Riconosce il nuovo furgone Toyota che sta spesso in giro a spiare. Stanno facendo buoni affari questi sindacati. Ma certo, visto come fregano sia i lavoratori che i padroni. E se è vero ciò che si sente dire in giro, sono proprio dei mafiosi.

Ci sarà qualcosa di serio, in una giornata di caldo come

questa, di solito, li trovi dentro al pub. Invece eccoli lì in piedi, appoggiati al furgone, a fissarlo con uno sguardo losco e arrogante. Uno è grasso, coi capelli chiari e il faccione stordito coperto di acne. L'altro è piccolo e affilato. Prototipi di Stanlio e Ollio sono, eccetto che questi due non fanno ridere. Nick decide di far finta di non vederli e si dirige verso il magazzino dove Vince e il suo manovale stanno per rimettere i ferri a posto.

'Ehi Vince, che succede?' alza la voce così che quei due possano sentire, 'non è mica ora di andare a casa ancora.'

'Chiedilo a loro.'

Vince punta un legno in direzione del veicolo dei sindacalisti. I due continuano a star lì a guardare come lottatori liberi, pronti a scattare alla prima mossa. Be', non li farà attendere a lungo.

'E voi che volete?'

Non è in cerca di guai con questi due, però non ha alcuna intenzione di leccargli il culo.

'Siamo ufficiali della BWA.'

Lo annunciano come se dicessero il KGB.

'OK.'

S'impunta fermo lì davanti. Lascia che si facciano avanti loro.

'Siamo informati che in questo cantiere viene assunta manodopera non appartenente al sindacato. Come mai?'

'Non ne so niente io. I miei uomini li valuto dalla qualità del loro lavoro, il resto non m'interessa.'

'Si rende conto che sta contravvenendo ai regolamenti del sindacato?'

'Io non ho assunto il sindacato, io do lavoro a uomini che per anni hanno dimostrato che sanno fare bene il loro lavoro.'

'Evidentemente lei ha contravvenuto ai regolamenti per anni. Questo cantiere va messo sotto osservazione. Da oggi non le sarà permesso assumere lavoratori in nero.'

A Nick questi due gli stanno sullo stomaco, specie il grasso, col mento da maiale. Si sente la rabbia fermentargli dentro, lo sa che presto arriverà al colmo e farà danno, ma non è capace di controllarsi.

'Andate via.'

Gli uomini lo guardano increduli.

'Avanti dico, questa è proprietà privata. Fuori da qui o chiamo la polizia.'

Si pente di averlo detto. Penseranno che sia un rammollito. La legge non fa paura a questa gentaglia. E infatti si piantano tutti e due lì a guardarlo con un sorrisetto compiaciuto sulla faccia. Il mingherlino si stira sui piedi quella sua statura da niente e dice,

'OK, fa come ti piace, guaglione ...' e incrocia le braccia sul petto ossuto. Quell'altro dice, 'Per cominciare ti facciamo qualche domanda. Gliela paghi l'indennità ai tuoi lavoratori?'.

Questi due fanno il tran tran a coppia, i bastardi!

'I lavoratori vengono assunti con contratto a tempo determinato.'

'Fa niente, la devi pagare lo stesso. E adesso faremo un'ispezione per accertare se le strutture sanitarie sono adeguate.'

Nick si mette davanti e si concentra sul proprio respiro. Calma, calma. Tieni il battito del cuore sotto controllo.

'E la mensa,' rincara il magrolino, 'vogliamo accertarci che tu fornisca la mensa al chiuso.'

Il grasso sputa sulla catasta di mattoni e dice, 'che ti prende? Perché ti manca il respiro, guaglione? I polmoni non ti funzionano?'

Bastardi arroganti! Nick si sente lo stomaco attorcigliarsi. Si ricorda un vecchio proverbio siciliano:

I litigi sunu comu i ficurinnia, se nun li sai scurciari, nun ti ci mettiri.

'Andate via da qui, vi dico, subito.'

I due non si muovono, ormai il limite è oltrepassato e Nick non potrà contenersi più. Appoggiata contro la betoniera Nick scorge una pala unta di cemento ancora molle. Con la coda dell'occhio scorge Sam, il manovale del muratore, che aguzza gli occhi spauriti dalla parte opposta della betoniera.

Constatare che un uomo forte e muscoloso come quello

si spaventa di una coppia di farabutti che non hanno fatto una giornata di lavoro in vita loro, lo fa montare su tutte le furie, al punto che non è più capace di contenere la rabbia. Con uno slancio afferra la pala e la alza in aria. Una goccia gli cola sui capelli, ma non ci fa caso

'OK voi due scansafatiche, fuori dalla mia proprietà o questa pala ve la rompo sul culo.'

E lo farà sicuramente. Per Dio, lo farà! L'importante è essere pronti ad agire, costi quel che costi. La vita gli ha insegnato una cosa, mai fare una minaccia invano, devi essere sempre disposto ad agire, se necessario. E sarà sicuramente capace di rompere la schiena a quei due. Niente da fare! Non si scherza con Nicola Amedeo!

Ovviamente non si arriverà a quel punto. Non ci vuole tanto per capire che questi bastardi sono dei vigliacchi. Tutti i bulli sono per natura vigliacchi e quelli che si muovono in gruppo sono ancora più vigliacchi. Ed ecco che si guardano a vicenda. Hanno fifa, si vede. A passi lenti cominciano a fare marcia indietro. Nel momento in cui stanno a riparo nel furgone e col motore acceso, il grasso infila il capo fuori dal finestrino e grida,

'Vedrai che ti aggiustiamo bene, terrone di merda. Ti mandiamo in bancarotta, bastardone che sei ...'

'Vieni qua e dimmelo in faccia. Testa di cazzo! Stronzo!'

Ma il furgone è già in fuga con uno stridere di gomme. Vince si avvicina con l'espressione imbarazzata.

'Sai che ti dico, meglio che paghiamo, alla lunga è la cosa più semplice. Non ti puoi fidare di questi bastardi. Non hanno niente da perdere.'

'Neanche per sogno. Son vent'anni che sto in questo *business*, e ce la siamo cavata senza quei mascalzoni. Ora spuntano qua e vogliono il pizzo, i miserabili sciacalli.'

'Ti dico questo, quella gentaglia ti può mettere nei guai.'

'I guai glieli do io a loro, non ti preoccupare. Se tornano e mettono un piede nella mia proprietà gli rompo le gambe, gliele rompo. Come si permettono di venire qua a estorcere soldi a me? Sono peggio della mafia questi, perché è tutto legale. Non ci pago un soldo a quei bastardi.'

Suda come un maiale e si sente che la faccia s'è fatta tutta gonfia e rossa. Prova a mollare la stretta della mano sul manico della pala, ma non ci riesce. Si rende conto che sta lottando più che altro contro la propria rabbia.

'Bastardi! Bastardi puzzolenti! Ma chi si credono di essere?'

Si agita tutto, anche se non c'è più motivo perché ormai sono spariti, ma è più forte di lui.

'Ma lo sanno questi chi sono io?' urla, 'lo sanno da dove provengo? Lo sanno che sono riuscito a fare?'

Sta conversando con se stesso o, piuttosto, sta facendo una sorta di recita, perché laggiù accanto al furgone Vince e Sam lo guardano impauriti. Lo sa che sta facendo una figuraccia, ma non gliene frega un cazzo. La sua mano si rifiuta di mollare la pala, per il momento ha la sensazione che il suo onore dipenda dal poter afferrare quel manico. Lo tiene ancora stretto mentre si avvia verso di loro.

'Voi cosa intendete fare?'

I due si guardano a vicenda. Si vede che si sentono a disagio ma Nick non capisce il perché.

'Andiamo a casa dai!' dice Vince, ' tanto oggi è venerdì, e fa troppo caldo per continuare.'

A Nick sta bene così. Lascia che questi due se ne vadano. Lui lo sa che vuole fare.

'Lasciate i ferri qua fuori, ci penso io a rimetterli via.'

Non si oppongono alla strana richiesta di Nick. Ormai non vogliono altro che andar via da qui.

Sing, sing a song
Sing it loud
Sing it strong ...

Dalla radio del furgone scaturisce una canzonetta dei Carpenters che gli alleggerisce la rabbia.

Make it simple
To last your whole life long ...
La la lla lla la ...

È sopraffatta dal rumore del motore che porta via il furgone sulla strada polverosa. Ed ora Nick si toglie la camicia e l'appende con cura sulla catasta di mattoni caldi. Accende la betoniera e si mette al lavoro.

'Bastardi! Ora gli faccio vedere io a quei porci bastardi!'

Le auto scorrono sulla via ma lui non le vede. La gente dirà, ma che ci fa quell' uomo vestito in eleganti pantaloni marca Lanerossi (e la Mercedes bianca parcheggiata accanto!), che ci fa a murare mattoni? Ma lui se ne frega. Con furia attinge alla malta con la cazzuola, la accumula lungo il muro di mattoni in una fila serpentina, afferra un mattone con la mano sinistra e dopo averne applicato un mucchietto alla sponda lo butta giù sul muro raschiandone l'eccesso dalla facciata con un furioso 'tszé!' della cazzuola. Lavora con frenesia, al ritmo allegro di quella canzonetta che gli canta in testa:

Don't worry that's
Not good enough
For anyone else to hear
Just sing...
La lalla, lalla...

Gli è passata la stanchezza, si sente forte come dieci uomini, agile come un acrobata. Si accorge che il sole delle tre pomeridiane gli succhia via il sudore, il sale, la rabbia e la bile dal torso nudo. E dopo un po' si è scordato dei sindacalisti, si scorda che lo aspettano in ufficio, che deve chiamare Rose, che intende andare a prendere Nella all'aeroporto e che Lupo ha bisogno di un veterinario. Si dimentica che in collina c'è gente che lo aspetta per macellare il maiale.

L'unica cura che ha è il lavoro che sta facendo, e che il muro si è fatto alto. Non fa caso neppure al fatto che il sole finalmente sta iniziando il suo viaggio verso il tuffo del tramonto nel grande Oceano Indiano.

E si sente svuotato della rabbia, dei pensieri e dello stress. Ha fatto la pace con se stesso e col mondo, una pace che gli sussurra, 'niente-può-toccarti-ora'. Ed è felice.

Steve

Ben oltre le quattro e Nick non è ancora arrivato. A quest'ora dovevamo già essere in collina. Chissà che gli è capitato? Devo uscire per prendere un po' di aria fresca, anche se là fuori c'è poca aria fresca da respirare.

Il termometro sarà ancora sui 35. Il traffico ricomincia a farsi denso sull'autostrada. Una polvere grigiastra si leva dall'asfalto. È stato così per tutta la giornata: caldo incessante. Dal terrazzino dell'ufficio osservo il traffico lampeggiare sotto il sole a inseguire chissà che vaga chimera. E poi, la Mercedes bianca di Nick. Ci voleva! Fa una figura penosa. La cravatta ce l'ha di sbieco sul petto, la camicia è sbottonata, la faccia unta d'olio, i capelli arruffati sulla fronte e puzza come una moffetta alla festa della birra.

'Un altro pomeriggio di quelli', mi dico, 'fatto di eccessi.'

E come se ciò non bastasse, chiazze di cemento gli macchiano le guance, la camicia e perfino i pantaloni. Non è la prima volta che succede. Spesso quando va in giro a controllare gli appalti, si mette a dare una mano anche lui, a scaricare legname ad esempio, e torna in ufficio sporco. Meno male che sua moglie è molto paziente con lui!

Mentre lo fisso, si volta verso di me corrucciato e aggressivo e mi fa, 'Che stai a guardare, Steve? C'è qualcosa che non va?'

Conosco bene i giochetti di Nick. La sua aggressività è spesso segno di qualcos'altro, senso di colpa ad esempio. Per quel poco che Nick è capace di sentire. Mi lancia uno sguardo di sbieco e si avvia in direzione di Lupo.

'Come stai vecchione?'

Si china per grattare il cane al collo con forza.

'Non ha ancora toccato da mangiare,' gli dico con tono accusatorio, perché dovrebbe dimostrarsi più ansioso verso Lupo.

Lui invece mi guarda come se la colpa fosse la mia.

'Vedrai che si riprenderà quando questo diavolo di giorno rinfresca.' Ma sembra che non ne sia convinto lui stesso. Ecco, questo tipo di vaghezza è fuori carattere in Nick. Qualcosa non va. E poi, quasi per confermare il mio sospetto, fa una cosa strana. Estrae uno straccio di camoscio dal portaoggetti dell'auto e si mette a lucidare lo specchio della Mercedes. Lo fa automaticamente, come un tic compulsivo, talmente assorto da non accorgersi che sto a guardarlo.

'Dove sei stato?' Gli chiedo.

La domanda lo ferma per un istante. Il suo sguardo si sposta via da me e di nuovo sul camoscio e sembra sorpreso di trovarselo in mano. Subito lo rimette a posto e si affretta in direzione dell'ufficio.

'Ti racconto fra poco, ma prima ho bisogno di un caffè ... Lily, facci un caffè dai.. .e senti un po', chiama l'aeroporto e informati sul volo di Nella.'

'Nella?' gli dico, 'sta a casa da ore.'

Il suo viso si trasforma in un susseguirsi di espressioni, dal disappunto (per non essere andato ad incontrarla) al rimorso (per avere sciupato tante ore) alla gioia immediata.

'Com'è forte la mia Antonella, riesce sempre ad anticipare tutti. Devo affrettarmi a casa.'

Va al lavabo e studia il proprio volto nello specchio, (Non conosco nessuno, uomo o donna, che passi tanto tempo di fronte allo specchio come fa lui) apre il rubinetto al limite, estrae una spugna dal cassetto, la bagna e se la passa sul viso.

'Aahh!'

La voce del pellegrino dal deserto nel raggiungere la oasi.

'Mettici un sorso di brandy nel mio, Lily.'

L'ufficio, come sempre, s'inchina all'entrata di Nick Amedeo. L'aria si modifica al suo arrivo ed io mi preparo per il suo prossimo cambio d'umore.

Mentre attendo lo sguardo si ferma – guarda caso! – sul cavatappi appeso accanto al frigorifero. È una mini-scultura di ghisa, che rappresenta un ometto grasso dai lineamenti orientali e la bocca spalancata. Per undici anni l'ho notato di sfuggita, senza farci caso. D'un tratto, un'idea molto strana s'insinua e mi agita. Sono convinto che la vera funzione di quell' oggetto grottesco non sia di aprire le bottiglie, bensì che sia emblematico di un piccolo mondo che osserva Nick a bocca aperta. Tutte le cose nella stanza servono a quello. Tutte, all'infuori di Lily che sta per servire il caffè, ma su cui la presenza di Nick non fa alcun effetto.

Adesso beve un sorso di caffè e si rimbocca le maniche della camicia oltre al gomito. In piena estate si ostina a portare le maniche lunghe. Dice che lo fa sembrare più professionale. L'avambraccio è forte e spesso come un tronco di *marri*.

'Ah, di questo avevo proprio bisogno,' dice, poi puntando gli occhi dolci su Lily, aggiunge, 'devo ammettere una delle cose che mi mancherà sarà il tuo caffè. Non credo che ne abbiamo mai avuto più buono di questo.'

Lily gli concede un sorriso sottilissimo. Il messaggio è ben chiaro, il complimento di Nick ha poco effetto su di lei. Per essere sincero penso che a Lily manchi un po' d'umiltà. D'altro canto la sua personalità forte non accetta cortesie banali e neanche la condiscenza.

Nick ovviamente è insensibile a tutto ciò. Aspetta che Lily esca dalla stanza, poi appoggia i piedi sul tavolo, come fa tutte le volte che intavola un lungo racconto, e si mette a parlare della lite con quelli della BWA.

'Dobbiamo stare attenti ... quei bastardi ce l'hanno con noi. Appena vedono che ti fai un po' di strada, pretendono il pizzo. Questa è estorsione pura. Noi lavoriamo, loro richiedono la percentuale.

'Sai come diventai muratore? Quando tornammo da Wonga avevamo accumulato un po' di soldi. A Charlie gli venne la smania di far venire la famiglia dall'Italia. Diceva che non poteva vivere senza la moglie ... mai conosciuto un uomo arrapato come Charlie Mannu. Porco diavolo, quello avrebbe scopato una cagna se non trovava altro. Ad ogni modo, si acquistò un lotto di terreno a Bemford per costruirci una casa.

'A quel tempo c'era una sorta di boom edilizio e muratori non se ne trovavano in giro. Alla fine ne arrivò uno che lavorò per due giorni, poi ebbe un incidente e finì in ospedale.

'In quel periodo, io e Charlie si lavorava al mattatoio, a macellare pecore. Che lavoraccio! E così, mentre tornavamo a casa in bicicletta, dissi a Charlie, "Charlie, smettila di smaniare. I muratori ce li abbiamo. Noi due. Tu e io."

'Né io, né lui avevamo mai messo un mattone in vita nostra e tanto meno sapevamo leggere una pianta, eppure tre settimane dopo avevamo messo su i muri esterni della casa. Era come se avessimo conquistato il monte Everest. Ti dico una cosa, se proprio vuoi fare qualcosa nella vita, ci riesci. Niente ti ferma, credimi, niente.

'Eccetto i sindacati.'

'Ma che stronzi! Tutta una generazione d'italiani hanno dato una spinta all'industria edilizia in questa regione. Quando arrivammo, si vedevano tante case costruite in amianto o con tavole di copertura. Negli anni cinquanta ci siamo messi a costruire con mattoni e facevamo soldi a sacchi. Madonna, a quei tempi sì che si facevano soldi!

'All'inizio abbiamo cercato manodopera locale, ma a questi non gli andava di lavorare. Se ne fregavano. Stavano comodi, bicchiere di birra in mano, a scacciarsi mosche dal naso. E allora abbiamo richiamato gente da casa: nessuna conoscenza dell'inglese, scuola poca o niente, ma tanta voglia di lavorare. Diavolo, come lavoravano! Erano contadini, gente abituata a lavorava i campi. Arrivati quì si fecero muratori, falegnami, rifinitori, piastrellisti, intonacatori, scalpellini ...

'Abbiamo dato una forte spinta all'industria edilizia. Abbiamo prosperato. E lo sai qual era il segreto? Niente sindacati e nessun principale che ti rompeva le scatole. Si lavorava per noi stessi. Ti dico una cosa: se ci sai fare in questo paese, non te ne vai a lavorare sotto un altro ...'

'Io lavoro sotto di te da undici anni ...'

'Che dici, Steve, io non sono il tuo principale. Qui dentro ti auto-gestisci. Noi due siamo soci ...'

A questo punto Nick sta zitto e tendiamo tutti e due l'orecchio allo stridio delle sedie, lo sbattere dei cassetti. Lily chiude l'ufficio e per un istante sembra che qualcosa si smorzi per sempre. Strano come certi momenti ti afferrano! Quel ticchettio dell'alluminio contro il telaio della finestra ha l'effetto di un gong finale, prima del silenzio eterno. Veramente strano!

M'impressiona quanto sia semplice cambiarsi la vita. Facile come spazzare via le carte dalla scrivania o spegnere il computer. Facile come lo sbattere di una finestra di alluminio! Lily si affaccia in cucina per l'ultima volta. La sua voce è secca.

'Mi scusi, Signor Amedeo ...'

Nick è effusivo, ancor più del solito, anche se ormai non c'è motivo di esserlo.

'Prego, Lily, vieni a farti un caffè con noi. Tanto a quest'ora ormai nessuno telefona.'

'Certo, ho già chiuso l'ufficio.'

Il suo tono non lascia mezzi termini. Nick lo capisce e non insiste, ma quando mi alzo anch'io per partire Nick reagisce.

'Come! Non si va a fare un bicchiere?'

'Non oggi, Nick.'

'Ma noi di venerdì si va sempre in taverna.'

'Senti Nick, ho promesso a Lily di darle un passaggio ...'

E Lily rincara.

'Vado in città a ritirare il regalo di mio figlio. È il suo compleanno lunedì.'

Per un istante Nick rimane silenzioso e dà l'impressione che lascerà passare, ma poi si fa duro in faccia, guarda da me a Lily e di nuovo a me, in cerca di evidenza cospiratoria. Infine dice, 'Mi dispiace, Lily, ho faccende importanti da discutere con Steve. Cose urgenti. Eccoti,' estrae venti dollari dal portafoglio, 'chiama un taxi, questo dovrebbe bastarti per arrivare dove vuoi.'

Lily mi guarda, ma che posso farci io? Sono il suo impiegato, no? Devo per forza rimanere, anche se mi rendo conto che sotto sotto non c'è nulla d'urgente da discutere. Ma Lily ha molto orgoglio e neanche Nick è capace di sottrarsene.

'Grazie lo stesso, Signor Amedeo, non ne ho bisogno di soldi.'

Lily è in pena per me e forse è anche un po' sprezzante.

O forse mi sbaglio. Comunque, prima di voltarsi per andare via, ci lancia un sorrisetto malizioso e dice, 'Non ti scordare, Steve, stasera alle sette e mezzo, a casa mia.'

La sua uscita lascia un buco di silenzio. Io e Nick sembriamo immersi nello stesso pensiero. In realtà, aspettiamo che sbatta la porta dell'ufficio. Poi Nick dice,

'Porca miseria, ma allora le cose sono già a questo punto! Sei un'incognita, caro Lambert, e io che non sospettavo nulla!' Cerco di difendermi, ma lui non mi lascia parlare, 'Non ci pensare nemmeno, anzi ti faccio i miei auguri. Mi hai fatto felice. Credimi. Dammi la mano ...'

Mi stringe la mano con fermezza, fissandomi negli occhi, per dirmi che tutto torna liscio fra di noi, poi mi fa, 'Dai, guaglione, che ci stiamo a fare a bere caffè, di venerdì pomeriggio. Prendiamo qualcosa di buono. Che cazzo.'

Nell'intimità della cucina, mentre le ore pomeridiane si affievoliscono, le parolacce sono di rigore, quasi compromettenti. Si presenta al tavolo con una bottiglia di *Emu Export* e due bicchieri. Si pianta davanti a me e mi riempie il bicchiere lentamente. Sento il suo respiro accanto all'orecchio. Per distrarmi, pur sapendo che non dovrei, mi metto a parlare di Lily. 'Ho l'impressione che Lily non ti piaccia, vero?'

'Cosa?'

'Lily ... ti è un po' antipatica, mi sembra.'

'Be', se la conoscessi come la conosci tu, di sicuro che cambierei idea. Ma ... niente paura, Steve, non fa per me. Troppo rigorosa. Troppo efficiente. A parte questo ...' una smorfia vagamente derisoria gli passa sul volto, 'ho l'impressione che la storia sia già seria.'

'Non dire sciocchezze.'

E mi sento arrossire, anche se non c'è alcun motivo per farlo. A parte il fatto che ho detto la verità, non sono affari suoi. Ma Nick procede a fissarmi mentre io continuo a sentirmi in disagio, per cui mi arrabbio, con me stesso e con lui.

'Ma certo che fate sul serio, si vede. La vedova allegra ti ha sottomesso.'

Capisco che mi sta provocando, che vuole che io neghi. Ma poi un vuoto mi si apre davanti, e mi viene la sensazione che qualcosa di straordinario stia per succedere: Nick Amedeo è vulnerabile. Una furia mi serpeggia dentro. Sono come quell'uomo nel momento in cui scopre che il tanto amato capolavoro nel suo salotto non è che una brutta imitazione.

'OK hai ragione, c'è qualcosa di serio fra me e Lily.'

Mento per punirlo, ma Nick non batte ciglio. D'un tratto, il suo volto si altera. Si siede sul tavolo con le sue spalle enormi curve, fissandomi. Mi offre un sorriso di scherno, del tutto alieno al suo carattere. Si gratta una particolare costola sotto il braccio, fruga sotto la camicia in cerca di qualcosa di solido a cui appiccicarsi, qualcosa che possa assisterlo nel comprendere. Sembra pietoso, come un primate della giungla che d'un tratto si svegli in una gabbia allo zoo, circondato da facce umane, e non capisce che gli sta capitando.

'Lily? Sposeresti Lily? La vedova allegra?'

'Be', non direi proprio. Non si è ancora arrivati a quel punto.' Mi sento a mio agio, in controllo. Il potere mi cresce dentro e mi scuote. Lui mi dice,

'Ma questa è una cosa buffa.'

'Buffa? E perché?'

'Ma dai, sai bene che dico. Per prima cosa quella lì è troppo vecchia per te ...'

'Tre anni non sono niente. Le donne vivono più a lungo, come sai.'

'Si, quelle vecchie. Che cazzo ci fai con una vecchia? Alle donne non piace fare sesso dopo i sessant'anni, per questo vivono così a lungo. Ascoltami ... se questo è solo un flirt, OK Ma il matrimonio è cosa seria. Poi vengono i bambini. Mica vuoi bambini con gli occhi a mandorla, adesso?'

Lo dice sorridendo ma io lo conosco bene, Nick.

'Ma dai, non fare il bigotto!'

'OK, OK, scherzo, però ho ragione io. Svegliati, Steve, quella è accollata con un figlio e tutta una storia. Tu invece sei giovane, potresti scegliere come ti pare e piace. Hai tutte le carte in regola, tu.'

Un sorriso imbarazzato gli sorvola sul viso. Volta lo sguardo, forse per meglio assaporare un'idea che gli è appena venuta in mente, forse per poter considerarne le conseguenze. Capisco che sta per tirare qualcosa di esplosivo.

'Mi è appena venuta un'idea, perché non sposi Nella?'

L'idea è stravagante, anche se questo è un pomeriggio in cui vengono a galla pensieri oltraggiosi.

'Va' piano col bere, Nick, cominci a dire stupidaggini.'

'Dico sul serio, Steve,' il sorriso è ancora sulla faccia, per rassicurare me e dare supporto a se stesso, 'ha diciannove anni, è un po' scatenata, il matrimonio potrebbe calmarla.'

'Dai, Nick, non dire sciocchezze!'

'E perché no? La differenza d'età è niente. Lo sai che penso io? Penso che ai giovani d'oggi manca il coraggio. Mio nonno aveva quindici anni più di sua moglie e ci fece undici figli, nove sopravvissuti, e sai cosa? All'età di cinquantadue anni si scopò una sedicenne e fecero un bambino. E questo è solo quello di cui sono a conoscenza io. Mio nonno era un grand'uomo. Un'altra birra?'

'No grazie, Nick, devo andare.'

Sono appena capace di contenere il mio sdegno, mentre lui svuota la bottiglia nel suo bicchiere.

'E allora, hai trovato la donna del cuore. Giusto così, auguri, Steve.' Diventa entusiasta, euforico, 'Sì, più ci penso, più mi piace. Lily è una donna seria, una che non si lascia andare a stupidaggini. Certo che non c'è alcun motivo che lei lasci questo lavoro. Anzi direi che col tempo sarà capace di farci mettere la testa a posto a tutti noi, di dare un senso di stabilità al *business*. Tutti insieme in famiglia, che dici?'

Lo scenario è completo. Quel genio naturale che ha Nick di ricostituire la realtà a modo suo, aggiusta le cose. Per un istante, sembra inesorabile come sempre. Ma poi mi accorgo che, per la prima volta da quando lo conosco, Nick è disposto a cedere. Lo vedo come un primo segno di debolezza che mi auguravo da anni. Qualcosa che mi covava dentro da sempre, adesso sta per esplodere e mi eccita.

'Per l'appunto,' gli dico piano piano, scandendo le parole del mio piccolo trionfo, 'sarò in cerca di un nuovo impiego, dopo Natale.'

'Che vuoi dire?'

'Esattamente così, un altro lavoro.'

E l'effetto è giusto come speravo.

'Vuoi dire che ... proprio nel momento in cui ci aggiudichiamo questo grande appalto tu decidi di mollare?

'Con questi tempi che corrono, non credo che avrai difficoltà a rimpiazzarmi con un altro.'

E ora arriva il rombo prima dell'esplosione.

'Ma che diavolo sta succedendo, Steve? Che cazzo combini? Stiamo insieme così bene da anni, io e te. Praticamente abbiamo messo su l'azienda insieme ...'

'Appunto. È arrivata l'ora di cambiare, Nick.'

Gli faccio un ragionamento logico, convincente ...

'Ma che cazzo mi dici! Ti ho sempre trattato bene io, ti ho fatto manager, al di sopra di mio figlio. Vero o no? Che altro vuoi da me? Vuoi aumentato lo stipendio? È quello il tuo scopo?'

'No, per carità ...'

'E allora? Ti ha fatto perdere la testa quella sgualdrina, vero? E io mi ero accorto che quella non era affidabile la prima volta che si presentò qui ...'

'Basta, Nick, non è giusto coinvolgere Lily. Ascolta, sento proprio il bisogno di cambiare lavoro. Ecco tutto.' Mi rendo conto che più sensato è il mio ragionamento, più gli faccio del male. 'Ho più di trent'anni e non ho fatto altro che lavorare per *Amedeo e Figlio*.'

'Lo so che stai cercando,' le vene del collo gli si gonfiano, 'vuoi che caccio mio figlio dall'azienda e ci metto te al suo posto.'

'Sciocchezze ... '

'Non posso. Che cazzo vuoi che faccio? Sarà pure un vagabondo, ma è mio figlio.'

Ha l'aspetto pietoso e grottesco, con le mascelle depresse, il collo teso, e gli occhi piccoli da maiale. Sulla parete, accanto al frigo mi trovo a fissare la bocca spalancata della figurina di metallo. Mi ha sempre ripugnato, ma con il passare degli anni mi ero abituato. Adesso però la ripugnanza mi torna inzuppata di saliva. Nick che insegue la direzione del mio sguardo, se ne accorge pure. E avverto, con mio grande sgomento, che ne è impaurito.

Nick

'Senti, perché tutto questo casino per nulla? Per niente, dico! Lasciamo perdere, ne riparliamo lunedì. Vieni, facciamoci un'ultima birra, non si può andare a casa in questo modo .'

Prima che Steve abbia tempo di obiettare, estrae due bottigliette dal frigo, inserisce il tappo nella bocca metallica della macabra figurina, e 'psht ... psht!' Il vapore del gas galleggia davanti alla maschera demoniaca. Scintille d'energia nascono dentro di lui e procedono sul sentiero del piacere verso mete ignote.

'Ma guarda qua che succede.' dice mentre porge la bottiglia a Steve. Poi si va a sedere a ginocchi aperti al lato opposto della tavola, versa della birra giù nel gargarozzo, col viso teso verso il cielo, come offerta ambigua allo spirito elusivo. La gola gli trema mentre il liquido gorgoglia giù verso il grande serbatoio della pancia.

'Guarda un po' che mi capita, vedi?' ripete, e quasi quasi si aspetta che Steve conosca i suoi pensieri prim'ancora che si trasmutino in parole. Come se Steve fosse l'estensione della sua consapevolezza, l'esecutore delle sue perplessità. È vero sono molto vicini, come padre e figlio, come gemelli, come due corpi e una mente. E, forse, attraverso gli anni non ha dato a Steve quel riconoscimento, né il credito che si merita.

Ecco perché questo pomeriggio, più che mai, sente il desiderio di averlo accanto e confidarsi con lui a cuore aperto, strappare via questa terribile agonia che gli palpita dentro, anche se sua figlia, la sua adorata Antonella, sta a casa ad aspettarlo dopo quattro mesi di assenza.

'È il caldo, Steve. Tutta colpa di questo caldo infernale, che mi ha fatto perdere la testa.'

Si lascia cullare dal confortevole languore delle sue

stesse scuse. Alzando lo sguardo al di là del finestrone, attraverso le aperture di vetro che sembrano come sbarre di prigione, scruta una fascia di tetto di metallo col lucernario di vetro. Da questa prospettiva sembra come la bocca spalancata di un mostro mitico. Non c'è scampo dalle sue mascelle. È tutta una voragine.

Là fuori, sull'Oceano Indiano il sole si ferma fisso sulla crosta rigida di questo momento. Nick va al lavello, prende in mano la tovaglietta di spugna ancor viscida e se la passa intorno al collo e giù per il petto. Sbottona due occhielli della camicia e, di nuovo, si strofina dietro alle orecchie dove ciocche di capelli gli solleticano il collo. Rinfresca la tovaglia con acqua fresca e si bagna la gola, sotto le braccia, il torace e la pancia. Quando torna a sedersi si sente rinvigorito, pronto a tutto.

Sulla superficie della tavola, che Lily lustra tutti i giorni, come Narciso scorge la sua forma. E ora, la liberazione. La sua mano cospira, sbottonandogli la camicia oltre il ventre fino all'ombelico. Il petto, con i due capezzoli grossi e bruni da tenutaria, divaga sul ventre come un Buddha. La sua faccia è rotonda e compiaciuta, con i piccoli occhi grigi che lo fissano con un sorrisetto pieno d'intenti.

'Ah, che giornata infernale!'

Sprofonda nella poltrona, e si lascia dondolare le braccia.

'Mi dispiace per quello che ... quella cosa di prima ...' le scuse, Steve lo sa bene, sono un semplice preambolo prima del rito che sta preparando, 'è stata una di quelle giornate che ti fa fare stranezze.'

Ebbene, è doveroso ammettere che questo pomeriggio è ben adatto a cose strane. Il volto di Nick si fa paterno, segnato da un'intenzione feroce, ma non ancora fissa. Passa il palmo della mano sull'orlo della bottiglia e lo succhia come fosse una tetta, volgendo la faccia in aria. A quel punto gli viene davanti il volto di Steve. Non aveva mai notato le due fossette sulla guancia, che si confanno benissimo a quel viso tondo da bambino.

'Non dovrei bere, lo so. Guarda qui,' si accarezza la pancia, 'ma che ci posso fare, con questo caldo! Qualcosa bisogna farla. Bisogna pur vivere, Steve.'

La curvatura dello stomaco gli fa pensare a quello di Lupo palpitante all'ombra dell'ibisco, mentre scruta con l'occhio amareggiato il suo reame che l'ha imprigionato per tutta la vita. Gli occhi s'immobilizzano su Steve.

'Steve, rilassati dai, il lavoro è finito. Togliti la cravatta.'

Il tono sarà pure casuale, ma gli occhi mettono paura.

'Lo sai Steve, sei sempre stato così... contenuto. Come si deve. Normalissimo. Controllato nel parlare, nel bere, e non credo che fumi più di venti sigarette al giorno, vero? E penso che ti controlli in altri modi, visto che sei rimasto single per tutto questo tempo.

Anche se ... non so, ho l'impressione che sei una bestia nera. Chissà se non te le scopi a dozzine le donne.'

Nick sorride malizioso, assaporando la nuova immagine di Steve. Questi si schermisce.

'Magari!'

'E sennò, come fai? Come te la cavi, Steve?'

Poveraccio. A volte bisogna aver compassione di Steve! Prendi per esempio quel colletto abbottonato fitto a strozzagola, a Nick dà sui nervi, non riesce a smettere di fissarlo. Gli viene la voglia di andare ad allargarglielo.

'Steve ... Steve, devi rilassarti ... lasciati andare un po'.'

Il sudore gli sgorga dai pori.

'Ma che diavolo vuoi da me, Amedeo?'

C'è tanto odio nella voce di Steve, che lo ferisce al cuore. Sinceramente dovrebbe mandarlo a quel paese. Invece Nick si sente emozionato e paterno.

'Non voglio che tu mi lasci, Steve. Non c'è motivo, siamo stati insieme così bene noi due. Sei come un figlio per me, Steve, più d'un figlio.'

Finalmente, ci sta riuscendo! Steve comincia a rilassarsi. I pugni delle mani gli si aprono e rivelano le palme in un bagno di sudore. Un fremito gli scuote l'ansia di dosso.

Con una furia che gli fa torcere il viso, si libera della cravatta. Quella smorfia gli rimane mentre si accinge a sbottonarsi il colletto. A Nick non rimane altro che avvicinarsi.

'Lascia che faccio io.'

Le unghie di Nick dentro il colletto di Steve dà al ragazzo la sensazione del guscio di una tartaruga, levigata ed eterna. Che conforto soccombere al torpore. L'aria è infusa degli odori di due uomini inebriati dal desiderio di essere finalmente liberi.

Crac! Si strappa il bottone e cade sulle piastrelle del pavimento con un tintinnio vetroso. Si schianta contro uno schermo invisibile e rivela una deliziosa promessa. Finalmente qualcosa s'infrange dentro Steve, si vede dalla camicia satura di sudore che gli aderisce alla pelle. Finalmente, dopo undici anni, gli occhi di Steve Lambert e i suoi si affrontano. La sua bocca, quelle labbra tenere e rosse da bambino si aprono ed aspettano.

'Porco diavolo, Nick. Porco diavolo!'

E gli occhi di Steve galleggiano in un mare di desiderio.

"Dai, Steve, dai figliolo," direbbe Nick, se fosse capace di ignorare lo stridio dell'auto, seguito dallo sbattere della portiera. Nel momento in cui la porta del retro si spalanca con furia, la luce del sole divampa nel corridoio e si arrampica sulle pareti. E le creature del buio sfuggono dalla voce mascolina di Rosie Stanos.

'Dove diavolo ti sei andato a ficcare, Amedeo. Cristo com'è buio qua dentro ...'

Nick non prova affatto a celare il suo malumore. Rosie ficca la testa nell'entrata e dice,

'Ma dico, che ci fate voi due nascosti qui al buio. Boh, forse non son cose da chiedere, vero?'

Le sue sopracciglia tanto nere da deridere il biondo miele dei suoi capelli, s'inarcano sprezzanti. Per un istante. interrompono il flusso della sua rabbia. Si vede però che poco si cura di ottenere spiegazioni. Desideri più tangibili la preoccupano, per questo avanza baldanzosa in direzione del frigo per soddisfarne uno.

'Mamma mia che giornataccia! Ho bevuto come un cammello.'

Si versa una birra e gazzosa. È il suo modo per farsi

valere e per sfogare la rabbia, una tecnica che non le riesce proprio, perché tutti gli atteggiamenti di Rosie fanno ridere, comprese le sue provocazioni. È buffo anche il modo in cui scuote quella sua criniera finta-bionda, che peraltro riesce a rendere frivoli i suoi bellissimi occhi neri. Neri e tragici. Per cui, Rosie Stanos deve adeguarsi al fatto che tutti la trovano buffa, mentre lei si vede molto seria. Ecco la sua tragedia. Che tristezza per una greca!

'Che cerchi qui, Rosie?' Nick non se la sente proprio di placarla, 'stavamo per andare.'

Le sopracciglia si avvicinano sulla fronte in una posa classica di sfida, mentre si ondeggia tutta con quel suo corpone. Ma qualunque effetto sperasse di ottenere dalla situazione è minato dal fatto che i due uomini la trovano ridicola.

Nick fa finta di arrabbiarsi, ma in realtà gradisce che sia arrivata a quel punto. La gelosia di una donna può salvare un uomo da una situazione delicata e rimettere a posto i pezzi. Lui la fissa con gli occhi alteri di finta ira, mentre lei risponde con ira vera. Ma la falsa recita di Nick fa più effetto della rabbia vera di Rosie. Per cui freme dentro la veste aderente, che stenta a contenere tutta quella Rosie.

'Perché mi hai piantata ieri sera, Amedeo?'

Nick non le dà retta per nulla, ciò che lo preoccupa è il fatto che Steve se la sia svignata.

Non pretende perspicacia da una sguattera, solo un pizzico di senso, tanto per capire che in questo momento se la sente di avercela con lui. Per di più, prova a metterlo nei guai. Veramente una *rompiscatole*.

'Che vuoi da me, Rosie?'

L'eco della propria voce lo preoccupa, perché se sarà costretto a porre la domanda ancora una volta andrà su tutte le furie e le darà ciò che la grassa puttana si merita. Per fortuna Rosie si decide di rispondere, anche se il tono non è affatto conciliante.

'Sono stufa, lo sai? Ne ho avuto più che abbastanza di te, Amedeo. Ne ho avuto fino a qua.' Le sue unghie smaltate le incrociano la fronte, 'come mai non ti sei fatto vivo ieri sera?'

Che sfacciataggine! Le fai divertire, le vizi con doni, senza fargli mancare niente e loro ti ricompensano spaccandoti le palle.

'Ho avuto da fare. Te l'ho detto, quando ho affari di cui occuparmi, non ci vengo da te.'

'Affari, eh?'

Non vale la pena litigare con lei.

'Ad ogni modo, Rosie, devo andare.'

Rosie è impaurita. Si metterà a piangere o, forse, perderà la testa. Si vede dal fremito del sottomento che farà una stupidaggine.

'Mi tratti come uno straccio. Mi prendi per fessa, mentre ti vai a scopare una delle tue amiche snob? Non puoi usarmi in questo modo. Non te lo permetto ...'

In un'altra occasione l'avrebbe calmata con qualche tenerezza, o con una battuta scherzosa. Non oggi, però. In lui non rimane né pazienza, né buon umore, solo rabbia: una rabbia rozza, asciutta, sgretolata.

'Ma che cazzo vuoi, Rosie?'

'Io così non ci sto più. Mica resto a casa ad aspettare che ti fai vivo. Piuttosto ti mollo, sai. Sei un vecchio stallone finito. Un verme. Uno sporco terrone bastardo!'

Nick fa due passi verso di lei. A questo punto Rosie dovrebbe arretrare, invece no. La paura incita la sua rabbia. Ha notato l'apriscatole appeso al lato del frigo e lo afferra. Stringe in mano il manico metallico e glielo punta contro.

'Non ti avvicinare più. Via da me!'

Ma in un lampo, lui le ha già afferrato il polso e lo stringe forte fino a che le dita di Rosie si allargano e lo strumento cade a terra. Con l'altra mano le afferra i capelli e li tira con forza, trascinandola verso la tavola. Nick ansima sulla sua faccia, mentre il lato della bocca si fa schiumoso.

'Per Dio ti ammazzo, grande troia che sei. Non ti permettere mai di parlarmi così che ti ammazzo.'

Ma sa già che il tempo di uccidere è fuggito con le parole. Le studia il viso spasimante per il dolore e il panico, mentre lui continua a tirarle quel ciuffo di capelli. Nick apre la bocca, per un istante s'immobilizza sopra di lei, come un predatore prende di mira la gola e ... con la lingua comincia a leccarla calandosi su di lei. Il seno ha il sapore del sale, come il mare. Rosie Stanos è il mare: vasto, selvaggio, pieno dell' abbondanza della natura.

La sdraia sulla tavola e le si stende sopra mentre lei si sveste con furia. Lui affonda in quel mare glorioso, immerso fra alghe e coralli. Liscio ... liscio ... Rosie Stanos è un grande oceano caldo.

'Ti prego, Amedeo ... ti prego ... dai ... adesso.'

'Chi sono io, Rosie? Dimmi tu chi sono ...'

'Sei un bastardo, Amedeo, un bastardo ... e il migliore.'

Alla fine gli resta l'impressione che non sia successo niente. Ultimamente ci ha riflettuto un bel po' su questo: i trucchi giocati dal tempo. Il tempo che si condensa, si riduce, per poi dissolversi nel nulla. Eppure qualcosa è avvenuta. Poco prima era pronto a fare del male, ad urlare, forse anche ad uccidere. Adesso sono tutti e due sfiniti, spenti, vergognosi. Se le nostre passioni più forti possono alterare da un momento all'altro, come ci si può mai fidare di loro? Come possiamo mai distinguere fra le passioni vere e quelle false, schiave del momento?

Ancora un altro istante ed è tutto svanito, sostituito da una nuova realtà, perché d'un tratto sente ... una grande pena: è stracolmo di compassione per Rosie, che si sta ricomponendo e cerca nel vetro della credenza ciò che rimane di se stessa. Scoprendo che, forse, gran parte di lei è sfumata nel nulla o si è dileguata nell'afoso calore, dagli occhi le scendono lacrime calde e silenziose. Gli fanno pena anche i suoi pantaloni messi in mucchio a terra, come se ci fosse lui ancora là dentro, contratto come uno gnomo senza testa. Li lascia lì dove sono e afferra il telefono.

'A chi telefoni adesso?'

'A nessuno, vestiti, Rosie.'

'E tu no? Dico io, ti metti a parlare con la gente col tuo gingillone esposto. Sei proprio scandaloso, sei. Meno male che non hai un video telefono, eh, gli faresti prendere uno shock.'

'Vestiti, Rosie, ho fretta ... Ciao, Santina? E sì ancora al lavoro ... sto facendo un po' di straordinario ...'

Rosie ridacchia; e lui copre il ricevitore col mento sudato.

'Senti, ho bisogno di un favore. Me la fai una scappata dal fioraio prima che chiude ... mi serve un bel mazzo di rose ... o qualcosa del genere ... un bel mazzo ... scegli tu ... no, niente bigliettino. Lo vengo a ritirare verso le sei e venti ... bene così ... OK grazie.'

'Nick Amedeo, sei proprio un bastardo,' dice Rosie, 'Perché non regali fiori anche a me?'

E si mette a ridere, ma la sua grande bocca è tutta storta dal dolore, dalla tragedia. E i suoi occhi greci sono liquidi e neri come il fondo dell' Egeo.

'Ma dai, Rosie, su cara. Ragiona bene. I fiori sono per mia moglie. Tu hai ottenuto il tuo scopo. Dovresti essere soddisfatta.'

E lei continua a ridere, dondolandosi sulla sedia come una barca in mezzo all'uragano. Ride e piange calde lacrime.

Il profumo delle rose nella macchina gli porta in mente sua madre. Che strano! Non ci pensava da tempo a sua madre. Si ricorda così poco di lei. Sarà stata bellissima, questo l'hanno detto parecchi. Basile sarà in grado di confermarlo. Ricorda meglio suo padre, un uomo dolce e piuttosto malinconico. Trascorreva alcune settimane d'estate con lui in montagna dove andava a pascolare le capre. Gli faceva la ricotta fresca e suonava un flauto di canna fatto con le proprie mani. (Si ricorda come bruscava la canna sulla fiamma per far migliorare il suono.) L'ultima estate che passò con lui in montagna fu l'anno in cui morì sua madre.

'Dov'è la mamma?' gli chiese.

'Lassù in cielo.'

E tese la ruvida mano verso la cima più alta dove nulla si coltivava e d'inverno era sempre bianco. E siccome si era già scordato il viso di sua madre, non gli restava altro che la visione di quella montagna.

Pure Joyce è una montagna. Bella, bianca e distaccata.

Dio come l'ama! Quanto la ama!

Vorrà sempre bagnarsi nella sua freschezza. Più che mai in momenti come questo, mentre avanza tiepida la sera e l'aria è viscida per il fetore stantio degli atti del giorno.

Steve

Sicuramente qualcosa sta per succedere a Nick. Non solo perché si vede che è di pessimo umore. Quello si può spiegare bene: il bere, il caldo e il carattere volatile siciliano fanno una misto letale. No, è questo comportamento strano che non si capisce, e forse non era nemmeno il caso di rivolgersi a lui in quel modo.

Poi, mentre stavano accadendo delle cose strane, è arrivata la sua amante, furiosa anche lei! Metti insieme una greca irascibile e un italiano focoso e ne escono scintille. Non so che voleva Rosie, ma direi che in questa occasione non ha avuto una buona accoglienza da Nick. Comunque, io non avevo alcuna intenzione di trattenermi. Appena mi è stato possibile sono scappato, lasciandoli tutti e due alla loro sorte.

Mamma mia che mal di testa tremendo! Sarà un'emicrania. Quando mi prende, non c'è niente di meglio di una passeggiata sulla spiaggia per rilassarmi un po' e riflettere.

Poca gente al mare. Un uomo con due bambini giocano sulla sabbia, dei giovani con i *surf* approfittano delle poche, timide onde. Seduti sul muro di fronte al club dei bagnini, una comitiva di giovani, per lo più ragazze, prendono gli ultimi raggi di sole, fissando il mare.

Non guardano i *surfer*, ma oltre, dove il mare si culla fra i colori arancione e argento e le onde si piegano prima di infrangersi. In quel punto scorgo un giovane che cavalca le onde come una magnifica creatura marina. Non è la prima volta che lo vedo. Si esercita quasi tutti i giorni. La sua foto era sui giornali mesi fa perché aveva vinto la gara di nuoto da Fremantle a Rottnest per la terza volta, un record.

Lo seguo mentre si slancia su e giù fra i due piloni di luce che illuminano la spiaggia. Da quando lo seguo con gli occhi ha fatto 23 lunghezze prima di tornare in spiaggia. Quando emerge dall'acqua, la figura stagliata contro il sole che sprofonda in mare, ha l'aspetto di un dio marino.

Scambia qualche parola con i giovani, poi si dirige verso la doccia all'aperto. Cristalli d'acqua gli cadono dai capelli lunghi e scuri e scorrono giù per la pelle di un bronzo perfetto, senza una macchia. Certe persone possono stare sempre al sole e la pelle gli rimane perfetta. Non io purtroppo, il sole mi devasta la pelle, un neo apparso di recente sulla schiena mi preoccupa. Niente paura, mi assicura il medico, non è cancerogeno. Ma io non mi fido tanto, con tutta questa pubblicità sull'ozono, meglio essere prudenti.

Continuo a seguirlo mentre si passa l'asciugamano addosso e poi si avvia verso la macchina, una Porsche nera. Non nuova di zecca, ma una Porsche è sempre una Porsche. Certa gente ha proprio tutto.

Mentre parte con un gran rombo giù per l'autostrada costiera, mi torna il mal di testa. Sicuramente un'emicrania. Non penso che potrò andare da Lily questa sera.

Joyce

Alla fine quando il sole si spegne fra i raggi di rosa e magenta, Joyce apre la casa all'oceano. Ma nessuna brezza arriva. Il mare è indolente. Battuto per l'intera giornata dal sole spietato, tesse timide tele sulla sponda. Sull'asfalto dell'autostrada il traffico si è calmato dopo il flusso del pomeriggio. Ma la pausa non durerà a lungo. Appena scende la sera, migliaia di luci abbaglianti scorreranno nel buio in una caccia pazzesca. E allora lei si sentirà più vulnerabile qui, in cima alla sua solitudine.

Per prepararsi dovrebbe epurarsi degli odori della giornata. Le si appiccicano come una coscienza sporca. Ma per il momento si sente minacciata dalla collera di Nella che strilla dalla cucina e sale verso di lei.

'O mammaaa! Sono proprio stufa di fare sta cosa.'

Sta messa lì, seccata e patetica, insalatiera in mano, di fronte all'acquaio … senza dubbio l'unico posto dove Nella riesce ad apparire pietosa.

'Guarda che pasticcio ho combinato, non ci so fare per nulla. Detesto cucinare. Non so come sopporti di farlo tutti i giorni. Io non ci starei, te lo dico chiaro.'

La sua esasperazione, come sempre, si manifesta in aggressione e censura degli altri. Comunque, la vera ragione del suo disappunto non la può del tutto celare e i suoi occhi si bagnano. Joyce tenta un salvataggio.

'Poverina, le cipolle sono potenti.'

Ma non c'è modo di dissuadere Nella.

'Figurati, stiamo tutti qui ad aspettare e lui non si fa ancora vivo.'

'Non farci caso, cara. Lascia fare a me. Passami quella borsa di plastica. Quella lì vicino alla cassetta del pane. Sì quella.'

Quanta versatilità nella plastica, ma la furia di Nella è ancora più forte.

'Ma potrebbe anche avere un minimo di riguardo,' le passa la borsa, 'o almeno delle buone maniere. Poteva anche tornare a casa più presto, visto che per due volte l'ho chiamato all'ufficio. Ovviamente lui non c'era.'

'Direi che non gli hanno dato il messaggio, può anche darsi che sia andato direttamente all'aeroporto.'

'Allora perché non ha telefonato quando ha visto che non c'ero? Che lui sappia, potevo essere bloccata da qualche parte. Tanto lui se ne frega.'

Le lacrime sono trattenute dal peso dell'orgoglio degli Amedeo, orgoglio facile da manovrare. Assaporando in anteprima la reazione di sua figlia, Joyce dice, 'Avrà avuto un appuntamento d'affari importante.'

'Di venerdì pomeriggio? Ma dai!'

Joyce si gode lo strazio sul naso di sua figlia, mentre questa si sforza di contenere una rabbia felina. Si guarda in giro in cerca di una vittima e non ci mette tanto a individuarla.

'Come puoi essere così ingenua, mamma Non mi stupisce che papà si comporti in questo modo, quando tu gli permetti di fare come vuole.'

Joyce vuole vedere il coltello teso davanti ai suoi occhi. È pronta per assaporare il senso di libertà totale.

'E che cosa starebbe a fare, secondo te?'

'Lo sai bene cosa ... Sarà con gli amici al pub ...' Si ferma un istante, forse impaurita dall'affilatezza della lama, poi 'a sbavare sopra le tette di una cameriera seminuda. Oh, scusa mamma!'

Be', almeno un pizzico di considerazione le resta ancora. E adesso le dà un abbraccio impetuoso, indicativo di quanto sia forte la sua presunzione a valutare il proprio gesto di affetto ricompensa sufficiente per tanto dolore provocato.

'Credo che tu manchi di rispetto a tuo padre, Nella.' Oddio, per quanto tempo ancora questa farsa! Quanto tempo! La propria ipocrisia, anche adesso che ha poco da guadagnarci, non cessa di stupirla.

'E anche nei miei confronti, infatti.'

'Oh mamma, non intendevo offenderti!'

Ma Nella è troppo adatta al vivere per lasciarsi sopraffare da sentimenti di colpa.

'Lascia stare l'insalata, faccio io.'

'Davvero mamma? Ti dispiace? Grazie, io vado in piscina.'

Joyce si meraviglia di come le cose vadano sempre a suo favore alla fine. Ora, per esempio, potrà rubare una mezz'oretta e rifugiarsi nel suo tabernacolo della doccia e sciacquare via le macchie delle ultime ore di esistenza.

Difficile immaginare, mentre l'acqua gorgoglia fra le alghe della sua testa, che cosa succederà a Joyce Amedeo, (nata Hathaway). Lei dagli occhi immobili, tutta serenità e flemma, e dai capelli grigi accuratamente pettinati dietro le orecchie.

Ugualmente difficile predire che succederà ad un esuberante uomo lucertola come Nick. In effetti la vera lucertola è lei, con quegli occhi verdi, a strisciare tutta una vita sotto il ventre di lui.

Fresca per il bagno, va a prendere il telefono che squilla.

'Nella?'

'No, Joyce. Chi parla?'

'Oh, sono Geoff, Geoff Lambert.'

Il fratello di Steve. È stato all'estero da qualche parte.

'Salve, Geoff, dove sei?'

'Sono appena tornato ... in macchina. Saprebbe dirmi dov'è Steve, mio fratello?'.

'No, mi dispiace. Neanche Nick è rientrato ancora. Saranno insieme a farsi un bicchiere da qualche parte.'

Se lo ricorda bene Geoff: giovane, entusiasta, con una risata allegra, sempre pronto a raccontare cose, molto diverso da Steve. Si chiede se dovrebbe... ma sì certo, Nick lo chiederebbe. Pure Nella sarà felice di avere un ospite, a lei piace la compagnia.

'Senti, perché non vieni a prendere qualcosa con noi, dai ti aspettiamo.'

Rassicurata dalla luce del sole che mano a mano si affievolisce, sente il dovere di dire qualcosa, di aprirsi un pochino, giusto quel poco che basta per aprire un canale con Nella. Si affaccia alla porta e chiama,

'Nella! Nella!'

Il suo timido richiamo si disperde nella sera che aspetta intontita. D'un tratto il giardino si sveglia, le foglie si scuotono e mormorano. Il cancello si spalanca per accogliere la Mercedes di Nick. Nella, appena uscita dalla piscina, ha visto l'auto e vacilla fra il broncio e sentimenti di vendetta e riconciliazione. L'incertezza si dilegua non appena appare la figura tozza di Nick che sale gli scalini. Le sue labbra formano un sorriso da furbetto, poi si arrotondano per fare un fischio di apprezzamento nel vedere Nella.

'Guarda chi si vede, una bellissima sirena!'

La presa in giro di suo padre, che non permetterebbe a nessun altro, la mette di buon umore; e basta solo una concessione da lui, il modo in cui le viene incontro con quei suoi passi allungati che partono dalle natiche, per farle perdere l'acrimonia. Troppo giovane e troppo impetuosa per contenersi, balza come una ballerina sul pavimento del cortile, accuratamente spazzato da Joyce, e si butta contro di lui in un abbraccio che mescola affetto, calore e aggressività in dosi equivalenti.

'Oh, papà, quanto sei buffo nel camminare!'

L'esuberanza del gesto gli fa cadere l'involto dalle mani. Nella lo raccoglie. I suoi occhi sono affamati per un segno di affetto.

'Rose. Mmm, che belle!'

Ne aspira il profumo intenso.

'Non sono per te, bella mia.'

'Oh.'

Nella tenta di riderci sulla delusione che prova, ma il tentativo non è del tutto riuscito.

'Le rose te le porta il tuo fidanzato, quando ne avrai uno.' Si libera della mano che suo padre le ha messo sulla spalla, lo prende a braccetto e lo tira verso gli scalini. Ora che si è ristabilito una specie di equilibrio fra i due, Nella si fa più allegra.

'Neanche per sogno. Io non mi sposerò mai,' gli saltella accanto come un uccello migratorio che danza di gioia appena arrivato al vecchio nido, poi, 'Puhh, hai l'odore di uno che si è fatto il bagno in un barile di birra, dentro il bordello.'

'Nella, mia cara, sei quanto mai scandalosa. Dico io, che cosa ti insegnano su questi aeroplani, eh?'

Joyce li osserva affascinata, a ridacchiare insieme, mentre si avviano verso gli scalini, in cima ai quali sta lei, solida come un'effigie di pietra accanto alla colonna dell'entrata, quasi a fondersi con essa. Per fortuna non viene del tutto ignorata.

'Guarda Mamma, rose per te. Vedi com'è bravo, papà?'

Rose di rimorso e un sorriso birichino cospirano con quel suo odore antico che ammutolisce la coscienza. Va detto che il gallo canta troppo tardi, tanto per fare una stupidaggine. Come una sveglia che suona con un'ora di ritardo, quando ormai il rimorso è svanito. Il suo pollice e indice premono i delicati petali, le narici si appoggiano sopra e ne prendono possesso. Come se le rose fossero non tanto un dono a lei, ma il simbolo del suo potere.

'Oh, le rose, che miracolo!'

Il capo, grosso e bovino le si avvicina e le sue labbra

calde di vittoria e stracolme di possesso le toccano la guancia.

Che altro può farci lei? Joyce non è altro che una rosa troncata dalla pianta che serve proprio a questo scopo. Per un istante, ma abbastanza per essere sopraffatta dalla sensazione, nonostante la risoluzione presa, è felice di essere di nuovo, e per sempre, parte del travolgente flusso di sensi e di oblio di Nick. Con voce briosa annuncia,

'Avremo un ospite stasera, Geoff Lambert.'

Nella, rinfrescata dal nuoto e rianimata dalla presenza di suo padre, ribadisce che è figlia di suo padre.

'Geoff me lo ricordo bene: più basso di Steve ma un bel fusto.'

Nick le dà lo stesso sguardo di rimprovero di quando era una ragazzina. L'eccesso di espressione riduce l'effetto a un gioco cospiratorio.

'Sì, mi preoccupa proprio cosa combini tu in questi viaggi che fai.'

'Ah, scommetto che vorresti veramente saperlo!'

Questa volta l'orgoglio siciliano quasi agita lo scalpore in Nick, ma Nella non si scompone. Per prontezza o per istinto Nella calcia fuori campo.

'Non te la prendere, papà, son sicura che da giovane eri un fusto anche tu. Vero, mamma?'

Bianche salviette di damasco arrivano in soccorso.

'Ecco, Nella, togli quelle salviette di carta e mettici queste.'

'La stai facendo troppo formale, mamma. Geoff sarà felice di poter godersi una cena a casa.'

Si era aspettata un giovanotto un po' presuntuoso, invece si trova davanti un uomo ben fatto e sensibile, i suoi occhi azzurri sono iniettati di sangue, per il lungo viaggio in macchina. Indossa calzoncini, maglietta di cotone e sandali di cuoio. Una polvere rossastra copre le sue gambe.

'Come vede non sono vestito per sedermi a cena.'

Ride senza freno.

Strano, dal momento in cui Geoff mette piede in casa sua Joyce, non sente più il peso della sua insignificanza. Infatti, si sente messa in risalto come le rose che sta per sistemare accuratamente nel portafiori.

Nel vetro, che proprio questa mattina ha lucidato, intravede il suo viso circondato da bicchieri di cristallo e servizi di caffè in ceramica: doni di nozze che magari non ha mai usato. Si bagna le labbra perfette, che sembrano dipinte da un grande genio del rinascimento.

A tavola, come già temeva, padre e figlia si avventano su Geoff, tormentandolo con domande intrusive.

'E così hai deciso di trascorrere il Natale con la famiglia, vero Geoff?'

'In un certo senso, ma la ragione principale è che mi hanno licenziato dall'istituto cattolico dove insegnavo.'

Nella, che si diverte a provocare, non resiste alla tentazione neanche in quest'occasione, 'Ma che cosa hai fatto? Hai sedotto una suora per caso?'

Geoff ride sopra il mormorio di rimprovero proveniente da Nick e Joyce.

'No, niente del genere. Alcuni genitori dicevano che li distraevo dagli studi.'

'Tu, Geoff?' dice Joyce, 'stento a crederci.'

'Be', ho portato alcuni degli studenti alla messa dei carismatici e ne sono rimasti così colpiti, che alcuni di loro volevano abbandonare gli studi per dedicarsi a Gesù.'

'Ma sti Carismatici, che sono?' Dice Nick, trovando uno spazio tra un boccone e l'altro.

'Papà!' Lo sgrida Nella, ma i suoi occhi ridono, godendosi la rozza qualità dell'ignoranza di suo padre. 'È una setta religiosa.'

'Non una setta, Nella. Siamo dei cristiani dedicati.'

'Dedicati a che cosa?' Chiede Nella. Chiaramente le interessa di più il cibo che sta per sparire dentro la sua bocca che la risposta di Geoff.

'A Cristo, ovviamente, e tutto ciò che rappresenta. Cose come l'amore, la compassione, la sensibilità.'

Joyce è sorpresa di costatare come Geoff guardi lei mentre parla. Nel suo sguardo c'è l'intimo riconoscimento fra due persone in una stanza affollata di gente.

'Il nostro è un impegno totale,' dice in tono pacato,

'proviamo a vivere secondo il suo esempio.'

'Allora sei una specie di prete?'

Oh Dio, Nick, faresti meglio a star zitto.

'No, non siamo ordinati. Non prendiamo i voti. Le nostre promesse sono a noi stessi. Siamo liberi di andarcene quando vogliamo.'

'Siete liberi di sposare?'

Nessun'altra ragazza della sua età oserebbe fare questa domanda.

'Certo, se lo desideriamo.'

Nella persiste. 'E tu vuoi sposarti?'

'Non lo so. Attualmente penso di no, non voglio mettere radici in questo mondo. Questo non è altro che un granello nel tempo. Al di là,' punta la mano in direzione dell'autostrada, 'ci aspetta tutta un'eternità.'

'Quindi siete degli esseri superiori, prescelti.'

Nick non si cura neanche di celare il suo sarcasmo. Il giovane volto di Geoff si fa ancora più dolce.

'Tutti siamo capaci di essere prescelti, Nick, se lo vogliamo.'

'Non io, Geoff,' sghignazza Nick, 'Io ci ho messo troppe radici in questo mondo.'

Nella fa finta di sgridarlo. 'Oh papà, non fare il matto!'

Joyce non può più resistere. Lo sa che dovrebbe passarci sopra come sempre, ma questa volta è più forte di lei, e così respira forte e dice, 'e io invece credo che sia una cosa meravigliosa!'

Gli occhi di Nick volgono lo sguardo sul suo naso e si posano sul pane di fronte a lei, afferra il panino e lo strappa, lasciando cadere le briciole sulla tovaglia di damasco. Non è solo che c'è qualcosa di perverso e anti-sociale in Nick, quel che la fa infuriare è che lo adoperi come strumento per intimorire le persone.

'D'accordo Geoff,' dice Nella, 'la vostra è una vita sobria e spirituale, ma non ti pare anche un po' egoista? Cioè, se tutti si decidessero di condurre una vita spirituale, non nascerebbero più bambini per esempio. Ti pare giusto?'

'Nella, tanti Carismatici si sposano e hanno figli.'

'Non vedo il problema,'dice Joyce e questa volta anche se sente la morsa stringere alla gola, non se ne cura. La rabbia per tanto tempo repressa, trova una via d'uscita, fugge al galoppo e nessuno la ferma. 'Ma perché tutti devono misurarsi col metro della società, alcuni non ne vogliono sapere. Cercano una vita diversa, spirituale, una vita che ha poca rilevanza nella società, come pure la società non interessa a loro.'

Geoff sorride e prova ad attutire la sua intensità che incomincia ad essere anche a lei un po' imbarazzante.

'Ci fai sembrare sovversivi.'

'Al contrario, voi dimostrate quanto siamo superficiali ad attaccarci così tanto al materialismo e questo mi sembra un contributo essenziale che date alla società.'

'Non stiamo solo a pregare, Joyce, siamo coinvolti in progetti caritatevoli. La nostra società gestisce un programma chiamato, *Jesus Cares* che si cura dei senzatetto; giovani, aborigeni, alcolizzati ...'

'Mmm, mi sa un po' deprimente,' dice Nella.

Nick libera uno spazio sul tavolo davanti a lui.

'Vorrei sapere come si guadagna il pane questa gente.'

'Mi scusi?'

'Cioè, fra di voi c'è qualcuno che ha un lavoro?'

'Stipendiato?'

'Che altri lavori ci sono?'

'Be', alcuni di noi hanno un impiego e la paga ce la dividiamo. Conduciamo una vita molto modesta.'

'OK Geoff, ma il vitto per tutta questa gente chi lo paga?'

'Be', si prende un sussidio dal governo ... poi per il resto si dipende dalle donazioni.'

'Cioè, chiedete l'elemosina.'

'Nick, ti prego.' Nick la ignora.

'A mio parere questo tipo di assistenza incoraggia le persone a non voler lavorare. Chi si sforzerebbe di trovare impiego sapendo che si può ottenere ciò che si vuole gratis dal governo?'

'Non si rende conto dello stato di disperazione ...'

'Come no,' Joyce si contorce a sentirlo alzare la voce pericolosamente, 'Mettila come vuoi, ma alla fine c'è uno solo che paga il conto, l'uomo disposto ad alzarsi la mattina per andare a guadagnare.'

'O la donna ...' dice Nella, sperando in questo modo di trasferire la conversazione su un argomento meno intenso. Il femminismo per Nella non è un'ideologia da prendere sul serio, perché sa già che lei non soffrirà lo stato indegno di essere una donna mantenuta.

'Su questo non sono d'accordo, Nick,' ormai è ora di abbandonare ogni riserva, 'nessuno di noi è in condizioni di lanciare la prima pietra ...'

Nick la fulmina con lo sguardo. L'allusione di Joyce è troppo sottile o troppo impertinente per meritarsi altro. Geoff osa rischiare oltre.

'Molte persone non sono capaci di gestirsi la vita. Non è colpa loro se sono stati abbandonati per strada dall'età di otto anni.'

'Dunque sarebbe nostro dovere pagare per la trascuratezza dei genitori. Guarda, non troverai gente più handicappata di certi emigranti. Alcuni di noi sono arrivati senza conoscere la lingua, appena capaci di leggere o scrivere. Non si può essere più svantaggiati di quello. Ebbene, subito ci siamo rimboccati le maniche e abbiamo afferrato le opportunità che questo paese ci offriva. Non ci siamo vergognati a impugnare una pala o una scopa o la cazzuola e a buttarci nel lavoro sette giorni la settimana. Ed ecco come si deve fare nella vita per aver successo.'

'OK ma prenda ad esempio gli Aborigeni ...'

'Senti, non mi parlare degli Aborigeni ... mi dà proprio sui nervi quando qualche santarello mi viene a predicare di come stanno male gli Aborigeni. Lasciami dire, gli Aborigeni sono trattati in questo paese molto meglio degli immigrati.'

'Scusi, gli immigrati non furono mai decimati.'

'OK, ammetto che all'inizio furono trattati male. Ma quello era il passato. Quello che è successo cento anni fa non mi riguarda. Personalmente, non gli devo niente. Se vogliono qualcosa devono guadagnarsela come tutti quanti. Sarà meglio per loro alla fine.

Stessa cosa vale per il sussidio ai disoccupati.'

'Lei non si rende conto. Molti sono tossico-dipendenti, incapaci di agire da soli,' la voce di Geoff supplica compassione, 'vogliamo lasciarli a morire per strada?'

Ma l'appello di Geoff non fa centro con Nick.

'Be', diciamo che sarebbe un modo per pulire le strade.'

Joyce sente l'obbligo di dire qualcosa, una cosa qualunque per superare la stretta che sente dentro, sennò sarà disfatta per sempre.

'Penso che quel che tu dici sia una cosa bellissima, Geoff.' La propria ferocia la stupisce, 'Vivere pienamente impegnati, senza riserve e senza compromessi. È bello ed è coraggioso, specialmente di questi tempi.'

E direbbe altre cose, molte di più, come ad esempio, 'siamo tutti appassiti, Geoff, siamo pupazzi imbottiti capaci solo di respirare, mangiare, parlare e copulare. Siamo dei falsi, dei simulatori, e nessuno, nessuno di noi vale il cibo che consuma.' Ecco ciò che direbbe, se non fosse per il fatto che si trova in piedi davanti al forno con il guanto in mano.

Apre la porta del fornello, estrae la pirofila con le lasagne e la alza sotto una nuvola di vapore. Padre e figlia seguono con lo sguardo il vapore che si disperde in aria, a bocca spalancata come se volessero catturarne i profumi. Quando Joyce ha raggiunto la tavola, Nick le posa una mano sul fianco. Il suo corpo freme cercando invano di liberarsene. Mai, da quando lo conosce, Nick Amedeo l'è apparso talmente rozzo.

Si toglie il guanto, liberando lentamente le dita per stabilizzare il flusso delle sue emozioni. Nella, incapace di resistere agli odori dice,

'Senti, faccio io mamma. Tu mettiti a sedere.'

Joyce la lascia libera e va a prendersi una piccola rivincita. Si avvia alla piastra del registratore e mette su, 'I classici più amati'.

I venti norvegesi di Grieg invadono la stanza e spazzano via l'aria viziata.

'Bellissimo,' dice Geoff. Ovviamente, Nick ha frainteso.

'Buone queste lasagne, vero Geoff? Lo sai quando ci sposammo Joyce non aveva alcuna idea della cucina italiana. Ora invece non sarebbe capace di sopravvivere senza.'

Cosa c'è da aggiungere? Grazie a Dio arriva Mascagni subito dopo Grieg, il cui intermezzo sarà stato composto per bloccare i Nick Amedeo di questo mondo. Le note cadono con eco aguzzo sul vetro, l'acciaio delle posate, la ceramica dei piatti.

Il legno di noce della tavola le afferra e le rilancia. Indugiano *espressive* sulle tende che tentano invano di soffocarle nella loro morbidezza. Rimbalzano sulle pareti, poi fuggono attraverso il balcone nel giardino sull'umida erba del prato, dove si mescolano con l'odore del mare, degli eucalipti, dei gas delle auto, tutti in lizza per un posto nella creazione del presente.

Non è possibile che padre e figlia possano intravedere questo sottile gioco di suoni che navigano fra lei e il giovane ospite. Adesso entrambi la guardano confusi e forse impauriti.

'Che bello, vero papà?' dice Nella, senza curarsi di chiarire l'ambiguità.

Le labbra di Nick si aprono sull'orlo del bicchiere e lo baciano come se fosse il capezzolo di una giovane teso a ricevere il primo bacio. Beve con grande voluttà e caccia via ogni imbarazzo.

'Mi piace la musica mentre mangio,' dice con aria trasognata. L'alchimia di vino, cibo e musica è ben riuscita, ha messo Nick in uno stato di letargia sensuale.

Nick

Tutto deciso allora. Farà uno squillo a Steve e poi si va a prendere qualcosa da bere, due chiacchiere per schiarire l'aria fra di loro. La gente è un po' strana, avvezza ad interpretare le cose a modo suo. L'unica cosa giusta è avere un faccia a faccia con lui. Ma prima ha bisogno di farsi un pisolino, mentre le donne si preparano per uscire. Si sdraia sul sofà del salotto di fronte al televisore e si rilassa guardando "Gli Uccelli della

Nuova Guinea" di David Attenborough.

Sono anni che ha preso l'abitudine del pisolino. Funziona a meraviglia. Giusto una ventina di minuti di sonno dopo cena, anche mezz'ora, ed è pronto per ricominciare. Poi di solito visita un cliente, o si reca al club per farsi un bicchiere o si visitano gli amici. Ma Joyce non gradisce le visite. Ultimamente è più solitaria, preferisce restare a casa di fronte al televisore. Quasi tutte le sere dice di avere un programma che non vuole perdere. E be', contenta lei ...

La televisione non è per lui, però. Non riesce a concentrarsi e spesso si addormenta. A parte il telegiornale, quello se lo guarda, perché parla di fatti veri, di persone vere messe nei guai, di gente che vince e gente che perde. Il resto lo interessa poco. Difficile prendere sul serio tutta quella finzione, è come giocare a monopoli con soldi falsi. Non significa nulla. Ma Joyce, che vive in un mondo tranquillo tutto suo, ama le storie finte. La sua voce lo riporta alla realtà.

'Stiamo uscendo. Ciao.'

Ah Joyce! Che ne sa lei? Che può saperne della vita quella magnifica farfalla di cristallo? Joyce con i suoi scrupoli e la sua coscienza sociale. Joyce, così morbida, il cui fuoco ammortizzato dal troppo riflettere e dal troppo vivere nel mondo dei libri. Eppure, quando si accende il suo fuoco è il più forte di tutti. A letto si sbatte e tuba come una colomba, il suo seno è caldo come un petto di penne, le sue braccia confortevoli come ali. Che altro può desiderare un uccellino di uomo? Se non fosse per l'impulso di volersi ricreare ogni giorno, Joyce di certo gli sarebbe bastata.

Col tempo la vita con lei si è rivelata troppo comoda e quindi irreale. Per conferma, ha voluto un maschietto per dargli il nome di suo nonno, Giovanni. Quando nacque il bambino, lo chiamarono John, una concessione al suo paese d'adozione e alla praticità. A poco a poco capì, o meglio, intese, che il suo piano era sospeso sulla lama finissima del destino. Comunque, si poteva anche fingere, e il successo negli affari faceva dimenticare la sua delusione. Poi, nacque Antonella e per un po' riuscì a tappare quel buco che sentiva dentro. Ma quando la bambina si fece troppo grande per sedersi sulle sue ginocchia e accarezzargli la guancia con la sua manina grassa, allora incominciò a sbandare.

Non ci volle tanto per riconoscere che col passare degli anni, il dazio che ci impone la vita si fa sempre più alto. Incominciò a prendersi più cura di sé. Sua moglie non era più garanzia del suo vigore, la sua virilità ... della vita stessa. Gli fu necessaria la conferma ogni giorno per via di un movimento, un suono, un nuovo odore; in uno sguardo di paura o di rabbia; di gioia o di disperazione negli occhi altrui; il sudore sul corpo di una donna.

In preda all'istinto di procreare l'uccello del paradiso si dà a uno spettacolo di canto e danza ipnotica, spalancando le splendide ali per attirare la femmina.

Nella giungla addobbata di verde, le ali colorate di blu e giallo sbatton in una frenesia orgiastica

La femmina osserva il rito e rimane ipnotizzata dalla performance.

Sì, gli uccelli lo sanno bene, pensa lui sonnolente, la vita è uno show di canto e danza. A questo punto è importante che vada a trovare Steve, anche se al momento non ricorda il perché. Un'immagine lo scuote, battendo come una coda d'uccello, lì al confine del sonno. Cerca di resisterle, ma non riesce a combattere l'impatto di estasi e disgusto che s'impossessa di lui. Ma qui, in questo bozzolo di salotto non può più fingere. Che cazzo stava per succedere all'ufficio oggi? E ancora, che sarebbe successo se Rosie non fosse arrivata? Porca miseria, che gli prende? Che cosa sta per succedere a Nick Amedeo all'età di cinquantaquattro anni?

Steve

Mi sdraio sul pavimento. In questa posizione il capo mi fa meno male. Mentre racimolo gli ultimi morsi di pollo dal pacchetto di alluminio, mi guardo gli ultimi minuti del programma sulla natura.

La femmina dell'uccello del paradiso, meno vistosa in confronto al maschio, ha la parte dominante nel ciclo riproduttivo. A lei va il ruolo d'incubare le uova ed allevare i

piccoli. *Sua anche è la scelta del maschio.*

La femmina, attratta dal vistoso maschio, si va ad accucciare per la copulazione. Mi viene in mente mia madre obbligata a stare insieme al marito ubriacone. E mi pento di avere avuto quel diverbio con Nick. Odio i litigi. L'emicrania mi spara palle di piombo in testa. E poi mi viene il desiderio di fare una cosa che non ho mai fatto in vita mia. Prendo una penna e ...

Il vecchio sole
Tutto rosa di rabbia e di furia
Infine ammette il proprio bluff
E sprofonda giù disfatto.

E adesso la notte,
Con la promessa di vaporose ore
E i tritoni e le falene
Che rincorrono travi di luce
Nello scuro latteo,
Non si lascia frenare ...

Perciò sarà inutile
Arginare il latte cagliante
E bisogna ammettere,
Qualcosa sarà concessa.
Il ponte dell'obitorio illuminato
Verrà attraversato.
Dopodiché non sarà arduo
Trascinare la propria ombra
Accertando ovviamente
Di evitare lo specchio.

Nel bagno palpitante
In cui penetra una
Squallida luce gialla
Sul marrone monacale
Del vetro smerigliato
Sotto la doccia si accoscia

Con la coscienza rinchiusa
Sotto febbrili palpebre .

Si unge con l'olio rituale
Come un Romano prima del duello
O il prete prima del rito
Perché nel tabernacolo
Del silenzio più buio
Là, ove il sangue echeggia
Sulle erotiche piastre
L'uomo rinasce come sempre
Un qualcosa di meno e di più.

Poi andrà al frigo
Sottrae la busta di plastica
Dei gamberi surgelati
(E la birra ovviamente!)
E si consuma lentamente
Al ritmo d'incendi e rapine
Di tumulti, trionfi e morte
Presentati in un piatto di denti
Sul notiziario serale.

Ovviamente ci devo ancora lavorare sopra, rifinirla bene, metterla un po' apposto, dargli un titolo ... Poi, verso la fine della mia ispirazione poetica, suona il campanello alla porta.

Nick

È svegliato dagli isterismi del commentatore televisivo che urla fra il frastuono del pubblico alla partita di rugby. È stato un pisolino irrequieto, marcato da una confusione di voci, di facce che corrono a fondersi con altre facce per poi sparire in una foschia. C'erano pure volti familiari: Rosie, Nella, Steve, la Stansfield, Lily, quella lì di Wonga (di nuovo lei!) e Joyce ovviamente. Quasi tutte donne! Maledette donne che gli danno incubi!

Ah, c'era anche Lupo, quel furbacchione di Lupo sotto

forma di uccello. Lupo in un fantastico mantello di penne multicolori, con le penne dilatate come un pavone che sfila su e giù dentro il recinto. E tutte le donne si affollano per ammirare questa creatura bizzarra, applaudendo (ma forse ululavano!) il loro volti grossi e brutti, intrecciati ai fili di metallo del recinto.

Nel frattempo arriva un giovane: Geoff, il fratello minore di Steve, solo che nel sogno non si ricordava il suo nome. Ad ogni modo, salta davanti gridando a tutti di starsene alla larga.

'Non fidatevi di lui. Questo è un trucco del demonio!'

Nessuno gli dà retta; allora si avventa contro il recinto e si mette a urlare insulti. Ma l'effetto su Lupo è del tutto inaspettato. Le penne si staccano dal suo corpo e incominciano a cadere per terra come un mucchio di foglie, mettendo a nudo la pelle carnosa. Incurante, il cane si rimette a sfilare, calpestando il tappeto delle proprie penne, con quel corpo scorticato, smilzo e grottesco.

'Ora sei soddisfatto?' grida Geoff, più fanatico che mai, 'Ti avevo avvertito, no? Vedi che hai combinato?

Ma la gente più furiosa che impaurita, grida ancora più forte e lancia ingiurie.

'Ma che hai fatto? Poverino! Rimettigli le penne addosso.'

E si mettono a cantare.

'Vo – *glia* – mo – *il cane-uccello! Da – cci – il cane-uccello!*'

E una delle donne avanza baldanzosa e sfida Geoff. La donna è infatti Joyce. Che coraggio quella Joyce, pensa Nick. La folla è silenziosa mentre Joyce si butta giù in ginocchio.

'Ti prego, Geoff, ti prego lasciaci riavere il nostro cane-uccello.'

Ma Geoff è irremovibile, al contrario punta l'indice accusatorio contro le donne e urla, 'voi non imparate mai la lezione, vero?'

Di nuovo pronuncia la formula magica e nel cortile appare un altro cane, carnoso e orribile come il primo. Poi un altro e un altro ancora e Geoff minaccia di riempire l'intero cortile di quei mostri, a meno che la gente non si allontani subito.

E in quel momento Nick si sveglia. Che scocciatura, ste sogni. Si pente di aver deciso di farsi un pisolino. Mezza serata è già fuggita. È ora di darsi da fare. Non gli fa bene starsene a casa tutto solo. Gli vengono dei pensieri lugubri.

Si ricorda che si era promesso di telefonare a Steve, ma a quest'ora sarà già uscito. Che ore sono? Le sette e cinquanta. Porco diavolo è proprio tardi. Andrà a sciacquarsi, si rade e poi si reca allo yacht club ... no, non quello, sente il desiderio di nuova compagnia, di vedere nuove facce. Ha proprio voglia di cominciare qualcosa di nuovo, di uscire da questa fossa morbosa in cui si trova. Forse meglio dirigersi per Northbridge, buttarsi nella vita della città.

Joyce

'Scommetto che non riusciresti a convincere papà di accompagnarti all'opera,' dice Nella con aria allegra, come se essere filisteo fosse una virtù . Chissà che sta facendo in questo momento?' e si guarda intorno in cerca di risposta nelle luci abbaglianti delle auto.

Per Joyce la visione è limpida. Nella doccia dalle pareti piastrellate in beige, con fiori rosa e dorati, sta messo lui come un antico dio al fiume. Fili d'acqua di platino gli cadono attorno al capo e giù per il collo, si fermano sulle spalle prima di scorrere su tutto il corpo, sciacquano via l'olio, il sudore stantio, la rabbia e gli odori della giornata.

'Di che cosa parla quest' opera, mamma?'

'Ne vedremo due, infatti. La prima è *I Pagliacci.*'

'Un titolo interessante, anche se non ho idea cosa significa.'

La sua arroganza è tale che congeda la cultura e l'apprendimento con divertita condiscendenza.

'Significa *The Clowns*.'

'Oh, non pensavo che i clown fossero materiale adatto per un'opera.'

'Cioè?'

'Non so, l'opera mi è sempre sembrata tragica e pesante, e tutti cadono a terra morti alla fine.'

A Joyce viene da sorridere, in particolare perché l'attenzione di Nella si è trasferita sugli Aborigeni nel furgone accanto fermo al semaforo, col posteriore pieno di bambini che gridano assordanti e fanno versi alle due donne vestite con eleganza. Il portapacchi sul tetto è ingombro di attrezzi da pesca, legati alla rinfusa, con le reti che pendono come drappi di tende sul finestrino posteriore.

'Scommetto che quelli all'opera non ci andrebbero mai,' dice Nella. Difficile da dedurre dal suo tono se prova disprezzo o invidia nei loro confronti.

'L'altra s'intitola *Cavalleria Rusticana*'.

Questa volta Nella non chiede la traduzione. Indubbiamente sente di non avere né l'abilità né l'interesse per venire a capo di un'arte misteriosa che va a vedere solo per dovere filiale.

Non importa. Il suo disinteresse è opportuno perché stanno per attraversare il Narrows Bridge e gli Aborigeni vanno a parcheggiare sulla riva del fiume, per ripetere la loro attività millenaria dall'altro lato del traffico della strada principale. E ciò la lascia libera di osservare una visione meno pristina che preme per essere ammessa sullo schermo della sua immaginazione.

Nick passa la mano sullo specchio appannato, e la sua forma si fa strada nella luce: un enorme rinoceronte che emerge dallo stagno. Si lascia cadere l'asciugamano ai piedi, s'inchina e solleva nella coppa della mano il proprio scroto.

Eccolo qua, nel nido delle sue dita mozze, un uccello accovacciato su due uova. Puoi frugare quanto vuoi, girarlo in un modo o in un altro, ma alla fine un uomo consiste solo di quel che si può contenere nel pugno della mano. Ci riflette su senza tristezza o rancore, ma non gli schiarisce del tutto la nebbia che ha dentro la testa. Lo avesse fatto, avrebbe capito che il sesso è per i deboli, un'assuefazione emotiva, un desiderio di uccidere e di essere ucciso. Tale consapevolezza avrebbe sbalordito Nick Amedeo.

D'altro canto lei non resiste a concedersi un sorriso compiaciuto, perché mentre scorre in auto lungo il lucido fiume, in un'umida serata, avvicinandosi pericolosamente ai cinquant'anni, Joyce vede tutto chiaro, mentre altri, più sagaci di lei, barcollano nella nebbia dell'illusione.

Nick

Nell'aria fosca del bagno i soliti volti riemergono. La mano di Rosie gli insapona la barba di dodici ore, Dorothy Stansfield è il rasoio che gli scivola sulla guancia e gli solletica la pelle, Nella è il gorgoglio dell'acqua e Joyce è il dopobarba che gli profuma le guance di odor di pino. Steve è la camicia blu scuro che lo stringe al dorso ... e per un istante sembra che Nick Amedeo non sia più se stesso, bensì una frammentazione di tutte quelle vite.

Lentamente, fa il nodo alla cravatta con le dita tozze e, quando sulla lucida porta di palissandro scorge la propria faccia rasa di fresco, si sente rassicurato. La sensazione di potere lo accompagna giù per la scala e continua fuori, oltre l'aiuola di fiori con il loro profumo umido, oltre ancora il prato color turchese, perfettamente curato e ancora bagnato dall'irrigatore automatico appena spento.

Il suo buon umore viene ulteriormente spronato alla vista della Mercedes che lo aspetta pazientemente nel garage. Ma ora, nel momento più forte della sua felicità squilla il telefono.

Lo sa che non dovrebbe prendere il ricevitore. Sarà qualcuno che chiede qualcosa. La vita gli ha insegnato questo: nessuno mai vuole te, vuole sempre qualcosa da te, (o pensa che tu possa procurargliela). Tuttavia, non riesce a resistere all'insistente richiamo del telefono. Afferra l'apparecchio appeso alla parete del garage, sul banco da lavoro che non usa da anni.

'Senti ... Nick, Sono nei guai. Devi venire a trovarmi. Subito, ti prego!'

Lo sapeva che non doveva prendere il telefono. Un'auto slitta stridula sulla strada maestra.

'Subito, caro ... cosa molto importante.'

Mannaggia! Cosa mai ci può essere d'importante per un uomo cui restano poche settimane di vita? Questo è un rompiscatole. Eppure la prospettiva di avere una meta, una direzione da prendere, lo fa sentire meglio. Anche se si tratta di visitare l'infermo Charlie Mannu alla casa di cura.

Steve

Lily ha pianto. A dire il vero non mi ero mai immaginato che Lily, in apparenza impervia, fosse capace di piangere. La gente non cessa di stupirmi. Comunque eccola lì nel mio salotto sconvolta e patetica, con gli occhi gonfi come se vi si avesse strofinato una cipolla.

'Chiedo scusa che non ce l'ho fatta a venire da te stasera,' le dico, 'mi sentivo malissimo.'

Lei congeda l'incidente con la mano e si scusa a suo turno. È successa una faccenda molto seria. Il nero dell'eyeliner le macchia il fazzolettino di carta che stringe in pugno.

'Non ho nessuno con cui condividere questa notizia ...' Mi vedo davanti una Lily diversa: un viso più dolce, più interessante. Fino ad ora mi era sembrata così forte che a vederla un po' fragile, vulnerabile, per me è una piacevole sorpresa. Sono felice di trovarmela davanti con una mano sul grembo, fazzolettino in pugno, mentre con l'altra tira un crocefisso sulla catenina d'oro.

'Il fatto è ... be', meglio confessarti tutto.'

È una storia intricata. Paul non è il figlio di suo marito. Il vero padre è un americano che aveva conosciuto tanti anni fa mentre insegnava in un collegio americano di Manila. Quando restò incinta, lui voleva che abortisse, ma siccome lei si rifiutò di farlo, l'americano si fece trasferire negli Stati Uniti. Di conseguenza Lily perse il lavoro.

'È molto difficile allevare un bambino da sola nelle Filippine. Mi sono trovata un lavoro notturno in un hotel. Lasciavo il piccolo a letto con un'amica, andavo al lavoro fino alle cinque di mattina, poi tornavo a casa per poche ore di sonno.'

Poi conobbe Patrick Stockden.

'Per assicurare un futuro a mio figlio ho sposato Patrick anche se lui aveva sessant'anni e io non lo amavo ...'

E ora una donna di Melbourne, si è fatta viva, dicendo di essere la moglie di Patrick e che ha avuto da lui tre figli. Ancora peggio, dice che non c'è mai stato un divorzio fra lei e Patrick.' Lily prova invano a contenere le sue lacrime.

'Se questo è vero, il mio matrimonio con Patrick sarebbe annullato.'

'Questo lo dubito,' le dico, 'e comunque a questo punto non avrebbe alcuna importanza.'

Lily mi guarda sorpresa.

'Non lo vedi, Steven? Quella lì mi vuole portare via la casa. Dice di avere le prove che Patrick la comprò con i soldi ricevuti dalla vendita dell'azienda di famiglia. '

'Dai, non ci credo!'

Lily scuote il capo.

'Certo che no, Steven, ha inventato tutto per intimorirmi.'

'Mmm, questa è un po' difficile ...'

'Senti, Steven ... so che non dovrei chiedertelo. Il fatto è che sono disperata. Ho bisogno di un gran favore. È un'idea che mi è venuta stasera.'

In breve, l'idea di Lily è di vendere la casa a me per una somma 'di base', e poi ricomprarsela e metterla a nome di suo figlio. Devo ammettere che Lily non è una stupida! Si saprà fare strada lei. Ovviamente mi rifiuto. Questi affari loschi ti mettono nei guai. Non mi resta altro che rassicurarla.

'Guarda Lily, per prima cosa dovranno prendere in considerazione che l'hai sposato in buona fede ...'

Be', penso di averla convinta, perché dopo un po' si rilassa e perfino si scusa di avermi proposto quell'idea. Anch'io mi sento più euforico.

'Beviamo qualcosa, Lily.'

Ci rilassiamo e parliamo d'altro, cose più piacevoli, come ad esempio i film che abbiamo visto, il cibo ... Ben presto ci sentiamo più vicini, rilassati. È come se avermi concesso uno sguardo sulla sua vita privata ci abbia reso vecchi amici.

'Questa stanza,' dice, dando un'occhiata alle pareti sparse, 'ha bisogno di qualcosa ...'

'Sì,' dico, senza farci caso, 'una donna.'

Lei mi fa delle domande sulla mia vita, come passo le serate. Le cose si mettono bene, ridiamo per un nulla e non so come andrebbe a finire, se non fosse che verso le nove qualcuno bussa alla porta e arriva un'altra visita.

Lì per lì non riconosco mio fratello. Non ha più i capelli lunghi, il pizzo al mento e l'orecchino. Adesso invece mostra lo stile opposto: taglio di capelli a spazzola e look azzimato. Ma il cambiamento non è solo esterno. Il ragazzo timido e sognatore che conoscevo una volta, ora si dimostra ... non so, tutto eccitato, impulsivo, come fosse drogato.

'Cosa c'è? Mi sembri diverso.'

'Ma certo che sono diverso, fratello mio, sono stato prescelto.'

'Come prescelto?'

'Da Gesù ovviamente. Appartengo a lui ora.'

Porco Diavolo! Abbiamo un altro fanatico in famiglia!

'Questa è Lily, una mia amica.'

'Salve Lily. Dovremmo essere tutti amici e fratelli. Dio lo vuole.'

Evito gli occhi di Lily. Per fortuna lei è pronta ad andarsene e io mi offro di accompagnarla a casa.

Nick

Tarkoola, Casa degli Anziani.

L'insegna sul lungo muro di mattoni della facciata è illuminata, ma il resto dell'edificio è al buio, ad eccezione di una sola lampadina alla porta d'entrata. Madonna, che posto tetro! E la nuova capoinfermiera non promette di meglio. È una donna grossa, mascolina, con una mascella da pugile. Il mento ce l'ha unto d'olio, avrà consumato gli avanzi.

'Sì?'

Tiene stretta in mano la maniglia della porta e sembra pronta a sbattergliela in faccia. C'è da sperare che si comporti un po' meglio con gli anziani.

'Sono qui per visitare Charlie Mannu.'

Lei lancia uno sguardo alla tabella sul muro.

'È già passato l'orario delle visite.'

E a conferma, controlla l'orologio sul petto, poi con il pollice a l'indice si asciuga le fossette ai lati della bocca. Forse è un tic nervoso che ha. Lavorare in un posto come questo farebbe ammattire chiunque.

'Dormono tutti a quest'ora,' aggiunge con tono di finalità. Tuttavia dall'interno si sente una voce chiamare, 'Madeleine! Madeleine! Dove sei?'

La voce ha un accento straniero. È da anni che viene qui a visitare lo zio Basile e quella donna dall'accento francese raffinato dà uno stampo lugubre al luogo.

'È stato lui che mi ha chiamato ... vuole vedermi.'

Gli occhi di lei si aggrovigliano sul setto nasale.

'E lei chi è?'

'Sono un suo parente. Suo cognato' mente, 'ha chiesto di vedermi d'urgenza.'

'Suo cognato ci ha dato un sacco di guai. Lo sa bene che le visite non sono ammesse dopo le ore venti. A che ora ha telefonato?'

'Alle otto circa. Mi è sembrato molto giù.'

'Mmm! Attenda, vado a vedere.'

'Le dica che sono Nick Amedeo.'

Gli chiude la porta in faccia. Non c'è bisogno di buone maniere qui. Con tutti gli anziani in giro avranno una lista lunghissima di richieste per ottenere un posto. Meglio la morte che un posto in questo inferno.

In mezzo al fogliame della hovea che si contorce al muro fin sopra il portone un grillo solitario sta per esaurirsi a trillare. Quando riapre la porta, la donna gli dà uno sguardo infastidito, mentre dietro di lei arriva Charlie dal passo strascicante e la faccia da mezzo morto.

'Dieci minuti,' li avverte, 'e parlate a voce bassa.'

Il povero Charlie gli si butta fra le braccia, baciandogli le guance e guaendo come un cane in museruola. La donna si gira e lancia uno sguardo di ammonimento. Charlie si mette il pugno nella bocca finché la voce si strozza.

'Nick ... Nicola ... carissimo, ma dove sei stato? Non ti vedo da mesi!'

'Che succede, Charlie?'

'Ahh, aspetta che ti dico ... Shhhh!' Preme il suo indice sul labbro, 'non qui però, vieni mio caro.'

Gli prende la mano e lo tira dietro a lui, le sue pantofole strisciano sul pavimento lucido. Nonostante il rossore alle guance, indubbiamente dovuto alle medicine, Charlie ha i giorni contati. Non c'è bisogno della conferma del medico. La sua pancia, quel suo ventre da cavallo, non l'ha più. Le sue braccia sono rinsecchite, il petto è affossato, le spalle sono in collasso. È in procinto di piegarsi e avvolgersi per essere condotto via. Solo i suoi occhi, quegli occhi furbi, blu-mare, che fecero battaglia, sedussero, ingannarono e s'inventarono innumerevoli trucchi per sopravvivere, ora sembrano tormentati e pronti a tirare un ultimo colpo.

Il soffitto della camera è così basso che quando entri ti abbassi per evitare di sbatterci il capo. L'altro vecchio, sul letto accanto, russa. Charlie fa una smorfia sprezzante.

'Non farci caso. Lo pompano di medicinali. Nemmeno un bombardamento lo sveglia a chistu. Li drogano tutti qua dentro. Ma a me nun mi fregano, troppo furbo per loro. Faccio solo finta di prendermi le medicine, poi le butto nella cisterna. Charlie Mannu non è mica scemo. Sarò quasi finito, ma ancora troppo furbo per questi bastardi.'

'Mi sembri meglio, Charlie.'

'Ma che dici? Sugnu quasi alla fine. Finito, mio caro! È colpa di sti bastardi,' gli occhi ruotano in direzione della finestra e del mondo all'esterno, 'io mi ho fatto il culo così a lavorare per loro, e quelli cosa fanno? Mi chiudono in questo posto infernale per farmi morire più presto e mangiarsi i miei soldi ... ah, vieni! Ti faccio vedere.'

Gli afferra il braccio e lo tira verso il bordo del letto. È sorprendente quanta forza tiene ancora nelle braccia ossute.

'Qui, qui!'

Alza il copriletto e indica una grande borsa di plastica nascosta sotto il letto. È piena di paste e biscotti.

'Vedi? Ah, ah, non toccare. Sono velenosi. Provano ad avvelenarmi.'

'Chi?'

'Eh, chi credi?'

Per evitare di contraddirlo Nick decide di mostrarsi ingenuo.

'Porco diavolo, Nick, sei scemo? È lei, la mula, mia figlia.'

'Ma dai, Charlie, non dire sciocchezze!'

'Non è propriu Franca ... eh, il sangue è sempri sangue ... no, no, è quel curnutu di me generu. Voli i sordi, capisci. U lavurare non ci piace a chiddu scanzafatichi. Ma io non sugnu scemu. L'aggiusto io a lui. Vedi? Tutto quello che mi porta, io lo metto sotto il letto. Guarda qua quanta roba, ancora la testa mi regge, vero? E mentre lui pensa ca io manciu veleno, e aspetta che moru, io invece mi metto in buona salute. Geniale, nun ti pari?'

E si mette a ridacchiare tanto sulla sua furbizia, da riportare la capoinfermiera nel corridoio.

'Shhhh! Silenzio. Quella è furba. Sempre che mi tiene sott'occhio.'

'Forse ti desidera, Charlie.' Le sue guance affossate si gonfiano pronte a sgorgare sdegno.

'Scherzi, bastardone, quella lì è così asciutta che un gallone d'olio non basta per lubrificarla.' Ridacchia convulso, quasi gli viene a mancare il fiato, poi gli occhi si spalancano dalla paura. 'Ehi, Nick ... ascolta, ho da chiederti un gran favore.' Gli prende la mano e lo trascina a sedersi sul letto accanto a lui. Si guarda in giro, in caso ci siano spie, e poi sussurra, 'Voglio che mi fai un lavoretto.'

Porta il suo pugno sul grembo e lo guarda intensamente.

'Cosa?'

Che diavolo ha per la testa questo?

'A quella lì, scopala ... Eh, una bella scopata proprio forte. Mi ha fatto soffrire tanto quella troia.'

Nick si solleva un po'.

'L' infermiera?'

'Ma che dici? Non questa. Non ti farei soffrire, questa sarebbe punizione, mio caro.'

Ride, si controlla poi si fa serio. 'No, quell'altra non è poi tanto male. Un po' bruttina in faccia, ma giovane, molto giovane, sicuramente meno di trent'anni. Misa bona. Bel petto, un paio di cosce buone. Carnosa. Con lei ti farai 'na bella scopata. Eh, io ti conosco a te, bastardone.'

'Ma Charlie ... perché?'

'Ah, questo rimane fra noi due ... sh! sh!, mi raccumannu, eh Niculinu! Anche se sono ... così, il rispetto lo voglio ancora.' Abbassa la voce, la faccia gli si arriccia d'intensità, 'È capitato nella doccia l'altra sera. Mi ci portò per aiutarmi a fare la doccia, vedi come mi sono ridotto, come un bambino, poi si mette a baciarmi, dicendomi quanto sono bello ...'

'E allora che hai da lamentarti, Casanova?'

Charlie non apprezza l'umore. Il suo volto è contorto dall'angoscia.

'Eh, quel tempo ormai è finito per me ... Stavo là come un pesce morto e cominciai a pregare al Patreterno: "Fammi l'ultimo favore," dico, "solo una volta ancora fammelo duro il cazzo, e poi fammi morire." Ma ... niente, sono rimasto lì nella doccia come un mammaluccu, e sentivo che si faceva ancora più piccolo e quella che mi stava di sopra, e io non smetto di piangere. Dio mio, Nicola, com'è a terribile la vecchiaia! Che agonia finire in questo modo!'

Ora singhiozza pacato. C'è un qualcosa di effeminato in Charlie, che non aveva mai notato. Forse la vecchiaia ti fa anche questo, oppure a causa del pianto. Dall'altro capo del corridoio, nel cupo silenzio si rifà viva quella voce.

'Madeleine! Madeleine, dove sei? Ascoltami, ti prego!'

Lo sguardo di Charlie si fa sprezzante. Il colmo del suo dolore non lascia spazio per nessun altro.

'Quella lì è pazza! Questo posto è pieno di pazzi. Tutte le notti quando s'addormenta urla come una lupa. Lo vedi Nick, come si finisce?'

'Gli occhi gli si gonfiano di nuovo di lacrime.'

'Non è poi così male, Charlie. Lo zio Basile vive qui da anni.'

'Ah, Basile è diverso. Quell'uomo sta bene ovunque ... viene rispettato da tutti ... ma ... non capisco perché ... una donna come a quella, una donna giovane e sana come a quella... ti giuro che non avrà più di trent'anni ... ma che diavolo pretende da un vecchio ... un vecchio malato come a me?'

'Tu non sei vecchio, Charlie.'

Ma Charlie non è in vena di accettare complimenti.

'Penso che si vuole beffare di me, sai? Mi vuole fare come un frocio.' Mi guarda supplichevole, 'Fammelo questo favore, Nick. Scopala ben bene da parte mia. Fagli vedere che uomo ero io una volta. Dimostrale che noi italiani non scherziamo. Ehi, ti ricordi quella festa di Natale alla tenuta dello Scozzese? Ti ricordi come ci ubriacammo tutti e mentre il marito russava sul sofà tu scopavi la moglie nella baracca.'

'Altri tempi.'

'Hai ragione, eravamo differenti noi. Avevamo fuoco nel sangue. Anche tu. Mi ricordo che avevi quattordici anni e corteggiavi le sorelle Papano della casa accanto.'

Gli pizzica la guancia a Nick, come se fosse ancora un giovane monello, poi si riprende.

'Ehi, Nicola, mi l'ha fari chistu favuri. Mi l'ha fari.'

Non si è dimenticato.

'Cosa?'

Chiude la mano sinistra e fa toccare il pollice con l'indice in forma di genitale femminile poi ci batte sopra con il palmo della mano destra.

'Ora?'

'Certo, questa è l'occasione giusta. Faccio finta che vado a farmi la doccia ...'

'Charlie, la capoinfermiera sta per tornare.'

'Non ti preoccupare, a idda ci penso io. Vieni ti mostro dov'è.'

Questa faccenda sta per diventare difficile.

'Aspetta Charlie, io non posso ...'

'Ma che dici, ragazzo?'

'Non posso mica ... ma dai, Charlie ...'

Charlie è confuso, addolorato.

'Lo sai che non sono più quello di una volta. Tutti c'invecchiamo.'

Ora Charlie è davvero stupito.

'Tu, Nicola! Pure tu? Non ci credo! Tu non sei come a noi!'

I suoi occhi lo supplicano per dargli un segno, un indizio che confermi la sua fama.

'Ma no, stai scherzando, bastardone, vero? Dimmi che stai scherzando, dai!'

Sembra che la vita di Charlie (quel tanto che gli resta) sia legata alla risposta di Nick. Le forze d'orgoglio e compassione inducono Nick a offrirgli un sorrisetto malizioso che solleva Charlie e lo rende felice.

'Che scherzi mi fai, Nick! E lo sapevo che mi prendevi in giro. Tu sei l'ultimo dei grandi campioni, l'ultimo dei veri uomini. Questi uomini d'oggi non sanno niente. Non sono niente. Mi ricordo quando arrivammo in questo paese, non credevo ai miei occhi, donne come cavalle, alte belle, con gambe perfette e gli uomini ci passavano accanto senza uno sguardo di apprezzamento. Neanche un piccolo fischio. "Che Cugghiuna!" mi dicevo, "commu su fatti sti omini?"

'E non erano solo le donne. Tutto. Truvammu u paradisu! Tante opportunità. Quando m'hanno dato la prima paga, il principale mi venne a trovare e mi ha messo la busta paga in mano, sette sterline e dieci soldi. Non ci credevo! Tu non ti ricorderai, ma in Sicilia prima della guerra eri fortunato se prendevi il mangiare dal datore di lavoro. E se questo ti prometteva soldi, dovevi andare a supplicarlo come il padreterno in giro alla campagna.

'Sì, mi dicevo, questo è il paradiso. C'era lavoro, c'erano soldi e mangiare quanto ne volevi. E noi ci buttammo come i forsennati. Ti ricordi quando andavamo ai mercati in bicicletta? E poi magari si faceva il doppio turno. Mamma quanta energia, Nick, eravamo degli ossessi!

'Come mai ci siamo ridotti in questo modo, Nick? Dov'è finito quello spirito? Guardami, l'abbondanza ci ha resi grassi e stupidi come i maiali. E ora si muore.'

Nick si ritrova a fissare le veneziane alla finestra. Sembrano impenetrabili come sbarre di prigione. La vecchiaia e le malattie, quelle sono le prigioni più brutte. Seduto com'è sul letto incomincia ad alternare il peso da un lato del sedere all'altro, mentre prova a liberare la mano dalla stretta forte di Charlie.

'Come stanno i tuoi figli, belli eh? Quanto sei fortunato, Nicola. Io invece mi devo accontentare con una figlia che non riesce a darmi un nipote. Non hai idea com'è brutto raggiungere la fine della vita e sapere che non ci sarà nessuno a continuare il tuo nome. Osservo mia figlia, quel marito che ha, e mi fanno rabbrividire. Sono come due muli, sono. Te le ricordi le mule? Grasse, stupide e sterili, un misto di sangue bastardo. Io non vedo alcuna gioia in loro. Mangiano, lavorano e dormono. E a quale scopo? Che ci fai a lavorare se non hai figli? Loro due mangiano e ridono. Oh come ridono! Ma io li fisso negli occhi e vedo che non c'è vita in loro perché la nostra vita è nei nostri figli.'

'*Madeleine, dove sei? Ascoltami, ti prego!*'

Una voce molto chiara quella. Sbalza dalla dura superficie del corridoio con un tono affilato. La voce di Charlie, al contrario, è ridotta a un bisbiglio. Molto intensa, faticosa da ascoltare.

'Tu sei un uomo intelligente, Nick, dimmi tu come mai è andato tutto sbandato?'

'Non essere così giù, Charlie. Non è andato tanto male. Solo che al momento non stai bene. Vedi che ti riprenderai al più presto ... adesso devo andare, ho cose da fare.'

Ma Charlie non gli molla la mano. La stringe come se la sua vita dipendesse da essa. Poi a Nick viene un'idea.

'Ehi, Charlie, Joyce compie cinquant'anni. Le faccio una festa domani sera. Perché non vieni anche tu, Joyce sarà felice di vederti. Devo comunque venire qua a prendere Zio Basile.'

'Joyce, cinquanta? Non ci credo. È una donna splendida, quella. Sei un uomo fortunato, Nick. T'ha dato due figli bellissimi.'

Il suo viso esausto si ravviva.

'Sai, ho l'impressione che gli sono antipatico, che non gli sono mai piaciuto a tua moglie.'

'Certo, Charlie, certo che le piaci.'

'Dici? Sai, sto seduto qui in questo letto, niente da fare tutto il giorno, e mi scorrono cose per la testa. Cose stupide, che mi ruminano in capo. Delle volte mi chiedo quante persone mi vogliono realmente bene e mi prende il sospetto che nessuno mi vuole bene. Ma se tu mi assicuri che a Joyce ci piaccio, io ti credo. Sarà bello rivederla prima che me ne vado.'

'Porco diavolo, Charlie, non dire ste cose. Tu sopravvivi per anni. Guarda mio zio Basil, novantadue anni suonati e ancora è in gamba.'

Charlie alza la mano come per dire, non ce n'è di bisogno. Quella posa gli dà l'aspetto saggio, venerabile. Sarà la prossimità al morire che gli conferisce una dolcezza che non ha mai avuto. Anche la sua voce si fa quieta, gentile. Immagini del passato ammorbidiscono Charlie Mannu.

'Lo sai, gli Amedeo erano la famiglia più stimata di San Michele. Tuo nonno era un grand'uomo. Ogni domenica mattina si recava in paese per la messa, come tutti i contadini di campagna.

'Quando mio padre sentiva il rumore della carrozza di tuo nonno, scappava ad aprire la porta e ci chiamava a tutti noi bambini. *"Affacciativi carusi, viniti cca a salutari 'u Camperi Amedeu"*. (Tu lo capisci il siciliano, vero? Certo che lo capisci.) E si sentiva così fiero insieme con tutta la famiglia, sua moglie, i nipotini ... (Si portava sempre i nipoti in carrozza con lui.) E in chiesa si sedevano insieme, tutta la famiglia Amedeo. Era una bellissima famiglia, molto molto stimata e onorata ... finché non gli capitò quella cosa. Quella Rosato, le portò tanta sfortuna, tanta disgrazia in famiglia.'

'Che intendi dire, Charlie?'

Gli occhi di Charlie, fino a quel punto fissati sul lontano passato, d'un tratto vengono riportati al presente. E Charlie si trova Nick di fronte.

'Cosa?'

'Di che disgrazia stavi parlando?'

Charlie Mannu è impacciato, come se si stesse svegliando da un sogno imbarazzante. Lascia andare la mano di Nick e si curva sulla copertina come se avesse scoperto delle pieghe da stirare con la mano. Perché cazzo è tanto evasivo?

'Ma sì, dai, meglio che te ne vai, figliolo. Quella strega mi rompe le palle se ti trattengo ancora. Però non fartela troppo alla larga. Non m'interessa se gli altri non ci vengono a trovarmi, neanche mia figlia, ma tu devi tornare presto, gioia. Sei come un fratello, anzi come un figlio, il mio unico figlio.'

Una strana smorfia sul volto di Charlie incita Nick a riprovarci.

'Chi era questa Rosato, Charlie?'

Ma Charlie insegue i propri pensieri.

'Lo sai, quando mi ammalai e mi portarono all'ospedale vennero tutti a farmi visita. La stanza era piena tutte le sere, tanto che le infermiere s'incazzarono. Poi, a poco a poco, quasi nessuno. Ora mi hanno dimenticato tutti. Perfino mia figlia, viene una volta la settimana, due al massimo. È questo il modo di trattare un padre?'

Nuovamente le lacrime si fanno largo negli occhi, ma questa volta Charlie si controlla. Nick ha l'impressione che Charlie stia per inscenare una diversione. Comunque ormai è ora di andare. Aspetta che il volto di Charlie si riassesti prima di salutarlo e poi se ne va, inseguito dalla voce della francese.

'*Madeleine, dove sei? Ti prego ascoltami!*'

Arrivato fuori viene sopraffatto dall'immensità dell'umida notte. In quella dissonante sinfonia di suoni, accompagnata dal frastuono delle auto provenienti dal ponte, e dal duello fonico messo in scena dai grilli e le rane, dallo stagno accanto alla strada, trova spazio per schiarirsi la testa. Due pensieri lo colpiscono simultaneamente: che Charlie si è dimenticato della sua rivincita sessuale; e che il cognome di sua madre era Rosato, Concetta Rosato.

Joyce

'Lo sai mamma, quel personaggio, Santuzza, m'incominciava a dare sui nervi.' Dice Nella, sorseggiando lo spumante e guardandosi intorno nel foyer del teatro *His Majesty's*, indubbiamente in cerca di una vittima su cui svuotare la propria frustrazione.

'Perché?'

'Be', faceva tanto la vittima. Veramente patetica. A quanto pare era innamorata pazza di quello lì, no? Poi quando l'altra donna ... come si chiama? Quell'altra, la civettuola ...'

'Lola.'

'Esatto. Non doveva fare altro che piantarsela di fronte e dirle, Senti qua, scansatene del mio fidanzato sennò ...'

'Ma anche Turiddu si era infatuato della donna ...'

'Questo perché la civetta l'aveva sedotto. Ad ogni modo Santuzza avrebbe dovuto sfidare anche lui. Se era veramente innamorata, doveva combattere per lui.'

'*Avrebbe dovuto.*'

'Cosa?'

'Niente, Nella. Continua.'

'Be', io mi sarei confrontata con lui. Gli avrei detto "OK, amico, la scelta è tua, fra me e quella sguattera". Invece, lei non faceva altro che lamentarsi e fare la pietosa. Non mi meraviglio che lui ha preferito Lola.'

I suoi occhi, benché di colore diverso da Nick, brillano con la stessa schiacciante padronanza di sé che riduce la vita a semplicità e servitù.

'Be', potresti anche avere ragione, ma in quel caso non avremmo più un'opera, non ti pare?'

'Dai mamma, da come parli si direbbe che pensi sia OK uccidere le persone, così che poi qualcuno ci scrive su un'opera.'

Le sue labbra carnose sputano le parole con sicura arroganza, prima di baciare l'orlo del bicchiere di vino. Perfino qui, in questa facciata di realtà dove i volti mimano le personalità e alludono a profili di forme sfuggevoli, Nella non andrà oltre alle Lole e alle Santuzze.

'Allora possiamo dedurre che ti è piaciuta?

'In effetti, sì.'

'Ah bene. È bello sentirtelo dire. Chissà col tempo potrai convertirti all'opera.'

'Vacci piano, Mamma, non esageriamo. Non ho alcuna intenzione di trascorrere la mia vita fra il teatro e le sale di concerti come fai tu di recente. Non sono il tipo io.'

'Nemmeno per sogno, Nella.' Si sforza di darle un sorriso ironico, ma ne esce una smorfia amara. 'Il gene degli Amedeo è troppo forte in te.'

Nella non nega, anzi il suo piacere è tale che accarezza il gomito nudo di sua madre con le dita medie, come se si trattasse di un fragile mobile antico. Anche il suo sorriso è condiscendente.

'Per me è come andare in chiesa ... più o meno. Odio la prospettiva di andarci, ma poi son felice di averlo fatto.'

Ci ridono sopra insieme, più del necessario. C'è un qualcosa di artificiale nell'aria dentro al foyer. Perfino la signora Saverini, l'anziana guerriera col figlio paralizzato, che non manca mai di salutarla, se ne sta distante stasera. Joyce sorseggia pensosa, le sue labbra toccano appena l'orlo del bicchiere. E adesso prende una decisione.

'Vieni, Nella, andiamo a farci una passeggiata, ho bisogno di un po' d'aria fresca.'

Fuori è discesa la quiete di mezza-serata. Per le strade c'è una specie di calma appesa di metà sera. La gente gira per le strade, passeggiano sui marciapiedi nel tentativo di mostrare di avere una meta. Gli uomini in camicie o magliette con maniche corte e jeans, le donne con maglie di cotone. L'aria si appiccica alla pelle.

Si avviano senza dire parola per un po'. Lontana dalla folla Nella non sembra tanto sicura di sé. La luce opaca delle strade semi-deserte l'ha resa silenziosa. Dunque ci sono delle cose che intimidiscono Nella.

'Che hai, mamma? Mi preoccupi quando sei così silenziosa.'

'Ci pensi mai a sposarti, cara?'

'Chi, io?' Il tono oltraggioso della sua voce richiama all'attenzione una giovane coppia dietro a una carrozzina. 'Stai scherzando, no?'

Ah, eccola! Così prevedibile!

'Lo so che sei ancora molto giovane ...'

Scruta gli occhi di sua figlia per trovare il pentimento di azioni commesse o il rimpianto per quelle che ha mancato di fare.

'Voglio vivere la mia vita, mamma. Non voglio un marito e non voglio figli.' Scaccia via con la mano un piccolo insetto, 'È troppo complicato per me. E forse lo è anche per tanta gente, sennò, non si vedrebbero tutti questi divorzi in giro.'

'Vogliamo tutti tante cose.'

'Sì, lo so.' Si ferma a guardare le scarpe, 'ne vorrei un paio come a quelle in questo momento. Te l'ho detto? In questo periodo ho la mania delle scarpe. Ne ho comprate tre paia solo questo mese.'

Joyce prova a riportare la conversazione sulla scia di prima.

'E allora che diresti di me e tuo padre?'

Nella si ferma, la fissa negli occhi, forse per la prima volta da quando è arrivata.

'Oh Mamma, non dire sciocchezze. Tu e papà siete fatti l'una per l'altro.'

Si sono infilate nel vicolo di King Street in direzione di St George's Terrace, a quest'ora abbandonato e lugubre. Gli uffici commerciali chiusi per il weekend. I grattacieli di vetro e metallo, alti, lisci e rettangolari e monotoni, hanno l'aspetto di bare.

'Dove mi conduci, mamma? Ti rendi conto che l'intervallo sarà ormai finito? Faremo tardi per ... come s'intitola ... E che diavolo ci facciamo qui?'

Per una volta Joyce è decisa.

'Nella, credi che io ti sia stata una buona madre?'

La domanda stupisce Nella.

'Che cosa strana che dici? Certo mamma, la migliore.'

'Veramente?'

'Mamma, che ti prende? Ti senti bene? Sei morbosa.'

Non essendo disposta ad andare oltre, Nella si gira e si affretta con passi lunghi e veloci per tornare fra la gente, nella luce. Passano accanto a una giovane coppia alla fermata del bus, la ragazza ha in mano un pugno di monete. Mentre si toglie una ciocca di capelli dal viso, una le cade dalla mano e arriva ai piedi di Joyce. Nella la coglie e gliela rimette in mano. La presenza di gente serve a fare riprendere il buon umore a Nella.

'Mamma, mi sembri strana stasera. Che ti succede?

E perché no? Perché non provare ancora una volta a schiarire il canale di comunicazione?

'Sono colpevole di tante cose, io.'

'Dio mio come sei complicata, mamma.'

'Vedi, Nella, tuo padre ed io ... la situazione non è come la pensi tu.'

Questa volta lo sa che si è inoltrata troppo. Ben più di quanto Nella sia disposta ad andare.

'Smettila mamma!'

Quegli occhi solidi, più sprezzanti che commiserevoli, esigono di essere liberati.

'Bisogna che rientriamo adesso, sennò perderemo l'intero secondo atto.'

Ma Joyce non se la sente di essere generosa.

'Perché voi Amedeo siete tanto viscidi, così ... inafferrabili?'

Nella si ferma, sconcertata. Scruta giù per tutta la King Street, verso gli edifici fantasma del Terrace che fortunatamente ha lasciato dietro. Alza gli occhi sulla superficie liscia dei palazzi. La fantasia di Nella fruga fra gli angoli e le crepe. D'un tratto, una luce illumina lo scuro della sua confusione.

'Adesso capisco,' dice con un sorriso patetico, 'Lo so, sei in fase menopausa. Compi cinquant'anni, no? Tutto chiaro allora.'

Joyce è sconfitta. Aveva tante cose da confessare, ma non c'è modo. Nessuno vuole saperne. I fantasmi giganti della città fantasma sono ormai abbandonati. Sarebbe troppo sperare che siano ricettivi alla sua desolazione.

Si deve accontentare dell'unica alternativa; accompagnare i passi frettolosi di sua figlia e fare una tacita confessione a suo marito.

Nick

No, non si ricorda più il volto di sua madre. In effetti ha poco da ricordare. Che età aveva lui quando morì? Cinque?

Gli viene in mente un profilo indistinto: capelli neri, un viso appannato ... no, non ci riesce. Più ci prova e più le parti si frammentano e si allontanano. Il fatto è che non gli è rimasto nulla con cui ricordare. Nulla. Neanche una foto di nozze.

Strano però che neanche zio Basil parli mai dei suoi genitori. Be', si tratta di tanti anni fa, a questo punto è meglio non farci caso.

Arrivato al Causeway, lo sguardo vaga su uno stormo di gabbiani che volano intorno alle luci alte del ponte. Saranno a caccia d'insetti, immagina. Ce ne saranno tanti in una notte di afa come questa. All'inizio, al mettere le prime luci elettriche, si saranno sentiti strambi. Perché all'epoca, prima di farci il ponte, tutto era buio qui. Comunque, gli uccelli si sono adeguati bene: di notte vanno a caccia d'insetti e di giorno si riposano. E sì, tutto cambia, anche per gli uccelli.

Ma guardali! Guarda come perseguono una traiettoria nel cielo scuro, come girano e rigirano qua e là intorno a quel bagliore di luce. Ammira quanta energia! Così precisi, diretti! Le ali svolazzano con ferocia, intorno agli ostacoli, spariscono nel buio per un istante, per poi ricomparire con un cappio e un cerchio. Un istante salgono e poi si tuffano in basso. Qualcosa spinge queste creature: una pazzia del vivere. I gabbiani a caccia di farfalle notturne in un ciclo di vita e di morte.

Dal suo posto seduto in macchina, aspettando che cambi il semaforo, tutto questo non conta. Ciò che rimane è l'essenziale: la creazione di disegni e profili di continuo scolpiti contro un cielo invisibile. Contemporaneamente da quell'altezza la lotta delle persone qui a terra sembrerà cosa da poco. Nient'altro che mulinelli d'energia che si intensificano e brillano un istante, per poi dissiparsi, e riemergere in forme diverse. Se almeno un uomo fosse capace di distanziarsi dalla sua stessa vita, chissà quali meraviglie ne uscirebbero? A cinquantaquattro anni sta appena scoprendo la gioia, e non solo il dolore, di sentirsi al di fuori.

Ma piantala con questi pensieri morbosi! Dovrebbe curarsi delle cose reali: problemi all'ufficio, la prossima mossa di Dorothy Stansfield, la festa di domani sera. Doveva andare a prendere il maiale questo pomeriggio. Doveva stare appeso questa sera in cantina, invece dovranno andarci all'alba.

Il fiume ha l'aspetto solido del marmo. Un jogger solitario corre sul lungofiume. Si direbbe che con notte fitta ci avrebbe rinunciato. Comunque sia, gli farà bene alla salute. Anche lui dovrà cominciare a fare qualcosa, magari dello sport, a disfarsi di un po' di chili. Incomincia a sentirsi dei dolori qua e là. Come questo dolore che al braccio sinistro che sente ogni tanto. Al momento sono i dolori alla schiena che lo torturano. Non doveva mettere quei mattoni nel pomeriggio.

Quella merda di sindacalisti l'hanno messo di pessimo umore. E quel cazzo di Charlie ha fatto anche lui la sua parte. Inutile rincasare di questo umore, anche perché troverà la casa vuota. Passerà invece al Southern Cross e farsi un bicchiere. Ci troverà di certo qualcuno che conosce, forse pure Steve.

In effetti, adesso che ci pensa, c'è qualcosa su sua madre che gli viene in mente: un vestito blu, una stoffa pesante, una scollatura a V e un bottone a forma di cuore con la cornice scolpita.

E c'era d'altro. Una giornata fredda, e sua madre che faceva il bucato, ma non erano dal nonno, c'era un ruscello e ... questo se lo ricorda bene, un calcagno rosa come l'anguria. E ... che altro? Beh, comunque chiederà allo Zio Basile domani sera.

Si aspettava gente al 'Cross' ma non così tanta. Il parcheggio è pieno, perciò è costretto a trovarsi un posto in qualche stradina laterale. Mentre gira si accorge di una confusione sul marciapiede, ma non riesce a intravedere tra la folla di cosa si tratti.

Altra gente esce di corsa dal pub e si accalca. Sarà una rissa. Considera di non fermarsi e andare a casa, ma poi sente la sirena dell'ambulanza. Gli passa per la mente suo figlio, John. Riesce a trovare un posto al parcheggio e si mette a correre gli ultimi metri. Arriva ansimando proprio al momento in cui la barella viene messa nell'ambulanza. Nick intravede appena la testa semi-pelata di un uomo di mezza età. Un ciuffo di capelli inzuppati di sangue macchia il materassino bianco.

'Che succede, compare?'

Non è necessario girarsi per riconoscere la voce di Murray Williams. Mannaggia!

'Vieni, Nick, ti offro un bicchiere. I cani mi hanno favorito stasera. Ho vinto parecchio.'

Il 'Cross' è pieno a zeppo di giovani per lo più. Un tempo non era così. Il nuovo proprietario a quanto pare gestiva un locale notturno molto frequentato, prima che gli togliessero la licenza per uso di droghe. Ora prova ad attirare lo stesso pubblico qui ingaggiando delle band di hard rock. Questa si chiama *The Red Demons*, un gruppo di teppisti con il corpo coperto di tatuaggi che urlano pezzi inascoltabili a squarciagola. La folla attizzata dalla musica assordante, incitata dall'alcol e dal caldo, si abbandona alle smanie sulla pista da ballo e altrove. Nick si sposta nel salone del bar, ma scorge ancora attraverso l'apertura la sala principale. Fumo e polvere salgono fra strisce di luce. Il cantante, o meglio, l'urlatore, un grosso uomo con i capelli irti come chiodi, salta e volteggia come una scimmia .

'Preferisco i gabbiani a questo,' pensa Nick ad alta voce.

'Cosa?'

'Niente, Murray.'

Murray è in forma. Tira su aria compiacente, afferra con le mani l'asta di ottone fissata al bar, inchinandosi e sporgendo il culo, un culo piatto come il resto del suo fisico. Un fenomeno, se si considera la grande quantità d'alcolici che consuma.

'Ti porto con me un venerdì sera, Nick.'

'Come?'

'Alla corsa dei cani. Sarà mio piacere darti un indizio o due.'

I baffi che prova a crescere sono sparsi e lanosi, come la barba d'un adolescente.

La band si prende una pausa. Onde di corpi sudati si avventano verso il bar. I rubinetti di birra scorrono come grondaie nel temporale. E Nick non riesce a liberarsi di Murray.

'Hai visto Steve in giro?'

'No, sarà andato altrove a spargere il suo seme. Uomo scapolo, tutti i campi sono aperti per lui.'

Canticchia, *I wish I was single again!*

'Eh be', ho poco da lamentarmi io. Con la moglie sono stato chiaro fin dall'inizio. Io e Sharon ci siamo messi d'accordo. Il giorno appartiene a lei e può fare ciò che vuole, mentre io vado al lavoro. La sera tocca a me uscire e rilassarmi. La vita sposata non è tanto male nel momento in cui fai patti chiari con l'altra metà.'

La musica riprende. Troppo forte per sentire Murray, grazie a Dio.

'Debbo andare a pisciare,' gli grida Murray in orecchio, 'ci vieni?'

Ne approfitta per liberarsi di Murray.

Messa la Mercedes in garage, decide di non usare gli scalini interni e prende il vialetto di lato. Arrivato nel punto in cui il muro della casa e la pianta d'ibisco formano un vicolo buio, si ferma per urinare. Questo è sempre stato il suo posto per farlo. Joyce se ne accorse una volta e andò sulle furie. Joyce non capisce queste cose, il piacere di svuotarsi sotto il cielo. Di giorno guardi l'orina sparire nel suolo, inzuppata dalla terra arida. Ti senti felice, perché almeno una parte di te serve a qualcosa. E fa bene alla pianta. Questo ibisco, innaffiato dalla sua orina da circa vent'anni, è più alto e più folto degli altri. In effetti questo ibisco, così rigoglioso, così determinato, con quel fogliame di un verde scuro che deve potare di continuo per trattenerlo, è la sua dote segreta ai vicini.

Pianta i piedi sul cemento, e si cala la cerniera. Mentre spinge il bacino in avanti si trova a guardare in su. Proprio al centro della sua visione un pugno di stelle sembrano avanzare attraverso il cielo. Il movimento è un'illusione lo sa, alle volte quando si sforza in questo modo gli viene un giramento di testa. Qualche volta si deve sforzare tanto, come se l'orina non volesse venir fuori. È un suo incubo ricorrente di trovarsi sul punto di scoppiare, ma non senza riuscire a fare la pipì, per qualche motivo ... Ah, meno male! Pshhhh ... visione di un'altra notte calda, un cielo che gli si schiudeva come un coperchio e l'odore di animali. . . che cos'era? Cosa? Appena si riveste, una macchina s'infila sull'accesso e si ferma con uno stridio di freni. Può essere solo John.

'Salve, dov'è mamma?'

Il suo tono è ancora più insolente del solito.

'Dove sei stato?'

'Ho avuto da fare.'

'Eh, ne sono certo. Troppo da fare per accogliere tua sorella, immagino.'

'Porco diavolo, non lo sapevo. È già a casa?'

John grugnisce ma non è per Nella. È in cerca di Joyce, vuole ancora soldi.

'Non mi aspettavo di trovarti a casa di venerdì.'

Il giovanotto è imbronciato. Non apprezza che Nick abbia una sua vita. Quella sua bocca piccola si gira e si contorce in varie formazioni del medesimo broncio nervoso. È penoso guardarlo mentre si sforza di controllarsi.

'Devo parlare con mamma.'

Nick dà uno sguardo dentro la macchina, nella semioscurità nota una testa dai lunghi capelli ricci. Ci sa fare con le donne il ragazzotto. Ragion per cui sta sempre al verde. Non ci vuol tanto a capire da dove viene quel suo talento. E nonostante tutto, Nick non resiste ad un sorriso di soddisfazione.

'Hai compagnia?'

'Niente ... è un'amica.'

'E perché non la inviti dentro?'

'Lascia stare, non è come pensi tu. Senti, ho bisogno di soldi'.

John è nervoso. Com'è possibile che un ventiquattrenne, forte come un toro, vada chiedere elemosina ai suoi genitori! Senza contare tutte le agevolazioni che ha avuto. Ma che hanno per la testa i giovani d'oggi? Forse ha ragione Charlie.

'Ti ripago presto ... te lo prometto.'

'Come mi hai pagato l'ultima volta, eh?'

'Questa volta lo faccio,' 'inclina il capo in direzione della testa ricciuta dentro l'auto, 'non mi mettere in imbarazzo.'

Almeno gli rimane quel poco di orgoglio di famiglia. Il medesimo che ora gli fa fare il muso.

'OK facciamo finta di niente, papà. Porca miseria!'

O forse fa solo finta di essere offeso, la sua tattica un misto di offesa e ricatto emotivo.

'Quanto?'

Esita, grugnisce, 'mi servono cinquecento dollari, papà.'

'Che cazzo credi che sono, una banca? Eccotene cento. Sei fortunato che prendi questi.'

'Papà, è un'emergenza. Ti giuro che ti ripago.'

La sua voce trema troppo perché questa sia una semplice scenata. Questa è cosa seria. Il sudore sul volto non è dovuto al caldo. Ha un odore di straccio vecchio. Pure i suoi capelli sono bagnati ... o forse è sangue!'

'Che cazzo ti è capitato, figliolo?'

Come sempre l'ansia in lui si trasforma in rabbia. Qualunque sia la ragione, ha a che fare con quella ragazza dentro l'auto. Prova ad avvicinarsi, ma John lo blocca col braccio.

'Chi hai là dentro?'

'Nessuno ... un'amica. Ma dico, questi soldi me li dai o no?'

Nella sua voce c'è più che urgenza. Ha paura. E questo preoccupa Nick.

'Senti, John, vieni un po' dentro.'

Va per prendergli il braccio, ma John lo scuote con rabbia, poi salta in macchina e parte a tutta furia. Mentre l'auto fa marcia indietro a tutto gas, Nick vede che la ragazza è in lacrime.

Steve

Un'altra sorpresa mi attende al mio ritorno. Parcheggiata nella rimessa trovo la Mazda Turbo di John Amedeo. Sul cofano siede il gatto bianco dei vicini. Non lo disturbo, mentre immagino, con un tocco di perverso piacere, la collera isterica di John se trovasse il felino dagli artigli aguzzi seduto sulla sua preziosa auto.

Non è un segreto che io e John non ci vediamo di buon occhio, a causa di quella sua arroganza. Mi tratta da manovale. Si legge dallo sguardo che ti dà con quella sfumatura di condiscendenza e presa in giro. Certa gente sa come fare per umiliarti senza dire una parola e John è uno di quelli.

Nick, bisogna ammetterlo, quel difetto non ce l'ha. Nick è troppo sicuro di sé, troppo consapevole delle sue doti per fare lo snob. Quando vuole, Nick può far parte del gruppo senza il bisogno di mettere in risalto la propria importanza, perché lo sa che ha fatto più soldi di tutti noi e quindi non ha niente da dimostrare. E nemmeno si può dire che questa sua arroganza la prenda dalla madre. È vero che Joyce dà l'impressione di una signora un po' altera, distaccata, riservata, sempre sicura di sé.

Però non fa la snob, ha troppa classe per quello. E anche se nessuno di noi riesce mai ad andarle vicino, tutti la stimiamo e le vogliamo bene. La riservatezza della madre si trasforma in arroganza nel figlio. Per cui John è l'ultima persona che mi aspetto di trovare a casa mia questa sera.

Dapprima sento un borbottio, come di un gruppo di fedeli che pregano in una lingua sconosciuta. Il salotto è immerso nel buio. Quel pazzo di mio fratello è seduto sul pavimento in mezzo a John, dall'aspetto stonato, e dall'altra parte una sgualdrina col trucco esagerato e i capelli tinti di nero, ricci, folti e tirati all'insù sul capo. Sia i pantaloni che la blusa che porta sono di una taglia troppo stretta per contenere le varie sporgenze del suo corpo. Tutti e tre siedono al tavolino come se stessero a condurre una seduta spiritica.

'Concentrati, sul punto d'origine del tuo stress,' declama Geoff, 'fa male? Dove esattamente ce l'hai il dolore?'

Chiaramente questa domanda richiede una risposta diretta che nessuno dei due si affretta a dare. La ragazza allunga il collo in direzione di John, in cerca di una via di scampo dalla sua confusione. John infine sembra ispirato.

'Alle nocche della mano,' dice con risolutezza, 'e inoltre

mi spacca la testa dal dolore.'

Geoff non si lascia distrarre.

'No, John, mi riferisco al dolore emotivo, l'ansia dello spirito.'

Semplice da dire, ma chiaramente il suo piccolo gregge è incapace di reagire. Però i Carismatici un po' di tenacia gliel'avranno insegnata, se non altro, perché Geoff procede comunque.

'John, Naomi, congiungetevi a me e vi dimostrerò un miracolo.'

Io rimango sulla porta, affascinato. Per essere sincero, devo ammettere che quel pazzo sta per incantare anche me. Sembra così sicuro di sé!

'Chiudete gli occhi. Sentite il vuoto dello spazio che vi circonda. Ora ... da quello spazio spunta una luce, una luce finissima come la punta di una penna luminosa. La vedete? Bene. Concentratevi sulla luce per alcuni istanti ...'

Il gatto della casa accanto sta duellando con un rivale, ma ci vuole altro per distrarre John.

'Riconoscete quella luce?'

Qualcuno si schiarisce la gola, Geoff procede senza sosta, la domanda è ovviamente retorica.

'Quella, miei cari, è la luce di Gesù. Lasciate che codesta luce vi entri nel corpo e che bruci via le vostre ansie. Ripetete con me, *Vieni, Signore Gesù* ... dai Naomi ... John, non abbiate paura ... *Vieni, Signore Gesù* ...'

Esitanti, due voci insolite ripetono,

'*Vieni, Signore Gesù!*'

'Vieni, incendiami. . .*ora!*'

I due sono intimiditi dalla forza della sua invocazione. Geoff lancia uno sguardo severo prima all'uno poi all'altra. Si ricompone.

'*Riempimi della tua pace, Signore Gesù, ora!*'

Si è fatto aggressivo. Il sudore stria le sue guance.

'*Riempimi della tua pace, Signore Gesù, ora!*

'Bravi! Benissimo! Continuate a ripetere, e alla parola *ora*, sentite come la pace del Signore vi scorre dentro come un ruscello ...'

È così eccitato che temo che intenda coprirli di baci. Un gesto che John non gradirebbe affatto. Per fortuna i gatti intervengono da fuori. Il loro concerto di miagoli si fa sempre più intrusivo e assomiglia a un forte gemito.

'Che c'è?'

Eccitato com'è Geoff non considera l'ovvio. Gli altri due spalancano gli occhi e sembrano sul punto di fuggire.

'Avete sentito? Ascoltate, potrà essere un segno ...'

'Segno di che?' borbotta John, impaurito.

'Sciuhhh!' fa Geoff.

I tre si guardano a bocca aperta, con gli occhi trafissi fra il terrore e meraviglia. Io mi godo il momento con una lunga pausa, poi con calma dico,

'Per la verità è il gatto dei vicini.'

In ogni caso l'incantesimo s'infrange, si fa per dire. Geoff non apprezza, ovviamente, ma John e la ragazza mi guardano come se li avessi appena salvati dalla forca. John è in uno stato misero: camicia abbottonata alla rinfusa, capelli inzuppati di sudore, occhi opachi e sanguigni. Ha l'aspetto di uno appena evaso dalla prigione. Mi fa,

'Senti dammi un minuto, perché devo parlarti,' Guardo John come se questo fosse un extra-terrestre, 'in privato.'

'Ma non abbiamo ancora finito,' protesta Geoff.

'Be', ascolta, ho fretta.' Mi lancia uno sguardo circospetto, 'Vieni un po' fuori.'

Geoff intuisce e si ritira in camera,

'Vado a disfare la valigia.'

'Madonna, in quale pianeta vive quello?' bisbiglia John appena noi due siamo soli. 'Senti ... mi dispiace di venirti a disturbare, ma il fatto è che sono nella merda. Hai visto mia madre stasera?'

'Geoff, ha pranzato da lei credo ...'

John fa una smorfia.

'Senti ho bisogno di un favore. Me la fai una chiamata a casa mia, e vedi se lei sta a casa. Sono disperato, Steve.'

La prospettiva di telefonate cospiratorie a quell'ora di notte non mi attrae, e così gli faccio,

'Hai bisogno di qualcosa?'

In verità non voglio di meglio che lui se ne vada, John Amedeo porta solo guai.

'Eh sì ... mi servono soldi!'

Lo sapevo ...

'Quanto?'

'Un bel po'.'

Non ha abbondanza di umiltà né tatto, il ragazzo. Sarà il prezzo che paghi per avere un padre ricco e una madre che ti vizia. E intanto, non mi sento per nulla sicuro. Prima di tutto perché non tengo mai tanti soldi in casa e poi non mi attrae la prospettiva di aiutare qualcuno che ti chiede una somma considerevole in fretta. E comunque ha l'aspetto molto sospetto. Mi chiedo in che guai mi possa mettere.

D'un tratto dalla stanza da letto arriva una voce in mio soccorso,

'Ce l'ho io settecento dollari da prestarti.'

E senza attendere l'invito si presenta davanti, asciugamano avvolto intorno alla vita, il giovane petto che sembra ancora più bianco nella luce opaca del salotto.

'Scusate,' dice, 'stavo per entrare in bagno e non ho potuto fare a meno di sentirvi. Questa somma vi aiuta?'

John è senza parole. Credo sul serio che preferirebbe che Geoff svanisse, lasciandogli i soldi ovviamente. Il suo viso è confuso, poi irato, poi sospettoso. Infine alza il naso. È ovvio che l'orgoglio Amedeo sia più forte del suo bisogno.

'No grazie, amico. Non ne ho di bisogno.'

'Dai,' insiste Geoff. Ha il volto di un bambino mio fratello: faccia rotonda, occhi celesti, 'Non mi servono per adesso.'

Nessuno di noi sa come agire. Io di certo no, ma nemmeno John, che sembra sul punto di svenire. La ragazza poi sembra più che altro interessata ad ammirare il petto nudo di Geoff. L'unico a sembrare a suo agio è proprio Geoff. Si avvicina a John, con un sorriso ingenuo e il portafoglio in mano.

'Tieni, sono centocinquanta in contanti, per il resto ti scrivo un assegno.'

John sprofonda nella confusione. Posso sinceramente

dire che questa è la prima volta che vedo John intimidito. Molto simile a suo padre in questo. Quando arriva, la sua reazione è del tutto inaspettata. Il suo viso si contorce e irrompe in una convulsione di singhiozzi.

'Che ti prende?' Gli chiedo.

John mi scuote via rabbioso, come fosse colpa mia se lui piange o che ho un fratello strano.

Noi tutti ci rivolgiamo al nostro 'redentore' per ispirazione. Geoff, indubbiamente credendo che il 'Signore Gesù' si stia esprimendo attraverso John, lo lascia piangere per qualche minuto, poi gli si avvicina, gli mette la mano sulla spalla e gli dice con una voce liscia come il burro, 'va' a sciacquarti la faccia, John. Tutto sarà risolto per il meglio.' Io mi sento sprofondare nell'imbarazzo, ma le parole hanno effetto. John si dirige verso il bagno e quando torna è pronto per parlare.

'Devo scappare prima che m'incomincino a cercare ...'

Poi ci racconta il fatto, volgendosi direttamente a Geoff, come se gli altri fossero invisibili. È come una confessione, o forse l'atto di generosità di Geoff lo induce a dargli più riguardo.

A quanto pare è andato al pub con un gruppo di amici, si è ubriacato (niente d'insolito!) e quelli lo hanno convinto a farsi una partita di biliardo al bar dello sport. Al ritorno, ha trovato Naomi che ballava con un altro uomo. Fra un ballo e l'altro si erano allontanati insieme. John li ha seguiti e una volta fuori ha preso a pugni l'uomo.

'Un vecchio bastardo. Cinquant'anni e forse di più. Dico io, che tipo di ragazza si mette con un vecchio come quello?'

'Non era poi tanto vecchio,' protesta Naomi.

John si arrabbia ancora.

'Allora è vero che ti piaceva?'

'Si stava solo a parlare.'

'Davvero! L'ho visto bene io che facevate.'

'Almeno lui non se n'è andato a giocare al biliardo con gli amici.'

John le lancia uno sguardo selvaggio. Penso che se non ci fossimo noi, le metterebbe le mani addosso. Forse l'ha già fatto. Per fortuna, Geoff ha la situazione sotto controllo.

'Non farci caso a quello, John. Continua.'

Lo stile pacato di Geoff sembra aver ammorbidito John.

'Sono andato per afferrarlo, Madonna, com'ero infuriato 'Vaffanculo', gli dico, 'questa è la mia ragazza. Avanti, scappa!' E quel cretino invece se ne sta fermo. 'No,' mi fa 'per ora sta con me'. 'Credi?' gli dico. E allora gli acchiappo i capelli e lo butto giù sulla strada e me lo metto di sotto. Appena ho cominciato a picchiarlo, non sono stato capace di fermarmi. Non so come, ho perso la testa. Madonna!'

'Com'è finita?'

'Non lo so. Mi sono infilato in macchina e ho cominciato a correre. Penso che l'ho ammazzato.'

'Porco diavolo, John, non son cose su cui scherzare queste.'

'Non scherzo. Ti sto dicendo sul serio che l'ho ucciso.'

Geoff non si lascia turbare. Sono il primo ad ammettere che mio fratello è un tipo strano, ma devo dire che in casi come questi sa come comportarsi.

'Meglio che ti vai a riposare, calmati un po'. La cosa peggiore al momento è farsi prendere dal panico. Probabilmente non è grave come pensi. Hai avvisato la polizia?'

John si mette in panico di nuovo. 'Certo che no. Perché credi mi servano i soldi? Me ne devo andare.'

'John, il rapporto alla polizia lo devi fare.'

'Che dici? E mi faccio arrestare per omicidio! Sei pazzo!'

'Facciamo così,' dice Geoff, d'un tratto ispirato, 'telefono io all'ospedale. Com'è il cognome di quell'uomo, Naomi?'

'Non so ... conosco solo il nome.'

John s'infiamma di nuovo. 'Sgualdrina! E te lo stavi scopando senza neanche conoscerlo!'

Il mascara di Naomi riprende a scorrere. Geoff interviene.

'Fa niente chiameremo il pronto soccorso.'

'No, io scappo. Me ne frego di tutto.'

John si affretta verso l'uscio.

'Fermo!' urla Geoff. La sua intensità gela John. 'Fermati

John, ti prego, ho un piano. . .'

All'ospedale ci andrà Geoff personalmente. No, non rivelerà nulla a nessuno. Sì, è molto fiducioso che le cose si metteranno a posto, Gesù assiste coloro che hanno fede ...

A poco a poco, John si calma. Infine si rivolge a me e dice, 'Ce l'hai qualcosa da bere in frigo? Sto impazzendo per una birra.'

Quando alla fine mi appoggio sul sofà, è mezzanotte passata. Entro pochi minuti mi sveglia un nuovo trambusto. Impossibile che sia già Geoff. Non ci vuole molto per capire di che si tratta. I gemiti non sono di dolore. Il rumore delle molle del materasso non lascia dubbio su cosa stia succedendo al piano di sopra. John Amedeo è privo di coscienza! Per quanto ne sappia, potrebbe aver ucciso un uomo, eppure sta lassù a scopare come una bestia. In camera mia.

Nick

L'orologio della radio sul comodino segna l'una e mezza e non c'è prospettiva di addormentarsi. Tutti si comportano in modo strano. Prima Charlie, poi John e tutti gli altri. Un giorno da archiviare, questo. Meno male che è finito, addio! Un altro giorno nasce. Adesso è sabato diciannove, ufficialmente. Giorno nuovo, e si ricomincia con un buon inizio. Ma prima bisogna farsi una buona dormita.

Joyce gli sta accanto sprofondata nel sonno. Meno male, almeno non dovrà svelarle quello che è successo con John, meglio che non ne sappia niente, sospetterebbe il peggio. Comunque quella richiesta di cinquecento dollari in fretta preoccupa. Che cazzo di guaio ha combinato? Ha perso al casinò forse? Sicuramente no, non è talmente scemo, lui. Sarà qualche pasticcio con quella donna. D'altro canto, i soldi li potrebbe volere per aiutare un amico. È sempre stato molto leale con gli amici, lui. Una volta arrivò a casa senza la bici e spiegò,

'L'ho regalata a Clayton, che la sua gliel'hanno ammaccata.'

'E tu adesso come fai?' Gli fece Nick.

Si voltò a sua madre, (sempre a lei rivolgeva la parola) e disse, 'Papà me ne può comprare un'altra. Ha tanti soldi lui.'

Beh bisogna ammettere il ragazzo gliene ha fatte passare di tutti i colori. Le cose potevano essere del tutto diverse. Avrebbe potuto avere tutt'altro figlio. Almeno così dichiarava quella olandese, la vedova bianca il cui marito lavorava nella miniera di Mount Magnet, al nord.

'E io ti dico che questo bambino è tuo, Nick ... Se mi sposi io divorzio da mio marito ...'

Come se lui avrebbe mai considerato di sposare una donna tanto più anziana e con due figli già grandi. Mica era in cerca di guai lui. Non andò più a trovarla. Poche settimane dopo passò da casa sua con la macchina e lanciò un fagotto di lino bianco sopra il recinto gridando, 'Eccoti, un maschio per te, *Dago!*'

Cadde dentro il recinto delle galline e nel tempo che Nick ci mise per prendersi di coraggio e andare a vedere, il lino era inzuppato di sangue. Lo zio Basil ammazzò tutte le galline.

'Mi rifiuto di mangiare uova da quelle galline,' dichiarò. Meno male che alcuni mesi dopo incontrò di nuovo Joyce. Senza che lei lo sapesse, lo aiutò a dimenticare.

Attraverso un'apertura nelle tende del balcone, una lama di luce riflette bianca e tagliente nello specchio della toilette. Sarà come giorno là fuori, per questo non riesce a dormire.

Si chiede se quello è successo veramente. È come se non fosse mai avvenuto. Forse se lo è immaginato. Il tempo cambia gli eventi. È da tanto tempo che non pensava a quell'incidente. Non sembra altro che un sogno di un tempo lontano.

Decide di scendere giù in cucina per un bicchiere di magnesia. Nell'intensa fluorescenza della cucina gli viene la sensazione che qualcuno lo stia osservando, uno straniero dentro di lui, forse. Veramente strano. Un rumore di passi all'uscio lo solleva.

'Mamma mia sono disfatta,' Nella calcia via le scarpe 'l'opera non mi dispiace ma quel che mi dà fastidio è dover portare le calze di nailon in una notte come questa. Che ci fai sveglio a quest'ora, non mi dire che sei appena rientrato anche tu!'

Il suo tono è cospiratorio, come se fossero due amici in qualche scappatella segreta.

'Ti sembro vestito da uno che è appena tornato a casa? ... ma tu non eri uscita con tua madre?'

'Infatti, ma poi mi sono imbattuta in due vecchie amiche. Le ho invitate alla festa di domani. Spero che non ti dispiaccia.'

'Certo che no, si celebra anche il tuo ritorno. Mamma sarà contenta.'

'Ehm, speriamo che domani sarà di umore migliore. Si è comportata in modo strano stasera.'

'Mamma?'

'Personalmente, ho avuto l'impressione che sia depressa.'

'Ma no, tua madre sta bene. È sempre stata un po' tesa lei, e adesso che sta sola a casa ha più tempo per impensierirsi.'

'Sì, hai ragione, probabilmente non si dà abbastanza da fare.' Si massaggia leggermente la caviglia sinistra, 'dovrebbe fare delle cose, uscire di casa un po'. Lo sai mi sembra così ...' si drizza sulla sedia, cerca ispirazione attraverso la finestra della cucina illuminata dalla luna; il suo pollice e due dita si uniscono ma non riescono ad afferrare il concetto, si riaprono come petali, 'non so ... qualcosa.'

Alla fine posa lo sguardo su di lui.

'Guarda, ti rendi conto che ti stai facendo grigio intorno alle orecchie? È stata la prima cosa che ho notato quando ti ho visto oggi. Ti dà l'aspetto molto distinto.'

Lui le sorride dall'acquaio, col bicchiere vuoto in mano. Lei lo guarda con affetto, divertita.

'Oh com'è bello essere a casa, papino.'

Una volta, negli anni delle scuole elementari, lo chiamava così, quando lo aspettava sulla rimessa fischiettando attraverso lo spazio nei denti di fronte, che le erano caduti .

'Vieni a sederti qui accanto, sembri come un orso assonnato.'

'Non direi! Stasera mi sono fatto un pisolino, adesso non

riesco a dormire.'

Inaspettatamente viene sorpreso da uno sbadiglio.

'Questo è insolito per te, papà, c'è qualcosa che non va?'

'No, è la vecchiaia che bussa alla porta.'

Nella lo fissa. Non è da lui parlare così.

'Che c'è? Qualcosa ti preoccupa, vero papà?'

Lui le passa di dietro e si va a sedere alla tavola. Tende l'orecchio per qualche rumore all'esterno. Nulla. Anche il traffico ha preso una sosta. Che male c'è nel dirglielo?

'Be', qualcosa di preoccupante c'è. Tuo fratello era qui prima. Si è messo in qualche guaio.'

'John sta sempre nei guai, da quando mi ricordo.'

'Infatti, quel ragazzo ... non so ...'

'Che vuoi dire?'

Appunto, che intende dire? Si rende conto che non è John che lo preoccupa, quel che realmente lo preoccupa gli viene incontro nella visione di un mastino che si alza aggressivo sulle zampe anteriori ... e poi ... Ecco di nuovo gli sfugge.

'Non ci pensare, papà. Uno di questi giorni si calmerà.'

'Beh, speriamo che lo faccia mentre sono ancora vivo.'

Gli è scivolato via. Le cose gli scappano da sole oggi. Come se un altro individuo abbia messo domicilio in lui. Nella si scuote

'Ma che dici, papà?'

'Voglio semplicemente dire che sto invecchiando pure io.'

'Non dire sciocchezze, papà.' Nella arrossisce dall'imbarazzo, dalla paura, 'non sei tu il tipo da invecchiare.'

Gli viene da ridere. È la seconda volta in poche ore che qualcuno gli dice le stesse parole.

'No? E allora che succede a un tipo come a me, mia cara?'

'Niente, tu non sei uno di quelli che si lascia invecchiare e fare una fine triste.'

'Dici ... ?'

Un sorriso ironico riempie il vuoto davanti ai suoi occhi.

È il suo stesso volto rubicondo che gli sorride. Ma in presenza di Nella non c'è modo di rifletterci.

'Strano, non ho sonno neanche io. Troppo eccitata di essere a casa per Natale. Non hai idea di quanto mi è mancata questa casa. All'altro capo del paese ho fatto tante amicizie, ma non è la stessa cosa ... cioè, gli posso dire delle cose, ma loro non capirebbero mai. Certe cose non si possono comunicare, bisogna esserci stati di presenza. Non so, non riesco a spiegarmi.'

Anche lei! Anche sua figlia! Osa dirglielo?

'Lo so, lo so, Nella. Non c'è bisogno che mi spieghi queste cose.'

Ma si rifiuta di guardarla negli occhi. Teme di trovare troppe cose lì dentro. Si rende conto che lei lo guarda dentro gli occhi, ma lui non ricambia lo sguardo. L'impatto lo riempie di paura. Non c'è bisogno. Le risorse di Nella lo salvano.

'Eh, facciamoci una partita a carte.'

'Oh no, non a quest'ora.'

'Sì, dai. Non gioco a briscola da molto tempo. Ti ricordi come ti battevo ogni volta? Be', insomma credo che tu mi lasciavi vincere.'

La piccola è mossa da un entusiasmo irrefrenabile. L'una di mattina ed eccola svolazzare scalza per la cucina.

'Dove le mette le carte la mamma? Ah, ora ricordo, nel cassetto della vetrina ... ecco vedi? Bisogna darle credito a mamma, questa casa l'ha ordinata come un campo militare. Allora che ci giochiamo? Dai, mescola!'

Tanto entusiasmo è contagioso. Si va a versare un bicchiere di latte e lo porta a tavola. La veste le sta un po' aderente ai fianchi. Se la immagina Nella fra vent'anni. Ben messa, sensata, furba e affettuosa. L'immagine lo rende felice. Diventa euforico.

'Fa in modo che ti sposi un italiano, così potete giocare a briscola all'una di mattina.'

'Be' potremmo anche fare delle cose migliori, o peggiori.'

Respinge l'espressione scandalizzata di suo padre con un

gesto della mano.

'Oh papino, non sono più una bambina. Gioca, su.'

Steve

Geoff torna dall'ospedale esausto.

'John dorme? Meglio così. Gli servirà un po' di riposo. Purtroppo la notizia non è tanto buona. L'uomo si chiama Rory Marsden, uno della Tasmania, qui per motivi di lavoro. È in ospedale in prognosi riservata.'

'Mannaggia!'

'Le prossime ore saranno cruciali, ma i medici sono fiduciosi. Sono in preghiera costante per lui. Credo che ce la farà. In tal caso la polizia non interverrà. Anche perché John non intendeva fargli del male. La lesione è stata causata dalla caduta. Una sfortuna più che altro. La polizia ha ben altro per le mani ... le strade sono strapiene di gente violenta e criminale ... le persone hanno perso la via di Dio, fratello. Vado ad appoggiarmi un po', sono distrutto.'

Joyce

Tsum, tsum, tsum. Dio solo lo sa quante volte è salita per questi scalini per ventisette anni. Forse ventisettemila volte. No impossibile. Facciamo cinque volte al giorno, moltiplicato trecento sessantacinque, per ventisette. . . Sempre assumendo che salga cinque volte al giorno in media. È tutto approssimativo in realtà. Ma perché tutto nella vita è una congettura? Come si può mai fare l'inventario della propria esistenza, se non si riesce nemmeno a fare dei semplici calcoli? In effetti al momento non si ricorda nemmeno l'età che ha. La risata di Nick esplode dalla cucina, si arrampica per la scala e raschia i nervi tesi.

'Come sei scema, Joyce, sai bene che compi cinquant'anni.'

Sembra che non sia più capace di avere pensieri in privato. Be' insomma, lei non ci sta più così. Si avvia al balcone e gli chiude la porta scorrevole in faccia. Ecco! Pace, infine!

Si trova in cima a una collina con i fianchi ripidi. Come diavolo riuscirà mai a scendere giù? Con le dita dei piedi prova ad appiccicarsi al suolo. Purtroppo non sono come gli artigli di un'aquila. Nel momento in cui comincia a piagnucolare, (sperando che qualcuno le mostri un po' di compassione) posa gli occhi su una scala metallica: liscia e nuova di zecca, appoggiata sulla cresta e che porta giù verso un fondo invisibile.

L'unica direzione è giù. E comunque la scala deve essere forte abbastanza da portare il suo peso, sennò come sarebbe potuto salire fino a questo punto? L'importante è di controllare il tremolio alle ginocchia quando cerca di reprimere le visioni in cui cade nell'abisso.

Ma nell'istante in cui il suo piede tocca il primo scalino, si accorge che la scala è di creta molle e scivolosa. Meno male che se n'è accorta in tempo! Bisogna trovare un'altra opzione.

Guardando all'insù scopre un ponte che porta direttamente alla sua camera. Che fortuna! Non c'è ringhiera, è vero, ma bisogna che non si perda d'animo, tanto il ponte è largo abbastanza da far passare tre persone. Per ulteriore sicurezza, decide di trascinarsi sul ponte a carponi finché non arriva alla sicurezza della sua camera.

'Nick! Nick!' chiama. Seduta sul letto vede una donna, con tette enormi e capelli neri, lunghi e ricci che si pettina davanti allo specchio. Lo specchio è molto vecchio e sbiadito, e il riflesso è indistinto. C'è qualcosa di familiare in quella donna.

Quando essa si gira, Joyce è scossa dalla sua bruttezza. Il suo volto è piatto e coperto di rughe. La sua bocca enorme è come una maschera che ride senza gioia. Poi, come fosse consapevole di aver provocato ripugnanza, la donna altera il suo viso assumendo un aspetto più piacevole. Comincia a sorridere in modo indecente e il suo corpo si fa irresistibilmente erotico.

Il problema è che Joyce adesso è immobilizzata, rigida come una mummia. Si sforza di raggiungere quelle sontuose tette, ma il suo braccio non risponde. Le mammelle bianche le palpitano davanti, vicinissime, ma Joyce non riesce a toccarle. Delusa, la donna si ritira e si appoggia languida contro un mucchio di cuscini. A quel punto entra Nick, va a toccarla con movimenti lenti e sensuali. La cosa strana è che le mammelle di Joyce reagiscono. I suoi capezzoli, a cui ha succhiato ciascun membro della sua famiglia, s'induriscono e si riscaldano dentro la blusa.

Senza togliere le mani dalle mammelle della donna, Nick si gira e guarda Joyce. In effetti, né Nick né la donna sembrano interessati l'uno all'altro. A loro interessa solo la reazione di Joyce, come se stessero a recitare una performance tutta per lei.

E poi Joyce è colpita dagli occhi verdi. Cerca di ricordarsi dove li ha visti prima, mentre la donna raccoglie la sua folta criniera di capelli neri e li ondula fra le dita in forma di serpenti e li appoggia sulla sua spalla sopra la mammella sinistra. In quel momento Joyce si ricorda di chi sono quegli occhi.

'Vieni cara,' bisbiglia Lynne McLuskie con voce seduttrice, 'vieni a farci compagnia. Dai, non essere timida. Ci divertiremo un mondo, in modo salubre.'

Adesso le riprende quella sensazione di ripugnanza. E così Joyce, nel vedere suo marito toccare in modo lascivo quella volgare maschera di depravazione, sta lì sospesa fra un irresistibile erotismo e il disgusto. Il conflitto fra i due la rende incapace di agire. Per tutta la notte è una lotta continua.

Nick

Sarà stato sicuramente un sogno, perché queste sono le piccole ore palpitanti fatte apposta per sognare. Può anche darsi che tutta la sua vita non sia nient'altro che un sogno. O una storia archiviata lì nei recessi della memoria del tempo ... oh molto, molto lontano. E quindi forse le azioni che facciamo non sono reali. La realtà potrebbe risiedere nella memoria, nel ricordarsi di ciò che è stato. O forse anche un vago accenno di un possibile futuro. E allora, scuotiti. Svegliati, Nicola Amedeo! Svegliati!

In piedi all'entrata dell'ufficio sta un gentiluomo

dell'Ottocento in frac nero, farfalla, cilindro, guanti bianchi e cappa. È ancora buio, ma il cielo aspetta impaziente l'alba. Il cancello è chiuso a chiave, il recinto impenetrabile. E allora come è potuto mai entrare quell'uomo? Lui, al contrario, Nick, proprietario di *Amedeo & Son*, e di tutto ciò che trovi dentro, ha perso la chiave e di conseguenza è rimasto lasciato fuori.

Il gentiluomo adesso si accovaccia con gesto elegante sopra un mucchio scuro.

'Ehi,' dice Nick, 'che ci fai nella mia proprietà?'

Senza girarsi l'uomo alza il dito guantato e bisbiglia,

'Shhh! Signore, abbia un po' di riguardo! Non vede che sono in procinto di ascoltare la confessione di un *Vecchio Cane Che Muore*...

E a quel punto Nick si accorge, con grande stupore, che Lupo ha il volto umano. Un volto a lui ben conosciuto. Ma chi? Chi è? Si avvicina di uno, due passi e ... merda! Certo che lo conosce. Fin troppo bene!

CONFESSIONE DI UN VECCHIO CANE CHE MUORE

Oh, stimato Signore
Ho fatto una vita decente,
Non mi lamento
Che nonostante il recinto
E la schifezza dei pasti
(Mi danno i rimasti!)
E la puzza dell'olio
E il fragore dei camion
E le bestemmie di gente
Incivile e ignorante
Ho tenuto di guardia
Questo squarcio di mondo
Di mattoni e cemento
Con elvetico intento.

La mia scomparsa, ahimè!

È una spiacevole impasse, diranno
Ma ciò che non sanno
(Che il Vecchio Nick non sa)
È, che la furba di Manila
M'ha corretto il Pal
Con letale vaniglia
Senza traccia di tanfa
E adesso mi esplode la pancia
E mi spedisce veloce
A una fine precoce.

(Oddio Signore, mi ascolti la prego
È solo metafora, e poi
Il cuore è tuttora a posto
Era un mero starnuto.)

Nonostante l'arresto, dicevo
La mia vita non fu tanto male,
Il Nick m'ha messo in rilievo.
Ma sarei un cucciolino
Compiacente come un carlino
Vanitoso come un poodle
Noioso come un danese
Infantile come un levriero
E più stupido di un bassotto
A perdere il fiuto
Senza rimpianto.

Vorrei che sia stato. . .
No, cioè 'fossi'
Oppure, 'fossi stato'?
(Madonna! Che confusione di capo!)
Un nobile cane
Un cane educato,
Con facilità di parole
Abilità nel discutere
Familiarità di concetti
Capacità con le statistiche

Esperto in dizione
E modulata esposizione.

Per potere poi dibattere
Con convincente ardore
(E agitando la coda)
Sulla mia nobile stirpe
Di Sauerkraut tedesco
O Barboncello francese
O anche (avendo il tempo)
Un Aussie d'adozione
Un Dago di radice
Aussie-Dago felice.

O meglio ancora
(Se no mi daranno del frocio)
Vorrei che sia
('fossi' o 'fossi stato')
Un vero cane
Un cane di strada
Con fiato ansimante
La lingua ansante
La coda frustante
Le zampe grintose
Gli artigli limati
Che piscia sul palo
E annusa ogni culo.

Ma ciò che Nick non ha visto
E gli altri non sanno
(e magari mi danno dello sfigato)
Della mia avventura
La notte di San Silvestro
(Proprio quella)
Quando 'Vanka la splendida'
Inseguita e corteggiata
Leccata e ringhiata
Tentata con ossa

E la promessa di cuccioli
Minacciata d'idrofobia
da randagia canaglia ...

(Non tanto vicino Signore
Non vede quanto sudore?
Lasci spazio davanti, eccellenza
In caso di natura emergenza.)

Dunque dicevo? Ah, ecco
Vanka venne da me
Con proposta allettante
Lontano dall'orda cagnesca
(e niente tariffa!)
Mise la coda per aria
E il culo supposto
A quel punto distinto
Dove il palo dell'Unno
S'infilò di traverso
E arrivò alla meta
Del balsamo pianeta.

Ahhh! Ciuffeti ciuff!
Ciuffeti ciuff ciuff!
Per spargere il seme
Abbiamo annodato
Nel dolce suo prato.

(Dio ricompensi
Chi ha bucato il recinto
Segnato il destino
E fatto il festino
A questo Germano!)

Ma è tanto irritante
Che sia del tutto ignaro
(A quel vecchio cane di Nick)
Che non era una cagna comune

Una puttana di strada
Ma una Slava di razza
Più nobile d'una Pechinese
Più snob d'una Francese
Più altera d'una Friesiana
Di classe Barbona

E allora Signore
(Oh, mi scusi le bave!)
Le consegno un piccolo rebus
Da scolpire sul mio marmo tombale
La storia in un trucco
(In caso mi diano dell'eunuco!)
Che, 'Nella galassia
Del canile universo
Vagano i figli
E i figli dei figli
Di un amoroso riscontro
Fra una sirena Dalmata
E un Germano arrapato'.

Silenzio. Sulle colline un maiale russa nel buio fragile come una bolla, sognando il proprio sacrificio.

PARTE SECONDA

IL MAIALE

Nick

Ti ricordi il Torrente di San Michele? La gente della contrada lo chiamava Cimarra. Anche se sorgeva in montagna, rimaneva asciutto per tutta l'estate. Poi d'autunno, quando giungeva la pioggia a bagnare il suolo impervio, il Cimarra scorreva in un ruscello di schiuma bruna, a sciacquare via la polvere della lunga estate. In pieno inverno, quando le cime dei Nebrodi erano imbiancate, si riempiva e serpeggiava argenteo fra le ripide colline tracciate da paesetti d'argilla, prima di abbracciarsi col mare in un'orgia di schiuma bianca.

I nomi balzano alla memoria col rullo di tamburi, come una lista di amici da lungo dimenticati. Sant'Arcangelo, Dauro, Civa, Sant'Alfio, Filicuddi. Nomi densi del sapore di fichi secchi, uva e fichi d'india; di olive nere in salamoia, con peperoncini, scorza di limone e foglie d'alloro; di castagne mangiate segretamente di sera intorno a un fuoco, in un braciere di carbone. Nomi morbidi nella dolcezza dei sogni e dei miti e duri come sentieri di muli che scendono giù per ripidissime creste. Nomi dall'odore di fiori di arance nel caldo scirocco e del suono delle cicale che svanisce fra rami scolpiti. Tsz Tsz! Tsz Tsz! ... Silenzio.

Lascia andare per ora, Nick, svegliati invece a un altro suono. Un suono più intimo del battito di cuore, più invasivo di un'alba su pensieri d'amore. Perché su queste altre colline un maiale grugnisce sotto un cielo arancione e primordiale, inconsapevole che il suo momento si avvicina.

Joyce è in sonno profondo, la faccia dentro il guanciale come fosse una bambola di pezza, lontana dal mondo, da lui. Vorrebbe svegliarla, dirle delle cose tenere e gravide, e svuotare tutto un mondo segreto. Potrebbe restare qui ad aspettare, senza più correre, il meglio sta nello stare immobili. Ma ora, non è più in grado di controllare i propri movimenti. Ieri avrebbe potuto convincersi di essere lui al volante della propria vita, oggi invece sente di essere un passeggero. Tutto sembra incerto, in caduta libera. In realtà, non è sempre stato così?

Prima cosa, andare a prendere il furgone al deposito.

Fuori c'è quel silenzio poco prima dell'alba. Un silenzio tanto affilato, che ha paura di andarci troppo vicino. Quando la Mercedes si avvia per la strada, Nick è grato per il rumore delle gomme sull'asfalto.

Si sente libero. Libero di guardare le cose come se fossero nuove, germogliate fresche dal sottosuolo, come funghi dopo le prime piogge. Si sente libero di parlare attraverso anni di silenzio. Un alito palpabile entra dal finestrino, un rammarico per aver vissuto tanta vita senza aver provato momenti come questo.

Quando raggiunge il deposito, ha l'impressione che il posto sia cambiato in maniera inverosimile. La superficie sembra più piccola, un cortiletto da gioco nel mezzo di un'alba immensa.

Tutto intorno, gli oggetti sono opachi come sassi sul fondo di uno stagno. Persino il rumore dei motori sulla strada sembra meno intrusivo, dubbio. Questo è un mondo in transizione, non ancora gestito. Un mondo ancora nel grembo materno. Sulle colline il bordo del sole è incollato alle cime degli alberi.

A prima vista, crede che si tratti di quegli stessi pantaloni appesi al recinto che lo perseguitano. È solo quando apre il cancello e lo spalanca, che riconosce il pelo biondo e nero di Lupo che sta con le zampe contro il recinto, in una drammatica posa di slancio.

Ci siamo allora ... ma non è il caso di lasciarsi andare alla tristezza o alla pena. Il cane non ne chiede. Il suo mondo sembra in armonia, perfettamente assemblato come un capolavoro d'arte. A Nick dispiace di doverlo disturbare.

D'un tratto si sente una scossa che porta con sé l'inconfondibile segno che il sole sta finalmente per staccarsi e iniziare il suo viaggio attraverso il cielo. E quindi, l'urgenza di sotterrare l'animale e mettersi in cammino per fare le cose già scritte in lista per questa giornata. Le immagini si mettono in fila lungo il bordo di luce. Tutto il mondo aspetta la sepoltura di Lupo.

Scava una fossa nell'aiuola in mezzo a due ulivi. Tutto così semplice in questo paese, anche scavarsi una tomba! Non come il suolo argilloso dell'Ingannu, dove la famiglia Amedeo coltivava il grano. In autunno quando le piogge erano insufficienti a fare ammorbidire il suolo, i suoi zii inveivano contro i santi in cielo e bastonavano i buoi che si sforzavano a tirare l'aratro. Nick procede a scavare profondo, con furia e ben presto si accorge di stare in gran parte sotto il livello del suolo. Chissà fin dove sarebbe arrivato se Bill Artie, l'ex-agricoltore e inquilino del magazzino accanto, non fosse venuto a spiare, incuriosito.

Il volto brutto di Bill si storce, mentre accende una sigaretta per darsi coraggio. L'intrusione di Bill lo infastidisce. Questo rito voleva celebrarlo da solo.

'Chi cazzo ha potuto fare una cosa simile?'

'Fare cosa, Bill?'

'Quel cane è stato avvelenato ... guarda, intorno al muso.'

Bill si asciuga i lati della bocca, dove le rughe sono bagnate di saliva, con il pollice e l'indice. Proprio brutto quel Bill Artie: enorme ossatura sottile, un naso che sembra non riuscire a decidere in quale direzione girarsi, un'espressione al confronto della quale il viso della morte potrebbe sembrare allegro.

Comunque, non c'è motivo per dubitare delle parole di Bill. Quindi avrà ragione lui. In effetti qualcosa di simile gli era venuto già in mente ... be', a questo punto, che differenza fa? Il cane aveva vissuto troppo a lungo, almeno per qualcuno, ovviamente. E poco importa com'è successo. Il vecchio Lupo ha recitato la sua parte, si è esibito sul palcoscenico della vita e ha fatto la sua uscita. La sua forma inerte dà l'impressione di aver ottenuto una sorta di sublimazione. Qual è il prezzo da pagare per una tale tranquillità?

'Poveretto!' dice Bill.

Bill Artie richiede attenzione. Fa veramente compassione - un uomo pratico come lui – vederlo affrontare una realtà che lo scuote. Anche se, da ex-agricoltore dovrebbe essere abituato alla morte.

'Si vede da quella roba che gli esce dalla bocca che qualcuno lo ha avvelenato,' Insiste, anche se nessuno lo contraddice, 'direi che qualcuno aveva un conto da riscuotere.'

Guarda Nick in modo furtivo, come per dire: 'hai dei nemici.' Ma l'attenzione di Nick è altrove perché un altro giorno è nato e ormai la malizia di Bill Artie è sorpassata.

Trascinano il corpo inerte sul cemento della rimessa. La coscienza induce Bill a dargli una mano. Sarebbe stato meglio farsela alla larga, perché il suo volto è contorto dalla ripugnanza alla vista del putrido culo dell'animale. Nick non riesce a sopprimere una risatina. Arrivati all'orlo lo spingono dentro. Plop! Chili di peso morto cadono nella fossa. Poco fa questa creatura fiatava, saltava e abbaiava. La morte è più affascinante, più miracolosa della nascita.

Joyce

Questa è una mattinata per sognare.

Il vento arriva dal levante, mormorando sommesso, imprecando sotto voce a scatti sempre più deboli. La terra freme in anticipo per il caldo intenso di mezzogiorno, prima che il *Dottore di Fremantle** riporti con sé un po' d'aria ricostituente.

Nessun sollievo del genere a Binji Cross, però, dove gli elementi cospiravano insieme per devastare la terra. Per tutta la mattina, il vento si abbatteva sulla pianura e piegava gli alberi in modo che a Greenough, più a Sud, questi s'inclinavano sul bordo della strada, dando un aspetto accasciato al paesaggio. Poi, verso mezzogiorno, il vento cessava, la terra si stendeva e il sole si faceva spietato.

La tenuta di Binji Cross aveva pure il suo giardino, piccole aiuole con un reticolato e alberi di *she-oaks* piantati per contenere il vento. Questo la rassicurava, la mattina, quando guardava dalla veranda le collinette che si susseguivano fino all'orizzonte e costatava che il profumo intimo delle rose compensava la vastità di quello spazio. Le rose, più di ogni altra cosa, la rassicuravano.

All'inizio, il giardino era di sua madre e quando si ammalò e non poté più curarsene, Joyce se ne occupò perché a Flo non andava di lavorare in giardino ed era avversa a qualsiasi lavoro agricolo, mentre suo padre aveva troppo da fare a coltivare il grano e curarsi delle pecore. Ogni volta che Joyce lasciava Binji Cross, piangeva a dirotto e non tanto perché le sarebbero mancati i genitori.

Adesso che ci riflette, era lei l'unica a non lamentarsi di Binji Cross. Tutti gli altri trovavano tante cose da criticare, compreso suo padre, il quale, quando smetteva di provare a convincere sua moglie 'del potenziale enorme' della tenuta, si lagnava di tutto: del raccolto povero, del tempo, della tirchieria dei vicini, o la pigrizia degli Aborigeni in paese.

Per quanto riguardava la madre, lei si lagnava del tempo, in particolare della mancanza di pioggia.

'Ciò che non posso soffrire, Cecil, sono i mesi di siccità. La pioggia ci serve per rimanere sani di mente. '

Una specie di pazzia avrà di sicuro sopraffatto Mamma, nelle frequenti piogge di Melbourne, tanto da convincerla a sposare papà e poi a trasferirsi in quel posto desolato ad ovest del paese.

'Pioggia e nuvole. Le nuvole, in particolare, per darci una pausa dal sole intenso, giorno dopo giorno. Il sole brucia il cervello.'

E tutte le volte che sua madre leggeva di un antico esploratore impazzito per la sete nel deserto, ne rileggeva parecchie volte, come se ne derivasse un piacere perverso.

Papà la lasciava parlare. Joyce non capiva perché suo padre, di solito impaziente, si dimostrasse tollerante nei confronti della moglie. A volte, le veniva il sospetto che fossero successe delle cose fra di loro che erano sconosciute a lei. Joyce era convinta che suo padre per qualche motivo si sentisse sottomesso alla moglie.

Papà riservava tutta la sua impazienza ai lavoratori della tenuta. Una delle ragioni per cui era sempre in cerca di manodopera. Quelli che restavano erano molto leali. Bastava che accettassero il suo carattere per un periodo, in modo da conoscerlo bene, poi restavano.

Il più vistoso successo papà lo ottenne con i lavoratori indigeni. Gli aborigeni di Cecil Hathaway venivano trattati relativamente bene, lavoravano bene e rimanevano con lui.

Il suo miglior amico era un aborigeno di nome Len. Un nome che gli era stato dato dai bianchi. Papà non si curò mai di sapere il vero nome di Len, il suo riguardo non si estendeva fino a quel punto.

'A Melbourne,' diceva sua madre, a Melbourne ...' come per dire 'nel paradiso terrestre'. E se suo marito, per caso, la sentiva (non avrebbe mai parlato in quel modo se avesse saputo che lui la ascoltava) rispondeva in modo sprezzante, 'A Melbourne? Pioggia, tutti i giorni, quel cazzo di pioggia ...'

'Gradirei che non parlassi in quel modo, Cecil. Non mi piace affatto.' Ma non chiariva se obiettava al linguaggio volgare, oppure al modo in cui sparlava di Melbourne.

Fin da giovane Joyce stentava a credere che l'amore c'entrasse nulla col fatto che sua madre aveva accettato di sposare un uomo più anziano di lei e socialmente inferiore. Certo che suo padre poteva anche passare per bello (anche se un po' asciutto nei suoi modi). Il fatto era che la mamma non aveva mai nulla di buono da dirgli. Be', ogni tanto, parlava ad altri del suo 'senso del giusto' o delle sue 'abitudini sobrie', ma non lo diceva mai di fronte a lui. E anche per i figli, raramente aveva parole di apprezzamento. Se l'amore ancora risiedeva in lei, si era esaurito con le eccessive preoccupazioni per la salute e pericoli vari.

E neanche suo padre era particolarmente affettuoso. Il peso dell'avere tanto da dimostrare, lasciava poco spazio a pensieri da dedicare agli altri, a parte il dovere di soddisfare il loro bisogno materiale. Ciò nonostante, Joyce capiva che quella sua fissazione di ottenere il successo e la sua abitudine di lagnarsi di tutto, celava, in realtà, il desiderio di approvazione, rispetto e forse amore.

E così Joyce era propensa ad accettare le poche dimostrazioni di affetto di suo padre o, almeno, a scusarlo, definendolo 'stoico'. Verso sua madre, Joyce era meno tollerante. Un suo aspetto inquietante era che dava l'impressione di non aver bisogno dell'affetto di nessuno, comprese le due figlie e i loro contatti non erano tollerati oltre il formale bacio sulla guancia. Era come se si sentisse alienata da loro. Come se fossero non tanto figlie sue ma di un marito che non amava. Forse, le vedeva persino come frutto di quella terra asciutta, polverosa e primitiva che detestava.

Ancora più inverosimile, considerato tutto questo, era stata la disponibilità di sua madre a trasferirsi da Melbourne in quella vasta terra desolata a nord-ovest del continente. Molti anni dopo fu Desmond, (addirittura!), senza rendersene conto, a fare un po' di luce su quest'anomalia.

'Siamo tutti rinchiusi nel tempo e nello spazio fisico che ci circonda, mentre la fantasia è libera di vagare attraverso altri tempi e altri spazi. Ragion per cui la felicità, l'amore, i grandi momenti, gli idilli ... sono sempre d'altri tempi, in altri paesi. Sogniamo tutti di essere qualcun altro, di fare altre cose, di viaggiare altrove ... l'altrove dei nostri sogni. Pochi di noi si accorgono di queste illusioni, ma anche quando ne siamo consapevoli, non fa alcuna differenza.'

Cosa ironica, Desmond non parlava di sé, o pensava di no, o fingeva di no. Difficile distinguere nel caso di Desmond. Per cui lo zio non amava per nulla Binji Cross. Preferiva stare seduto sulla veranda a sognare il Mediterraneo.

'Sono stato alle radici della nostra cultura,' diceva, 'ho calpestato il suolo dove cominciarono le origini della civiltà dell'Occidente,' si compiaceva tanto a spargere le parole sulle piante dei *bottlebrush* lungo la veranda, 'È una sensazione ... una sensazione ... che non riesco a descrivere. Dovresti essere stata presente per capirlo, cara. Ti dico questo: quando hai avuto un'esperienza simile, la tua vita non sarà più come prima.'

'Oh, zio, non vedo l'ora di andarci.'

A quindici anni, con la testa piena di confusione su quale fosse il suo posto nel mondo, si stava allenando a volare come un'aquiletta al nido. Avrebbe preso qualunque direzione, anche se indicata da qualcuno meno raffinato, meno gentile, molto meno romantico del caro zio Desmond.

Eppure, questo suo sogno lasciava un senso di tradimento in lei. Perché, anche se trovava la casa colonica malinconica, lontano da essa sognava spesso i suoi tramonti infuocati, boschi infiniti di *mulga*, lo stridere dei pappagalli che pendevano come grappoli d'uva dai rami degli eucalipti.

C'è qualcosa di particolare nel posto dove hai trascorso i primi anni di vita, ti si appiccica. E più provi a spazzolarlo via, più ti s'incolla addosso.

D'altro canto, la paranoia di sua madre e il suo terrore della campagna aperta, il susseguirsi delle giornate roventi e polverose, e quei discorsi di zio Desmond di altri paesi, le davano la sensazione che quello fosse il posto più desolato sulla terra.

Binji Cross le ha lasciato una confusione che non l'ha mai lasciata in pace. Ma in giornate calde e ventose come questa, si sorprende di trovarsi sul balcone, con le narici tese verso il nord, sforzandosi di catturare un po' di quel fiuto d'infanzia tragi-magica.

Nick

Già venti minuti in viaggio e la strada è ancora deserta. Il giorno non ha fretta di mettersi in cammino. Il furgone volteggia veloce sulla strada, fiancheggiando la città tinta di malva e arancione dal sole dell'alba. La luce rispecchiata dalle finestre di vetro dei grattacieli si proietta rosea sull'acqua del fiume Swan.

Sul cielo, a oriente, appare un pellicano appesantito da una caricatura di becco, svolazza pigramente sul ponte e si cala sull'acqua in uno spruzzo di grigio-arancione. Quale altra città al mondo potrebbe offrire uno scenario simile? Sempre in silenzio, attraversano il ponte in direzione dei sobborghi ad est, Rivervale, Belmont, Kewdale. Strade affiancate da file di case come scatole.

'Anni fa, tutto questo era bosco,' dice Nick.

Steve non risponde, qualche pensiero lo preoccupa. Durante la guerra, quando Nick abitava in questa zona, c'era un pezzo di bosco proprio di fronte alla casa di zio Basil. I ragazzi vi si nascondevano, passavano il tempo, fumavano. Ogni anno quel bosco andava in fiamme. Qualche volta, accendevano il fuoco apposta, per il piacere di vedere arrivare i pompieri con le sirene ululanti. Anni dopo ci tornò, acquistò quel pezzo di terra e ci costruì delle case.

Oltre la linea ferroviaria della zona industriale, la strada discende gradualmente verso i piccoli poderi ai piedi delle colline, con qualche mucca o cavallo a pascolare. E infine gli eucalipti profumati di limone, l'atrio delle colline. Stecchiti e spirituali, i rami si allargano sulla strada, creando ombre lunghissime. Ma queste sono solo distrazioni. Il suo sguardo, tutta la sua attenzione è diretta alle colline, che lo attendono risplendenti nella luce del nuovo sole.

Arrivati in cima, la città si estende nello specchietto retrovisore. È tempo per ascoltare, ma un cartello davanti una roccia lo distrae.

CROCE ROSSA AUSTRALIANA
DONA IL TUO SANGUE
SALA MUNICIPIO
Dic. 21/22

'Hai mai donato il sangue?' chiede Steve.
'No.'
'Io sì. Almeno, lo facevo prima che venissi a lavorare per te.'

Che cazzo gli vuole dire? Forse era meglio se non lo portava lui. Questo è un lavoro che doveva fare da solo. Steve è un'intrusione di cui poteva anche fare a meno stamattina. Steve ha delle esigenze, oggi. Gli sta accanto e riempie il silenzio con sbadigli e pretende di essere salvato da lui.

Da dove incominciare? Questo è il punto. Prova a mettere in ordine delle parole dentro la testa.

'Senti un po' Steve. Scusami, certe cose succedono … cose difficili da spiegare, cose che non intendiamo fare. Sì, sì lo so … ieri. Non ci far caso a quello che è quasi accaduto ieri. Oggi è tutto diverso, oggi grandi cose stanno per muoversi, cose importanti come … come …'

E a quel punto si confonde.

No, quelle sono frasi che si potevano dire ieri sera, in una stanza, nella luce stanca della notte, con un bicchiere di scotch e ghiaccio in mano, biascicando le parole. Non ora però, non quando la luce balena attraverso le foglie degli alti alberi di *jarrah*, luminose come metallo. Stamattina le parole sono propense a volarsene via, a poggiarsi sui rami e a ridacchiare come un *kookaburra*. Lascia andare. Invece, toglie le mani dal volante, se le strofina (giacché la strada e dritta) e dice,

'Dovremmo arrivarci per le sei e trenta.'

'Sì,' risponde Steve, e sbadiglia così forte che i suoi occhi si riempiono di lacrime.

Sul bordo della strada, un corvo nero spolpa quel che rimane del pelo di un animale. Sarà un coniglio pensa, che sta per ricevere la sepoltura accanto alla strada, mentre l'uccello fa colazione. Tutte le cose esistono per un motivo, tutto s'intreccia insieme. Mentre il furgone scorre veloce, il corvo vola via. Nick lo segue nello specchietto e il corvo si butta ancora sull'animale. Un ritornello svolazza dal passato e si posa nella sua mente.

Corba niuri e sparveri
Signu di lacrimi e diluri.

'Lo sapevi che i corvi portano malaugurio?'

Nick si pente di averlo detto, perché percepisce in questa frase la confessione di una debolezza che non dovrebbe rivelare. A Steve non interessa, guarda la campagna in cerca di immagini proprie. La vita di Steve è andata troppo liscia perché si preoccupi della sfortuna. O magari sarà a causa di quell'ombra di rancore che sembra voler formarsi sul suo volto come crosta su latte caldo. Qualunque sia la ragione, meglio sciacquarla via con chiacchiere inani sul tempo.

'Sarà un'altra giornata di fuoco oggi ...'

'Davvero?'

Il tono di Steve è di finto stupore. Nick lo sa che lo sta osservando, come a spingerlo a riportare a galla proprio *quello*. Ancora una volta Steve ha frainteso le sue intenzioni.

'Be',' mormora Steve, il suo nuovo sbadiglio è troppo lungo e troppo forzato per essere naturale. Allora meglio non farci caso. Oltre a tutto, si accorge che sono arrivati ... no, non al frutteto, ma in un posto che ricorda molto bene.

Steve non chiede a voce perché abbia fermato il furgone, ma lo chiede il suo volto perplesso e sonnolento, seppure per finta. Così Nick è costretto a frugare per qualche scusa e subito ne viene a galla una, ammaccata come una patata scavata da un suolo sassoso.

'Niente, solo che ... ho da fare la cacca ...' con la punta della scarpa calcia il suolo, 'torno fra poco.'

È una distrazione, non una menzogna, perché infatti è da un po' che preme laggiù. Si avvia dentro il bosco con passo leggero, fa una cinquantina di passi, quanto bastano per mettere distanza fra lui e Steve. Tamp, tamp fanno le *prickly moses* da sotto i piedi.

L'*hakea* con le sue dita a uncino tenta di afferrarlo per le calze, mentre i giunchi dei *blackboys* gli tirano i peli delle gambe scoperte. Il *bush* australiano interra tutte le sue tragedie, tutte le sue fatiche sotto la sua volta. Il *bush* è laconico, riservato, remoto; facile da attraversare, ma impenetrabile. Non si sentono gli echi del Cimarra in primavera, né sfoggia quei gialli e rossastri dei vigneti spioventi su colline sassose in autunno. Questo *bush*, che lui stesso ha contribuito a violare e sottomettere, è una donna con una grande anima: perenne, misteriosa, stoica. Nick ha l'impressione che, se osasse scavare più a fondo, potrebbe scoprire, sotto quel verde sbiadito, cose piene di meraviglie.

Insegue un odore distinto, narici in aria come un cane poliziotto. S'incammina più lontano di quanto avesse voluto. Tutt'intorno gli odori delicati gli risvegliano i sensi. Chiude gli occhi e attende l'istante di quiete fra i richiami degli uccelli. In quei momenti in cui dava fuoco al bosco, i silenzi erano più angosciosi. Adesso, riesce a riprendere vibrazioni da un sentiero lontano. Questa scoperta è talmente enorme che deve per forza condividerla.

'Senti, senti Steve, quel suono meraviglioso. Tendi l'orecchio e ascolta sotto il sibillìo dei *silvereyes;* oltre il rumore degli stecchi sotto i piedi. Là ci troverai una voce, magica e misteriosa. Eccola di nuovo, vicina come il respiro. La senti? È il suono delle pietre che sospirano nel sonno lunghissimo.'

Ovviamente non dirà questo a Steve, a nessuno, in effetti. Il fatto è che quelli che lo conoscono s'incazzerebbero. Come si permette lui, Nick Amedeo, amico di tutti, uomo senza complicazioni, gran bevitore, scopatore di donne di fama, stravagante spendaccione, come osa lui a questo punto, darsi certe arie e mettersi a parlare come un intellettuale angosciato?

Ritorna alla realtà. Torna come prima e rimetti quella tua immagine nella cornice di prima. Tieni in mente il perché sei venuto. Per alleggerirti di quel peso laggiù, ricordi? Torna alle cose pratiche, al *business* della cacca.

E si accovaccerebbe, se non fosse che il vero motivo per cui si è recato in questo posto gli appare lì davanti, fra gli alberi, spingendosi dal sottosuolo: un grosso sasso nero, ricoperto di lichene morto. Ah ecco adesso si ricorda! Le cascate sono quaggiù, alla fine della strada.

Si trovavano a un picnic con una ventina di amici e parenti, come si usava fare a quei tempi. Nick aveva sgridato suo figlio, non si ricorda il motivo, succedeva spesso ... Più tardi il ragazzo sparì e passarono tutta la notte a cercarlo. Lo trovarono il giorno dopo, addormentato proprio su questa roccia.

'John ci ha rockato tutta la notte'

Il giornalista ci giocò sopra in prima pagina, sotto una foto di padre e figlio. Il fotografo aveva chiesto che il ragazzo si mettesse tra le braccia del padre per 'recitare' il salvataggio, ma John resistette, accettando solo di appoggiargli la mano sul braccio. Eppure, la foto riuscì a incorniciare un'immagine di padre e figlio affettuosi. Se avessero saputo la verità!

Adesso appoggia il capo sulla pietra, ma non per dormire. Si sforza di afferrare qualcosa, un eco, un suono, con l'orecchio sulla roccia.

'Nick! Nick, dove diavolo sei?'

È la voce di Steve Lambert, e la pietra si ammutolisce di nuovo.

Steve

Cosa stranissima! Eravamo in viaggio quando, arrivati in collina, Nick ha fermato la macchina ed è sparito nel bosco, per un bisogno urgente, e non è tornato più. Strano, perché quando siamo partiti, ha detto che già facevamo tardi. Ho aspettato per un po', poi sono andato a cercarlo, chiamandolo fra gli alberi. Alla fine, l'ho trovato disteso su di una roccia. Veramente strano.

A dire il vero, stamattina quando l'ho visto ho pensato che qualcosa in lui fosse cambiato. Cioè, veramente cambiato. Lo trovo chiuso e pensieroso, e questo è fuori dal suo carattere. Nick non è il tipo da covare brutte memorie. La mattina, specialmente, lo trovi al suo meglio. Un po' come gli uccelli è il vecchio Nick. Stamattina invece sembra silenzioso, distante, in un altro mondo. Potrà essere imbronciato per qualcosa che è successo ieri. Possibile, ma non probabile. Nick non è il tipo da prendersela, punto e basta. Covare risentimenti è per i deboli, i senza-potere. Nick sta sempre, o quasi sempre, fra i vincitori. E se per caso ne perde una, si accerta di sputare fuori tutto il residuo di rancore.

Nick

E poi, il tempo ti fa uno scherzo. Una donna sta in piedi accanto a un cancello traballante. È grossa, poco meno di cinquant'anni, con un pancione su gambe elefantine in calze nere di cotone. Sembra che sia spuntata dall'epoca della sua infanzia. Sarà per questo che gli viene di salutarla a voce alta.

'*How are you, Mississa?*'

'*You Amedeo ?*'

'*That's right.*'

'*Un momente.*'

Senza avvertire, inizia a chiamare con una voce forte che echeggia come il suono dei cembali.

'Joe! Joe! Peppino!'

La voce si disperde fra le file di peschi e oltre, fino alla cima da dove gli alberi di *jarrah* osservano perplessi. Silenzio.

'*Ci vaiu io a cercarlu*', dice Nick in dialetto.

Il viso di lei s'illumina di piacere.

"E perché non me lo dicevate che parlate italiano?' gli fa in dialetto calabrese.

Nel frattempo parecchi bambini compaiono dalla

vecchia casa colonica e si attaccano alla sua vita come piccoli canguri. Qui, a pochi chilometri dalla città, trova la terra della sua infanzia.

Adesso che sa che lui capisce il dialetto, non la smette di parlare. Siccome i suoi figli le parlano in inglese, anche i più piccoli, la madre è una forestiera in casa sua. Si confida apertamente con lui, gli racconta del suo passato, il marito scomparso, i suoi bambini, la sua collezione impressionante di malanni passati e presenti.

Per fortuna lo salva il rombo di un motore in arrivo. Dalla salita, in mezzo agli alberi, scende un vecchio trattore con un assordante *ciuff ciuff*. A distanza, l'autista è appena visibile. È solo quando il trattore sosta accanto al capanno che si rende conto che l'autista è in effetti molto giovane, praticamente un ragazzo: minuto, con la testa piccola e scura. Il suo volto ossuto e la piccola bocca imbronciata gli danno l'aspetto intenso e rabbioso di un uomo che ha molte preoccupazioni per la testa. Dopo un breve saluto segue un lungo silenzio. Il ragazzo non li guarda in faccia; invece fissa lo sguardo verso la casa come se i visitatori non meritassero la sua attenzione.

Nick si sente un po' condiscendente.

'Che età hai?'

Il ragazzo lo fissa, annoiato. La domanda è troppo stupida per dargli retta.

'*Seventeen nex munse*,' interviene la mamma col suo inglese macinato, '*ma, he no eat ... he alway run.*' Poi continua in dialetto, *Duvia mi metti ancora chiu pisu, u maru meu, ma nun si ferma mai!*

Non è chiaro se lo stia rimproverando o lodando.

'Siete qui per il maiale, vero?' dice infine il ragazzo, con tono impaziente da uomo indaffarato, che soffre a malavoglia i fannulloni cittadini.

'Esatto,' dice Nick, e il suo tono dovrebbe essere più sicuro.

Il giovane guarda attraverso il burrone, oltre i peschi e le colline, dove il cielo si è fatto polveroso. I suoi occhi sono rossi – senz'altro a causa del vento e della polvere.

'Meglio che ci muoviamo, prima che si fa caldo. Hai

acceso il calderone, mamma?'

E senza aspettare risposta, Joe s'incammina giù per la discesa. Da qualche parte, ha afferrato un grosso mazzuolo di legno e lo porta sulla spalla mentre si avvia in direzione del recinto dei maiali. Questo è fatto di vari recinti in lamina di metallo al limite di un viale in terra battuta dove il suolo, roccioso e degradato dall'erosione, scende verso il burrone. Le sue gambe magre e muscolose si muovono tanto veloci che i due uomini non riescono a tenere il passo e sono lasciati indietro.

'Dov'è il padre?' Chiede Steve.

'Morto due anni fa. Per questo lei porta ancora il nero.'

'Oh.'

'Sì, un albero gli è caduto addosso. Durante la settimana faceva il boscaiolo per la segheria qui vicino, perché i guadagni del frutteto non gli bastavano per mantenere la famiglia, quindi la mattina viaggiava fino a Pinjarra.'

'Chi lavora il frutteto ora?'

Le domande di Steve incominciano a dargli fastidio.

'Lui e la sorella. Lei sta nel capanno a impaccare frutta da portare al mercato. Lei è l'unica in famiglia con la patente.'

'E la madre, no?'

'Scherzi! La madre si cura dei figli e aiuta quanto può. Fuori di casa lei è del tutto incapace. Non parla inglese, però nella sua lingua non la smette di parlare.'

Scelgono il maialino più grosso nella figliata. Una bestia di quaranta chili che grugnisce col tono di uno che domanda rispetto. Joe prova ad attirarlo fuori, lasciando aperta la porta. Poi lo pungola col bastone. Il trambusto attira l'attenzione della madre che si avvicina di corsa, Joe tira un gran calcio alla groppa e la manda via strillando.

'Che baccano che fanno!' dice Steve.

Questa volta Joe si permette un commento.

'Perché sono agitati. Pure tu saresti così sapendo che stai per andare sotto il coltello.'

'Vuoi dire che loro lo sanno?'

'Certo che lo sanno. I maiali esistono per questo.'

Ci vuole un bel po', ma alla fine Joe la vince e il maiale è fuori e poi dentro un altro recinto più piccolo accanto. Prima che il maiale se ne renda conto, Joe alza in aria la mazza e la sbatte con forza in mezzo agli occhi dell'animale che barcolla poi, s'inchina e cade per terra. Il chiasso nel recinto d'un tratto cessa, come se quel colpo li avesse storditi tutti.

'Venite,' dice Joe, 'datemi un po' 'na mano.'

Caricano il maiale sulla carriola e seguono Joe in direzione del grande gelso, dove lo scaricano su un tavolo di cemento sotto l'albero. I *silvereyes* svolazzano via dall'albero, protestando sibillini.

'Sono una peste,' dice Joe, seguendo con lo sguardo il volo degli uccelli. 'Ci devo sparare a quei bastardi uno di questi giorni.'

Lì vicino, un calderone d'acqua sta bollendo su un barbecue di ghiaia. Il maiale si assesta sul tavolo con un grugnito, come fosse sollevato, la natica si estende sull'orlo del tavolo. I suo occhi lineati da lunghe ciglia fissano storditi la tettoia formata dal fogliame del gelso.

'È ancora vivo,' dice Nick.

'Lo so,' risponde il ragazzo senza guardarlo, intento a limare i coltelloni con concentrazione selvaggia, 'tu e il tuo compagno dovrete tenerlo fermo quando comincia a tirare calci.'

'Di solito io gli sparo in testa,' dice Nick.

'No, è meglio così, fa colare via il sangue. Il maiale deve essere ben prosciugato.'

È tornata la madre senza i gemelli.

'Si angosciano i poveretti,' dice, 'li ho lasciati con Marietta.'

Ma loro subito chiamano dalla porta di dietro.

'Mamma!'

'Vi ho detto di star dentro.'

La sua voce è acuta e sonora. Una voce maturata nel sole e vento, echeggiante sui sassi.

'Marietta, non mi fare arrabbiare o ti do una manata. Ti ho detto di non lasciarli uscire i bambini, che s'impressionano.'

La giovane avrà tredici anni. Benché la madre le parli in dialetto lei risponde in inglese.

'Non mi ascoltano, Ma'. Vogliono te.'

'Mettici la TV,' grida Joe, mentre continua a limare i coltelli.

La televisione! No, non tutto è rimasto come all'antica. Quando arriva il momento, il maiale si scuote con un grugnito, come se sapesse.

'OK, giriamolo.'

Lo trascinano sul tavolo finché la testa sta sopra il secchio. Con una mano Joe spinge la testa dell'animale e lo gratta alla gola, piano piano come una carezza. Il maiale si rilassa talmente che quando la lama del coltello s'infila nella gola e sparisce sotto la setola, l'animale s'immobilizza per un istante. È solo quando il sangue comincia a sgorgare, che il maiale si dimena talmente che la forza di tre uomini riesce appena a tenerlo. Lo stridore agonizzante si sparge per tutta la valle.

'Lasciatelo fare,' dice Joe, 'se no non si dissangua bene, ' e continua a scavare dentro la gola col coltello. Nick gli fa,

'Basta così ora, Joe.'

'Bisogna dissanguare il maiale bene,' continua a ripetere Joe. Nick ha ammazzato parecchi maiali prima di questo, ma non ne ha mai sentito l'effetto come questa volta. Calma! Calma! Da dove diavolo gli viene questa morbosità? E comunque dura poco. Una raffica di vento arriva e mormora fra le foglie del gelso, poi muore. Un sibilo sussurro si sente sul gelso. I *silvereyes* tornano fra le foglie a cibarsi.

Issano l'animale e lo legano sottosopra a un palo di metallo. Joe chiede dell'acqua calda.

'I secchi,' grida, 'non ce li avete ancora?'

E ora è il turno della madre di urlare.

"Ntonia! ... 'Ntonia!'

E a quel punto appare lei, dal capanno, con un secchio per mano. È una ragazza ben messa per la sua età, con braccia forti e fianchi abbondanti, occhi castani e luminosi, labbra morbide e carnose. Il suo volto rotondo è incorniciato da una criniera riccia di capelli neri. Un bellissimo animale: forte e salda, con seni di donna nutrita dal suolo.

Arriva col secchio d'acqua bollente da versare sul dorso

del maiale, quando alza le braccia i seni si slanciano in avanti come se volessero liberarsi dalla maglietta. Attraverso il vapore fumeggiante gli occhi di Nick s'incrociano con quegli scuri e voluttuosi di lei. Se avesse trent'anni di meno!

Si mettono a raschiare il maiale. Le setole ammorbidite dall'acqua calda si staccano, lasciando il cuoio bianco. E quando i coltelli passano sui capezzoli dell'animale Nick sente i suoi fremergli sotto la camicia.

Tutti si danno da fare adesso, anche ai gemelli è permesso avvicinarsi e cominciano a tirare le setole con le dita. Il maiale morto è ora un giocattolo per loro.

'E ora lo tagliamo,' dice Joe e tutti arretrano eccetto Nick.

'Lascia che faccio io,' dice.

Il ragazzo lo fissa con occhio scettico.

'Sai farlo?'

La sua voce è brusca, l'occhio insolente. È chiaro che non si fida tanto della gente di città quando si tratta di fare un lavoro importante. Nick gli toglie il trinciante dalla mano. Il suo volto è intenso, unto di sudore e teso sotto il peso dell'età. Dovrà ricordarsi di radersi quando arriva a casa. Centra la punta del coltello sull'addome, a metà fra due capezzoli, preme sul manico, buca la pelle e trascina giù. Liscio e veloce si spacca il ventre come una cerniera che si apre su seni nudi. Gli intestini traboccano e cadono come un enorme grappolo. Caldo vapore d'animale s'innalza come offerta agli dei. La vita che fugge, si disperde nel vento e in cerca d'altri luoghi dove ricominciare. I bambini adesso sono curiosi di lui.

'Abiti vicino al mare?' Chiede Marietta.

'Poco lontano.'

I gemelli si eccitano.

'Ci vai alla spiaggia?'

'No, ho la piscina.'

Questo particolare li fa sentire sottomessi, compreso Joe, che d'un tratto lo guarda in cagnesco.

'Sei ricco allora,' dice Marietta.

I bambini si mettono a ridere. La madre li lascia stare, ma Tonia, che arriva con un ennesimo secchio d'acqua, si asciuga la mano sulla gonna e dice, 'sta' zitta Marietta.'

'Voglio essere ricco pure io un giorno,' dice Natale.

'E che cosa faresti?'

Nick alza lo sguardo dal ventre del maiale e lo fissa.

'Avrei una grande casa con un capannone pieno di uccelli.'

'A che scopo?'

'Li vendo e faccio soldi, ma i più belli me li tengo io.'

Dice Marietta, 'Nat ama gli uccelli.'

La madre che adesso fa da spettatrice prova a riprendersi la conversazione, ma una delle gemelle è più pronta di lei.

'Non mi piacciono gli uccelli, perché ti cacano sulla testa.'

La madre e bambini ci ridono sopra, ma Joe e Tonia si scambiano sguardi seri e un po' patetici.

'Devo andare prima che il traffico s'intensifichi,' dice Tonia e s'incammina verso il capannone d'imballaggio. La madre le grida di stare attenta per strada. Nick alza lo sguardo e segue l'auto con gli occhi mentre si avvia lungo il viale di terra battuta.

'Quanti anni ha tua sorella?'

'Chi, Tonia?'

Il ragazzo lo fissa, lo sguardo scuro di un antagonista. Per un istante, Nick teme che non gli darà neanche retta, poi però dice, 'Diciott'anni.'

Diciotto. Ancor più giovane di Nella.

Steve

Dubito che ci torneremo in questo posto in collina a prendere il maiale l'anno prossimo. Madonna che famiglia di disperati! Prima di tutto la madre, che sembrava avesse consumato tanto maiale nella sua vita, circondata da una gran figliata di bambini. Passa il tempo a conversare nel suo linguaggio strano con Nick. *Conversare* si fa per dire, 'urlare' sarebbe più esatto. Poi c'era questa ragazza, sui vent'anni, grandi spalle quadrate e faccia rotonda. Non era male, comunque, se ti piace il tipo, ma un po' imbronciata. Ti dava appena uno sguardo e poi riprendeva a lavorare. Immagino che quando vivi in quelle condizioni misere non hai neanche voglia di mostrare un po' di cortesia.

Joe, il fratello, aveva l'aspetto un po' primitivo. Si è avventato su quel maiale e gli ha sgozzato la gola. Roba da barbari. Quel povero maiale strillava, mentre il sangue gli scorreva dalla gola. A mio parere, quel ragazzo se ne compiaceva. Veramente orrendo. Saranno state quasi le otto, quando ci siamo avviati verso casa col maiale nel posteriore del furgone, sotto un lenzuolo bianco. Ho l'impressione di avere un corpo umano dietro di noi. Finalmente Nick scioglie la lingua.

'Eh, hai visto che casino ha combinato quel ragazzo col maiale? Un po' rozzo non ti pare? Non si fa così. Non si deve agitare il maiale prima di ucciderlo. La carne s'indurisce. È vero, non mi credi? Lo sai come faceva un tizio che conoscevo? Ipnotizzava il maiale. Ti giuro. Gli faceva il solletico sotto il grasso del mento fino a che l'animale non entrava in trance, a quel punto gl'infilava il coltello. Diceva che il maiale non sentiva nulla perché era in stato di trance, che in effetti voleva morire. Strano eh? Cosa da non credere ma lui giurava che era vero.'

Continua a dire cose pazzesche. Ci provo a incrociare lo sguardo con lui, impossibile. Lui si trova in tutt'altro spazio. Ha gli occhi lucidi, fanatici, da ubriaco. Solo che non può essere ubriaco. Come se il maiale gli avesse causato una frenesia incontrollabile. Non si ferma un istante, insolito che lui si lasci andare in questo modo. Un momento si pettina con le dita i capelli sparpagliati, poi si mette a canticchiare, o infila una mano sotto la camicia e si gratta sotto le braccia.

'Ho un dolore al petto, sarà amore,' ride della sua stessa battuta. 'Ehi, l'hai vista la giovane puledra? Come si chiama? Hai visto che cosce? Madonna mia, se riesci a convincere quel tipo di aprire le ginocchia, quella ti consegna il paradiso. Ooooh!'

Il suo umore alterna in modo improvviso. Un momento è euforico, poi perde subito la pazienza.

'Guarda qui che cazzo d'ingorgo. Ci sarà un incidente più avanti. Questo proprio non ci voleva.'

'Calmati Nick, c'è ancora tempo.'

'Dici? Ho mille cose da fare. Non credo che ci arrivo a metterlo sul fuoco per mezzogiorno. Senti, fammi un favore, riporta il furgone all'ufficio dopo che scarichiamo. A proposito, mi dimenticavo dirtelo, ho trovato Lupo morto nel cortile stamattina.'

E mentre cerco di riprendermi dallo shock, aggiunge, 'E forse è meglio così. Si era fatto vecchio, povera bestia!'

Stento a crederci. Lupo mi era molto caro e il tono casuale con cui ne parla mi fa arrabbiare. È proprio insensibile, Nick. A questo punto mi viene voglia di fargli del male.

'Anch'io ho qualcosa da dirti,' gli faccio, cercando di controllare la mia emozione, ' qualcuno ti ha già detto di John?'

Joyce

No, il resoconto sull'avventura di suo figlio non la sorprende, anche se è obbligata a dire parole di circostanza. In effetti, quello strano accoppiamento Amedeo-Hathaway doveva per forza produrre caratteristiche aggressive e auto-aggressive. Incolpare lui sarebbe ingiusto e futile. Più che altro, dovrebbe provare pena per lui. Però non può fare a meno di sgridarlo nell'intimità della sua mente. 'Che stupidone che sei. Proprio un ragazzo insensato!'

Ad ogni modo, il suo istinto è di proteggerlo, o forse anche di proteggere se stessa dalla sua aggressione. Lasciarlo sognare ancora nella bambagia della sua ignoranza.

'Non voglio che tu dica nulla di questo a tuo padre, non oggi.'

'E a te solo questo preoccupa, di proteggere lui,' il suo dolore lo fa ricorrere a tattiche estreme. 'Mamma, se quello muore ...'

'O John, sono sicura che non sia così grave come pensi. Non è il caso di prenderti di panico.'

'No, mamma, questa cosa è seria, devi credermi.'

Che noia! Maturerà mai John? I suoi occhi dalle palpebre dense, tradiscono tutto il dolore di un bambino respinto, mentre la seguono in giro per la stanza. Certo che ha ragione lui, lo sta trattando in modo crudele. Ma è solo perché John è l'unico in famiglia che sia vulnerabile a lei. Per cui John è in condizione di dover pagare per il resto della famiglia.

'Sono settimane che si prepara per questo giorno,' si rende conto divertita, che sta adottando il tono di una che parla a un bambino, 'cerchiamo di non guastargli la festa.'

'Ecco, si torna a parlare di lui. In questa famiglia tutto gira intorno a lui: il grande, forte, generoso Nick Amedeo. L'amico di tutti, eccetto che odia suo figlio.'

'John non dire così, è terribile ... e falso. Tuo padre ti vuole bene. Questo lo sai benissimo.'

'Dici? Ieri sera gli ho chiesto di farmi un prestito ... si vedeva bene che ero disperato ... lui invece mi manda a quel paese.'

'Probabilmente non si rendeva conto ... e poi, siamo sinceri, tu non sai come prenderlo tuo padre, non ti pare?'

'Stai sempre dalla sua parte, tu.'

'E invece no, sto dalla parte giusta.'

'Vero? Non mi risulta che lui fa sempre la cosa giusta con te.'

'John, ti prego,' la più grande finzione richiede la più retta indignazione, 'stai dicendo sciocchezze.'

'Credi, Mamma? '

La sua bocca si allarga per dare sfogo a una pazza risata.

'Ascolta, John, ci saranno un centinaio di persone qui stasera, vuoi che tutti vengano a sapere i fatti nostri?'

La propria insensibilità la inorridisce. Da qualche parte, in un letto d'ospedale un uomo sta lottando, forse anche per la sua vita, vittima del carattere violento di suo figlio, e lei non pensa altro che a salvaguardare la reputazione della famiglia. Di sicuro, possiede dentro di sé una vena perversa. Per fortuna la perseveranza di John è notoriamente bassa. Fra tutte le sue debolezze questa può essere ben utile per soccorrerla da una situazione difficile.

'Be', io vado a stendermi un po'. Ieri sera ho dormito poco, quel letto di Steve è come un sasso.'

Meno male che John decide di comportarsi a modo suo,

prendendosi cura dei propri bisogni fisici. Per quanto la riguarda, andrà in bagno a farsi una doccia ...

Steve

La reazione di Nick quando gli svelo quello che è successo a suo figlio, è fuori carattere, come del resto in tutte le cose oggi. Normalmente, sarebbe andato su tutte le furie. Stavolta, invece, mi lascia finire senza interrompere. In effetti, da come batte le dita sul tetto della macchina (come sempre viaggia con il gomito appoggiato al finestrino) si potrebbe credere che ti sta ascoltando solo a metà. Invece di esplodere, ascolta con espressione accigliata sì, ma restando calmo.

'L'ho avvertito spesso quel farabutto di non bere troppo. È incapace di controllarsi. C'è una sgualdrina di mezzo?'

'Be' ...'

'Vedi, me lo immaginavo io.'

'Mi sorprendi per come la stai prendendo, Nick.'

'E cioè?'

'A me sembra un incidente serio.'

'Nooo, che dici! Alla sua età ne combinavo tante pure io. Succede spesso nei pub, in particolare nel periodo di Natale.'

Resto sbalordito, in silenzio. Oggi non lo capisco per niente. Dopo un po' mi fa, 'Guarda, il ragazzo si mette a fare a pugni, che vuoi che ci faccio io? Adesso ho un maiale da preparare e sto facendo tardi.'

E lo dice come se il maiale fosse l'unica cosa che conta per lui al momento.

'Dammi una mano, dai.'

Salta fuori, apre il retro del furgone, scopre il maiale. La vista lo assorbe in modo totale per alcuni istanti. Poi si volta verso di me e mi chiede,

'Ehi, dici sul serio che Geoff gli ha offerto settecento dollari?'

'Sicuro, glieli voleva dare lì per lì, tutti i soldi che aveva, lo stupido.'

La forte mascella di Nick si apre, sembra interdetto. Segue un istante d'incomprensione e poi arriva l'esplosione, ma non di rabbia, d'ilarità. Proprio una risata a valanga. Con la mano sul manico dello sportello si dondola e ride tanto forte che Joyce si affaccia alla porta, seguita da sua sorella Flo. Nick sembra incapace di smettere di ridere. Tutti lo stiamo a guardare, ma lui non se ne cura, assorto com'è nella sua performance.

'Mannaggia il diavolo, ma dico io, quel tuo fratello è veramente scemo ... e crede che avrebbe riavuto i soldi, eh? Madonna, settecento dollari!'

Prende il maiale fra le braccia e se lo carica sulla spalla (la forza di quell'uomo è niente meno che prodigiosa) poi s'incammina verso la rimessa, ridendo. All'entrata del garage, da dove si passa per entrare in cantina, si ferma e si gira. Adesso non ride più. In quell'istante mi accorgo, con grande shock, che il suo volto – che da quell'angolo sembra quello di un forsennato- e la faccia del maiale, che gli pende dalla spalla, mostrano una somiglianza sconcertante.

'Dicci a tutto fratello di tenersi il portafoglio stretto in mano,' grida Nick, 'John Amedeo è un farabutto.'

Mi chiedo se Nick si rende conto che suo figlio lo guarda dal balcone.

Nick

Grazie a Dio, finalmente, viene lasciato solo in cantina. Questa è la fase più importante e bisogna che rimanga da solo. La minima distrazione potrebbe essere fatale. Immagina se dovesse dimenticare i peperoncini, il rosmarino o l'origano; o se dovesse commettere un errore nel cucinarlo!

Per fortuna hanno capito tutti e si sono dileguati, portandosi via i loro piccoli drammi. Steve tuttavia, non ha ancora capito. Eccolo qui di nuovo, in piedi accanto al tavolo a guardare il maiale, insicuro su quale gamba far cadere il proprio peso. Dai ragazzo, ho molto da fare, adesso stattene alla larga!

'Ho un invito per andare alla spiaggia con Lily questo pomeriggio,' dice Steve, 'ma non so se ci vado. Non so cosa fare...'

Troppo tardi ormai, Steve, ragazzo mio. Altre cose, cose molto urgenti, mi attraggono. Il maiale è sdraiato sul tavolo e aspetta come una sposa.

'Potrei restare qui,' insiste Steve, grattandosi il grasso sotto il mento, 'il maiale l'abbiamo sempre preparato insieme. In effetti preferirei fare questo che andare al mare con Lily ...'

No. Nulla da fare. Questo maiale è diverso, speciale. Questo maiale lo deve preparare da solo.

Joyce

Queste sono le rivelazioni della cantina.

La cantina, come nessun altro posto, come nessun'altra parte nel suo aspetto e nei suoi modi, mette Nick sottosopra e lo espone. I barattoli che ora sono messi in linea sul bancone, di solito stanno rincantucciati in un armadietto nella dispensa, accanto al grande scaffale che contiene le sue altre collezioni: bottiglie di vino, salsa di pomodori, e giardiniere varie. Dal soffitto pendono ghirlande di aglio, cipolle e peperoncini secchi. Tutti simboli di quell'unica ossessione intorno alla quale, attraverso la quale e per la quale la vita di Nick Amedeo gira. Per cui, in risalto fra tutti troverai una zucca, curva alla base e allungata nella forma di una proboscide, che richiama il bisogno di quest'uomo di circondarsi di forme di potere e di aggressione.

E se ciò non bastasse, l'inverno rivela altre immagini meno sottili sotto forma di salsicce (spessore e profilo fin troppo ovvi) appesi a uncini. Come prova definitiva del loro vero scopo (se prova fosse richiesta dal più cinico, più cocciuto, più incredulo dei Tommasi) serve a indicare che mai, o quasi mai, questi cibi sono consumati dal loro padrone e dai suoi ospiti. Al contrario, sono lasciati appesi per tutto l'inverno, per sognarci sotto, finché a primavera vanno deposti nel bidone dell'immondizia. Ma, per ora, gli uncini stanno lì come eunuchi, aspettando l'inverno.

Queste sono le icone della cantina.

Nella frescura del cemento, dove l'aria punge le narici con dura sottigliezza, sta Nick, con le tracce del passato: occhi spalancati nel buio, il volto unto di olio e odori di spezie. È in piedi, con l'aspetto adeguatamente solenne, il maiale è steso sul tavolo davanti a lui.

Si mette addosso un grembiule bianco, usato solo per questo rito e che rende ancor più solenne il suo aspetto. Tutti i peccati, tutti i legami umani, tutte le preoccupazioni svaniscono, cacciati via dalle immagini della carne.

E così, si trasforma. Joyce vede attraverso il vetro della porta del balcone che, da mezz'ora, strofina il maiale fino a renderlo brillante come uno specchio. Non è più il mortale Nick Amedeo, regolato dalla forza dei sensi, ma lui stesso il regolatore, l'alto sacerdote del piacere fisico, il fattore e dispensatore dei doni sensuali della natura.

Fatevi avanti, ancora qualche passo più vicino, osservatelo mentre prepara il rito, guardate come le narici si dilatano per accogliere il flusso di odori penetranti, mentre le dita gli tremano tuttora per il recente delitto. Ecco l'ostia stesa sul tavolo, con le gambe (tutte e quattro) aperte, tese in aria nell'invocazione del piacere e in gratitudine, offrendosi alla fragilità umana.

Questo è il corpo del maiale.

Alza le mani in aria. Quelle stesse mani che hanno costruito muri di mattoni; accarezzato (con sottile delicatezza) le guance dei suoi bambini e (con tocco sensuale) le natiche delle sue donne; raccolto i frutti della terra e i frutti delle donne con uguale destrezza; accarezzato i capezzoli di lei e quelli di puttane, con medesima passione; quelle mani adesso sono intente a ungere salamoia e olio d'oliva sui lombi del maiale, con un tocco delicato che non applica a nessun altro. Le nuove viscere stanno per entrare nel corpo. Dentro ci mette le cipolle, i peperoni e i peperoncini, le patate e le melenzane; le olive, l'aglio e le piante aromatiche ... Tutte risorte dalla forza del suo alito e infilate in ogni nicchia dove prima risiedevano il cuore, il fegato e i polmoni.

E adesso arriva il momento di ricucire, fatto con l'arte e a cura di una sarta di fama, mentre applica le ultime rifiniture a un abito sontuoso. E col tempo- è sempre questione di tempo- ecco il miracolo! Il maiale sacrificale, macellato e appeso e dissanguato di una vita, comincia a risorgere in un'altra vita.

Ecco il maiale cambiare colore, da bianco a color sego, le zampe in aria in posa di preghiera, o di gioia nel sapere che avrà servito il suo destino di dare piacere e nutrizione. Non è più un corpo svuotato, con il capo inclinato per la sofferenza. Su di esso è discesa una nuova paffutezza, una pace e un'espressione di gratitudine, dato che finalmente conosce la ragione della sua esistenza.

Quando si decide, d'un tratto, di andare a invadere il suo spazio rituale, Joyce è sorpresa di costatare che- alzando lo sguardo dal maiale- il viso di Nick è illuminato come fosse un bambino. Non c'è da stupirsi però. Il paradosso di Nick sta nel fatto che, mentre ha fatto cose che altri immaginano ed ha vissuto la vita allo stato quasi brado, in certi momenti ti può sorprendere con sguardi di pura ingenuità che sfuggono al suo controllo. La sua corruzione si nutre da radici d'innocenza.

'Ehi, *Bedda Mia,*' dice. Una volta, quando si corteggiavano, lo faceva spesso, le parlava in siciliano, forse per mettersi in mostra, forse per accentuare le sue origini etniche. Accarezza la groppa dell'animale e le dà una sculacciata scherzosa. Il momento opportuno potrebbe essere questo.

'Quasi finito, allora?'

Joyce prova a darsi un tono allegro, ma aggrotta la fronte.

'Che c'è, Joyce? Non ti preoccupare tutto andrà per il meglio stasera.'

'Ho qualcosa da discutere con te, Nick. Ho ricevuto una lettera da Desmond oggi ...'

Si affretta a parlare, più di quanto giovi alla chiarezza. In effetti confonderlo fa parte del suo stratagemma, e comunque non fa differenza. Nick l'ascolta a malapena, si strofina le mani fissandola come non fa da tempo. Mentre parla, gira fra le dita il crocefisso d'oro che lui le regalò per il primo anniversario del loro matrimonio.

'Devo andarci. Desmond avrà bisogno di cure mentre si riprende dall'intervento ...'

'OK, OK ... sicuro.'

Si vede che la sua mente vaga su altre cose. Meglio così. Eppure non può essere del tutto distratto, perché aggiunge.

'E Flo non si è offerta di andarci, immagino ...'

'O, sai bene com'è Flo. Lei e Harry hanno prenotato qualche viaggio di vacanza ...'

'E sì, lo so. Quella donna ha sempre fatto come le pare.'

'Devo andarci, Nick.'

'Ma sì, certo, devi andarci. La vacanza ti farà bene.' Poi si mette a ridere, e la pancia gli traballa, 'Ehi, Joyce, questo maiale sarà il più squisito che hai mai assaggiato. Vedrai.'

E per un istante a Joyce viene la voglia di metterselo in grembo e fargli il solletico.

Nick

Vrhh ... vrhh ... vrhh ... fa lo spiedo, mentre gira il maiale sul fuoco, che gli fa la corte, con giochi seducenti ed elusivi. Si spazza la polvere, svaniscono le ragnatele e si scopre un mondo addormentato per mezzo secolo. Figure accovacciate nel tempo si svegliano, gemono, scuotono via il torpore degli anni. I volti si aprono come boccioli di fiori e s'impadroniscono dello spazio che li circonda. Memorie
dimenticate nel tempo, avanzano come magnifici battelli di ritorno da un lungo viaggio.

Un maiale a quei tempi era un lusso. Se avevi la fortuna di possederne uno, lo ingrassavi durante la primavera e l'estate con gli avanzi del raccolto e poi, all'inizio dell'inverno lo macellavi per farne delle salsicce, prosciutti e lardo da consumare d'inverno.

La grandezza del maiale indicava lo stato delle finanze di famiglia in quell'anno, era considerato simbolo di benessere. Diceva un proverbio,

Vutti ca spanni
Purceddu ca m'penni
Giarra a sonu tunnu
E furnu sempri chinu
Fannu lietu l'invernu.

Loro non potevano di certo permettersi di macellare il maialino per il pranzo di Natale, ancor meno un vitello. Per gli Amedeo, come del resto per la maggioranza delle famiglie nel Cimarra, si faceva il capretto, cotto nel forno a legna dove le donne facevano il pane una volta la settimana.

Per il Nonno Sarebbe stato indecoroso cucinare quotidianamente e, con cinque figlie, non mancava il personale per poterlo fare. E così Nannu non era capace di bollire una minestra di denti di leone. Ma per Natale, come tutti sapevano, il capretto lo cuoceva il Nonno e guai se qualcuno osava avvicinarsi al forno.

Il giorno prima ammazzava il capretto e lo metteva appeso nel *catoiu* durante la notte, 'per farlo prosciugare del sangue e dei veleni'. Nel frattempo la Nonna apriva il baule di legna di castagna che conteneva le provviste di noci, mandorle, noccioline, fichi secchi, albicocche e mele. Questi erano troppo scarsi da mettere a tavola normalmente d'inverno, ma per le celebrazioni di Natale che cominciavano la vigilia, li metteva sulla tavola in un grande paniere di vimini, con grande gioia dei bambini e venivano consumati con relativa abbondanza.

La vigilia di Natale il Nonno andava alla messa di mezzanotte. Ciò nonostante, il giorno dopo era in piedi all'alba per preparare il capretto, ungendolo con spezie, olio e limone. Poi preparava un ripieno di pangrattato, formaggio, aglio, olio e un gran numero d'ingredienti 'segreti'. (Quali fossero questi ingredienti segreti era la causa di molte discussioni animate in famiglia). Poi copriva tutto e andava ad accendere le legna dentro il forno di mattoni. Mentre questo si scaldava, riempiva l'animale e poi lo cuciva.

Al ritorno dalla chiesa, tutti i figli con i loro sposi e nipoti si riunivano nella grande cucina con il pavimento di ciottoli e le voci dei bambini, eccitati dagli odori di cucina, rallegravano l'aria fredda.

'Nannu, Nannu, è prontu?'

E lui faceva finta di arrabbiarsi e li mandava fuori in cortile.

'*Fora, fora di cca. Nun ci nne caprettu pi chist'annu.*'

E loro gridavano.

'*C'è, c'è; ca sintemu u sciauru.*'

E sebbene Nicola fosse uno dei nipoti più piccoli, restava col Nonno e gli altri adulti che bevevano vino e sbucciavano fave secche e castagne coi denti.

Le donne nel frattempo mettevano la grande pentola sul fuoco per i maccarruna. Un grande mucchio di pasta fresca, che avevano impastato con grosse braccia e seni oscillanti, stava nel mezzo della tavola pronto a essere trasformato in fili di maccheroni, attività cui i bambini amavano participare. Si avvolgeva una pallina di pasta intorno a un filo secco di ginestra, lo si allungava a forma di collanina rotolandolo sotto le mani, poi si tirava fuori il filo e veniva appeso a un cesto di vimini, o su una tovaglia sparsa con farina per evitare che vi si appiccicasse.

Questa era una buona occasione per spettegolare o scherzare insieme, a voce alta e gutturale, così che se qualcuno si trovava a passare per il ripido sentiero, aveva l'impressione che stessero avvenendo dei gran litigi in casa. E qualche volta succedeva. Non era raro che una di quelle grosse zie scoppiasse a piangere e ne seguisse un gran subbuglio, tanto che il Nonno doveva andare a risolvere la situazione. Ogni tanto si arrabbiava lui più degli altri e urlava così forte che tutti, compresa la nonna, tacevano.

Delle volte, le lacrime erano più serie. Come quando era scomparso qualcuno in famiglia: un anziano o un bambino. Accadeva spesso prima di sedersi a mangiare, quando tutti andavano a baciare i nonni, che una moglie o madre in lutto si mettesse a piangere e, in un nulla, quasi tutti avevano le lacrime agli occhi. Ciò ritardava l'inizio del pasto, con grande delusione dei bambini che avevano fame. Perché cominciare a mangiare in lacrime, portava sfortuna.

In effetti, da quel che si ricorda lui, non ci fu mai un Natale senza lacrime, perché sua madre morì quando lui aveva appena cinque anni e il lutto durò a lungo. Poi, tre anni dopo, morì anche suo padre. Quindi il Natale in casa Amedeo era un'occasione poco allegra. Inoltre, a quel tempo alcuni membri della famiglia erano già emigrati verso paesi lontani come l'America e l'Australia. Ma immagina che, quando i suoi zii erano giovani e vivevano tutti nella zona, le colline del Cimarra dovevano essere piene dei suoni degli Amedeo.

Perfino ai suoi tempi le riunioni di famiglia erano affollate. Se c'erano momenti di tristezza, per lui erano cancellati dalla memoria e ciò che ricorda ora è l'odore fumeggiante e sontuoso del sugo dei maccheroni.

I *maccaruna* venivano consumati per primi e dovevano essere messi in pentola al momento giusto. Il momento dipendeva dallo stato del capretto nel forno. Il Nonno non permetteva che il capretto fosse estratto dal forno prima che i maccheroni fossero consumati, per paura che si raffreddasse, e ovviamente non voleva lasciarlo nel forno troppo a lungo per paura che si asciugasse troppo.

Il godimento del pranzo di Natale era determinato dal successo del capretto del Nonno. Per cui le donne dovevano mettere i maccheroni nell'acqua bollente solo quando il Nonno dava il via. Un anno, o l'animale era particolarmente duro o la legna era troppo verde o bagnata, ci volle tanto per cuocere il capretto. Le donne aspettavano il segnale con ansia, ficcando la testa attraverso l'uscio della porta verde della cucina, aggiungendo acqua alla pentola bollente e legna al fuoco, e cercando di contenere i bambini, mentre la nonna sbuffava e stentava a controllare la rabbia.

I nonni non andavano d'accordo neanche in tempi tranquilli. Si parlavano poco e quando discutevano di qualcosa, inevitabilmente litigavano. Tutti stentavano a capire come avessero fatto ad avere tutti quei figli! Ad ogni modo, a Natale si sforzavano di tenersi alla larga l'uno dall'altro, per evitare di rovinare i festeggiamenti al resto della famiglia.

Quell'anno pranzarono alle quindici, ma a parte le lamentele dei bambini, il pranzo riuscì molto bene. Il prozio Francesco dichiarò (con un sonoro schiocco della lingua) che, *'U caprettu è riuscitu.'* Il verdetto di Francesco in proposito era l'unico da prendere in considerazione, secondo il Nonno. Questo perché il prozio era stato in America, anche se solo per diciotto mesi, e per Nonno, che ammirava tutte le cose americane, il soggiorno di suo fratello in quella lontana terra favolosa lo qualificava come esperto in sostanza su tutto, non meno nell'arte della buona cucina. La Nonna, al contrario, non si lasciava impressionare tanto da suo cognato. In primo luogo, perché si opponeva a tutto ciò che proponeva suo marito, a titolo di principio. E poi, perché giudicava Francesco un uomo pigro e frivolo. Quando litigava con suo marito diceva che Francesco era *spasulatu,* o *mangia 'n dernu.* Lo accusava di non alzare un dito per aiutare nelle faccende, e di mangiarsi il pane che doveva negare ai suoi figli.

Per quanto si ricorda lui, *Francescu* era realmente avverso al lavoro, ma era molto abile nel conversare e un avvincente raccontatore di storie. Inevitabilmente lasciava tutti a bocca aperta, in particolare i bambini, con storie tratte dal suo enorme repertorio. Raccontava di avvenimenti reali, o così diceva, accaduti durante il suo soggiorno in America e in altri posti che aveva visitato in passato. Erano storie inverosimili nelle quali lui era protagonista eccezionale e spesso eroico.

Tipicamente, stava per ottenere una grossa somma di denaro o era sul punto d'incontrare un personaggio famoso; oppure era incappato in un grave pericolo. Qua e là, nelle sue storie inseriva delle frasi in inglese (le poche che conosceva, a quanto pare) che portavano un sorriso d'orgoglio sulle labbra del Nonno sotto i baffi alla Vittorio Emanuele e facevano ridacchiare i bambini di gioia.

'*Chidda vota mi capitau ca* nu "*riccimmenni*" – *vuia diri,* nu pezzu *grossu ...*'

Grazie ai suoi racconti, *riccimmenni* divenne parte del lessico dialettale della zona e oltre, a indicare un uomo di sostanza, un gentiluomo e, in seguito, un fannullone, uno scansafatiche. La madre, rimproverando il bambino che si rifiutava di fare una faccenda, avrebbe detto,

'*Vo fare u riccimmenni, allura!*'

Quando Francesco raccontava le storie, i bambini gli si sedevano attorno, mentre gli uomini, che giocavano a carte un po' più lontano, ascoltavano anche loro, scambiandosi sguardi significativi quando il racconto si faceva inverosimile. Ma si vedeva che pure loro seguivano il filo della storia, anche se non lo avrebbero mai ammesso.

Perfino le donne, indaffarate a sparecchiare e a lavare le stoviglie, cessavano il rumore dei piatti e tendevano le orecchie al punto culminante del racconto, quando la trama veniva inevitabilmente risolta in un modo che non mancava mai di sorprendere, stupire o emozionare. Poi riprendevano il loro lavoro bisbigliando fra di loro, per non deludere i bambini.

'Madonna mia, ma quantu nni sapi! Eh unni vaci a scavare tutti sti cunti.'

Francesco insisteva che era tutto vero e se sentiva i loro commenti, s'imbronciava e dichiarava che mai più avrebbe raccontato un'altra storia, cosa che faceva agitare i bambini, e gli uomini se la prendevano con le donne e il baccano in cucina si faceva assordante.

L'unica che non partecipava in tutto questo era la Nonna. Lei vagava ovunque c'era da fare, spingendo le donne a fare più presto se non volevano trascorrere l'intero giorno di Natale con le mani nell'acqua, e che anche lei aveva diritto di riposarsi. In realtà, la Nonna era infaticabile e non appena finiva un lavoro, trovava sempre altro da fare. Non che il lavoro le fece mai male. La Nonna visse fino all'età di novantatré anni e dall'Italia scrissero che, fino al suo ultimo giorno di vita, aveva messo il filo di cotone nell'ago e riparato le calze dei nipotini.

Nonno invece riteneva il suo lavoro compiuto nel momento in cui il capretto arrivava a tavola. Si asteneva perfino dal tagliarlo e lasciava che lo facessero i suoi figli. Poi dedicava il resto della giornata a bere, fumare, giocare a carte e con i suoi nipoti.

Queste cose se le ricorda appena, ma zio Basil l'ha spesso confermato, in particolare durante le lunghe conversazioni che facevano quando Nicola arrivò in Australia e la memoria del Nonno era ancora fresca e la nostalgia era forte, perché suo nonno era scomparso all'età di ottantadue anni, appena dieci mesi prima che lui emigrasse.

Gocce di sudore gli calano dalla fronte, sul volto, il collo e il torace. Il sole e il fuoco creano un calore intenso intorno al barbecue. Meno male che c'è la piscina. Si abbassa, raccoglie un po' d'acqua nella mano e si spruzza la faccia, le spalle nude e la fronte. Ah, adesso sta meglio. Poi si siede sul bordo della piscina con i piedi in acqua. Un formicolio ai tendini e ai polpacci lo invigorisce. Niente di più piacevole dell'immergere il corpo in acqua quando si è stanchi. Deve essere strano trascorrere la propria vita nell'acqua, come un pesce o un granchio, senza preoccupazioni al mondo.

L'acqua a quei tempi era preziosa. Andava a prenderla in grandi giare dal collo stretto chiamate *tummuli*, attaccate alla sella della mula. Dall'età di otto anni era lui che andava alla *gibbia* , scendendo giù per il sentiero pietroso al passo della Mancusa dalla quale s'intravedeva la Baronia (la casa grande come un castello del Barone Ricciardi, che stava sempre chiusa perché la famiglia viveva in città per quasi tutto l'anno) oltre la grande piantagione di castagne e di nocciole che un tempo era appartenuta al suo bisnonno, passata la casa di 'Gna Tinnara, la vedova di guerra nota per avere il largo seno e il pugno stretto.

'Gna Tinnara non si risposerà mai,' diceva il Nonno, 'ha paura che qualcuno ci squaglia tutta la roba.'

La sua 'roba' aveva attirato corteggiatori vari, in gran parte vedovi con figli da sfamare, che vedevano i suoi beni come un'assicurazione contro la fame. Ma 'Gna Tinnara era troppo furba e troppo tirchia per cadere in quella trappola. E perfino i giovani mandavano segrete ambasciate, attraverso intermediari, attratti non solo dai suoi possedimenti ma (almeno per i più impressionabili) dall'abbondanza dei suoi seni. Anche questi erano rifiutati.

'Ogni mattina vengono a controllare, a vedere se il buon Dio mi ha chiamato,' diceva con un sorrisetto furbo che la rendeva ancora più attraente, nonostante che le mancasse più di un dente, 'poi si godrebbero la mia roba con una giovane moglie.'

Premeva la sua mano rozza sul medaglione d'oro della Madonna del Tindari che portava al collo, un dono dal marito scomparso, che contribuiva non poco alla sua reputazione di vedova ricca.

'Quella buon'anima di suo marito le ha lasciato la casa, venti capre, una mucca, dieci *tummuli* di terra, per la maggior parte in vigne e olive. Abbastanza per un'intera famiglia. Che spreco!' diceva il Nonno.

E Nicola immaginava che si riferisse allo spreco di quella ricchezza di frutteto. In seguito, quando incominciò a capire di queste cose, si rese conto che suo Nonno alludeva pure ad altri sprechi. E chissà che cosa avrebbe fatto il grosso becco del Nonno se non avesse avuto quasi ottant'anni. Chissà che aveva fatto da più giovane!

'Gna Tinnara lo aspettava seduta sul muro di sassi della sua proprietà, con il suo piccolo bidone di ferro posato sul grembo, come il bambino che il buon Dio non le concesse.

'Riempilo e quando torni ho un regalo per te. Dai bello mio, vedrai che avrò qualcosa di buono per te. Si posava le mani grasse sul vasto seno, fasciato stretto nell'abito nero di lutto, con il pizzo bianco sbiadito della sottoveste che spuntava dal bordo della scollatura e, in mezzo al sontuoso petto, il famoso medaglione d'oro della Madonna del Tindari. I cinici insistevano che il vero scopo per cui portava quella collana spettacolare non fosse per devozione alla Madonna, ma per vanità, per attirare l'attenzione sui suoi seni prodigiosi.

Comunque fosse, 'Gna Tinnara non se lo toglieva il prezioso gioiello dal collo. Non quando riceveva un parente in casa, che lo girava fra le dita continuamente, mentre accennava al suo desiderio che presto arrivasse il giorno di andare a raggiungere 'quella buon'anima del mio Sebastiano'. Incoraggiati da quella promessa della sua scomparsa non tanto lontana, i parenti le portavano in regalo cibo o un fazzoletto ricamato a mano, o una sciarpa, o un velo da capo, e qualche volta un cioccolato che lei amava molto. Questo se lo mangiava al buio (come un cane che si avventa sull'osso nascosto), seduta sullo scalino dell'uscio nelle lunghe sere d'estate. Lo succhiava lentamente per farlo durare più a lungo, assaporandone il dolciume in bocca, malgrado il dolore intenso che gli dava alle carie dei pochi denti che le rimanevano.

Naturalmente il medaglione lo portava la domenica, quando faceva a piedi gli otto chilometri di sentiero sassoso per arrivare alla chiesa di San Michele, a piedi nudi, per non rovinarsi le scarpe. Le scarpe se le metteva solo quando arrivava al bivio della strada maestra, dopo essersi lavata i piedi alla fontana. Poi si avviava zoppicante verso la città su quei suoi piedi incalliti e gonfi come pane lievitato, perché non erano abituati a stare rinchiusi dentro le scarpe.

Se ne gloriava ai matrimoni o alle feste di danza dove si sedeva trionfale con i seni palpitanti mentre confabulava con altre donne guardando i ballerini, spettegolando o raccontando dettagli del suo passato, quando il suo Sebastiano era ancora in vita.

E a notte fonda, mentre dormiva, il gioiello luccicava sul suo grosso collo, e la donna si sentiva sicura e protetta (dalla Madonna miracolosa del Tindari) contro il tentativo dei parenti, ansiosi di mettere le mani sulla tanto desiderata eredità, di assecondare la sua scomparsa.

E neanche quando andava a raccogliere le olive in autunno, chinata sotto gli alberi, con la gonna lunga, il medaglione lasciava il suo seno caldo e confortevole.

In effetti la sua presenza era motivo di risentimento per le altre donne, perché con tutto quel che possedeva e senza una famiglia da mantenere, non aveva bisogno di andare a raccogliere olive per altri e 'rubare il pane dalla bocca dei bisognosi'.

Pure gli uomini ne erano infastiditi, in parte per lealtà verso quegli uomini le cui proposte di matrimonio aveva rifiutato. E quindi le facevano degli scherzi. Quando si chinava a raccogliere col sedere in aria, gli uomini la osservavano dal ramo dell'albero dove stavano con lunghi bastoni di canna per battere giù i frutti dai rami più alti. Aspettavano finché lei era sotto a un ramo pieno di frutti e poi agitavano il bastone con tanta forza da far cadere una grandine di olive su di lei. Con un urlo, 'Gna Tinnara alzava il suo gran corpo, fingendo di essere infuriata, mentre in realtà si godeva l'attenzione che aveva suscitato, e rimettendosi il medaglione dentro il seno.

Nonostante tutto 'Gna Tinnara doveva avere un po' di romanticismo nell'animo, perché le piaceva ascoltare canzoni che parlavano di amori persi o impossibili. La raccolta delle olive era un lavoro duro per la schiena e monotono. Le donne stavano chinate o accovacciate a terra, sotto gli alberi, tutta la giornata. Le loro dita lavoravano veloce come una macchina da cucire, raccogliendo olive da terra. Per alleviare la monotonia e deviare l'attenzione dal dolore alla schiena, spesso, si mettevano a cantare. Le canzoni parlavano di tragedie, di amori non ricambiati, di gelosie o anche di bambini in fin di vita. A quel punto 'Gna Tinnara si abbandonava a lacrime silenziose.

Ma quella che la faceva straziare e le riempiva gli occhi scuri di lacrime era una canzone di una ragazza che moriva per il cuore infranto. Appena le donne cominciavano a cantarla 'Gna Tinnara diceva: 'O no, non quella, mi mette un grumo al petto per tutta la giornata.' Ma poi si metteva a cantare anche lei in quella sua voce grossa e mascolina che dominava, tremula, su tutte la altre.

> 'Mamma fammi il favore
> Manda a chiamar 'l dottore
> Che prima di morire
> Mi voglio visitar.
>
> Dottore è già arrivato
> Mise la mano al cuore
> È malattia d'amore
> Che non si può guarir'

A questo punto 'Gna Tinnara stava già a piagnucolare pronta per la parte dove l'innamorato arrivava al letto della ragazza morente, angosciato e colmo di rimorso.

> Mamma fammi il favore
> Manda a chiamar l'amore
> Che prima di morire
> Lo voglio riveder
>
> L'amore è già arrivato
> Inginocchiato al letto

Col bianco fazzoletto
Si mise a lacrimar

E al momento in cui l'innamorato baciava la ragazza prima che lei morisse, 'Gna Tinnara smetteva di lavorare, si sedeva a terra e singhiozzava.

Ma le lacrime di 'Gna Tinnara non sono la cosa più memorabile per lui. Mentre una brezza d'aria gli accarezza i peli del petto bagnati di sudore, gli viene in mente la ricompensa che ricevette da lei, una volta, di ritorno dalla *gibbia*, con le brocche piene di acqua. Eccola lì come se fosse ora, che lo aspetta accanto alla cappella della Madonna che aveva fatto costruire accanto alla stalla ('anche per proteggere i suoi animali' diceva) bisbigliando novene, con la corona del rosario in mano, contando per il riposo della buon'anima di suo marito, (ma in realtà contava i litri d'olio che avrebbe venduto al mercato quell'anno, dicevano i vicini invidiosi). Appena aveva scaricato la brocca d'acqua dalla mula, la donna gli dava una piccola ricompenso.

'Che bel ragazzo che sei! Eccoti, questo è per te, Nicolino.'

Da sotto il colletto della sua veste, rimboccato nella scollatura, produceva una caramella oppure un singolo confetto, rimasto da un battesimo o matrimonio, con il colore sbiadito dal sudore del suo seno. Poi procedeva a soffocarlo con baci caldi.

A un certo punto, cominciò a riflettere su quei seni durante il tragitto verso la fontana e al ritorno. Gli venne il desiderio di affondarci il capo e cercare qualche tesoro nel suo misterioso profondo. Gli tornava in mente ogni volta che guardava il vitello succhiare con ferocia le mammelle della mucca, urtando con la testa prima che il Nonno intervenisse per mungerla.

Una volta, poco tempo prima che partisse per l'Australia (quindi avrà avuto un dieci anni), lo lasciò fare. Quando le passò la brocca piena, lei gli disse, 'Non ho nulla per te oggi. Niente affatto. Sono andata a San Michele ma non c'era nulla, ti giuro. Però aspetta un po', forse qualcosa c'è nel cassetto. Vieni con me, bello mio.'

Mentre la mula pascolava vicino alla stalla, 'Gna Tinnara lo condusse dentro in cerca del dolce nascosto.

'Niente qui dentro, niente nel cassetto, vedi. Che faccio con te, bello mio? Che ti posso dare?'

A quel punto fu sopraffatta da un'intensità urgente. Si tolse il medaglione, il che richiese tempo, perché le tremavano le mani e non riusciva ad aprire il gancio. Durante quell'intervallo, gli venne in mente che forse glielo voleva regalare. Ma, quando la Madonna fu messa da parte, lo afferrò con tutte e due le mani e lo strinse a sé. Con la mano messa dietro il collo di lui, lo tirò a lei e mise la sua faccia sul seno. A Nick venne meno il fiato. 'Vergine *Immacolata,* che bel ragazzo che sei! Ma che faccio con te?'

E nel frattempo fremeva e si contorceva tutta, mentre il volto le stava seppellito in quel seno caldo e dolce come ricotta appena cagliata, mentre lui ansimava confuso.

Più intensamente fremeva 'Gna Tinnara, più forte rimbombava dal profondo di sé, finché lei stessa sembrò essere arrivata a un punto di coagulazione, invocando la Vergine Maria come testimone.

Ma, nel momento in cui Nick credette che la donna stesse per scoppiare, 'Gna Tinnara s'immobilizzò. Per un istante perfino il suo respiro fu sospeso nel buio solido della camera. Poi, altrettanto improvvisamente, il suo umore cambiò. Con gli occhi brillanti, il seno in fiamme, puntò l'indice e disse, 'Se una parola di questo esce dalla tua bocca, ti giuro per la *Madonna Addolorata* che ti ammazzo.'

L'incidente lo lasciò confuso e di mal umore. Per giunta, Arzidda, la mula, era sparita. La trovarono mentre pascolava vicino al recinto dei maiali dove, stirando il collo per arrivare a un ciuffo d'erba, si era avvicinata troppo al muro e aveva rotto una delle giare.

'Gna Tinnara, pensando che l'incidente fosse stato una punizione di Dio per il suo comportamento, confuse rimorso con generosità e gli regalò la sua giara più grande in cambio di quella rotta. Una raffica di generosità così che fece parlare la gente e quasi suscitò il sospetto sul loro segreto. E ancora oggi, dopo tutti questi anni e all'altro capo del mondo, nei momenti d'irrequietezza, sente quel sapore di sale e di ricotta calda della 'Gna Tinnara, i cui seni palpitano come la marea sotto la sua faccia ansante.

Steve

Ha fatto una cosa meschina, è un tipo rancoroso lui. Da sempre abbiamo fatto il maiale insieme. L'anno scorso abbiamo passato tutto il giorno ad arrostirlo e a bere birra. Il cielo era nuvoloso e io sono rimasto all'aperto a dorso nudo come lui. Ci divertimmo un mondo.

Questa mattina però mi ha fatto capire chiaro e tondo che non mi voleva intorno. Non avrei dovuto informarlo che ero intenzionato a mollare il lavoro. E, comunque, non ho effettivamente deciso di licenziarmi. Non ho intenzione di accelerare le cose per adesso. Chiarirò tutto con lui, non oggi però, quando riprende il buon umore. Ad ogni modo, devo dire che Nick mi ha deluso oggi.

Tornato a casa Geoff mi accoglie con la notizia che Marsden è fuori pericolo e la prognosi è migliorata. Per come mi sento al momento, non me ne frega nulla. A mio avviso John Amedeo non si merita di cavarsela tanto facilmente.

Joyce

Eccolo lì alla forgia, ma non vi troverai catene di ferro o ferri di cavallo, o ara d'agricoltore, o incudine di fabbro. Questo è l'anno 1981 e l'era del barbecue a gas, ma ciò non tocca Nick Amedeo: la forza di Vulcano scorre nelle sue vene.

Eccolo lì, ampio e arrossito dal sole, forse per empatia, forse per scherno del maiale sacrificale. Fissa l'animale mentre ruota, tutto unto e gonfio, voltando il corpo ricucito e la maschera di stridula risata verso un mezzogiorno sahariano.

Trasognato, gocciolante di linfa, maturato dal sole, chissà quali immagini girano sullo spiedo della sua mente?

'Che diavolo stai facendo qua fuori, Joyce?'

È la voce di Flo in bermuda, grosso orologio militare e camicia verde militare, sbottonata davanti. Ci prova la Flo. Almeno ci prova.

'Ti piace?' Chiede sprezzante, inserendo i pugni fino in fondo alle tasche.

'Un po' caldi per questo tempo, non ti pare?'

'Al contrario ti tengono fresca; e comunque sono molto di moda in Europa attualmente.'

E be' ... allora, che altro c'è da aggiungere?

'Fa' presto Joyce, non sei pronta ancora? Devi aiutarmi a scegliere dei regali di Natale.'

La curiosità rosicchia Flo da ieri. Non la divorerà del tutto, siamo chiari, non ancora comunque, ma l'ha indotta a sfidare il calore del mezzogiorno.

'Aspetta, vedo se Nick ha bisogno di aiuto.'

'Santo cielo, Joyce, devi sempre farti comandare da quell'uomo?'

Di solito ci passa sopra a questo tipo di provocazione, ma oggi si sente più energica, o forse è più stizzita, oppure semplicemente quest'ondata di caldo le ha dato accesso al proprio arsenale d'armi difensive.

'Be', in effetti lo sta facendo per me.'

Il riscontro di Flo arriva come una frustata.

'Dici? Sei veramente sicura, Joyce? Quell'uomo è fissato col suo maiale allo spiedo ogni Natale. È pazzesco! Dico io, quale persona sana di mente vuole veramente mangiare maiale con questo caldo?'

Be', bisogna ammettere che la logica di Flo è incontestabile questa volta. Meglio salvare le munizioni per un'altra occasione, quando la crepa della sua corazza si fa rivedere.

'E non solo ... poi invita i suoi volgari amici e per giunta ha il coraggio di dire che la festa è per te. Guardalo, messo davanti al fuoco con questo caldo da quaranta gradi, come un demonio ...'

Flo, mi sa, ha il debole per la metafora medievale. Forse non del tutto fuori posto visto che si presenta con una scure di risentimento. Ma quando Joyce va a salutare suo marito, Flo la segue, sprezzante, ma la segue. La faccia di Nick è nera di fuliggine e la schiena è rossa, come pure i suoi occhi: rossi e fanatici, come un uomo nella stretta di una visione mistica.

'Puhh,' dice Flo, usando parole per dissipare le sue

paure, 'ti serve un buon bagno.'

I suoi occhi tracciati da vene rosse lanciano frecce in direzione di Flo.

'Perché, ti stai forse offrendo di insaponarmi la schiena, Flo?'

La sua risata sonora risuona per tutto il giardino e rimbalza sulle crespe della piscina. Flo fruga nel profondo della sua bile in cerca di un veleno adatto da lanciargli contro, ma chiaramente non ne trova uno letale abbastanza. E così, si conserva per dopo, in auto, scegliendo la perfidia della pugnalata alla schiena.

'Devo dirti la verità, Joyce,' freme, 'non riesco a concepire come hai fatto a stare con quel mostro di volgarità tutti questi anni.'

Si rende conto che sua sorella Florence è anche la sua migliore amica, in effetti, la *sola* amica che ha. Si sono tollerate a vicenda per tutta la vita, si sono contrastate, si sono confrontate, eppure dopo tutta una vita di duelli, il loro rapporto resta intimo come sempre. Si tratta di un'intimità emotiva a cui nemmeno Nick può accedere. Nick in particolare, che non ha mai provato a penetrare oltre il fievole tessuto della pelle.

E in effetti, era precisamente questo che lei voleva da Nick: la sua ottusità la rassicurava, era parte del suo muro difensivo. La fortezza Joyce! E così sono rimaste insieme, lei e Flo, per l'intero tragitto della vita. Alleate per necessità attraverso quell'aridità emotiva degli Hathaway. Amiche per mancanza di alternative, a quanto pare, un'amicizia di sangue dove galleggiano libere ed elusive celle di rancore, di odio e auto-odio, d'imbarazzo e di colpa. Ad ogni modo, ha dato prova di essere più denso del sangue della passione, e quindi più resistente.

Joyce aspetta finché non sono sulla strada maestra, lontano dalle distrazioni della casa e del giardino e dalle sue risate, troppo lontano per essere sopraffatte dall'odore di maiale.

'Volevo dirti, Flo ... dopo Natale andrò via per un po'.'

Ma Flo non ha intenzione di collaborare oggi.

'Era tempo che voi due vi prendeste una vacanza

insieme.'

'Vado a Melbourne,' Joyce insiste, 'senza Nick.'

'Me lo immaginavo che non saresti stata capace di convincerlo a venire con te.'

Flo fa una risatina nervosa.

'Non è quello. Non gli ho dato io la scelta di accompagnarmi.'

E prima ancora di finire, Joyce viene colpita dall'assurdità del suo tono. Il vero significato di una frase si rivela nel tono, più che nelle parole. La sua debolezza sta nel fatto che la sua voce non ha un tono convincente, nemmeno quando parla con se stessa. E forse sua sorella lo intuisce, per questo si rifiuta di crederle.

'Cosa intendi dire, cara?'

'Giusto quello. Lo zio Desmond sta male e io vado a prendermi cura di lui.'

La propria ipocrisia la lascia illesa. Flo si attacca con forza allo sterzo. Poi respira, un serbatoio d'aria condizionata dentro i polmoni, in preparazione della battaglia la cui direzione la elude al momento. Ma sente già l'odore della polvere da sparo nell'aria.

'Ma che stronzata mi dici, Joyce? Ho appena finito di parlare con Desmond al telefono. Mi ha detto che sarà dimesso dall'ospedale questo weekend. A quanto pare era solo una reazione allergica.'

E così la giornata gira di qua e di là. Ebbene non si lascerà disfare da una piccola avversità.

'Ho appena ricevuto la sua lettera, e non mi pare affatto contento. Noi dobbiamo molto allo zio Desmond.'

Lo si vede dal modo in cui il sangue le guizza d'un tratto alle guance, che Flo si sente ristretta dallo spazio che la circonda. E non è per nulla a suo agio. D'un tratto si butta in avanti con impeto.

'Dimmi una cosa, come stanno le cose fra te e Nick?'

'Dato che proprio ci tieni a saperlo, mi sa che una separazione a questo punto farà bene sia a me che a lui.'

La prospettiva di una disfatta induce Flo a raccogliere tutte le forze per un nuovo attacco.

'Separarsi nel senso di *separazione legale*?'

'Non vedo a che scopo metterci a discutere di semantica, a questo punto. Inoltre, stai per bloccare il traffico, ti rendi conto?'

Ma il traffico è la minima delle preoccupazioni di Flo. Con le dita della destra si mette a girare la sua fede per assicurarsi di averla ancora al dito. L'auto sbanda e le gomme vibrano sui catari frangenti. Qualcuno suona il clacson.

Be', questa non se l'aspettava. Non c'è fine alle sorprese oggi. A quanto pare fra le eventualità contemplate da Flo, era esclusa quella di una rottura del matrimonio degli Amedeo. E il suo volto irato, rigido come un'armatura d'acciaio, fa pensare che non sarà facile per lei adeguarsi a questa possibilità. D'un tratto, il viso di Flo s'illumina come per dire , "perché non ci avevo pensato prima?"

'OK, c'è un uomo di mezzo, vero?' Joyce ci ride sopra, divertita . 'Be', c'è sempre una terza persona di mezzo in questi casi.'

'Non in questo ...'

'Ma allora è una stupidaggine,' sbatte le mani sul volante, esasperata, 'perché mai lo stai facendo?'

'Ne ho avuto abbastanza di uomini con Nick.'

'Allora ci deve essere una donna.'

'Vuoi dire, sua o mia?'

Flo la fissa esterrefatta.

'Joyce, non mi dire che tu ... non quello, non ci credo!'

Una volta tanto Joyce si può permettere di essere condiscendente verso sua sorella maggiore. È un'occasione da non perdere.

'Ti dico questo, Flo, non credo che tu sia per nulla scandalosa come fai finta di essere, cara. In effetti sei molto puritana tu.'

'Ma ... tu non sei una di quelle, Joyce. Non riesco nemmeno a immaginare come ...'

Joyce la congeda con un gesto perentorio della mano. Ecco un aggettivo che non avrebbe usato su se stessa prima di oggi.

'Ma allora, perché?'

Joyce fruga nel cestino della propria mente in cerca di

un'etichetta di convenienza, e sebbene sia abile in questo, le scarta tutte per prolungare la sofferenza di Flo.

'Ad ogni modo, Flo, mi aspettavo che ne fossi felice.'

'Non fare l'ingenua, Joyce.' Sembra di essere sul punto di lasciarsi andare a lacrime di ripicca, 'non mi hai mai dato indicazioni di … questo. Voglio dire non avrei mai immaginato.' Si prende una pausa mentre va in cerca di un nuovo lato strategico, 'Certo che all'inizio non volevo che lo sposassi, questo è vero, ma adesso è troppo tardi. Quanti anni sono … trent'anni?'

'Quasi.'

'Io non capisco, pensavo che voi due …' Un pensiero ancora più urgente la colpisce, 'Senti, ma a Nick gliel'hai detto?'

'No. Cioè, sì, gli ho detto che vado, ma per un periodo breve.'

'E come l'ha presa?'

'Molto meglio di te, Flo.'

'Ma non gli hai mica detto che … di quali sono le tue intenzioni?'

'No, non ancora. E comunque non so nemmeno io come si metteranno le cose laggiù. L'esito non dipende solo da me.'

'Ebbene, forse cambierai idea. Secondo me, questo tuo progetto è pazzesco.'

Nick

Le canzoni, quelle sì che le amava. Tutti i suoi zii e le zie avevano un repertorio di canzoni e stornelli, che cantavano mentre lavoravano nei campi, arando, seminando, al tempo del raccolto o pascolando gli animali.

Nannu, che nel tempo che lui si ricorda si era già licenziato come campiere del Barone Ricciardi, passava molto tempo a intrecciare cesti di canna o piattaforme rettangolari chiamate *canneda*, adoperate per asciugare i fichi al sole.

Suo nonno gl'insegnò dozzine di canzoni mentre intrecciava durante i pomeriggi d'estate senza fine e mentre le cicale facevano tic toc sull'enorme castagno. Alcune il Nonno le ricordava dalla sua infanzia, altre erano state composte di recente. Come quella del becco, intitolata, *Lu Testamentu di lu Beccu Malandrinu,* che si ricorda più o meno così:

> *Sentiti, sentiti li singhiuzza*
> *Di Mastru Cirinu ca si strazia*
> *Ca nun ci fu mai chiù granni diluri*
> *Dei tempi di la spagnola o lu diluviu.*

> *Viniti, viniti u munnu tuttu*
> *Pi tiniri la vegghia e lu luttu*
> *Ca oggi mi muriu lu me beccu*
> *E mi lassau l'arma e u cori siccu.*
> *E vinniru tutti ricchi e puvireddi*
> *Genti di Civa, Dauru e Filicuddi*
> *Quannu sintiru li brami di Mastru Cirinu*
> *Pe lu so beccu beddu Malandrinu.*

Pensa un po', come fa a ricordarsela dopo tutti questi anni! Ce n'era un'altra parte. Come diavolo era ?

> *Ma la chiù bedda figura 'Gna Tinnara la fici*
> *Ca cumpariu cu tutti li so amici*
> *Cu li capiddi a tuppu e tisa tisa*
> *E commu sciusciava tutta mafiusa!*

> *Vardati Malandrinu lu me amuri*
> *Chiangiva Mastru Cirinu 'n gran diluri*
> *Vardati li so labbri fini e beddi*
> *Lu pilu tisu commu li crispeddi.'*

C'erano innumerevoli strofe, alcune con piccole variazioni applicate a situazioni particolari e persino alcune che si riferivano ad alcuni individui, perché per un periodo veniva recitata alle feste. Ad ogni modo, l'avrà ascoltata parecchie volte giacché se la ricorda così bene.

Era una canzone che s'ispirava a un incidente vero. Mastru Cirinu era un vecchio semplicione, ben voluto nei dintorni del Cimarra, anche se trattato con condiscendenza.

Quando il suo amato becco morì attorcigliato nel proprio guinzaglio, Cirinu ne fu così rattristato che non ne volle sentire che il suo tanto amato animale fosse consumato né da lui e né da altri. Passò tutta la giornata sotto il noce, struggendosi e intenzionato a dargli solenne sepoltura all'imbrunire. I vicini però contemplavano esiti più pragmatici. L'idea di lasciar decomporre della buona carne sotto terra, mentre la povera gente non vedeva carne fresca a tavola da un Natale all'altro, sembrava loro pazzesco, criminale. La scarsità di carne fresca dava a tutti l'incentivo di trovare il modo per trasformare il becco di Mastru Cirinu in una succulenta bistecca.

Eventualmente qualcuno si ricordò che proprio quel giorno era la festa di San Francesco d'Assisi. Sembrò come un buon augurio, una fortunata coincidenza. Non un miracolo, per carità, ma con un po' d'immaginazione potevano di certo inventarne uno o, almeno, andarci vicino.

Col pretesto di dargli una mano a scavare una tomba, andarono a far compagnia al vecchietto (ancora sotto l'albero a tenere il lutto al suo amato animale) e prenderlo con le buone.

Era cosa ben nota, dissero, che San Francesco d'Assisi fosse non solo un gran santo, pure amante molto affettuoso degli animali. Il fatto che Malandrinu fosse scomparso proprio nel giorno del Santo ... be', era di certo un segno ...

Alcuni distrassero il vecchio, mentre altri legarono una corda intorno alle corna e la coda dell'animale. Poi al tramonto lo sollevarono tra il fogliame più alto dell'albero. Sia perché il vecchio ci vedeva poco, sia che la luce si era affievolita, Mastru Cirinu non si rese conto del trucco. Mentre osservava il suo amato caprone sparire nel fogliame dell'albero nel tragitto verso il cielo, le orbite dei suoi occhi miopici si riempirono di lacrime. Mastru Cirinu venne condotto alla fossa vuota, come prova irrefutabile che non c'era più traccia in terra del suo beniamino. I più fantasiosi annunciarono di aver visto angeli con ali celesti portare la capra in cielo attraverso le foglie. Poiché erano in tanti a confermarlo, Mastru Cirinu si convinse che il suo caprone era veramente salito in cielo, corpo e spirito, proprio come Cristo

Signore stesso.

Qualcuno poi propose di fare una festa, in celebrazione dell'ascesa in paradiso di Malandrinu, durante la quale sarebbe stata consumata una capra regalata da un vicino. E così fu che Mastru Cirinu intervenne al banchetto in onore del suo caprone, che lui credeva asceso in cielo, mentre in realtà era disceso dentro il suo stomaco.

Almeno così fu raccontata la storia. Col passare degli anni fu abbellita e divenne parte del folklore del Cimarra. Dopo un po', l'incidente fu usato come semplice punto di riferimento con cui intrecciare altri aneddoti e dicerie della contrada. Più spesso, l'incidente veniva usato come pretesto per comporre versi satirici che si riferivano a persone ed eventi del tutto estranei al racconto originale di Malandrinu.

Era cantata, o più spesso recitata, a turno nei campi, una strofa ciascuno, alle volte improvvisando le parole. Quelle ritenute più originali o comiche erano ripetute da altri e diventavano parte del 'testo' ufficiale. A volte la canzone era un semplice pretesto per intrattenere duelli verbali e vedere chi potesse comporre le battute più comiche, spiritose, o stravaganti. Ogni tanto gli uomini si ubriacavano e perdevano il senso della misura, toccando punti delicati che offendevano un vicino e anche un parente, risultando in litigi e perfino violenze.

Una sera una banda di musicisti, amici di uno che corteggiava la figlia del Nonno, arrivò alla casa. Doveva essere d'estate perché stavano tutti fuori sul cortile di terra battuta, che serviva da aia nel periodo della trebbiatura. Ad ogni modo, quando si misero a cantare quella canzone, i musicisti, volendo far piacere all'oste, aggiunsero due strofe che si riferivano alla famiglia Amedeo:

Di lu Cimarra e tutta la cuntrada
Vinni genti di roba, doti e purtata
Vinniru pezzi grossi e gran signuri
E puru Vanni Amedeu gran camperi.

Vinniru li so figghi, niputi e nori
Petru, Gianninu, Carmini e Turi

E quannu cumpariu Saru u Sapuritu
A li fimmini ci vinni u svenimentu.

L'ultima riga si riferiva a Saru, il figlio illegittimo del Nonno che aveva reputazione di gran seduttore di donne nella zona del Cimarra e oltre. Non appena sentì quel nome, il vecchio Nonno s'impuntò visibilmente e tutti si accorsero dell'errore. Il fatto era che da anni Saru non era il benvenuto nella casa paterna e il semplice accenno al suo nome, in particolare alla sua fama di conquistatore di donne, infastidiva *Nannu* Amedeo.

Qualcosa sarà dovuto succedere, perché non era stato sempre così. Si ricorda che quando i suoi genitori erano ancora vivi, Saru, anche se non viveva più nella casa paterna, visitava spesso ed era accolto con affetto da tutti, in particolare dalla nonna. Ma poi che successe?

Joyce

S'infilano nel traffico denso e lento.

'I figli,' dice Flo, tentando di assumere un tono virtuoso, ma riuscendoci solo parzialmente, 'che diranno mai i tuoi figli?'

Gira la macchina nel parcheggio cementato, che ha l'aspetto di tante casse mortuarie abbaglianti al sole: debole ricovero per gente affievolita dal caldo implacabile.

'È vero che ...' aggiunge, mentre una ciocca di capelli bruni, che vent'anni fa sarebbe stata di un biondo oltraggioso, le cade sulla guancia. Non c'è tempo per rimetterla a posto. 'È vero che i figli sono ormai adulti, però vogliono che i loro genitori siano un modello di stabilità. Ecco perché io non ho mai voluto avere figli.'

Meno male che ci sono gli stimoli al fegato d'oca del commercio moderno. Entrambe le sorelle si sentono rincuorate, anche se le immagini propendono a spingere le vendite. Guarda lì, sopra l'entrata di vetro dove la moltitudine marcia su e giù, lì ci trovi un Babbo Natale sorridente a gambe divaricate. T'invita, da un panorama artico che il sole di mezzogiorno minaccia di sciogliere. E continua a sorridere, stupido e benigno sopra la folla sudata, esausta e infastidita, malgrado sia appesantito da un sacco pieno sulla schiena.

'Suppongo che li avrà comprati a rate dal negozio,' dice.

'Come?'

'Niente, Flo, stavo pensando ad alta voce.'

'Vuoi dire che ora hai cominciato a conversare con te stessa?'

Il sorriso stampato nel mezzo di tutta quella barba di ovatta, che dovrebbe essere gentile, assomiglia più a una smorfia da pazzo. Molto adatto, riflettendoci, un vestito in quel modo nel caldo infuocato, mentre la gente di sotto sbanda qua e là come peccatori intontiti all'inferno.

Dentro il centro commerciale ci sono molte repliche di quell'immagine. Ma tutto sommato, il fresco artificiale dell'interno si addice all'illusione che si vuole creare. A patto che si riesca a ignorare tutte quelle magliette, i calzoncini e le infradito; l'odore dei corpi, l'aspetto scompigliato delle madri che si tirano dietro fra le navate, stanchi bambini piagnucolosi, altre che spingono carrozzine come se fossero carri armati; e senza contare gli uomini dalla pelle cotta dal sole, in canottiera e pancione grosso pieno di birra, che seguono dietro; tutti intenti a scrutare sugli scaffali in cerca di una via per sfuggire alla propria confusione.

E poi c'è la musica, che distribuisce attraverso la cassa acustica, inni di Natale pieni di gioia natalizia e panorami nevosi.

'Dashing through the snow on a one-horse open sleigh ...

Neve di plastica copre la scena del presepe, anch'essa di plastica. Nel mezzo del centro commerciale domina una spettacolare installazione permanente di vegetazione tropicale, completa con ruscello che scorre e piante verdissime, sotto una cupola di vetro che si apre verso un cielo blu cipria. Non lontano da essa e circondato dalla calca della gente, siede il 'vero' Babbo Natale su un trono a forma di slitta 'tirata' da cervi di cartapesta. Madri e/o padri dall'aspetto sofferente stanno in fila ad aspettare il turno per far sedere i propri figli sulle ginocchia stanche del Babbo Natale, per quella foto ricordo. Almeno questo Babbo Natale sembra allegro abbastanza. Non troppo male, date le circostanze, e con ammirevole impegno, accarezza ciascun bambino sulla testa e prova a conversare con loro.

La debolezza che ha Flo di provare scarpe nuove regala a Joyce l'opportunità di riposarsi su un sedile. La musica procede senza sosta.

'Sleep my child in peace attend thee
All through the night.

Accanto a lei siede un ometto magro, elegante con vestito e cravatta. La sua pelle è asciutta e coperta di chiazze. Ha l'aspetto confuso. Sarà un agricoltore, venuto in città per la visita annuale.

Le ricorda la sua infanzia a Binji Cross. Lo shopping di Natale a quei tempi era la grande avventura dell'anno. Viaggiavano in città nella vecchia Ford, tutti e quattro: lei, Flo, mamma e papà. Quale anno poteva essere? Il trentasette? Forse il trentotto, prima di quell'anno non riesce a ricordare. Avrà avuto sei anni. Si ricorda come si sentiva sopraffatta da tutti quei grandi edifici, e le auto, e i negozi pieni zeppi di cose belle. S'immagina che tutti gli abitanti della città fossero ricchi. Siccome né l'uno né l'atro genitore era capace di rifiutare nulla alle figlie, spendevano e spendevano, finché non finivano i soldi. Poi la Mamma si turbava tanto da piangere per giorni, dicendo che sarebbero andati in bancarotta. E come avrebbero sopravvissuto dopo la sua morte? Le due orfanelle sarebbero rimaste senza un soldo.

In realtà, la vera spendacciona era lei. Anni dopo, quando papà era scomparso e la loro tenuta era stata venduta, riuscì a perdere centinaia di migliaia di dollari alla borsa, anche se a quell'età si muoveva poco e passava molto tempo a letto. Diceva che il suo scopo era di ammassare capitale da lasciare alle figlie, ma in realtà riuscì ad ammassare solo debiti.

Suo padre, al contrario, si rifiutò sempre di avere un mutuo. Non ricorda se fosse per prudenza o ideologia, fatto sta che lui non andò mai in banca a chiedere un prestito. La gente diceva che la ragione per cui non ebbe grande successo era che si era rifiutato di chiedere in prestito i fondi per accrescere il business quando le cose gli andavano bene.

'While shepherds watched
Their flocks by night
All seated on the ground
The angel of the Lord came down
and glory shone around'.

'Ehi, Joyce, mi ascolti o no?'
'Cosa?'
'Ho detto, che ne pensi di questo per Nick?'
In mano ha un coltellone da pesca.
'Ce l'avrà già, ma questo ha una bussola nel manico, vedi? È impossibile comunicare con te oggi.'
Non avendo nulla da aggiungere, Joyce è grata del subbuglio che arriva. Le porte elettroniche all'entrata si spalancano e nell'atrio appare un Babbo Natale nano seguito da una folla di bambini eccitati. Lancia un sorriso d'intesa agli adulti e saluta con la mano i bambini. Con l'altra mano semina caramelle tutto intorno. Poi svanisce giù per il corridoio. È un miraggio; un bizzarro e crudele miraggio. 'O, guarda che bello!'
No, non il nano, perfino Flo ha più gusto. Ha scoperto una foto pubblicitaria di un igloo, intorno al quale cervi di cartone tirano una slitta attraverso un panorama scandinavo.
'Non ti viene voglia di prendere il primo aereo per la Norvegia o un posto simile?'
'No, Melbourne mi va bene per adesso.'
Flo la fissa come una madre che ammonisce il bambino insopportabile.
'E comunque,' dice Flo, dando uno sguardo sprezzante alla merce di scarsa qualità esposta, 'ho avuto l'impressione

che tu volessi fare un viaggio in Sicilia.'

'No, quello era anni fa, anni fa, Flo. Sei fuori dal tempo, lo sai. Non mi sembri affatto tu.'

'Vuoi dire che ... niente più sogni di pastori?'

'Più o meno. Il problema è che senza pastori o Babbo Natale, che scopo ha la vita?'

Nick

Per la festa dell'Assunta a Ghiaca, Nannu aveva vinto il premio nella lotteria, che consisteva in un enorme toro nero, la cui testa grossa e ottusa era adornata da nastri di seta gialli e verdi. Quello fu lo stesso anno in cui morì sua madre. Avrà avuto quasi cinque anni e i suoi ricordi sono un po' offuscati. Si ricorda che il toro fu messo in mostra in una parata intorno alla piazza e tutti volevano toccarlo, perché era ritenuto di buon augurio toccare un toro benedetto dal prete all'inizio della processione.

'La buona fortuna vi protegge quest'anno, Mastru Giuvanni,' ghignarono gli uomini sorridendo con bocche sdentate, 'guardate un po' che mostro!'

E sicuramente una bestia come quella non si era mai vista intorno al Cimarra, dove le mucche servivano non solo per il latte ma per lavorare. Erano animali da fatica, piccoli di statura, ma resistenti come le persone, sciupate dal troppo lavoro e troppe gravidanze.

Questo toro era diverso: grasso, enorme e con il pelo come seta, in tutta la sua maestosa statura, stava legato all'anello dei muli sul muro della chiesa e guardava con nobile distacco, mentre la banda di rame intonava la propria versione di *Vesti la Giubba* sulla folla dei campagnoli. I musicisti continuavano a suonare interminabili valzer, mazurche, tarantelle e tanghi. Le giovani ballavano fra loro sul piazzale della chiesa, tenendo sott'occhio i giovanotti, mentre la serata di settembre avanzava verso la notte.

Nannu Amedeo lisciò la groppa del toro con la sua mano rozza e la percosse con un colpo sonoro, come se volesse rivendicare in pubblico i suoi diritti sull'animale. Il toro, stanco e nervoso com'era dopo la lunga giornata, tentò invano d'incornarlo.

'Che bestia!' disse la gente.

Niculinu continuò a fissarlo affascinato, ma non osava avvicinarsi all'animale.

'Ce lo teniamo, *Nannu*?'

Suo nonno lo guardò divertito e forse anche sorpreso dalla sua audacia.

'Perché vuoi tenerlo, figliolo?'

Be', era così forte e grosso. E poi un toro che proveniva dalle stalle del Barone Ricciardi avrebbe reso ricca la famiglia Amedeo. E allora disse, 'Perché è così bello e grasso, e ci porterà fortuna.'

La risposta fece divertire tutta la compagnia e tutti scoppiarono a ridere. *Nannu* lo abbracciò e lo baciò sulle guance. Si ricorda ancora quei baci col loro odore di tabacco e di vino e il contatto confortevole dei suoi baffi bianchi.

E quella sera, alla taverna, si sentiva orgoglioso, seduto sul ginocchio del Nonno mentre giocava a carte con gli amici, e tutti avevano grande riguardo per lui, mentre parlavano del toro, e bevevano vino. E c'era anche quell'altro uomo, Saru, che non aveva visitato la casa da molto tempo, tanto che Nicola si era quasi dimenticato di lui. E Nicola non capiva come potesse essere suo zio, perché tutti gli altri zii li conosceva molto bene, e visitavano spesso la casa e lo baciavano e se lo mettevano sul ginocchio, gli facevano il solletico e gli chiedevano, 'sono io il tuo zio preferito?'

Questo zio, invece, non se lo metteva sul ginocchio e quando lo salutava lo faceva in modo canzonatorio. Pure i suoi occhi neri lo fissavano con ironia, per cui si sentiva confuso e intimorito. C'era qualcosa di misterioso e forestiero in lui. Indossava pantaloni di velluto a coste, scoloriti e vecchi, e una camicia a righe, di un bianco sbiadito, col colletto girato in alto, abbottonato sotto il mento. Ma si ricorda un ciuffo di peli neri che spuntavano dall'orlo del colletto.

Per quanto riguarda il toro, non portò per niente fortuna alla famiglia, tutto il contrario. La stessa notte che fu portato a casa, sua madre morì di colpo in un incidente ... sì, in effetti fu la stessa notte, di questo è sicuro ...

Quindi dall'età in cui Nicola poteva ricordarsi, *Nannu* era troppo vecchio e troppo affievolito dalle disgrazie da poter esercitare sulla famiglia quel potere che aveva avuto una volta.

Però, gli sarebbe piaciuto avere delle memorie più lucide di sua madre. Aspetta un po', sì, aveva il volto rotondo e occhi nerissimi. Sarà stata un tipo molto quieto; era riservata, perché non si ricorda mai che lei lo avesse sgridato. E quando morì d'improvviso, non sembra che gli sia mancata poi tanto.

In famiglia si parlava poco di lei e il suo nome era fatto raramente in sua presenza. Probabilmente volevano proteggerlo dalla memoria di una disgrazia che, data la sua tenera età, non aveva lasciato tracce profonde in lui. In effetti, adesso che ci pensa, gli viene in mente una scena di grande baldoria, anche se potrebbe trattarsi di un avvenimento diverso, poiché in quella casa ne succedevano di tutti i colori. Si ricorda di essere stato svegliato in piena notte da grida tumultuose e della gente che correva come impazzita e della voce disperata di suo padre che ululava come un cane.

La stessa notte (almeno pensa che si tratti della stessa notte) si ricorda di essere stato in viaggio sul carretto con suo nonno e di essere arrivato in un paesino più su in montagna, dove sarebbe rimasto con un parente sconosciuto.

Non ricorda il nome del paese, ma il paesaggio gli è rimasto impresso in mente. Era costruito intorno a un sasso massiccio a forma rettangolare che chiamavano Roccaforte.

A lui Roccaforte sembrava come una montagna e, infatti, centinaia di anni prima i monaci ci avevano costruito un monastero, così da potersi isolare lassù dalla gente del paese. Almeno, così diceva la donna alla cui casa l'avevano mandato. Tutto ciò che serviva: acqua, vitto, libri ... venivano sollevati in un paniere. In seguito a un terremoto la frana distrusse il monastero. A quanto pare rimanevano ancora i ruderi, anche se non ci si poteva più salire lassù. Ma gli abitanti dei dintorni dicevano che a volte, di notte, si sentivano voci provenienti da lì. Tutti, più o meno, credevano che su Roccafore in effetti ci abitassero i fantasmi dei monaci.

Nel paesino, a quei tempi, non c'era ancora l'elettricità e nella sua memoria restano ancora immagini di un labirinto di vicoli scuri e irti. La salita era tanto ripida che il carretto non poteva arrivare fino alla casa di sua zia e così il nonno lo condusse per mano per infinite scalinate di pietra. Quando arrivarono in cima, un panorama splendido e pauroso si estendeva sotto i loro occhi. Lanciando lo sguardo giù per la ripida valle, con le case che sembravano sul punto di franare, e oltre l'orizzonte scuro, l'occhio lo conduceva verso uno spazio marino, nel quale brillavano puntini di luce come stelle in cielo. Suo nonno gli spiegò che quelle erano le luci dei pescherecci del golfo, intenti alla pesca notturna.

Nella sua fantasia credette che quello fosse il posto cui riferiva il pro-zio Francesco quando parlava dell'America. E i meravigliosi racconti di Francesco si fondevano con quelle luci lontane. Strinse dunque la mano del Nonno forte forte e disse,

'*Mi ci porta nu iornu a du beddu lustru, Nannu?'*

Adesso non si ricorda la risposta che gli diede il nonno, magari non disse nulla, ma la cosa che gli è rimasta impressa nella memoria fu che gli occhi del vecchio erano bagnati di lacrime. La vista del Nonno che piangeva gli causò shock e paura, allo stesso tempo però il bambino fu preso da un grande flusso di eccitazione, come se fosse sul punto di ricevere una rivelazione che in qualche modo era correlata a quelle luci laggiù. Ciò che rimane in lui molto viva, dopo tanti decenni, è una sensazione che gli crea ancora emozioni contrastanti di paura e incanto. E tutta la sua vita gli sembra come un viaggio in cerca di quella complessa sensazione di estasi e di paura.

Vrrh, vrhh ... fa il motore e il maiale gira gonfio e unto d'olio sulla brace ardente. Ma come mai Charlie disse che sua madre aveva portato tanta sfortuna alla famiglia? Quale sfortuna? Era solo il delirio di un uomo che sta per morire? O forse zio Basil conosce un segreto che gli ha nascosto tutti questi anni?

È curioso, però che prima d'oggi raramente abbia

pensato ai suoi genitori. Nel sottosuolo dei suoi ricordi c'era la sensazione che fossero stati messi da parte, come risparmi che un giorno avrebbe estratto, ma di cui fino a ora non ne aveva avuto bisogno. Ancora più strano è che la loro memoria venga a galla proprio adesso, in quest'afa australiana da trentacinque gradi, intorno a un maiale allo spiedo che adornerà la tavola del compleanno di sua moglie.

'Vrhh, vrhh!' gira il maiale, trivellando nei recessi della sua memoria. Ora però deve smettere, perché i ricordi gli stanno bruciando la testa. E così si allontana, arretrando in direzione degli scalini, verso l'entrata della casa dove l'eucalipto aromatico offre riparo dal sole e i cespugli di rose lo rassicurano. Sale fino al portico dell'entrata. Niente luci del golfo qui. Sulla strada, oltre le corsie delle auto è tutta pianura, con giardini accuratamente mantenuti e, ancora più lontano, l'oceano che dorme tranquillo sotto il sole pomeridiano.

Dentro, trova John assopito sul divano davanti al televisore.

'Un buon pomeriggio al WACA oggi. Quasi ottomila spettatori venuti a guardare il terzo giorno della partita. E che duello interessante sta per svilupparsi in campo! Sei d'accordo, Bruce?'

'Assolutamente, Dennis. Indicativo che la gente sia ben disposta a venire a guardare una partita veloce ed entusiasmante, specie quando l'esito è ancora del tutto imprevedibile.'

'Giusto. Allora ... il punteggio è Queensland, sei wickets per duecento undici punti, contro gli innings della Western Australia per un totale di trecento e quattro ...'

John dorme dopo gli sforzi di ieri notte. Strano vederlo così. Sembrano anni che non lo osserva veramente. Di certo, gli assomiglia tanto. Non si può negare quel suo aspetto bruno e robusto da siciliano. Eppure, nel suo comportamento c'è poco di quel mondo tanto lontano la cui memoria lui stesso ha fatto di tutto per cancellare. Sì questo è un altro uomo, altro tempo, un mondo tutto diverso.

Steve

Stavo per prepararmi per una gita sulla spiaggia con Lily, quando mi ha chiamato per scusarsi che non ce l'avrebbe fatta. Il suo nuovo principale le ha chiesto di rimpiazzare uno dei rappresentanti al Centro Esposizione.

Francamente, sono rimasto un po' deluso da lei, poiché è ancora Nick a pagarle il salario e quindi rimane tutt'ora una sua impiegata. Lily non è stata d'accordo.

'È una vera chance per me, Steven, e non posso perderla.' Le preoccupazioni di Lily sono di natura più pratica, dove trovare una babysitter all'improvviso.

'Mi toccherà portarlo con me ...' mi ha detto.

Non so se stava facendo qualche allusione, ma di certo è che lì per lì mi ha fatto un po' pena. Non è una cosa facile per una madre tirare su un bambino da sola. Mi sono offerto di tenerlo, più per cortesia che altro, ma non mi aspettavo che accettasse. Di conseguenza, mi sono ritrovato a fare il babysitter.

In effetti, fare da padre per alcune ore non mi è sembrata una cattiva idea. Avendo una madre pratica e poco propensa a facili emozioni, il figlio di Lily non è per nulla viziato. Mi ha fatto vedere alcuni giochi sul suo computer e abbiamo giocato insieme. Quel ragazzino è un vero prodigio, farà molta strada. Al suo ritorno Lily era eccitata.

'Il mio nuovo principale è un fenomeno ... inoltre ... stammi a sentire Steve, ho venduto un appartamento ... il direttore ne è molto felice ... dice di voler espandere il settore edilizio dell'azienda e l'esperienza di lavoro da *Amedeo & Son* mi gioverà tanto nel nuovo lavoro ...'

Lily era di ottimo umore.

'Ho deciso di venire alla festa stasera. Farò un po' tardi, credi che Nick si offenderà, Steven?'

È la prima volta che vedo Lily cambiare idea.

Nick

A prima vista il toro faceva impressione: una magnifica bestia fra il gregge di mucche, che in confronto sembravano emaciate. Non avvezzo a nutrirsi con la magra dieta locale, il toro ben presto cominciò a perdere peso. Poi, meno di un anno dopo la morte di sua madre, suo padre si arruolò nell'esercito e fu mandato in Africa, a combattere per realizzare il sogno coloniale di Mussolini. *Nannu* ne rimase sconvolto e se la prese con tutti, specialmente con il toro.

'Nero come il demonio, dovevo immaginarmelo che portava malaugurio. Dobbiamo disfarci di quella bestia, sennò la catena di disgrazie non si rompe.'

E così lo vendettero alla fiera della Ghiaca. Ma neanche quello pose fine alle incursioni della sfortuna. Altri parenti emigrarono, Basile in Australia e Pietro in America. Gli anni passarono e poi si scatenò sulla famiglia il colpo più funesto. Ottobre 1936 e una grande gioia prevaleva in casa Amedeo. La guerra in Africa era finita e tutti speravano che suo padre fosse stato rimpatriato per Natale. *Nannu* in particolare era felice. Ormai lui e suo nonno erano diventati inseparabili. Nick si ricorda quant'era eccitato il vecchio che suo figlio minore, il suo beniamino, sarebbe presto tornato e avrebbero festeggiato il Natale come facevano una volta, prima della scomparsa di sua madre, anche se neanche questa volta il suo nome era stato fatto.

Poi, inaspettatamente arrivò una lettera da suo padre che diceva di aver deciso di rimanere in Africa, 'per assistere i nostri fratelli d'Africa a ricostruire il loro paese.'

Nannu ne fu distrutto, anche perché si cominciava a dire in giro che suo figlio co-abitasse con una donna africana. Ma nessuno si aspettava che, pochi giorni dopo, arrivasse una lettera ufficiale a informarli che suo padre era stato ucciso in una schermaglia post-bellica.

Dapprima, fu la Nonna a prenderla peggio di tutti. Si ricorda che erano dalla Mancusa per raccogliere l'ultima uva, quando qualcuno mandò a dire che alla casa era arrivato un telegramma dall'Africa. La nonna lasciò cadere a terra i grappoli d'uva che teneva nel grembiule e diede un urlo a squarciagola che echeggiò per tutta la valle, fino alla salita di Sant'Arcangelo. Poi, nonostante i suoi settantadue anni, si arrampicò di corsa per la salita verso la casa gridando; '*Matri addulurata, m'ammazzanu u figghiu! U figghiu m'ammazzanu!'*

I suoi ululati richiamarono vicini e parenti che si misero a inseguirla per la salita. Alla fine, erano una ventina di persone che le correvano dietro. Le loro grida tanto acute da raschiare le ossa, non riuscirono a risuscitare Carmine Amedeo nella lontana Africa e a riportarlo alle colline della Sicilia.

Nonna si riprese alla fine. Come sempre, se la prese con suo marito. Per mesi non gli rivolse parola, finché non si accorse che stava male.

Nannu all'inizio fu meno reattivo. Per mesi sembrò confuso, apatico, spento ... ma non dimostrò le grandi emozioni di sua moglie. Però, si vide subito che il nonno era cambiato. Forse si era convinto davvero di essere il responsabile della morte di suo figlio. Comunque sia, poco più di un anno dopo morì anche lui.

Quel giorno gli è rimasto impresso in mente per sempre. Era una bella giornata di dicembre e lui era a scuola: un piccolo edificio di una sola sala, nella pianura del Cimarra. La zia Enza arrivò a scuola con gli occhi rossi e gonfi.

'Devi venire a casa. *Nannu* sta male, molto male.'

A casa, si trovò davanti una scena terrificante. Gli venne incontro suo nonno in camicia da notte, con le mani aggrappate alla testiera di ferro del letto di suo figlio; i suoi occhi enormi e sporgenti, grugnando come un maiale legato, mentre la famiglia cercava in qualche modo di calmarlo. Sua zia allora prese Nick per la mano e disse;

'*Guarda, Patri, c'è Nicola cca'.'*

Nannu fissò i suoi occhi impazziti su di lui. Non c'era alcuna traccia di rassegnazione in quegli occhi azzurri, piuttosto emanavano una luce folle, come se stesse per commettere un orribile reato. Il suo adorato *Nannu* era impazzito e gli voleva far del male. Fece due passi verso Nicola con la mano tesa.

'Vacci vicino, Nicola, ti vuole,' lo sollecitò Enza.

Nick era troppo impaurito per andargli vicino. Ebbe la sensazione che suo nonno lo volesse uccidere. Per fortuna, dopo aver fatto un passo, al vecchio tremarono le gambe e cadde a terra.

Per il funerale, vennero da tutto intorno al Cimarra, perfino dalla costa. Arrivò gente da San Michele, Civa, Ghiaca, Sant'Arcangelo, Ficarra e pure dalla lontana Messina.

L'intera famiglia era lì, eccetto Pietro e Vasili che erano emigrati e Saru. Riguardo a lui, accadde una cosa strana. Il giorno prima del funerale, Nick fu mandato a prendere dell'acqua. Quando arrivò alla *gibbia* e mentre aspettava che la brocca si riempisse, arrivò un uomo. Aveva l'aspetto tanto strano e severo che gli incuteva paura.

'Non mi conosci?' chiese.

Lui non si sentiva del tutto a suo agio con Saru, perché non lo aveva più visto da anni, dalla morte di sua madre, infatti. E allora per tenerlo a bada disse,

'No.'

'No?'

L'uomo lo guardò un istante, il bianco dei suoi occhi sembrava gonfio al ragazzo, 'be', non importa … voglio che mi fai un favore. Ma devi promettere di farlo, capisci?

Nick assentì con il capo. Saru era come un animale selvatico, ma in quel momento mostrò una sorprendente dolcezza nel tono, tanto da renderlo ancora più pauroso. L'osservò mentre svolgeva un pacchetto dal fazzoletto.

'Prendi,' disse. Le sue dita erano macchiate di nicotina, 'dì alla nonna che questo deve andare nel *tabuto.*'

Nick prese il pacchetto in mano.

'Non ti scordare però.'

'No.'

L'uomo tirò un'altra boccata di fumo dalla sigaretta. Il sudore si era raccolto nelle rughe della sua fronte. Per pochi secondi fissò Nicola.

'Quanti anni hai? Aspetta, vediamo, sette, no otto anni.'

'Fra due mesi avrò dieci anni.'

'Ah,' frugò nelle sue tasche della giacca. Niente. Il suo mento si aggrottò e il labbro superiore si allungò in un'espressione di rassegnato disappunto, poi si ricordò.

'Ah!'

Dalla tasca dei pantaloni pescò un biglietto da cinque lire.

'Eccoti, va a comprarti delle caramelle, ma non dire a

nessuno che ti ho dato i soldi.'

Il regalo lo rese audace, così disse, 'Lo so chi sei.'

'E allora chi sono?'

'Mio zio Saru.'

'Giusto, sei un piccolo *birbante*.' E gli pizzicò la guancia. Ma non fu carezza, perché gli fece male. E adesso che ci ripensa, sente di nuovo quel dolore che lo punse come una scintilla di fuoco.

Sente uno sciacquio d'acqua. È Joyce che annaffia le aiuole. Dio mio, sembra come se non la vedesse da un'eternità. Dove mai sarà stata? Eccola a dare acqua alle piante che il sole ha curvato. Tutte le cose si riassettano, trovano le loro pieghe.

'Ehi,' la chiama attraverso il recinto della piscina e la sua voce sembra vuota, come un uomo che non parla da tanto tempo. 'Ehi, Joyce questo maiale sarà il più squisito che hai mai assaggiato.'

Troppo tardi si ricorda di averglielo già detto.

'Non ne dubito, visto tutto il lavoro che ci stai mettendo.'

'Lo faccio per te.' E siccome Joyce è intenta a sbrogliare un groviglio nella pompa dell'acqua, Nick ripete, 'lo sto facendo per te, Joyce. Solo per te.'

E lei dice, 'Quelle glossenie, stanno per finire la fioritura. Ce ne restano poche ormai.'

E lo dice a lui, che non ha idea di quali siano le glossenie. Ma perché non si volta a guardarlo? Sarà forse che la luce del sole lo abbaglia. Come un cane rinchiuso dentro il cancello, Nick corre all'altro lato del recinto per vederla meglio. Ma lei non si gira ancora. Nick si sforza di cacciare via l'immagine delle dita macchiate di zio Saru.

'Joyce! Joyce! Vieni, ho qualcosa da dirti. Ti prego, ascolta.'

Finalmente Joyce si gira, lo squadra da capo a piedi, calma, intelligente, splendida.

'Sì, che vuoi Nick?'

'Niente. No, ecco ... voglio fare qualcosa per te ... qualcosa di speciale solo per te ...'

E lei continua a guardarlo ma non dice nulla. Il silenzio a

volte è la cosa più crudele.

Lui prova ad afferrare un lembo del suo vestito attraverso la griglia del recinto, ma Joyce si è spostata troppo lontano e Nick non riesce a trovare un'altra scusa per richiamarla. E non è capace di inseguirla, perché una cosa è certa, il maiale non può essere lasciato solo a questo punto. Il maiale lo ha reso prigioniero, legato e arrotolato in se stesso per la cottura.

Joyce

Una trasformazione è avvenuta là fuori, dentro il recinto della piscina, accanto allo spiedo che arde. Sole, aria e acqua (che altro?) si sono mescolati per creare un'alchimia epocale. Nick è in calzoncini e a torso nudo, ma non fa più l'effetto di una volta. Appare semplicemente come un uomo di mezza età: sudato, sovrappeso e maleodorante; fa pena a guardarlo. Le sue labbra sono gonfie e supplichevoli. E quest'immagine non si addice per niente a Nick. Qualunque cosa, fuorché la debolezza. Lei non ci può fare nulla. Le manca la forza, quel tipo di forza almeno. E poi Nick non è suo figlio. Non può chiederle questo. Non andrà a soccorrerlo e curare la ferita con l'antisettico. Quello non fa parte dell'accordo fra loro due e il suo istinto materno si è già esaurito con i bambini.

'Meglio che vai a controllare il maiale,' gli ha detto, per evitare che si mettesse a rincorrerla, 'potrebbe bruciarsi a questo punto.'

E lui, a sorpresa, ha obbedito. Si è girato e si è incamminato, soffermandosi un attimo vicino alla piscina per rinfrescarsi il viso, poi si è piantato più vicino che mai al fuoco.

Nick

Sono le cinque di sera e Nella lo chiama dalla cucina.

'Papà, una certa Dorothy vuole parlarti al telefono ...'

Per un istante deve riflettere su chi potrebbe essere. Tutto si è fatto diverso, lontano. E Dorothy Stansfield sembra del tutto estranea alla nuova realtà.

'Dille che sono occupato.'

Ma chi si sente di essere quella donna da volerlo distrarre dal suo maiale!

'Papà! ... Le dico che la chiamerai fra poco, OK?'

'No, non dirle quello ...'

Va a prendersi il telefono. Più facile che litigare.

'È saltata fuori una faccenda urgente,' gli fa. Madonna, quante arie si dà sta donna! 'Incredibile, devo tornare a Londra

per un affare urgente ... sì, devo partire in settimana. Dovremmo vederci qui a casa mia ... per finalizzare alcuni dettagli ... e sì ha ragione lei, i tempi sono un po' spinti, ma a questo punto mi tocca risolvere in fretta e prendere una decisione ...'

Per un istante Nick è tentato di arrampicarsi sul bordo del tempo e rimettersi per strada. Ma il bordo è ormai troppo sinuoso, sarà più facile ritornare a quella discesa che porta giù nella voragine. Ma chi si crede di essere? Che se ne vada a quel paese quella stupida snob , lei e tutti i suoi soldi, tanto a lui non ci servono.

'Spiacente, ma non posso. Ho un maiale da curare.'

Si rende conto che sta commettendo una scemenza, ma chi se ne frega? Le cose che contano veramente nella vita, la gente non riesce a comprenderle. E neanche Nella, le cui mani sono immerse in un'insalatiera per preparare l'insalata, neppure lei concepisce il significato di questo momento.

'Ci pensiamo noi al maiale,' gli dice ad alta voce, 'va' pure tranquillo.'

Ma Joyce, lei sì che ha capito. Non è un caso se hanno vissuto insieme per trent'anni.

Vrum! Vrum! Vrum! Gira il maiale lento sulla brace. Il suo viso gonfio attende trepidante ma placido. Lo fissa e poi si gira come fosse un gioco. Il ventre ripieno, lucido e sensuale, si gira fra fuoco e sole. Nick lo unge ancora una volta con uno spazzolino sulla sua carne grassa e saporita. Fra poco il maiale riuscirà a realizzare la propria sorte. Quanti al mondo possono affermare altrettanto? Pure la carne di Nick è messa a fuoco. Succhia gli odori dall'interno e li deposita sulla pelle arrossita. Odori strani ed esotici provenienti dal profondo di sé; dal lontano passato. Quanto sono banali e stupide in confronto, le Stansfield di questo mondo!

Steve

'Sembri come la morte risorta,' diceva mia madre a mio padre in quelle mattinate quando le sue condizioni le consentivano di rivolgergli la parola. La frase mi vola in mente quando rivedo Nick in prima serata. La cosa strana è che non ha per niente l'aspetto da mezzo morto; al contrario ha la faccia florida e abbronzata e i suoi occhi brillano come se fosse sotto l'effetto di un incantesimo. Perciò non capisco la ragione per cui quella frase mi passa per la testa proprio adesso. Gli chiedo,

'Hai bisogno?'

'Come?'

'Hai bisogno di aiuto?'

'No ... tutto sotto controllo, come vedi.'

Indica il maiale arrossito che gira lento, come un artista che presenti la sua ultima opera.

'Ti dico una cosa, però, se vai a prendere mio zio Basil dalla casa di cura mi togli un pensiero.'

Joyce

Attraverso la finestra la sera dimora ancora, contegnosa come una sposa davanti all'entrata della chiesa, mentre il pomeriggio si sdraia languido sul giardino. Due vecchi siedono come giovani innamorati all'ombra della tettoia, non distanti da dove il maiale compie gli ultimi giri del suo viaggio.

Il primo ha il viso da carlino assolato per cui fa fede il naso. La sua mano si muove con gesti improvvisi da pupazzo a molla, come un uomo prematuramente invecchiato, eppure ha l'aspetto stanco di un vecchio e il suo capo, coperto da un cappello di cotone, è pelato come un maiale ben raschiato. L'altro ha i lineamenti aristocratici, i capelli color argento, un vestito estivo elegante e cravatta marrone. Ha l'aspetto di un gentiluomo di età avanzata addobbato in modo troppo accurato per un vecchio.

E quindi, a prima vista, potrà sembrare che fra le due immagini contrastanti scaturisca un punto di armonia. Be', diciamo quasi un'armonia, perché c'è qualcosa che non va ... qualcosa che manca ... finché Nick non smette di ammazzare tempo vicino a quel fuoco e si va a sedere in mezzo ai due. E adesso di vecchi ce ne sono tre.

Nick

Lo sapeva già che invitare Charlie Mannu alla festa non era una buona idea. E, infatti, se ne sta lì seduto da solo, agitandosi come una chioccia sulle uova che stanno per aprirsi.

'Non mi sento bene, Nick. Se si alza il vento ... l'aria fredda mi rovina.'

Osserva le aiuole accanto, intorno alla piscina, rigide come le piante nelle vetrine dei negozi, per evidenziare le sue paure.

'Hai ragione, Charlie. Puoi sempre spostarti dentro se senti troppo freddo.'

'È bello qui fuori,' dice zio Basil in siciliano, ' intorno a tutta quest'acqua fresca ...'

Lo sguardo dello zio Basil scorre sulla piscina, i suoi occhi antichi brillano di meraviglia. È sempre stato così lui. Ogni volta che il suo sguardo si posa su di te, è come se ti vedesse per la prima volta. Strano, sarà il segreto della sua longevità.

'Avete ragione, *Zu Vasili*,' si lagna Charlie, 'voi godete di buona salute, come un giovanotto ...'

Ma è chiaro che non ha intenzione di rientrare alla casa di cura, anche se lo turba la prospettiva che gli ospiti della festa lo vedano in questo stato.

'Ma Franca ci viene alla festa?'

'Certo, Charlie, arriva più tardi.'

'Doveva venire lei a prendermi. Perché non è venuta, eh?'

Per calmarlo lo zio gli porta un bicchiere di limonata.

Charlie lo annusa in modo sospettoso e, dopo un'ennesima lamentela per un presunto mal di pancia, svuota il bicchiere in un sorso. Poi d'un tratto si addormenta.

'Sono le medicine,' dice lo zio, 'deve prendere la dose massima per poter sostenere il dolore.'

Pausa, mentre ascoltano il mormorio del filtro dell'acqua e il frullare dello spiedo, che concertano in dissonanza fra loro, poi aggiunge, 'Spesso gli do da bere io, le infermiere non hanno il tempo per correre dietro a Charlie, che a volte può essere esigente. A me non dispiace stargli dietro, fa passare il tempo più in fretta. E quello è importante.'

La storia della partenza di Basile per l'Australia aveva in sé del romantico ... e del tragico. Da giovanotto corteggiò una ragazza, ma siccome erano entrambi troppo giovani e troppo poveri per potersi sposare, lui andò in America per fare dei soldi. Quando scoppiò la prima guerra mondiale, prolungò il suo soggiorno all'estero. Al termine della guerra, quando rimpatriò qualcuno lo tirò da parte e gli parlò in segreto dei sospetti che erano sussurrati in paese circa la sua fidanzata e un soldato proveniente da un altro paese.

Probabile che non ci fosse nulla di vero. Basile era convinto che non fosse vero, ma un po' di sospetto gli rimaneva. La possibilità che la sua promessa sposa, per amore della quale si era trasferito all'estero per costruirsi un futuro migliore, avesse potuto tradirlo, era intollerabile. Con la rabbia nel cuore partì, nel 1920, per il luogo più remoto della terra. In Australia provò a rifarsi una vita. Andò a Kalgoorlie in cerca di oro, addirittura fondò una compagnia mineraria, la *Three Boys Mine*. Ma in quanto a trovare un nuovo amore, niente da fare.

Tornò nel 1930. Era già di mezza età ma si accorse che amava Vanna più che mai. Pure lei era rimasta single e anche se avesse voluto sposarsi, il suo 'passato' avrebbe ridotto le sue scelte. A quarant'anni suonati era destinata a rimanere zitella. Quando Basile le fece la proposta di matrimonio, lei, sorprendentemente, non accettò.

Più di una volta, nel lontano passato, Basil ne aveva parlato, quando la pasta e il vino erano accompagnati da altro vino.

'Io le dissi: "Vanna, scordati il passato, ora non importa più." Al quale lei rispose, "A me sì che importa".

'E il peggio era che non riuscivo a capire ciò che intendeva. Che io le avevo fatto un torto oppure che in effetti qualcosa era accaduto con quel soldato. Comunque fosse, mi dava l'impressione che avevo perso il suo rispetto.'

'Ma neanche quello mi preoccupava, basta che mi facesse capire che mi amava ancora, il rispetto me lo sarei guadagnato di nuovo. E quindi la implorai, Vanna, il mondo si è fatto grande, la gente la pensa diversamente e comunque io non posso dire di essere stato un angelo, perché dovrebbe essere diverso per la donna?

'Vanna mi guardò incredula, "Se la donna non sa mantenere l'onore, chi altro può farlo?"

'Provai a dirle che quelle cose non erano tanto importanti quanto il fatto che ci amavamo, che si poteva essere felici insieme. Potremmo sposarci e tornare in Australia, le dissi. Ma lei fu irremovibile. E va bene, Vanna, restiamo qui dove siamo, come vuoi tu.

'Vanna si accigliò. Di solito la sua fronte era segnata da una straordinaria serenità, anche se aveva trascorso tanti anni a lavorare nei campi. Mi accorsi che provava una certa compassione per me, ma quella non bastava per farle cambiare idea. Forse non mi amava o forse non mi aveva mai amato, il che avrebbe spiegato la sua indiscrezione con quel soldato, ammesso che c'era stata. Questo pensiero mi buttò nel panico. È terribile quando si vive col sospetto che la donna che ami più di te stesso non corrisponde più il tuo amore, è ancora più amara la possibilità che non ti abbia mai amato. E così le chiesi, Vanna, ma tu mi ami?

'D'un tratto il suo volto tanto serio si rilassò e si mise a ridere. Per un istante mi venne davanti quella ragazza timida che avevo corteggiato una generazione prima, quando il suo sorriso accendeva in me fiamme di passione. Quando cessò di ridere i suoi occhi scuri e bellissimi rimasero dolci. Come potevo mai dubitare di lei?

'Vasili,' disse, 'che stai dicendo? Parlare così è da giovanotti, non più per noi. Abbi un po' di senso, Vasili.'

'In effetti aveva ragione lei. Non avrei mai dovuto

259

dubitare del suo amore, così come non c'era alcun dubbio in lei per il mio, anche se ero fuggito all'altro capo del mondo per allontanarmi da lei. Ormai era troppo tardi per sposarci. All'epoca quando ci si doveva unire, il destino ci aveva messo di mezzo lo zampino. Più tardi, il diavolo mi fece montare la testa e io stesso respinsi la felicità. E così unirmi a Vanna non era più possibile, ma l'amore sì, quello sì. Nulla è capace d'impedire la sua forza. Né la distanza, né il destino, neppure la morte. Nulla può distruggere lo spirito che unisce due persone nella vita.'

Be', almeno Basil la pensa così. Zio Basile sarà anche l'uomo più dignitoso che Nick abbia mai conosciuto, ma c'è da dire che onore e dignità gli hanno reso ben poco. Che ha avuto Basil della vita? Anni, decenni passati in tristezza per un amore andato a monte e mai consumato.

Lo zio non riesce a pacificarsi. Gli siede accanto a guardare la luce, ancora brillante, nonostante l'approccio della sera.

'Ci sei stato a pescare i granchi quest'anno, Nick?'

'No, adesso faccio la pesca a mare.'

'Ah, la pesca! Andare a pesca fa bene. Devi far mangiare molto pesce ai figli. Gli fa bene. Gli piace il pesce? '

'Certo che gli piace. Senti, zio, sto cuocendo una cosa squisita per te oggi. Un maialino cotto come si faceva una volta.'

'All'epoca, l'unico che si poteva permettere il lusso di un maiale era u Baruni.'

'Di quei tempi ero capace di mangiarmene uno intero da solo.'

'Eh sì c'era tanta miseria allora, eccome!'

Di nuovo quel silenzio. Gli ha fatto tic tac nella mente per l'intera giornata, al di sotto di quella massa di immagini che sono venute a galla per essere soccorse.

'Lo sai zio, ho pensato tutta la giornata. Cose strane, fantastiche.'

'Sì, sì, Nicola ...'

'Fatti del passato ... Ti capita mai a te?'

Lo zio ridacchia. Le falde della pelle sotto il mento si agitano. 'Ma che dici, Nicola, sono decenni che passo le giornate a pensare e le notti a sognare.'

'Mi ha sopraffatto d'un colpo ... pensavo di essermene scordato del tutto, sai. E invece, me li trovo davanti come se fossero accaduti oggi ... solo che non ricordo bene i particolari. Cioè, accaddero come me li ricordo, oppure son cose che mi immagino? Ero appena un ragazzino allora. Dovresti chiarirmi i fatti tu, zio. Non ne abbiamo parlato per anni.'

'Sono molto anziano. Non ti puoi fidare della memoria di un vecchio, Nicola.'

Lo zio stende la mano verso Charlie che dorme accanto a lui e gli aggiusta il colletto della giacca con accentuata cura.

'E poi, non esiste nessun altro ormai con cui verificare. Mi sono reso conto proprio ora ... una cosa molto strana ... non ho nessuno con cui parlare di queste cose ... al di fuori di te, voglio dire. Charlie, be', Charlie come vedi ...'

Né lui, né lo zio volta lo sguardo verso Charlie che dorme con il capo coperto da un fazzoletto per proteggersi dal sole.

'E già, povero Charlie, chi l'avrebbe mai immaginato!'

'Ben presto ci saremo solo noi due, zio.'

'Sì, sì, Nicola.'

Lo zio sta fissando la piscina dove una luce giallastra si è posata sull'acqua. Ma la vede veramente? Il suo corpo ha un fremito, anche se l'aria è calda e umida.

'Dovremmo parlarne ... uno di questi giorni ...'

'Cosa?' Dice 'cosa' per far passare il tempo, per dirottare il discorso.

'Il passato. La Sicilia.'

'Certo. Quello piace anche a me. Ma non qui, non stasera, Nicola. Stasera è per il presente. I tuoi ospiti vengono per mangiare, bere e divertirsi. Ecco che ti arrivano già i primi.'

No, è ancora presto per gli ospiti. Arrivano i ristoratori con gli attrezzi e ora si apprestano a sistemarli.

Joyce

È sera e la folla resuscita Nick Amedeo. Avendo trascorso

tutto il weekend, per non parlare dei giorni frenetici di preparazione, a sognare i modi di soddisfare il palato dei suoi ospiti, adesso sta dritto sotto le colonne georgiane ad assorbire con avido gusto la scena nel giardino. I suoi occhi, gonfi di trionfo, sorvolano il campo di figure tremolanti e di tavoli colmi, come un generale in rassegna delle sue truppe.

È passata più di un'ora da quando sono arrivati i primi ospiti, Murray e i suoi amici, al completo con pancioni da bevitori e mogli scheletriche. Hanno preso posizione vicino al bar, sincopando i primi sorsi ancora tentennanti con bocconcini di antipasto: salami, provolone, olive ripiene, acciughe, giardiniera, gamberi e tanto altro. Sul tavolo accanto, coppe d'insalate e contorni attendono apprensivi l'imminente attacco. La varietà è impressionante: arancini, zucchine fritte, polpette e melanzane, fave all'aglio, insalata di finocchio, olive affettate con limone, origano e pomodori secchi, insalata di polipetti, calamari, insalata di funghi e così via. Ogni piatto avvolto in plastica trasparente contro le mosche impazzite per gli odori. Dalla veranda i tavoli hanno l'aspetto surreale, galleggianti nell'aria fosca della sera.

Il sole indugia sopra l'Oceano Indiano, il suo capo poggiato su un vortice arancione, pronto al tuffo, prima che inizi l'abbuffata generale in questo giardino.

Soddisfatto che tutto sia a posto, Nick si riavvia al barbecue. La gente parla, ride, fa osservazioni o si racconta novità, ma in realtà l'attenzione di ognuno, se non lo sguardo, è rivolta alla prossima mossa che farà Nick.

'Ragazzi, diamoci sotto!' Annuncia infine.

È il segnale che tutti aspettavano. Una frenesia generale infetta la folla. Le donne e gli uomini più anziani si alzano dalla sedia, mentre dalla piscina accorrono giovani dal corpo bagnato, tesi nell'attesa. Dal bar arrivano gli uomini con baffi, barbe e bicchiere in mano e tutti si raggruppano sul prato d'erba, fuori del recinto della piscina. Dal balcone scendono altri e si spargono anche loro sull'erba. Si avvicinano tutti al barbecue come pellegrini venuti ad assistere a un grande miracolo. Due uomini afferrano il manico dello spiedo e si caricano il maiale sulla spalla.

'Yo-ho! Fate largo, ragazzi!'

Si mettono in fila dietro la chiassosa processione e seguono il maiale intorno alla piscina, dirigendosi sul prato di fronte all'entrata della casa dove li aspetta il tavolo con la tovaglia di lino bianca da altare.

Subentra un silenzio momentaneo, mentre Nick si avvicina al maiale: dall'aspetto solenne e selvaggio, coltello trinciante in mano e una ciocca di capelli sulla fronte. E quando il coltello sprofonda e si spaccano i punti, l'animale si apre e scarica tutti i suoi aromi, l'aglio e le spezie e i peperoncini. I profumi vertiginosi delle verdure cotte alla brace dentro il maiale si liberano su tutto il giardino e invadono le narici tese.

Ahhh, ecco l'offerta del maiale!

Un coro spontaneo s'innalza fra la folla. Le figure si mettono in fila, piatto di plastica in mano per l'atto della consumazione.

'Dai, Jim, porta qui una cassetta per le ossa,' urla Nick a uno dei camerieri, in modo che tutti siano testimoni del momento del sacrificio, poi infila la lama nella spalla e inizia ad affettarla. Su e giù fa il suo braccio nudo e i suoi muscoli pettorali, avvolti in una camicia aderente, si gonfiano di una brutale forza.

Nick Amedeo è ancora una volta re. La sua corporatura s'ingigantisce nel faro di luce, circondato da un mucchio di figure scure. Si gira e il suo volto sudato e rubicondo timbra lo sfondo. E lì nel chiaroscuro del tramonto prende la fisionomia del maiale. E adesso si avventano gli avvoltoi sul corpo squartato.

'Trovo irresistibile l'odore del maiale allo spiedo,' dice qualcuno con voce tremolante che annuncia l'arrivo della sera. Mentre il sole si annega nell'Oceano Indiano color granato, come la maschera in un melodramma dell'Oriente. I visi della gente si fanno per un istante (ma solo per un istante) timidi, reverenti, indecisi, prima di trovarsi smascherati.

Nuove immagini si agitano nelle navate. Adesso si fanno avanti verso il tavolo sacrificale. Silenzio e ombre danzano nei loro occhi folli e scivolano fino alle due estremità della bocca per rivelare segrete perversioni.

'Di solito non mangio carne. Sto provando a farne a meno, ma il maiale di Nick ... devo fare un'eccezione.'

'Da nessuna parte troverai un maiale tanto saporito e perdonami se mi vanto io stesso.'

L'orgoglio di Nick lo degrada. Il coro di vari adulatori è capeggiato da Murray Williams.

'Maestro, sei tu il migliore. Non c'è dubbio.'

Franca Bhaume, figlia di Charlie Mannu, concorda. Con le labbra unte di olio, che rischia di colare giù sui suoi menti multipli, dà l'impressione che di mangiare ne sappia più di tanti, anche se il suo gusto non sembra essere tanto selettivo. Ragion per cui, si volta in cerca di appoggio verso suo marito, ugualmente bisesto e dotato di doppio mento.

'Non credi, Ross?'

Ma forse lui non gradisce essere identificato fisicamente con sua moglie, poiché commenta seccato, 'Niente può paragonarsi al gusto del cinghiale ...'

Per vendetta sua moglie evita di rispondergli direttamente.

'Eccolo di nuovo il vecchio pedante. Che barba!'

La sua risata fornisce lo sfondo vocale al tracannamento generale. Paradossalmente, Ross Bhaume è l'unico che (per colpa di un'ulcera duodenale) trova il tempo, fra un boccone e l'altro, per inserire le sembianze di una conversazione.

'Hai mai ucciso un cinghiale? Un lavoro che richiede grinta e coraggio, quello. Se non lo catturi mentre corre, praticamente impossibile nelle macchie, devi prenderlo in trappola. E se poi ci riesci a farlo rintanare devi mantenere la massima accuratezza.'

'Vuoi dire che ti salta addosso?'

'Per Dio, sì! Ti afferra prima che tu possa girarti. Ricordo quando la tenuta era invasa da cinghiali, un giorno stavo inseguendo una grossa bestia ... direi lungo quasi due metri, con una testa da toro di corrida ... e non esagero ...' Butta giù le parole col cibo e la birra, gustandosi l'attenzione del suo pubblico, 'versami un'altra goccia, dai ... grazie ... E allora, dov'ero arrivato? Ah ecco, davo caccia a cavallo, perché a quei tempi così si faceva, e nel momento in cui credevo di averlo intrappolato ... vuum ... s'infila dentro la macchia.

'Sapevo che l'avevo con le spalle al muro, cioè contro il recinto che scorreva attraverso la macchia. Non restava altro che mandare il cane a scovarlo fuori. Ebbene, il cane si slancia in avanti abbaiando come un forsennato e il cinghiale è immobilizzato contro la chiusura. Adesso ti ho fregato, mi dico.

'Invece lui ha tutt'altra idea. D'un tratto, il furbone esce dalla macchia. zampe in aria, si avventa sul cane e gli morde un pezzo della groppa. Ti dico, non dovresti mai avvicinarti a una bestia come quella senza un fucile in mano.'

'Non se ti curi della tua groppa, eh!' fa sua moglie. Può anche essere spiritosa la moglie! 'o la mascella, o la gamba, perché ogni volta che sento questa storia cambia i dettagli.'

La gente avverte l'inizio di un ennesimo battibecco fra i due.

'Vuoi dire che Ross non ha mai ucciso un cinghiale in vita sua?'

'È probabile che no. Questo ha più ciarle che lardo ... a dir poco.'

Ross si ammazza a ridere. Continuerà a ridere tutta la notte, nonostante le provocazioni di sua moglie, ma tutti sanno che le cose saranno diverse quando tornano a casa e il vero Ross si farà avanti. La povera Franca ha dovuto spiegare più di una contusione in vita sua.

"Certo che anche lei non si tira indietro quando si tratta di dar botte, stando a quel che si sente in giro," ha detto Nick qualche volta, "Senza figli, hanno poco da fare nel tempo libero."

Bagnata e scivolosa come una lontra, Flo è appena salita degli scalini della piscina lasciandola in mano ai bambini. Subito s'imbatte in Nella che sta usando l'eccessiva energia che ha tirandosi dietro due ex coetanee di scuola e presentandole a tutti i giovani scapoli.

'Già finito, zia Flo? Ti sei appena bagnata.'

'È impossibile poter nuotare con tutti quei diavolini che spruzzano acqua dappertutto.'

'Zia, stai sempre a lagnarti. Preferisci che si rincorrano intorno ai tavoli?'

'Cara, i bambini non dovrebbero partecipare alle feste degli adulti, punto e basta.'

'Va bene per te, zia, giacché non ne hai.'

'E di questo sono lieta, ti assicuro, specialmente visto che da adulte diventano delle grandi monelle.'

Non volendo rischiare una scaramuccia fra le due, Joyce si offre da capro espiatorio. E Flo le salta addosso.

'Ti dico una cosa, Joyce, non so che hai fatto a questa tua figlia, magari sarà quel sangue siciliano che le scorre nelle vene.'

Nella si acciglia, fingendosi offesa (quando in effetti è orgogliosa di essere paragonata a suo padre) e si avvia con le amiche indietro, in cerca di altri imbarazzi sociali a cui sottometterle. Pure Flo si congeda ma nella direzione opposta.

'Vado a cambiarmi, e poi faccio pace con Harry. Sarà di pessimo umore, ma almeno un po' di cervello ce l'ha, materia di certo scarsa qui stasera.'

Steve

Se ci rifletti sopra, è davvero un'idea balorda. Nick è del parere che a una festa s'invita chiunque e più gente c'è, meglio è; senza tener conto che tipo di persone s'invitano o se sono compatibili fra loro. Alle sue feste di Natale c'è un misto svariato di gente che comprende famiglia, amici, clienti e inquilini.

La festa di quest'anno non fa eccezione. Doveva essere una festa per celebrare il compleanno di Joyce, in effetti non è altro che la solita festa di Natale e gli ospiti sono più o meno gli stessi.

Dopo il consumo del maiale la gente si assesta nei soliti gruppi. Gli uomini intorno al bar accanto al recinto della piscina. Sul prato di fronte alla casa, dov'è stata deposta una piattaforma portatile di legno, un disk jockey di mezz'età ha piazzato i suoi strumenti. Le donne siedono ai tavoli col viso triste e annoiato.

Ma ciò che domina le feste di Nick (e questa non fa eccezione) sono le montagne di cibo sui tavoli. Mi sembra che il vero motivo di queste riunioni sia di farsi un'abbuffata collettiva.

In effetti, una logica c'è nel comportamento di questi emigranti. Molti di loro avranno conosciuto tempi grami, per cui non dovrebbe sorprendere che il cibo ottenga un'attenzione eccessiva nella loro cultura. Non ho mai conosciuto un emigrante che sia parsimonioso col managiare. Certo che per Nick è questione di orgoglio che alla fine del pasto debba restare ancora cibo abbondante a tavola, tanto da non lasciare alcun dubbio sul prestigio e la generosità del padrone di casa.

Nick

E neanche quando va a rifugiarsi in un angolo del giardino, accanto alla voliera di John, che una volta conteneva non meno di trenta uccellini, Nick trova pace. Due voci d'uomini si scambiano animati bisbigli, in italiano, non in dialetto.

'*Senti Pino, cerca di capire che Santina ti vuol bene ...*'

Doveva immaginarselo, Calogero e Pino stanno litigando con voci sommesse. Nick prova a eluderli, ma Calogero lo intercetta.

'Ah Nick, prova tu a parlare con Pino, ti prego.'

'Che succede, Pino?'

'Oh quanto è crudele Santina! Crudele!'

Pino ha pianto, i suoi occhi sono più gonfi che mai e umidi. Calogero gli dà uno sguardo sofferente, come per dire, 'vedi tu se puoi consolarlo, io non ci riesco'.

'Dai, Pino, coraggio ...'

'*Ma certo che ti vuol bene, Pino,*' interviene Calogero in italiano, poi alternando in inglese mentre gira lo sguardo verso Nick (pur continuando a parlare a Pino) 'Perché credi che abbia divorziato da me?'

'Penso che mi vuol prendere in giro,' insiste Pino.

In un'altra occasione Nick si sarebbe divertito ad ascoltarli. Sono degli imbecilli, sia l'uno che l'altro. Ma adesso non gli frega nulla, vuole solo essere lasciato in pace.

'No Pino, ti sposerà. Ne sono certo.' Conclude Calogero,

tutto fresco. Nonostante che sia così magro, ha l'aspetto di un uomo che non si scompone. Pino invece è inconsolabile.

Come se volesse essere rassicurato dall'oggetto del suo spasimo, Pino rivolge un languido sguardo in direzione di Santina, seduta al vecchio parchetto giochi all'angolo del giardino. Santina ride e si dondola sull'altalena (rimastagli dai tempi in cui i figli erano bambini e che aspetta adesso l'arrivo dei nipoti) circondata da un gruppetto d'uomini. Questi la guardano con occhio canzonatorio, ma la donna non vede altro che ammirazione. E chissà quanti di loro, in fondo, sarebbero disposti a prendere il posto di Pino?

Vedendo Nick, gli fa il segnale di avvicinarsi. Con un sorriso civettuolo invita sia Nick sia Calogero nella sua comitiva di corteggiatori, ma ignora Pino. Niente d'insolito in tutto ciò. Da quando ha deciso di sposare Pino, i comportamenti di Santina hanno un solo scopo: causargli dispetti e gelosie. Veramente strana!

'*Speciale maialino, Nicola, veramente squisito, tenero ca paria squagghiare 'nta ucca.*'

Per abitudine Nick accetta lo scambio di battute.

'Se a te è piaciuto, allora sto tranquillo. La tua opinione è quella che valuto di più, l'unica che conta.'

Lei ci ride sopra, in quel suo riso provocatorio e sensuale.

'Oh, *Madonna mia,* quanto sei birichino, Nicola!'

Gli uomini fanno coro alla sua risata, ma Pino si dilegua nel proprio sudore e nella propria tristezza. Si scambiano ancora qualche battuta, poi Santina lo congeda col suo sorriso smagliante. In questo circolo c'è qualcosa d'attraente, una certa energia che manca in altri gruppi, compresi i giovani.

Quando Nick riprende il suo cammino, si accorge che Pino lo insegue.

'Vorrei fare quattro chiacchiere con te, Nick.'

Mannaggia! Almeno gli parla in inglese, un inglese che non è poi male. L'occhio di Nick scorre l'arco del giardino, tra i vari gruppi, verso la piscina dove i giovani si scialano sguazzando. Forse conversare con questo rospo pietoso non è tanto male.

'Lo so che tu sei un uomo che ci sa fare, Nick. Ti ho sempre ammirato tanto. La vita per te è facile, hai tutto sotto controllo tu.'

'Cosa intendi?'

Pino ci passa sopra, forse crede che la risposta sia ovvia, preoccupazioni più pressanti gli vagano per la testa.

'Sei molto silenzioso stasera, stai riflettendo molto, si vede. Pure io ci rifletto sulle cose. Per questo amo il mio lavoro, perché lo faccio d'istinto e ciò mi lascia tempo per pensare. E così, mentre le mani si danno da fare il cervello è libero di riflettere.'

'Su che cosa rifletti, Pino?'

'Difficile potertelo spiegare in inglese. Non ci riesco in inglese e neppure in italiano ormai. Ho dimenticato molte parole anche in italiano, mentre tu parli inglese bene e conosci la vita. Hai sposato una donna intelligente ...

'Quand'ero in Italia volevo andare all'università ma c'era da fare almeno cento chilometri di strada oltre la montagna per arrivare in città. Poi quando arrivai in Australia non ci fu modo di potere studiare. Ma ormai non importa. Sì certo, è importante studiare, ma ora credo che sia più importante riflettere.'

Si accende una sigaretta. Pino dà l'impressione di aver appena acquisito una certa importanza. La sua usuale timidezza è svanita, forse è ubriaco.

'E così passo la giornata a pensare, tanto il tempo ce l'ho. Ogni giorno le mie riflessioni si fanno ancora più profonde. E quindi forse un giorno riuscirò a scoprire qualcosa d'importante.'

'Ma sì, certo. Te lo auguro, Pino.'

'Non importa cosa, quel che importa è di poter fare una scoperta prima di morire. Vedi, Nick tu hai una bella famiglia una bella casa. Hai molto di cui essere orgoglioso nella tua vita. Io, al contrario, non ho niente.' Volta lo sguardo triste verso Santina che civetta più che mai con gli uomini che la circondano, 'E quindi devo fare qualche scoperta prima di morire.' Poi, come se l'idea gli fosse appena venuta (ma gli occhi addolorati indicano chiaramente che ciò che sta per dire è per lui cosa molto seria), aggiunge, 'E allora forse

Santina mi amerà.'

Joyce

Follie in un giardino di periferia.

Nella, in costume da bagno inzuppato, mentre si tira dietro (questa volta) Geoff Lambert. Lui è in jeans e camicia di yaka, fresco e profumato di benessere spirituale, nonostante la macchia di sudore sotto le ascelle.

'Mi dispiace,' dice, 'la cerimonia in chiesa si è prolungata stasera.'

D'un tratto, il giardino cambia aspetto. La presenza di Geoff ha fatto sparire le macchie più brutte in questo mare di repulsione.

'La funzione di stasera è stata magnifica, penso che vorrò tornare a Perth più spesso,' poi, 'ma guarda quanta roba! Chi mai potrà consumarlo tutto quel cibo?'

'Dai, fatti avanti, prendi qualcosa.'

'Stavo proprio pensando che potrei usarne un po'. Abbiamo in programma una festa di Natale per i bisognosi ...'

'Geoff pensa sempre ad aiutare i poveri, mamma.'

'Lo so. Cosa rara per un giovanotto ... vieni Geoff, ti faccio io un bel piatto ...'

Ma Nella ci aveva già pensato.

'Lascia, lo faccio io, mamma, tu hai altro di cui occuparti,' e con la testa indica la grande torta che sta messa al centro del tavolo, 'o almeno lo avrai fra poco.'

E si trascina Geoff dietro di sé.

Le follie in un giardino di periferia, inevitabilmente si assestano sui giovani, com'è giusto. Donna Summer arriccia l'aria umida. I piedi battono sul pavimento di legno, le spalle oscillano, i corpi si dimenano per liberarsi dall'odio e dalle frustrazioni. La tarda notte appartiene ai giovani, per cui lei si ritira sul balcone, anche se è consapevole che la compagnia di sua sorella e di Harold non costituisce un vero ritiro.

Ed eccoli, messi sul balcone, in una posa stilizzata, come fosse un palcoscenico, intenti ad osservare il giardino, i morbidi profili che impallidiscono nel sentire voci volgari e musica assordante.

Florence Ewing (nata Hathaway ... più Hathaway che Ewing stasera, da come parla) siede con un bicchiere di brandy in mano, una sigaretta nell'altra. I suoi capelli bagnati riescono a darle un aspetto morbido che discorda con la volgarità del suo parlare, l'asprezza del suo umore e il volume della musica. Piuttosto brilla, è sul punto di dare battaglia o di darsi al pianto. Per il momento almeno sceglie la prima.

Harold, sobrio e in una posa di contemplazione ascetica, siede accanto a lei al tavolo da terrazza a sei posti. Quattro sedie vuote accentuano il tono di generale tristezza. Perfino la conversazione sembra estratta da un melodramma degli anni sessanta.

FLO: E ora basta. Questa è l'ultima volta che metto piede in queste lugubri ricorrenze. Quest'uomo non ha alcuna idea. Nulla affatto. Dico io, guardate quei miserabili laggiù: zotici col pancione da bevitori e teppisti, maschi e femmine.

HAR:(superiore, condiscendente.) Mmm, non direi proprio. Personalmente provo una certa invidia perché trovo nella loro semplicità una specie di charme; cioè, i loro peccati (chiamiamola rozzezza) sono così basilari, animaleschi: cibo, sesso ... desideri fondamentali. I veri corrotti siamo noi. Tutta colpa della nostra cultura. Ecco cosa ti fa la cultura, altera la natura dei tuoi vizi. Prendi un uomo ...

FLO: O donna!

HAR: O donna ... e gli carichi sulle spalle la croce dell'auto-analisi, per mano della cultura, e ciò facendo gli togli una delle grandi facoltà per sopravvivere: l'incoscienza del rimorso. Incapace di sfuggire al senso di colpa, quell'uomo quindi ...

FLO: O donna! Ti faccio presente che esistiamo anche noi donne, sai!

HAR: Giusto, 'o donna', tende a isolare se stesso ... (anticipandola) o se stessa (per la madonna se voi donne vi ostinate così, di questo passo non si potrà più impostare un discorso) ... comunque, cosa stavo dicendo? Ah, ecco, senso di colpa più isolamento, ingredienti fondamentali per una vita peccaminosa. In effetti funziona come una formula matematica.

FLO: Mi sembra una ricetta piuttosto.

HAR: Stessa cosa.

FLO: (Esasperata) Dio mio che noia!

HAR: Avresti dovuto invitare qualche tua collega universitaria. A Nick non sarebbe dispiaciuto, come dicevi prima, più gente c'è, più si rallegra.

FLO: Stai scherzando! Se portassi gli amici a questo party non mi rivolgerebbero mai più la parola. (Si accorge che arriva Joyce e cambia argomento, ma non il tono di voce.) Dai, bevi qualcosa, Harry e togliti quel sorriso ironico dal volto. Mi dà proprio sui nervi.

HAR: Resta ancora molto tempo per ubriacarsi, cara.

FLO: Vorresti insinuare che io lo sono già?

HAR: Non ancora, non del tutto.

FLO: (Voltandosi verso Joyce con espressione insofferente) Non avrei mai dovuto raccomandargli di andare da quel Yogi. Lo ha reso del tutto noioso, è diventato un bacchettone, uno strazio noiosissimo.

JOY: Mi sa che Harold ha trovato la tranquillità.

HAR: Non proprio, Joyce, non mi sono ridotto a quel punto ancora. La vita tranquilla è per gli imbecilli, i deficienti terminali, che non hanno altro da chiedere alla vita. Datemi la gioia, e se non la gioia datemi il tormento, oppure la scontentezza ... sarebbe meglio dire il malcontento, no?

FLO: (Ironica e in tono declamatorio) *'E ora arriva l'inverno del nostro malcontento.'* Oh, merda! Sei da manicomio, Harry.

HAR: Sicuramente, ma almeno non puoi dire che non ci provo. Ho tentato praticamente tutto, la religione, la droga, a meditare, il sesso ... e così via. Ah, dimenticavo il matrimonio ... due volte.

JOY: Ti sei dato da fare, Harold.

HAR: Eh sì, come tutti. Ognuno di noi si dà tanto da fare, a costruire e poi demolire, a fare soldi, a intraprendere delle sfide fisiche e mentali o nella carriera. Corriamo e corriamo e corriamo. Però ci si accorge che la corsa è solo un'illusione, in realtà c'è solo la fuga.

FLO: (bevendo) Esatto, Harry. Bevi qualcosa, eri più simpatico quando ti presentavi alle feste già fradicio ... anche peggio.

HAR: Certo, dici la verità. Ma a quei tempi si beveva (o peggio) con un altro scopo. Credevamo che avremmo potuto scoprire tutto. Ah, gli anni sessanta, quanto si era giovani allora!

FLO: Piano, Harry, non eri poi tanto giovane.

HAR: Oso dirlo? Più giovane di te, cara.

FLO: Sei una merda, Harry, lugubre e piagnucoloso.

HAR: (Senza dargli retta, incurante, come se derivasse piacere perverso nel farla arrabbiare) Negli anni sessanta eravamo tutti giovani. Perfino i vecchi osavano fare i matti. Ehi Flo, ti ricordi quel vecchio che andava in giro per il campus dell'università? Un uomo grossolano, dal volto rubicondo, zucca calva e con un pizzetto rosso che sembrava finto. Te lo ricordi, Flo?

FLO: Questa storia l'ho dovuta ascoltare parecchie volte, Harry.

HAR: Be', comunque, andava in giro con una bottiglia di brandy in tasca. Non era un barbone però e non era povero. Parlava con un accento da professore universitario.

Indossava costose camicie di seta te le ricordi quelle camicie di seta, Flo? dai colori vibranti, zingareschi: arancione, turchese, verde oliva. Ma i pantaloni erano sempre gli stessi: larghi e di colore fulvo; sempre la bottiglia in tasca.

Da quel che si sapeva, non era iscritto a nessun corso; ma intanto lui si presentava alle conferenze di vari corsi, dalla letteratura alla biochimica e nessuno l'ostacolava. Era ben conosciuto e nessuno gli faceva caso. La sera andava in varie sedi dell'università ad assistere a spettacoli teatrali o di musica. Alle volte vedeva lo stesso spettacolo una sera dopo l'altra. Si metteva a sedere e seguiva lo spettacolo intento, e ogni tanto sorseggiava dalla bottiglia. E nessuno gli diceva mai niente, mentre se uno di noi avesse osato presentarsi con una bottiglia di brandy in tasca ...

JOY: Direi che quell'uomo aveva trovato il segreto della libertà.

HAR: Esatto. Amava la conversazione. Se gli davi confidenza ti teneva a parlare per ore. Era un intellettuale, o almeno incline alla filosofia. Spesso non era facile seguire il filo del suo discorso, ma ti lasciava con l'impressione che fossi tu a non capire. E poi, c'era sempre dell'autoironia nella sua voce per cui alla fine non capivi se ti stava prendendo in giro.Fra di noi, ovviamente, si rideva di lui. E del resto non potevamo fare altro che supportarci a vicenda, ma si viveva col sospetto che sotto quel suo pizzetto, che faceva puzza di brandy, fosse lui a ridere di tutti noi giovani arroganti dagli atteggiamenti boriosi.

Noi gli facevamo, "Clive ...' ecco così si chiamava, ti ricordi, Flo?

FLO: No, non mi ricordo nulla di questo. Penso che te lo stia inventando.

HAR: Certo che ti ricordi. Dici di no per contrariarmi. Frequentavi anche tu l'università a quel tempo, no? Certo che sì. Ti ricordi, gli facevamo, Clive, che stai studiando? E lui, Studio tutto, studio per conoscermi meglio. Certo che se dicessi quelle cose oggi, ti metterebbero in manicomio.

JOY: E poi?

HAR: Cosa?

JOY: Ci riuscì a conoscere se stesso?

HAR: Beh ... ti dico come gli è finita: morì mentre si arrampicava sul muro della sala di concerti dell'università, dopo che gli fu rifiutato l'accesso perché era troppo ubriaco. Quell'incidente te lo ricorderai di sicuro, Flo.

FLO: OK mi ricordo, certo che mi ricordo. Si diceva che fosse stato un avvocato illustre a Sydney. Un giorno, dopo che i figli erano già adulti, fece le valigie, abbandonò la famiglia intera – compresi i nipoti – e si mise per strada. La nostra università fu la sua ultima sosta, anche se non riesco a immaginare cosa potesse trovare di buono da noi.

JOY: E lui neanche ovviamente, alla fine.

HAR: Come vedete dicevo la verità, no? E a questo punto mi metto a bere.

I giovani continuano a ballare frenetici al ritmo dei Beatles Revival, *She's got a ticket to ride*. Loro non si curano, non vogliono sapere e Joyce è sopraffatta da un improvviso sentimento di cameratismo, non per Harold, la sua è una filosofia vana e patetica, ma con quella folla di umanità giovane che si contorce inconsapevole. Sono loro il futuro, qual che sia la sua forma.

Flo non si dà pace.

'Sei il limite massimo della noia, Harry Ewing. I tuoi atteggiamenti superiori e posati mi danno la nausea.'

Ma Harold più insulti riceve, meno se ne cura.

Ma c'è anche amore nel giardino di periferia.

Sta sotto lo sguardo dell' eucalipto, dall'odore di limone, allampanato in un mosaico di cielo nero, e sembra che ancora non si sia ripreso dallo shock del sole rovente della giornata. Geoff e Nella. Lei, che emerge dall'acqua, i capelli da ninfa le colano sulle spalle, la pelle fosca e fosforescente nella luce dei lampioni e gli occhi fieri sotto le ciglia scure. Lui, seduto sulla riva opalescente del Mare di Galilea, incredulo nel sentirsi parte di un miracolo non gestito da lui e che non si era aspettato. E ora, avvolta in un asciugamano che mette in mostra una grande stampa di palma, si siede a bordo della piscina, con le gambe immerse nell'acqua, mentre lui, intorpidito, gira intorno alla tenera superficie di emozioni appena nate.

'Sono innamorato, Nella. Amo Gesù.'

'Lo so,' gli fa lei in tono distratto, 'me l'hai già confidato.'

Si porta l'asciugamano ai capelli e strofina nel tentativo di mascherare il sorriso che ha sulle labbra, poi impaziente sguazza l'acqua con i piedi, mentre Geoff ci riprova attraverso il volume assordante della musica.

'Cosa?'

Geoff grida,

'Ho detto, che non credo che tu mi abbia capito.'

'Capito cosa?'

'Il mio rapporto con Lui.'

'Francamente devo ammettere che no.'

Una breve pausa nella musica e Geoff incalza.

'Vieni a partecipare a una delle nostre riunioni di preghiera, poi vedrai che vuol dire essere alla presenza di Gesù,' la sua voce è intensa, il suo volto illuminato di passione, 'ti prego Nella, promettimi che ci vieni.'

Ma Nella, nonostante la giovane età è molto esperta nel combattere queste battaglie.

'Immagino che non sia tanto piacevole quanto starsene

al sole.'

'Vedi? Mi prendi in giro.'

Può darsi che, commossa dal suo dolore (o forse avrà capito i limiti della strategia di oltrepassare i limiti), Nella decida di infliggere un po' di punizione a se stessa, tirandosi i nodi dei capelli col pettine. Però la sua piccola cattiveria non è ancora del tutto esaurita.

'Quello che dici non ha senso,' lo frusta ancora, 'come puoi essere così certo che Dio esiste, per amor di Dio!'

'Dai Nella, mi rifiuto di credere che dici sul serio. Ascolta quei bambini in piscina e ti accorgi che la prova ce l'hai davanti.'

La risposta di Nella non tarda a rimbalzare.

'Osserva come sono ubriachi i loro genitori e ti accorgi che Dio ha commesso un grave errore.'

'Be', non spetta a noi giudicarli ...'

'Madonna, vorrei tanto non avere i capelli così folti. È una fatica snodarli. Porgimi la spazzola, Geoff ... lì guarda,' indica con la mano sul tavolino, 'dovrebbe essere nella borsetta.'

Geoff rovista nella borsa.

'Sarà di sicuro là dentro ... ah eccola lì, guarda, sotto il tavolo.' Geoff raccoglie la spazzola e gliela passa, 'sarai un esperto su Dio, ma non riesci a trovarmi la spazzola.'

'È più facile trovare Dio.'

'Sei sicuro, Geoff? '

'Certo. Vedo Dio qui davanti, come vedo te. Vedo Dio in te, Nella.'

'Vero? Be' devo ammettere che mi sento lusingata. Basta che non mi cresce la barba lunga e il naso a gancio.'

E Nella ride a pieni polmoni. La sua sensualità si diffonde come un contagio, le cade sulle braccia nude, sulle spalle umide. Lo sfiora appena e subito scatena in lui una valanga di risate che, vista l'abituale serietà del suo comportamento, gli provoca una piacevole sorpresa. I bambini, in cerca di distrazione, li scoprono insieme sul bordo della piscina e si mettono a spruzzare acqua su di loro. Poi, in coro, gli fanno il verso dicendo con finta voce, 'Uhh, cara, ti amo!'

Nella si rimette a ridere, smette di fare battaglia con i suoi capelli, gli porge la mano e dice,

'Andiamo a ballare, Geoff. Puoi raccontarmi tutto di Gesù mentre balliamo ...'

E poi, dal buio fitto, appare un piccolo miracolo: la figura sorridente di Lily avanza nel giardino e incanta col suo stile e la padronanza di sé.

È utile fare qualche commento sul sorriso di Lily. Non è un sorriso spontaneo di gioia improvvisa, piuttosto un sorriso calibrato ad accompagnare le sue scuse per aver fatto tardi 'per necessità'. Porta con sé la presunzione che sia le scuse che il sorriso saranno accettati. Al contrario del sorriso sulla bocca di Joyce, che si sarebbe scusato di esistere, quello di Lily non accetta alcun imbarazzo, al contrario asserisce il suo diritto di arrivare in ritardo se un affare d'importanza l'ha trattenuta altrove. Comunica implicitamente, e con una certa arroganza, che per lei l'ambizione prevale su tutte le altre considerazioni e inoltre che il piacere (a meno che non faccia parte del lavoro) non è altro che leggerezza. Vale a dire che, per Lily, i partecipanti a questo baccanale sono gente frivola. Per cui sulle sue labbra sorridenti s'intravede il contegno di una che riconosce la priorità del coronamento delle proprie ambizioni. Soprattutto, quel sorriso quasi smagliante comunica, no *dichiara* che la nuova arrivata, (al contrario della stragrande maggioranza delle donne e degli uomini in questo giardino) non vacilla mai e neppure cova dubbi su se stessa o sulle scelte che fa.

Nick

Va in giro con l'aspetto vivace e sollecito di uno che sa bene dove si dirige. A metà strada fra la folla e la piscina è intercettato da un gruppo di donne: mogli e fidanzate di alcuni dei suoi inquilini. Sono brille, si vede dal modo in cui ridacchiano. La più spavalda, una donna magra acconciata come una sgualdrina, si avvicina e dice,

'Mi piacerebbe saperne di più di questa fama che hai in giro...'

La vena del suo collo lungo e smilzo si gonfia e poi

sparisce fra le rughe. Nick tenta un sogghigno sdegnoso ma non gli riesce bene.

'Con chi hai parlato, con i miei amici o nemici?'

L'ha appena riconosciuta. È la moglie di Vince, la divorziata che sposò un paio d'anni fa. Che altro ci si può aspettare?

'Quello non c'entra, vecchio becco, m'interessa provare questa merce buonissima che dicono sei capace di consegnare.'

Le altre due ridacchiano insieme. Lo prendono in giro, le puttane. Avranno sentito qualcosa. Rosie si è messa di nuovo a sparlare di lui. Non appena la rivede glielo rinfaccerà. Nick prova a liberarsene adottando un tono formale.

'Signora Vittori ...'

Ma la tattica lo rende ridicolo.

'Signora Vittori! E dove siamo al palazzo reale? Prova a chiamarmi Pat, caro, molto più facile a dire.'

'Pat, sarebbe il caso di ... ah ecco, vedo i bicchieri vuoti ... torno fra poco.'

'Attento a non sforzarti troppo, grande stallone!'

Tutte e tre continuano a ridere fra di loro. Meno male che quel cornuto di Vittori, che l'aveva tenuta sott'occhio da lontano, va a tirarla sotto braccio e la conduce via.

Alla fine si trova davanti al cancello della piscina. E lì, accanto alle grida felici dei bambini, trova la tranquillità. Dio, come ama i bambini! I bambini lo mettono sempre di buon umore. Sono loro l'energia, il futuro. Non si può amare la vita senza amare soprattutto i bambini. Sarebbe rimasto molto deluso se non avesse avuto figli. Ecco che si sta commuovendo di nuovo.

'Non è da te startene da parte solitario, Nick. Che c'è?'

È Joyce, che parla con una voce troppo vivace per essere la sua, e per un istante Nick teme di trovarci le medesime rughe derisorie che minuti fa aveva notato sul volto della Vittori. Ogni tanto, gli viene la nozione bizzarra che tutte le donne mirino a prendere in giro gli uomini; come se fosse quella la loro strategia, la loro ragion d'essere. Ma Joyce è diversa, è una donna eccezionale. Il suo volto è aperto, troppo onesto per lasciarsi tentare da tali provocazioni. In lei c'è qualcosa di straordinario e mai come in questo momento si è sentito tanto grato verso di lei. Studiandole il volto di profilo, sotto la luce intensa del lampadario, si direbbe che sia una di quelle immagini della madonna: irraggiungibile e più che mai venerata. Ma questa percezione non lo soddisfa pienamente, perché gli dà il senso che sia troppo distante da lui, un'inconcepibile forestiera. Come se la loro unione non fosse mai stata celebrata e gli anni trascorsi insieme fossero un'illusione. Pensieri strambi, ovviamente, frutto di questo strano umore che gli è preso.

'Che hai, Nick?'

'Io? Niente.'

Ma si accorge che le unghie delle dita gli trafiggono i palmi delle mani, quindi è obbligato a dire qualcosa.

'Stavo pensando ... quanto tempo passerà prima che uno dei nostri figli ci renderà nonni.'

'Avrai ancora una lunga attesa, direi.'

E non c'è traccia di rimpianto nella sua voce, quasi che ne fosse contenta. Mamma mia che pensieri morbosi gli prendono stasera!

'Non fa niente, Joyce, è bello che ci siamo noi due, sempre insieme, non pensi?'

Joyce

La gente li sta ad osservare, lei e Nick, mentre conversa con sguardi di ammirazione e invidia, come poveretti in una notte fredda che stanno a guardare da fuori. Ma ciò che vedono non è fuoco d'amore, come potrebbero pensare. *L'amore* è un concetto veramente elusivo. Dipende dai *come* e i *perché*. Di sicuro esiste fra loro l'apparenza di un'armonia che, attraverso gli anni, riconosce la posizione di ciascuno nei confronti dell'altro e in relazione al mondo in cui vivono.

Anche il giardino ha ottenuto una specie d'armonia in questa notte. Si capisce dal flusso abbondante del sudore che ognuno ha trovato il suo spazio qui. I gruppi si allargano e si ricostituiscono, cambiando costantemente forma.

L'aspetto di frenesia controllata viene interrotto dall'improvviso arresto della musica. I ballerini abbandonano la pista da ballo e il D.J., vestito in modo buffo con una cravatta gigante decorata con farfalle e un frac abbagliante, si avvicina al tavolo principale nel giardino, tirandosi dietro il microfono.

'Signore e signori, buona sera. E benvenuti alla festa in celebrazione del compleanno della signora Joyce Amedeo ...'

Grandi applausi e fischi. Colta a sorpresa, nello spazio del suo isolamento, è spinta in avanti sotto le luci. Un uomo che si è dato da fare tutta la sera a scrutare la gente attraverso la lente di una videocamera si avventa su di lei.

'Per iniziare le formalità chiedo alla signora e a suo marito di farsi avanti.'

Ah, ecco il suo gran momento di fama! Un lungo coltello le viene messo in mano. Accecata dalle luci intense e spronata dagli ospiti, si sente rassicurata in questo momento dal tatto ruvido e sensuale delle dita di Nick sul suo braccio. E riuscirà mai a poter fare a meno della sua mano?

Punta il coltello sul *Happy Birthday* scritto in zucchero sulla torta e separa le due parole mentre Nick, per la prima volta stasera, sembra il Nick di sempre. C'è anche Nella, che dà comandi al D.J. Sul giradischi mette la canzoncina *Happy Birthday*. Un tempo sarebbe stata cantata dal vivo, adesso non serve più. Un centinaio di bocche si aprono nel tentativo di far concorrenza all'amplificatore. Si accontentano di una timida imitazione, un ultimo tentativo per autoaffermarsi.

Per potersi riorientare Joyce cerca un punto fisso tra la folla. John, così vicino al suo DNA, eppure tanto lontano da lei in personalità e affetti, si è piantato proprio davanti a lei, camicia sbottonata che mette in mostra quel suo torace peloso da lupo, con una mano stringe forte una ragazza contro il suo fianco. Allo stesso tempo, fissa non lei, ma (incredibilmente) suo padre, mentre la ragazza prova a svincolarsi da lui.

'Lasciami stare, mi stai facendo male.'

John ride, ma non per crudeltà. Inconsapevole della vera forza delle sue braccia, crede che la ragazza faccia solo finta.

'E adesso invito Nick a dire qualche parola.'

Nick, sempre a suo agio in compagnia, d'un tratto è diventato proprietà e vittima del pubblico. È una situazione che lo sminuisce. Nick non è fatto per tanta formalità. Sopraffatto, teso, prende rifugio in un volgare umorismo.

'Joyce ed Io, abbiamo avuto i nostri su e giù ...'

La gente incalza con applausi e fischi. Una voce nella folla grida,

'A noi interessa solo quando stai sopra.'

Ma la folla, anche se ormai brilla, si accorge che questo è fin troppo volgare e le risate si smorzano nello spazio.

'È stato un bellissimo matrimonio, il nostro,' grazie a Dio nessuno ride, 'abbiamo due figli magnifici ... non mi sarei mai sognato una moglie come questa ... è stata splendida, come moglie e come madre. Abbiamo fatto una bella vita insieme ... una bella vita ...'

Più si sforza meno convincente appare e la gente non sente più le sue parole, si concentra invece sulla lotta che si è scatenata sulle rughe del volto di Nick.

'È bello avervi tutti qui per celebrare con noi. Certo che... la moglie ... la madre dei tuoi bambini ... è una creatura particolare ... è lei la colla che attacca tutto insieme ...'

Sorride suadente, ma è ovvio che non controlla più se stesso. È svanito l'uomo baldanzoso, al suo posto c'è una figura patetica, esposta. Il vecchio leone ha aperto la bocca un po' di troppo e mostra i suoi denti pieni di carie. La gente si fa irrequieta, imbarazzata. Nick si rende conto di averli delusi e l'atteggiamento di Joyce non aiuta. Il volto di lei solitamente inespressivo, ora si è fatto severo, stanco e pieno di ombre.

Mosso da logica misteriosa, Nick lascia il suo fianco e si dirige verso il tavolo occupato dai due vecchi.

'E questo, signori miei è mio zio Basil. In realtà è stato come un padre. Ricordo quando partì dalla vecchia patria, io e mio nonno siamo andati al porto a salutarlo. Avrò avuto ... non so ... quanto credi, zio ... sei? Cinque anni? Comunque, quando ho visto la nave gli ho detto, 'Non andarci sopra, è tanto pesante che affonda in mare.' Be' lui si è fatto una bella risata e mi ha detto, 'Niculinu, quando ti fai grande, ti faccio l'atto di richiamo.' E difatti mantenne la parola perché, quando scomparse mio nonno ... devo dire che mio nonno mi faceva da padre a quel tempo, perché i miei genitori ... mia madre ... ecco, mia madre ...'

E poi il volto si torce in modo grottesco. Quale terrore

sta torturando Nick Amedeo?

Una voce solitaria si alza, 'Dai, Nick, lascia perdere.'

Ma lui non ci sta. Una perversa cocciutaggine lo induce a restare lì davanti a tutti, in una strana serata d'estate, mentre la folla lo fissa stupita. Qualcuno si volta in direzione del D.J. perché trovi una via d'uscita. Ma perfino lui sembra incapace di agire.

Alla fine, è proprio Charlie – chi l'avrebbe mai pensato? – che risolve il momento.

Steve

È successa una cosa strana. Dopo il taglio della torta, Nick ha fatto un discorso. Non so se fosse ubriaco o emozionato, (entrambi, può darsi) fatto sta che ha fatto una figuraccia. Per un po', ha parlato alla rinfusa, senza logica o senso, poi si è azzittito del tutto. La gente incalzava il D.J perché si mettesse a suonare qualcosa, quando questo vecchio, Charlie Mannu, si è messo a suonare l'armonica. E sinceramente, non ho mai sentito suonare l'armonica con tanta passione. Un suono così infuso di energia emotiva, travolgente come ... non so, un'esperienza veramente bizzarra. Anche perché tutti noi sapevamo che a Charlie mancano poche settimane di vita.

Ad ogni modo, quando Charlie ha continuato a suonare una frenetica tarantella, Nick è balzato in piedi, è corso sulla pista di ballo e ha chiamato sua moglie. Joyce però era svanita da qualche parte e allora Nella, con la sua tipica esuberanza, è andata a ballare con lui. Poi, Nick ha invitato altri ospiti a raggiungerli e quasi tutti si sono scatenati a ballare. Charlie Mannu, eccitatissimo per l'entusiasmo generale che la sua musica aveva provocato, non voleva fermarsi di suonare; e chissà quanto tempo sarebbe durato se non fosse che alla fine gli è venuto meno il respiro ed era praticamente sul punto di svenire.

Nonostante ciò, Charlie non poteva essere più trionfante, nemmeno se avesse vinto la coppa del cricket e contava poco che alla fine abbiano dovuto chiamare l'ambulanza per riportarlo alla casa di cura. Nick non se l'è cavata tanto meglio. La tarantella è una danza molto fisica, era ovvio a tutti, da come gli mancava il respiro, che tutto il peso che porta non gli fa bene.

Lily, che mi stava seduta accanto, osservava la scena con aria divertita e un po' distratta. Mi dava l'impressione di una maestrina d'asilo mentre guarda i bambini giocare.

'In realtà, mi fa un po' pena,' le faccio.

'Chi, il signor Amedeo,? Perché mai?'

'Non so,' forse avevo bevuto troppo per poter dare una risposta seria a quesiti psicologici, 'Mi ha dato l'impressione di un uomo in forte discesa.'

'Be', direi che non è più giovane, non ti pare?'

'Giovane?' dissi sorpreso, 'No, ammetto che sta invecchiando anche lui ...'

Non ho mai associato la vecchiaia con Nick. Per me è sempre stato ... come dire ... Nick Amedeo, figura dinamica e senza età.'

Joyce

Sulla propria codardia non ci sono dubbi ormai. Avesse almeno un pizzico di coraggio, per non dire un minimo di lealtà, avrebbe dovuto andargli incontro nel suo momento di crisi e condividere il suo coraggio e la sua angoscia; stargli accanto con l'anima nuda in quel giardino colmo di demoni; accompagnarlo nella sua danza autolesionista.

D'altro canto, non dovrebbe presumere che Nick la volesse con lui. Insomma, stava veramente chiamando lei? Ha l'impressione che la stragrande parte della vita di Nick sia sempre rimasta invisibile a lei, sommersa come una massa di ghiaccio vagante nel mare del suo passato. E ora (l'ha osservato per tutto il giorno) è chiaro che sta per riconsegnarsi a quel mare. Ciò vuol dire che non sarà lei a dare il commiato e nella testa di Joyce c'è un gran caos. Cioè, è ora di andare su a sciacquarsi.

Attraverso la porta scorrevole che dalla sua camera sbocca sul balcone, è difficile sottrarsi alla performance che Flo e Harold continuano a dare.

Florence Hathaway (alias Ewing ecc., ecc.,) è ormai in

uno stato di piena ebbrezza e il suo umore salta dalla violenza all'eccessiva piagnucolosità.

FLO: Vorrei che qualcuno avesse il coraggio di andare laggiù e dargli un calcio nel sedere … o nelle palle.

HAR: (Anche lui con bicchiere in mano, sembra essere ubriaco quanto lei, nonostante abbia iniziato a bere molto dopo.) Immagino che dipenda dall'orientamento sessuale di quel tale o dalla sua taglia.

FLO: (Troppo immersa nei suoi violenti pensieri per dargli retta) Ha rovinato mia sorella, una donna splendida.

HAR: Quello sì. Joyce ha l'aspetto più decoroso di qualunque donna che io conosca.

FLO: Joyce è perfetta. Senza dubbio è la persona che ho amato di più nella vita. Ecco, interpreta tu come ti pare e piace, Harry, non mi frega nulla. Ribadisco, mia sorella è la persona che amo veramente. È la più splendida, la più dolce donna che abbia mai messo piede …

HAR: Sul bordo della piscina?

FLO: Sei un insopportabile cinico, Harry Ewing.

HAR: Eccoti un'oliva, cara.

FLO: Maledette le olive. Provo da anni a farmi piacere le olive. Pensi che ci sia riuscita? Non sono capace neanche di far finta che mi piacciono.

HAR: Quello lo stento a credere, Flo. Ho sempre creduto che tu sia capace di fingere in tutto, cara.

FLO: (Ignorandolo) Garantisco che tutti coloro che dicono di amare le olive lo fanno per pretenziosità.

HAR: Be', bisogna dire che per noi anglofoni è considerato un handicap sociale non averne acquisito il gusto. Per fortuna il mio amore è genuino, in particolare per quelle nere.

FLO: (Volgendogli uno sguardo pieno di odio) Sei un uomo spregevole, Harry. Ti sfido a recarti laggiù e piantare un pugno sulla faccia di quel siciliano barbaro. Dai, se riesci a farlo ti ammirerò per tutta la vita. Certo che questo ne varrebbe la pena, no?

HAR: Non se mi devo prendere un sacco di legnate. E comunque poco fa mi pare di aver visto Nick filare via in macchina con quel suo vecchio zio.

FLO: Ti odio, Harry Ewing. Sei una merda, lo sai. Sei un debole codardo senza sostanza; uno snob. Odio la tua filosofia da caffè di provincia. Odio la tua morbosità, i tuoi drammi, il tuo senso di superiorità verso tutti. Ti odio quasi quanto odio lui. Odio tutti gli uomini.

HAR: Amen!

La notte scorre e porta con sé il sedimento verso le acque basse. Il giardino fuma dopo che si è spento il fuoco delle raggianti passioni umane. Ci vorranno giorni prima che possa riprendersi. L'eucalipto gigante, però, se la caverà indenne. Il gigantesco tronco ha portato le foglie così in alto da poter sopravvivere ad ogni fuoco. È quella la ricompensa di coloro che se ne stanno lontani da tutto.

È da un po' che Joyce sta alla finestra della cucina (mentre aspetta che la caffettiera cominci a rigurgitare) a guardare Nella, Geoff e gli amici che prendono posizione nella gara che sta per arrivare al culmine. Geoff sta stravincendo la partita giocata nell'acqua, ma non c'è dubbio che Nella sarà la vincitrice nella vera partita. E a conferma, eccoli insieme. Nella che emerge per prima dalla piscina seguita naturalmente da Geoff. Insieme si avviano verso il portone di casa.

La porta che sbatte forte annuncia l'arrivo di Nella.

'Caffè?'

'Sì, ne ho proprio bisogno, mamma. E tu Geoff?'

'Anche per me grazie.'

La sua voce, come il suo torso nudo e bagnato, porta luce solare nell'aria opaca e stanca della cucina. Nella non si accontenta solo di passargli l'asciugamano, lo investe di potere (il potere e la padronanza che gli concede lei) avvolgendoglielo intorno alle spalle.

'Ecco, lì trovi il bagno.'

E per asserire il suo diritto, gli mette le mani sulle spalle, lo fa girare, indicando il bagno col suo braccio nudo. Joyce lo segue con lo sguardo, mentre lui si avvia docile per il corridoio. Nella che è in cucina a tagliare un'arancia in quattro fette, osserva la madre. Sorpresa, Joyce è costretta a dire qualcosa.

'Direi che è messo molto bene, Geoff.'

I denti di Nella si avventano a lacerare la polpa dell'arancia.

'Ex-giocatore di pallanuoto. Figurati un po', un uomo tale che si vuol fare prete?'

'Prete!'

'Quasi. Se lo si lascia fare come vuole lui. Sarebbe come rovinare un bell'uomo!'

'Non per lui, Nella.'

Le sue labbra carnose producono un sorriso che appare troppo cinico e troppo controllato per una ragazza di soli diciannove anni.

'Non conosco un uomo che non ami vedere una ragazza prendersi una cotta per lui. '

'Potrebbe essere lui il primo.'

'Chi, Geoff? Non ci credere. Il suo problema è,' aggiunge lei in tono saggio, da donna già matura, 'che crede di essere eccezionale, troppo in alto per innamorarsi di un semplice mortale. Be', bisogna fargli cambiare idea ...'

'Innamorarsi? Pensavo che quelle cose non t'interessassero, Nella.'

'Certo che no, non intendo innamorarmi sul serio, ma anch'io ho ... degli interessi sai, mamma. E mi sa che se non mi butto avanti, saranno in tanti a volermi battere al traguardo.'

Joyce arrossisce.

'Che intendi dire, Nella?'

'Non ti sei accorta come quelle due gli ronzano intorno? È stato un errore invitarle alla festa. Fa niente, io non sono una di quelle che si trattiene dalla lotta per ottenere qualcosa ... o qualcuno.'

'Certo, cara. Non sei mica una Santuzza tu, vero?'

'E chi sarebbe, sta Santuzza ?'

Si è scordata già. Ah, Nella!

Nick

Ma qui, nel buio segreto dell'auto, il pensiero rosicchia la sua resistenza, e lui non è più in grado d'ignorarlo. Per questo slitta in direzione del Lake Monger.

Poche le auto sparpagliate ai margini dell'area parcheggio, ma accanto alla riva del lago dei giovani recitano gli spartiti della loro vita sul cofano di una vecchia Ford ammaccata. Sono in tre, tutte ragazze. Si passano la bottiglia fra di loro per smorzare il fuoco che arde dentro di loro, mentre il fumo esce dalla bocca e s'innalza verso la striscia di luce dei lampioni.

Parcheggia in un angolo scuro sotto l'albero di corallo su cui la luce s'infrange e si diffonde sulle foglie ancora tenere. Il buio intensifica l'ansia che scorre fra loro, attraversa il sedile e nel momento in cui raggiunge il vecchio, vi trova l'eco che rimbalza da un altro mondo. Le immagini che proietta hanno per sfondo un muro di pietra con giunture ammuffite. Nick aveva tentato di cancellare quelle immagini per quasi mezzo secolo. E invece, decenni dopo, si ritrova lì davanti: un ragazzino bruno, dalle guance affossate, seduto su quel vecchio muro intento a seguire il flusso del tempo. E adesso osa svegliarlo quel ragazzo, dal suo lungo sogno torbido?

'Che c'è?'

Non serve. La voce del novantaduenne ripesca per lui il passato dal pozzo dell'oblio.

'No, niente, zio, voglio farti prendere un po' d'aria fresca.'

Ma le parole non rassicurano nessuno dei due. C'è un fremito nella voce e qualcosa si muove laggiù sul lago, fra i giunchi. Rane, anatre, cigni ... tutti complottano atti fieri e selvaggi. Tanta energia. Tanta forza vitale pronta ad esplodere.

E pure la città lanciata verso l'alto, con le sue giganti casse illuminate e i crudeli monoliti, resta indifferente alle gioie e alle tragedie, alla dissolutezza e alla risurrezione di milioni di vite.

Ma ciò non vale nulla per le giovani che chiamano la compagna rimasta dentro l'auto.

'Porco diavolo, non fare la moscia. Vieni fuori.'

'No, non voglio. Lasciatemi in pace.'

Lo zio si massaggia il dorso della mano e schiarisce la gola.

'No,' comincia, cercando di resistere a una lotta segreta, 'non mi conviene starmene all'aperto a quest'ora tarda. L'umidità ...'

Sta facendo la stessa scena di Charlie, ma il suo motivo è diverso. Si sta sforzando di districare un sasso dal canale della sua memoria.

'Zio, che successe a mia madre?'

'Eh, adesso mi vieni a fare questa domanda! Lo sai bene ch'è morta.'

'Ma ... non fu un incidente, vero? Charlie stava per dirmi qualcosa stasera ...'

'Lascia stare Charlie. Ha perso la testa, il povero Charlie.'

Lui, un fossile di novant'anni e più, parla di Charlie-tanto giovane da potergli essere figlio, come se il vecchio fosse l'altro. Il mondo è sottosopra. La cosa curiosa è che prima di oggi Nick non se n'era accorto. 'Ma qualcosa l'avrà pure saputa, non è possibile che s'inventasse tutta una storia.'

'Perché mettersi a stuzzicare vecchie piaghe a questo punto, mio caro?'

Aveva sempre avuto il sospetto che qualcosa non reggesse nella storia dei suoi genitori, ma non ci aveva più pensato. La sua vita lo teneva allo scuro.

'Ma ora che ho cinquantaquattro anni,' dice ad alta voce, come se lo zio avesse seguito il filo del suo pensiero, 'e d'un tratto, non capisco il perché, il passato conta ...'

'Ah, sì, Nicola, il passato è sempre importante. Conta più ancora con gli anni che passano.'

Dentro l'auto il silenzio si fa minaccioso. Per un uomo della sua età il suo respiro è straordinariamente silenzioso ... parte del miracolo che è Basil.

'Non fu un incidente vero, zio?'

Il capo gli dondola. Smentisce o è un cenno d'assenso? Il silenzio tradisce un segreto chiuso a chiave per mezzo secolo. Quanta forza può contenere un minuto di silenzio? Tanta forza da poter sradicare la realtà di una vita.

'Ora che ci penso, non ho mai creduto alla storia dell'incidente. In realtà temevo di conoscere la verità.'

E ora non avrà più l'opzione del non sapere. Da quel buio umido lo zio trae un sospiro. È tanto profondo da sospenderci su tutta una storia su quel filo. E ora inizia a parlare, raccontando i fatti in quel suo siciliano cauto e sibilante come carta velina.

'Sì, da giorni mi vagava la sensazione che si avvicinasse il momento atteso per lungo tempo. Tante volte mi sono detto che dovevo raccontarti i fatti, ma non osavo, perché tu hai abbracciato la vita con gioia. Sei un uomo del presente, Nicola, perché mai intorbidirlo con luride storie del passato? Mi dicevo, finché le cose ti andavano bene, a che serviva? E adesso, eccoci qui. Nicola, non devi pensare male di tuo nonno.'

'Che c'entra *Nannu*!'

'Sì, sì, era un grand'uomo, una persona eccezionale. Come sai, tuo padre, Carmine, era il più piccolo e il suo beniamino. E quanto lo amava tuo nonno! Certuni riservano l'amore più bello per il figlio minore. E in verità era un figlio ideale, tuo padre, gran lavoratore e sempre pronto a dare sostegno alla famiglia, finché non s'innamorò di Concetta.

'Certo che tua madre era bellissima, ma la sua famiglia aveva fatto parlare di sé. Il padre era un bevitore e uno *scansafatiche*. Peggio ancora, la madre sembra che avesse una storia anche lei. La sorella maggiore aveva sposato un uomo molto più anziano di lei e pochi mesi dopo aveva avuto un bambino che, da quel che si diceva, non era figlio del marito ... insomma tuo nonno non approvò.

'Non so se Concetta l'avesse stregato o meno, fatto sta che Carmine, per la prima volta in vita sua, si oppose al consiglio di suo padre e fuggì con lei. Tuttavia, tuo nonno li perdonò e accettò la richiesta di Carmine di vivere con la sposa nella casa paterna.

'Ma l'armonia che era esistita in quella casa fu infranta con l'arrivo di Concetta. Come dicevo, era molto bella e tuo nonno, uomo molto geloso, incominciò a vedere rivali dappertutto. Quello che lo metteva in ansia più di tutti era il suo figlio illegittimo, Saru, uomo affascinante e irrequieto, tre anni più grande di tuo padre. Saru aveva vissuto nella grande casa come uno dei figli perché sua madre era morta di tubercolosi quando lui era stato appena svezzato. Tua nonna non aveva perdonato suo marito quando era venuta a conoscenza dello scandalo, in particolare visto che la ragazza di cui si era invaghito era così giovane. Eppure quando scomparse la ragazza tua nonna – una donna meravigliosa, lasciamelo dire e non perché era mia sorella – insistette che Saru crescesse in casa e lo trattò come un figlio suo. Purtroppo tuo nonno e Saru non si vedevano di buon occhio, e quando Saru aveva undici anni, cominciò ad assentarsi, facendo lavori in giro per un padrone o un altro in cambio del vitto, come si faceva in quei tempi di miseria.

'E col passare del tempo Saru si fece un uomo forte e bello, molto attraente per le donne, in particolare teneva sott'occhio le giovani sposine; di modo che tua nonna, che come ti dicevo lo trattava da figlio gli diceva, 'Attento, Saruzzu, stai attento a quel che fai. Non puoi fare carbone senza farti nero.'

'A quel tempo Carmine fu chiamato a fare la leva e tua madre rimase incinta. Qualche giorno dopo Concetta, che era non solo bella, ma anche cocciuta, lasciò la casa del suocero e andò a vivere a Dauro in casa dei suoi.

'Tuo nonno andò su tutte le furie. Il fatto che sua nuora, che portava in grembo il bambino di suo figlio era tornata dai suoi costituiva per lui un affronto grave, una macchia all'onore della famiglia e a quei tempi l'onore era tutto.

Mise la sella alla cavalla, prese in mano il fucile e la seguì a Dauro. Lì assediò la casa fino a che il padre non gli venne incontro con la promessa che Concetta sarebbe tornata a casa sua nel momento in cui Carmine fosse tornato dalla leva.

'E infatti quando tuo padre fu congedato in anticipo (per il fatto che alla tua nascita, Carmine divenne 'capofamiglia') Concetta tornò ad abitare nella casa di tuo nonno. Ma lei era infelice e se la prese col marito, tanto che padre e figlio litigavano spesso. Alla fine, Carmine insistette per andare a vivere in una casa propria.

'Immagina tu come rimase male tuo nonno. Ma amava

tanto suo figlio e così si misero al lavoro a ristrutturare la casa della tua prozia, *Rosa la zoppa* (forse te la ricorderai, morì lo stesso anno che io emigrai in Australia).

'Seguì un periodo di tranquillità fino a quella notte fatale della festa dell'Assunta a San Michele. Quella mattina tuo padre condusse gli animali da vendere alla fiera. C'era pure tua madre con i suoi ricami di merletto e damasco da vendere.

'Il pomeriggio ci vedemmo con Saru alla bottega per farci una partita di tresette. Saru aveva bevuto un po' di troppo, come spesso faceva in tali occasioni, e la lingua gli si sciolse.

'Siamo tutti in famiglia qui,' cominciò a dire. 'Be' diciamo *quasi* tutti. Perché non posso dire che mi sono sentito accolto di recente alla *grande casa,* tranne quel buon cuore di nostra madre.' (Tua nonna lui la chiamava sempre *madre,* e in effetti lei era l'unica madre che aveva conosciuto). 'Ma in verità mi chiedo se la colpa è mia, a causa di qualcosa che ho fatto o magari ho mancato di fare. Può anche darsi che mi manca qualcosa. Ma non riesco a capire cosa. In fin dei conti possiedo due buone gambe, come i miei fratelli; due braccia forti come loro; anch'io ho due occhi, orecchie, un naso ... tutti i requisiti per essere un Amedeo ... e inoltre ... forse qualcosa di extra per far divertire le belle donne ...'

'Era pericoloso parlare in questo modo davanti alla gente e in presenza di suo padre. Io tentai di distrarli.

'Attento a non bere troppo, Saru' dissi, 'poi ti sentirai male.'

'Chi, io? Niente affatto, zio' mi risponde lui, strizzandomi l'occhio, 'più bevo e più capace sono.'

'Ripeto, quel discorso era offensivo e pericoloso, dati i sospetti che aveva tuo nonno nei confronti di Saru. Ma il vecchio Amedeo aveva un senso acuto del decoro e senza aprire bocca, si alzò dalla sedia e andò via.

'Quando arrivò in piazza tua madre stava per partire.

'"Come mai Concetta non resta per il ballo?" Chiese a Carmine.

'Porta Nicola a casa,' disse tuo padre, 'l'aria umida gli fa effetto all'asma.' (A quell'epoca tu avrai avuto tre ... no

aspetta, quanti anni avevi? Quattro o cinque anni direi).
Ad ogni modo, tuo nonno non aggiunse parola, ma si
vedeva che era turbato.

'Più tardi quella sera mi venne a cercare e aveva l'aspetto
di uno che gli pesava l'Etna sulla fronte. 'Vasili,' mi fece,
'Saru l'hai visto?' 'No, se non sta nella *taverna,* sarà in piazza
a corteggiare qualche *cicciuna'*.

'Io mi sforzai di ridere per farne uno scherzo, ma vedevo
che il suo volto era buio.

'Quella sera, prima dell'inizio dei fuochi d'artificio, le
dieci circa, stavo a guardare la gente che ballava in piazza,
quando sentii una voce da lontano: *Vasili! Vasili!*

'Mi sembrava strano sentire una voce profonda in mezzo
a tutto quel frastuono in piazza ... ti ricorderai com'era
quando la festa era in piena marcia. Mi voltai, ma non c'era
nessuno alle mie spalle. In piazza la gente continuava a
divertirsi. Comunque, la voce continuò a chiamarmi e
immagina lo shock quando capii che era la voce di mia sorella
... tua nonna.

'Non poteva essere affatto possibile, perché quella notte,
anche se io non lo sapevo allora, tua nonna era in ospedale a
Messina ricoverata, per la prima volta in vita sua, a causa di
un malore. Infatti quella stessa sera, mia sorella era arrivata
vicino alla morte. Eppure, la voce che sentivo era
indubbiamente la sua, chiara come se fosse lì accanto a me,
che continuava a chiamare in voce urgente, 'Vasili, non
permettere che toccano il bambino! Salva il bambino!'

'Nel sentire queste parole, mi convinsi che qualcosa di
grave stava succedendo. Andai in cerca di tuo nonno, ma non
riuscivo a trovarlo da nessuna parte. E allora mi misi a
correre per la discesa verso Cimarra .

'Se ti ricordi, da San Michele a Cimarra ci voleva quasi
un'ora con la mula. Quella notte io ci avrò messo poco più di
mezz'ora a piedi. Per fortuna era una notte, non proprio di
luna piena ma quasi, e le stelle spargevano tanta luce che era
possibile distinguere l'ombra di un coniglio correre sul prato.

'Quando attraversai il ponte sul Cimarra e m'infilai
nell'uliveto, all'inizio della salita che porta alla grande casa,
sentii due colpi di fucile, seguiti qualche istante dopo da un

terzo. Anche se ero sfinito, urlai così forte che mi si lacerava la gola, *Cuncetta! Cuncetta! Sarvati u figghiu!*

'E continuai a correre in salita, senza fiato, mentre quelle parole di tua nonna mi sibilavano ancora nell'orecchio.

'Quando arrivai al cortile della casa, dove un tempo c'era quel grande albero di noce, m'imbattei in un cadavere di donna accasciato vicino al tronco. Mi accovacciai e quando mi accorsi chi era ... o Dio mio, il sangue! Quanto sangue!'

E zio Basil latra come un cane.

'Quanto a te, ti trovammo nascosto nella stalla, illeso grazie a Dio.'

Le due ragazze sono riuscite finalmente a persuadere la loro compagna a scendere dall'auto, però si rifiuta di sedersi sul cofano con loro, invece si mette a correre scalza nel parcheggio, gridando,

'Ehi, ma dove si trova un uomo stasera?'

Le compagne la inseguono ridendo, finché lei si accascia contro il retro della Mercedes, slittando col sedere lungo il parafango.

Le sue amiche tentano di afferrarla.

'Natalie! Nat! Non fare la pazza. Torna con noi.'

'No, lasciatemi. Dove sono andati tutti i fighi di questo cazzo di città?'

Scappa di nuovo e si mette a correre intorno alla macchina. Infine, si ferma al finestrino dove c'è Basil.

'Eccone uno!' strilla trionfante, troppo ubriaca per accorgersi del volto vecchio e rugoso di Basil, finché, con le mani nel finestrino, va per mettergli le braccia al collo. D'un tratto s'immobilizza e poi si tira indietro.

'Madonna, hai visto? Quel vecchio singhiozzava come un bambino?'

Si arrende alle amiche che la riconducono in macchina, vacillante. Le lacrime solcano le guance di cuoio dello zio. Gli occhi di Nick rimangono asciutti, ma le sue lacrime le sente cadere dentro di lui, pesanti come gocce di sangue

'Ah, mio caro, che sollievo poterti confessare questo affare terribile. Non volevo portarmi questo peso nella tomba, e tuo nonno non doveva farmi giurare di mantenere il silenzio.

'Ma chi ...?'

'Saru fu accusato dapprima. La sua assenza dalla festa era stata notata e il suo portafoglio era stato trovato vicino al cadavere. Ma quando fu catturato aveva la spalla inzuppata di sangue. La verità non tardò a rivelarsi, che Concetta e lui erano stati scoperti insieme e lui se l'era cavata con una ferita alla spalla. Tua madre, poverina, non fu tanto fortunata.'

'E allora l'ha uccisa mio padre ...'

'No, non fu lui. Tuo padre non l'avrebbe mai fatto, l'amava troppo. Inoltre, era rimasto tutto il tempo alla festa.'

'E allora chi?'

'Ah, l'unico che sapeva di certo era Saru, ma all'inchiesta si ostinò ad affermare che non aveva visto la faccia dell'assassino. Nonostante tutto amava troppo suo padre per poterlo tradire.'

No, non è possibile, anche se Basil annuisce col capo. Anche se Nick intuisce che un uomo di novantadue anni non avrebbe più motivo per mentire.

'Mi sforzai di considerare altre possibilità oltre a quella che sospettavo già nel cuore. Ma tuo padre non ebbe alcun dubbio. La sua vita finì con la morte di sua moglie. Poco dopo, si arruolò nell'esercito e nel '34 fu mandato a combattere in Africa. Il resto lo sai già.'

Nannu? No, non è possibile!

Sul lago, la natura procede a inscenare i suoi drammi nell'acqua torbida, mentre le ragazze si avviano abbracciate verso il lago e salgono sul muro. Tutte e tre adesso più calme, più sagge, ma un po' smarrite in quel momento di silenzio. Il mondo, per un istante, sembra essere sospeso in contemplazione. Dopo la rabbia, al di fuori del caos, un momento di pura tranquillità. E forse, forse ... c'è un senso nell'insieme.

'Comunque, che cazzo importa adesso, 'ste cose sono accadute molto tempo fa, tutta un'altra vita. Ora non contano più.'

'Hai ragione, figliolo, quelle tragedie non importano più oggi. Mi guardo in giro e la cosa che trovo sconcertante è che *onore, affetto* ... non sono altro che parole, voci dal passato che mettono in imbarazzo.

'Meglio così. Ai nostri tempi si facevano dei drammi per nulla e a volte ci si uccideva per onore e non era giusto. Purtroppo però non abbiamo smesso di uccidere. Oggi qualcuno esce per la strada e svuota il fucile sulla folla senza che lui stesso ne capisca il perché. Oggi il mondo è ancora più confuso che mai, e io mi son fatto vecchio. Ho indugiato in questa terra troppo a lungo. Ho osato giocare una truffa al tempo. Ma ovviamente il tempo si è preso gioco di me. E ora mi sento del tutto sbandato.'

Joyce

Questa è la notte delle rivelazioni.

Mentre la notte si avvolge intorno se stessa con doppi strati di umido, il passato avanza sul giardino quasi deserto per sopraffarlo.

Harry, sulla sedia di giunco, il capo reclinato come in una pietosa parodia della morte ancora calda, russa per sottrarsi a una moltitudine di conflitti personali.

Ma qui, nella terra dei vivi, l'ora dei conflitti e delle simulazioni è ormai passata. E non c'è più via di scampo. Mentre il DJ suona l'ultima roca ballata, le due sorelle siedono sul terrazzo. Il caffè caldo ha schiarito gli offuscamenti della notte e ha sfumato la verità. L'attesa è ormai finita. Poco a poco la pietra viene alzata e i morti resuscitano.

'Cara, se proprio ci tieni a saperlo, mi hai infastidita.' Quel suo consueto tono da sorella maggiore una volta tanto è privo d'ironia e neanche un pizzico di condiscendenza può nascondere il fatto che sta per dire qualcosa di serio. '... più che infastidita, mi sento tradita. Io e te siamo amiche del cuore (oltre che sorelle) e mi aspettavo che mi avresti consultata prima di prendere questa decisione, come avrei fatto io, d'altronde. Ti rendi conto, Joyce? Hai mai considerato che io chiedo il tuo parere su ogni cosa che faccio? Con l'eccezione dei miei matrimoni. Ma in effetti,' l'ombra di auto-ironia le sfiora le labbra, 'i miei matrimoni non hanno avuto un'importanza rilevante nella mia vita.'

'Ma il mio sì?..'

Le rughe ben curate sulla fronte di Flo si tirano.

'Be', mi pare ovvio che ci tieni tanto, no?'

'No, mi riferisco all'importanza del mio matrimonio per te.'

Flo sposta il suo peso sulla natica sinistra e s'inchina in avanti, più vicino alle sbarre del balcone, come se volesse accertarsi che nessuno stia ascoltando dal giardino.

'Non credere, Joyce,' la sua voce l'aggredisce col tono del rimprovero, 'non ti illudere che io non capisca il vero motivo di questa mossa assurda che stai per fare ... questo tuo viaggio a Melbourne.'

'In tal caso ne sai più di me.'

'Più di te, in effetti. Tu ammetti solo la giustificazione che ti sei data. Io invece, riconosco la vera ragione.'

Joyce vorrebbe avere un bicchiere in mano per poter sorseggiare qualcosa, o magari un caffè nero su cui soffiare sopra e alleggerire il peso del momento. Ma alla fine, l'unica opzione è l'umorismo.

'Avresti potuto dirmelo che avevi cominciato a spacciarti per psicoanalista, Flo, avrei risparmiato una somma considerevole.'

Ma Flo non ci sta a questo gioco. Qualcosa di serio le fermenta dentro la testa.

'Ti dico una cosa, Joyce, ciò che vuoi sapere da Desmond, te lo posso raccontare io. Bastava che me lo chiedessi ...'

'Chiedessi cosa, Flo ?'

E questa volta la sua confusione è genuina.

'Ti sei mai chiesta perché la mamma mostrava quei sintomi?'

'Che sintomi?'

Joyce mente per guadagnare tempo per potersi meglio adeguare.

'Ti ricordi, la paranoia, quel terrore che aveva degli Aborigeni, dei grandi spazi, la sua nevrosi ... chiamala come vuoi.'

'Be', credevo che fosse stata sempre in quel modo ...'

Ecco un'altra bugia.

'No, tu eri troppo piccola ... ma io avevo l'età per fare domande. Avrò avuto circa undici anni, quando la mamma sparì ... sì proprio svanita e nessuno sapeva come o perché. Dapprima, si sospettò un atto di violenza, perché il rubinetto era stato lasciato aperto (di conseguenza si allagò la cucina e si stava per svuotare il serbatoio d'acqua). Ma non c'era traccia di lotta o violenza. Ancora più significativo era il fatto che mancasse lo zaino di papà e il suo otre d'acqua.

'Venne la polizia da Geraldton e fecero un rastrellamento della zona per parecchi giorni. Andarono alle riserve aborigene e alla sede delle missioni cristiane. Otto giorni dopo che era sparita, mamma si ripresentò alla porta della grande casa: affamata, dimagrita, scottata dal sole, ma altrimenti illesa. La cosa ancor più sorprendente fu che non volle rivelare dov'era stata e come era riuscita a coprire le proprie tracce in quel terreno arido e polveroso del Murchison.'

'E allora come spiegò un'assenza tanto lunga?'

'Non ci provò nemmeno. Rispose vagamente che si era persa, senza spiegare perché si era inoltrata così distante da casa. Ad ogni modo, poiché non mostrava segni di maltrattamento, la polizia non s'interessò più alla faccenda.

'Per papà non fu tanto facile passarci sopra. Non so se te ne rendevi conto, il loro matrimonio non era mai stato ideale. Anzi, avevano i loro problemi, mamma e papà, problemi seri da quel che ci capivo io. Ma ben presto papà, che come ti ricordi non esitava a brontolare su tutto, avrebbe avuto motivi seri per farlo, perché venne a sapere che mamma era incinta e le cose erano messe così male fra loro che papà non poteva essere il padre.'

Il volto di Joyce rimane perfettamente immobile per qualche istante, mentre in testa oscilla fra stupore e rammarico per avere sottovalutato sua madre così tanto

'Sei sicura che vuoi saperne di più?'

'Certo ... procedi, Flo.'

'Fossi in te non sarei tanto entusiasta di saperlo, cara. Non è per nulla edificante. Al contrario, il racconto si fa sempre più squallido. Comunque, papà andò su tutte le furie, ovviamente ...'

'E mamma come si spiegò?'

'Niente, non disse nulla.'

'Mi dici che svanisce nel bosco per giorni, torna incinta e non riesce a dare nessuna spiegazione? '

'Non da quanto mi risulta, a parte la conclusione ovvia da dedurre.'

'Fu ... forzata?'

'Non ne parlò affatto e non accusò nessuno. Chi lo sa?'

Volta lo sguardo verso i pochi che ballano ancora, come a voler spremere l'ultima goccia di vitalità dalla notte.

'Sarà stato pure un momento di follia, un'infatuazione che ben presto sfumò. In conclusione, a quanto pare lei accettò il ruolo di peccatrice e ora era disposta a pagarne le conseguenze. Comunque papà volle l'aborto.'

'E mamma rifiutò?'

'No, a quanto pare mamma non si oppose. Meno male, non avrebbero potuto fingere che il padre fosse suo marito, perché poco tempo dopo il vero padre si presentò alla porta di dietro. Io mi trovavo in casa con mamma quel giorno. Non ho mai visto una persona così terrorizzata come mamma quando si trovò davanti quell'uomo. Il fatto è che era nero come l'asso di picche.'

'*Grazie mille, signore e signori. Lo show è finito.*'

'*Nooo! Bis! Bis!*'

'Purtroppo non si può, per regolamento. Dopo mezzanotte non ci è permesso. Quindi per il DJ è ora di andare a nanna. Buona notte da Sounds Unlimited. Sleep on it baby!'

Incredibile! Chi l'avrebbe mai pensato che mamma ... così pallida, slavata, nevrotica ... fosse capace di tali prodezze! I suoi occhi galleggiano in lacrime di gioia. Gioia il cui motivo non riesce a comprendere. Naturalmente Flo fraintende tutto.

'Perdonami, cara,' e per una volta non lascia che l'emozione venga dissipata dall'ironia, 'per te sarebbe stato meglio non saperne nulla, ma la tua decisione di andare a Melbourne ... adesso vedi in quale posizione difficile metteresti Desmond. Dopo tutto questo tempo, sono sicura che non gradisca riportare a galla quegli avvenimenti.'

'Perché, lui è venuto a sapere di tutto questo?'

'Altro che! Cara, Des è l'unico che conosca i fatti al completo. O almeno, dovrebbe saperli, anche perché mamma e papà cessarono di comunicare fra loro dopo quell'incidente. Quando Des arrivò alla tenuta, anni dopo, non fu per una semplice visita, fu convocato da papà per cercare di far uscire mamma dallo stato di depressione in cui era caduta. In effetti mamma recuperò un po' la salute, ma non migliorò il suo atteggiamento nei confronti di suo marito. Des ebbe il ruolo di fratello/compagno/confessore, che le era mancato e mamma fu spietata nell'approfittarsi di lui.'

'E per quello rimase con lei ...'

'Sì, fino alla morte di mamma. La sua lealtà fu ammirevole.'

'Lealtà che si estese oltre la morte ...'

'Non del tutto, Joyce, Des vive con un compagno ...'

'Compagno?'

'Mm, un compagno a lungo termine. Convivono da vent'anni. Lui è preside di facoltà all'università, quindi almeno il compagno se l'è scelto bene. Se non altro, avrà una fascetta pubblicitaria autorevole sul suo libro ... se mai riuscirà a pubblicarlo.'

Nick

Figghiu di buttana: son of a bitch. Il significato è lo stesso in ambedue le lingue, o quasi. In Sicilia gli si dava un'altra interpretazione, quella di scaltro maneggione, uno che ci sa fare insomma. Un complimento, in effetti. E quindi chi se ne frega, specialmente visto che solo Basil ne è al corrente.

Basil sarebbe dovuto già essere morto da anni e portarsi dietro il passato. Ha ragione lui, una persona della sua età non appartiene più alla vita, sbilancia le cose; mantiene in vita memorie che dovrebbero essere già sotto terra. Be', comunque, è contento che questa faccenda sia venuta a galla. Schiarisce l'aria.

Avviandosi di nuovo in direzione nord, ben presto arriva alla sponda dello Swan. L'acqua l'ha sempre attratto.

Lui, Nicola Amedeo, nato in montagna da dove il mare si scorgeva appena nel lontano orizzonte, tra una valle dai fianchi così ripidi che riduceva il mondo in una stretta fessura.

La valle del Cimarra invadeva la loro vita. Di notte era cullato fino ad addormentarsi dal flusso dell'acqua del torrente che nella tarda primavera si riduceva a uno sgocciolio. E anche in piena estate si sentiva la sua presenza laggiù ai piedi della montagna. A volte Nicola gli parlava, *ti prego non fare morire il nonno*. Il torrente non rispondeva, ma d'inverno quando scorreva forte, il suo flusso cartaceo lo rassicurava del nonno e del suo mondo, che per lui erano la stessa cosa.

Questa città non gli porta quella sensazione. Qui la terra è aperta, la vita prospera e priva di complicazioni. La città si slancia in alto nuova e baldanzosa sulla sponda di questo vecchio fiume, sdraiato al sole, largo e agiato. Il suo volto compiaciuto e spensierato si rispecchia fiero nell'acqua sulla quale battelli e panfili scorrono spinti dall'energia e dall'ambizione di uomini e donne. Questi paesaggi spaziosi, che lo hanno accolto a braccia aperte, gli hanno ridato speranza. Questo è il suo presente. Perciò tutto andrà bene, niente problemi.

Eppure nel semi-buio di Mill Point Road viene sopraffatto da timori antichi. Il fiume non si cura delle sue angosce. Le immagini dei grattacieli illuminati sprofondano nell'acqua come schegge enormi. Si rende conto che questo fiume giovane/antico dà solo l'apparenza di essere tranquillo. Stanotte si è fatto troppo vasto, insidioso. Qualcosa si agita là dentro, nel suo ventre, anche se i suoi fianchi di sassi tagliati a perfezione vengono leccati da servili lingue d'acqua. Chissà quali eterni misteri o minacce stanno in agguato sotto l'apparenza che galleggia tranquilla?

C'è una grande confusione dentro la sua testa.

Steve

Mai più. Non avrei dovuto lasciarmi prendere in trappola da John. La mia sola scusa è che avevo bevuto qualche bicchiere di troppo. Ecco com'è accaduto.

Stavo in piscina e John mi chiama dall'altro lato.

'Ehi Steve, ti sfido a una corsa.'

Non contava nulla che in ospedale c'era un uomo che languiva, forse in fin di vita, per colpa sua. John Amedeo era più bullo e chiassoso che mai. Nessun segno di coscienza o moderazione, non sono sentimenti che conosce. All'inizio, volevo mandarlo a quel paese, giacché tutta la sera mi aveva punzecchiato. È fatto così lui, sempre in cerca di motivi per sfidarti.

'No grazie, John.'

'Dai,' insisteva, 'Ti do una vasca di vantaggio.'

Gli altri, anche loro brilli, hanno cominciato a spingermi.

'Dai, Steve, accetta. Tanto lui non è forte come crede.'

Ho girato lo sguardo verso Lily, che galleggiava in acqua da sola. Be' forse era arrivato il mio turno per dimostrare qualcosa.

'Quante vasche?'

Ci siamo accordati su cinque. Malgrado non fossi in forma, pensavo di potercela fare, ai tempi della scuola ero considerato un buon nuotatore. Mi lusingava la possibilità di dare una lezione a quell'arrogante.

Ci siamo messi sul blocco di partenza, io da un lato, lui dall'altro. Quando eravamo all'inizio dell'ultima vasca, era ovvio che non mi avrebbe potuto raggiungere. Allora si è messo a giocare sporco, allungando il braccio quando io stavo per girare. Non è comunque riuscito ad arrivare per primo. E allora mi ha accusato di avere imbrogliato. Faceva finta di scherzare ma io che lo conosco da anni, so che gli scherzi di John finiscono male.

'All'ultimo giro tu non hai toccato la barriera. Ti ho visto.'

'Certo che l'ho fatto. E tu non eri in grado di controllare.'

'Stavo dietro di te, e ti ho visto.'

Il nostro comportamento era da ragazzini, ma io non me la sentivo di dargliela vinta. Alcuni dei suoi amici si sono intromessi e, per gioco, buttavano legna sul fuoco.

'È vero, non ha toccato.'

'Ma sì, l'ho visto con i miei occhi.

'Fino a quel punto, abbiamo finto che si stesse scherzando, ma sia io che lui avevamo bevuto un bel po' e lo sguardo preoccupato sul volto di Lily mi ha riportato alla calma.

'OK John,' ho detto, 'lasciamo stare.'

Per me l'incidente era finito. Quando stavo per salire la scaletta della piscina John mi ha afferrato la gamba e mi ha tirato di nuovo in acqua. Tutti si sono messi a gridare.

'Prendilo dai, dagli sotto!'

In tutto quel baccano nessuno si era accorto che lo scherzo si era fatto serio e che John mi aveva messo la testa sott'acqua. E sono convinto che quel pazzo mi avrebbe annegato, se non fosse stato per la prontezza di Lily, che ha preso il tubo dell'acqua a massima pressione e ha centrato la faccia di John. Solo allora ha mollato e se n'è scappato via ridacchiando. John Amedeo è uno squilibrato.

Alla fine mi sentivo proprio male e ce l'ho fatta appena ad arrivare in bagno prima di vomitare. Lily mi ha chiamato un taxi.

'Mi serve la mia auto,' ho protestato, 'domani mattina io e Nick andiamo a pescare in barca.'

'Non dire sciocchezze, Steven, tu non sarai in condizione di andare a mare domani mattina.'

Nick

Fatta la pipì, scuote il pene come se volesse infondere nuova vita a quella flaccida poltiglia, poi tira l'acqua e se lo rimette a posto.

Ma anche se fosse vero, chi se ne frega! Questo è un nuovo paese, un'epoca diversa. Lui ha cinquantaquattro anni, padre di una bella famiglia e con una posizione di riguardo. Che importa chi fosse suo padre? O come morì sua madre? Che vadano tutti all'inferno! Lui ha la sua vita da godersi, una famiglia di cui curarsi.

Al piano di sopra c'è Joyce, a letto, con la bocca semiaperta, le natiche curve sotto le lenzuola come una sensuale scultura. Poi ci sono i figli, il *business*, gli amici e tante altre persone che dipendono da lui. Tante cose che danno senso alla sua vita e gli procurano soddisfazioni. E poi, ci sono le domeniche di pesca. Quel vasto oceano limpido che lo aspetta. Il ritorno dopo una giornata al sole a torso nudo, con la pelle che gli scotta. Nudo e infuocato. 'Un vecchio stallone Siciliano' lo chiama Rosie. Be', quell'insulto gli va bene.

I giovanotti stanno ancora in giardino a bere e fare baldoria.

Saranno lì fino al mattino. Un tempo, l'avrebbe fatto anche lui, sfidando chiunque a bere. Ora però non oserebbe. L'età ti fa mettere un po' di giudizio.

Cerca John fra i giovani sdraiati sull'erba, circondati da bottiglie vuote e coperte. Non lo vede, ma lo sente ridere in quel suo muggito e subito lo rintraccia in piscina, mentre esegue la sua attività preferita, dare la caccia alle donne. Strano però; quel suo torso peloso, da dove viene? Pensare che il torso di Nick sia liscio come il culetto di un bambino. E poi, ci sono quei suoi occhi scuri, come mai? La spiegazione s'insinua nelle fessure della sua coscienza. Si accorge che sta vedendo suo figlio in modo diverso.

Si sforza di ritracciare i lineamenti di Saru attraverso mezzo secolo di oblio. Meno male che Nella lo riporta al presente. Eccola là davanti, mentre si appresta a salire la scala, vestita in calzoncini e top largo, che si gratta la coscia con lo spigolo del video che stringe in mano.

'Stiamo per guardare *Escape from New York*, ci fai compagnia?'

'Non per me, me ne scappo a letto.'

'Così presto! Immaginavo che ti sarebbe piaciuto stare in mezzo ai giovani, papà.'

'E no, devo alzarmi presto domattina ...'

'Oh già, te ne vai a pescare, ricorda che ci vengo anch'io.'

Ci ridono sopra tutti e due. Lui scettico, lei sulla difensiva.

'Prima che ti svegli dai sogni io avrò già preso i primi pesci, amore mio.'

Il suo viso si fa serio. Adesso Nick capisce che il loro

incontro non ha nulla di casuale.

'Papà, non mi dire che vai al mare da solo, non devi farlo.'

'Certo che ci vado, ci sono stato tante volte,' mente, 'da solo.'

'Mm!' non basta una bugia innocente per convincere Nella. 'Porta John con te.'

'Nella, senti ...'

Adesso perde la pazienza, è già più tardi di mezzanotte e non se la sente di giustificarsi. Ma il vero motivo della sua impazienza è l'accenno a John. È come se sua figlia avesse letto i suoi pensieri morbosi, capito la sua angoscia. Questo non gli piacerebbe, non la sua Nella così piena di gioia, priva di complicazioni. Ad ogni costo, non vuole che Nella perda fiducia in lui. Sua figlia non deve sapere nulla delle sue paure, delle sue debolezze.

'Senti Nella, quel mare lo conosco meglio del mio giardino. Non metterti in ansia per il tuo vecchio padre, cara. Dai ... vai a vederti quel film con i tuoi amici.'

Le volta le spalle risoluto. Mentre sale Nick sente lo sguardo di Nella sulle sue spalle e quando arriva al primo giro si volta e la vede ancora lì immobile che lo fissa dal basso della scala. Allora le lancia un sorrisetto giocoso e dice,

'Ad ogni modo, Nella, lascio a te il comando ...'

Fuori i giochi si sono fatti violenti.

'Ehi, lascia andare bastardo! Togli le mani dal mio collo.'

Si affaccia alla porta Nella. Urla con la sua voce grossa.

'OK voi due, smettetela. C'è gente che va a dormire.'

Le grida si fermano subito e Nick sale la scala superiore, contando gli ultimi gradini.

Ma come? Come poteva aver fatto quello, un uomo affettuoso come il nonno? Nooo ... impossibile! Si stende accanto a lei, ascoltando le voci sibilanti nel giardino e il respiro di Joyce accanto a lui. Segue il battito del suo proprio ventre sovrapposto alla curva del sedere di lei. Una volta le accarezzava il culo con le sue dita tozze, in modo delicato come una piuma così da non svegliarla, poi infilava il suo pene semi-eretto dentro il bordo delle sue mutandine per accedere al suo calore confortevole. La mattina lei diceva,

'Mi toccavi durante la notte o me lo sognavo?'

E lui mezzo assonnato,

'Te lo sarai sognato e ora facciamo davvero.'

E poi dormivano ancora un po' senza preoccupazioni di far tardi, sicuro che Steve avrebbe avuto tutto sotto controllo in ufficio. Il loro matrimonio è stato bellissimo.

Ma perché Basil aveva mentito su quei fatti dei suoi genitori? Non ha senso. Meglio non pensarci troppo, non gli conviene perdere sonno. Per fortuna il rimedio ce l'ha. Non ha bisogno di barbiturici lui. Ogni volta che i pensieri lo tengono sveglio (abbastanza raro per lui) si concentra su immagini piacevoli, come una giornata di pesca sull'immenso mare che lo culla, piano piano trasportandolo nello spazio dei sogni.

E ancora una volta gli riesce. Una sensazione di calma gli discende su tutto il corpo e lo libera da un gran peso. È vero, la rivelazione di Basil ha avuto l'effetto di una cura improvvisa per un malore terribile, il cui nome non conosce. Sembra pazzesco, ma ecco che gli viene una leggerezza di spirito. Apre al flusso di gioia che si sparge dagli occhi, scorre giù per le guance e inonda il guanciale. Oooh, finalmente!

Joyce non piange mai. Almeno non si ricorda di averla mai vista piangere. Strano, perché sono le donne che hanno la fama di piagnone. Una volta le disse,

'Come mai non ti vedo mai piangere, Joyce?

'Perché mai dovrei piangere? Ho una vita molto buona, una bella casa, bella famiglia, sicurezza. Ho te, Nick.'

Si gira sul lato destro e sposta la sua fronte contro la schiena di lei, piega le ginocchia in su, cosicché la parte frontale del suo corpo segua il profilo di Joyce. E ora loro due sono la metà dell'intero.

Joyce

Ma non ci riesce, non ce la fa proprio! La sua mano si fa flebile quando lui gliela stringe ed è l'unica parte del suo corpo che non è tirata. No, questo che lui vuole, non può averlo. Le sta per chiedere una cosa che lei è incapace di dargli.

'Lo so, Joyce, che a volte sono stato un bastardo, ma ti ho sempre amato ... sempre, ti giuro. Mi credi?'

'Ma sì' dice lei con convinzione, perché sa che è la verità, 'certo che lo so, Nick.'

'Negli ultimi tempi ho riflettuto ... cosa pazzesca, non so. Tutti questi anni e non sono mai tornato in Sicilia. C'è tanto che vorrei ... tante cose. Sai dove passai l'infanzia, era un posto magico. Trascorsi la mia infanzia a scalare alberi e seguire lucertole che s'infilano dentro crepe di pietra.

'Un giorno aspettavo mio nonno in questo luogo chiamato, U *Biviu,* una sorta d'incrocio dove il corso del torrente arriva al mare. Solo che l'acqua non scorreva, sul corso c'era solo sabbia color calcestruzzo, affiancata da aranceti.

'Era quasi mezzogiorno, tutto calmo. L'aria profumata di zagara d'arancio. Più in alto in collina le foglie d'argento degli ulivi tremavano come fantasmi a mezzogiorno. Ti dico una cosa, Joyce, non c'è visione più bella al mondo di un uliveto su una ripida collina, in un giorno d'estate ... non so perché... qualcosa che commuove. Quando arrivò il nonno col carretto disse, 'Niculinu, t'ho chiamato tante volte, perché non mi rispondi?' E io dissi, 'stavo a fiutare il profumo di zagara.'

Nick ride forte e si agita accanto a Joyce. Ma lei resta immobile. Joyce libera il braccio dalla sua stretta e lui non tenta di riprenderselo. Non protesta. Ha capito bene. E lei, per compenso, si lascia scappare una falsa risata.

'Ehi Nick,' gli fa, ma si vergogna di quella sua finta allegria, 'lo sai che cosa sono venuta a sapere stasera?'

Nick chiede acqua e lei gli porge aceto.

'Sai che mia madre' ... è tentata ma resiste, 'il fratello di mia madre, zio Desmond ... be', cosa buffa ... convive da anni con un uomo.'

Lei ci ride sopra, ma sa che la sua ironia è dovuta più al segreto di sua madre che alle convenzioni sociali che il povero Desmond avrà osato trasgredire.

La novità lo diverte.

'Vuoi dire che Desmond è ...?'

La sua voce è maliziosa. Joyce assente e sorride nel buio.

306

'Mannaggia, Joyce, non dirlo a nostro figlio, potrebbe dargli strane idee.' Nick ridacchia in tono smorzato.

'Non penso che John corra quel pericolo, che ne dici?'

'No, hai ragione. Niente paura per quello.'

Ed entrambi si godono attimi di dolce armonia che li eludevano da tempo.

Nick

Mentre attraversa l'oceano con un piccolo battello, si trova impantanato in un grande spazio d'acqua che d'un tratto si è riempito di alghe. Si rende conto che la sua barchetta non riuscirà a districarsi da quella massa viscida e lo aspetta una lunga vita in trappola in quel posto.

Un paio di pantaloni svolazzano da qualche parte anche se non c'è brezza nell'aria. La calma regna in un oceano di plastica. Un ragazzino, Nicola, sta accovacciato da solo. Accanto a lui i pantaloni sono appesi e danno l'impressione che dentro ci siano le gambe pendolanti di una persona invisibile dalla vita in su.

'Che cazzo vuoi?' gli fa Nick, 'Chi sei?'

Silenzio, solo una domanda che si gonfia nel vento. Tutti i suoi sogni consistono di domande. E i sogni degli altri conducono anch'essi a domande? Ecco un'altra domanda. Pantaloni con lunghe calze salgono in cielo su uno sfondo di nuvole morbide, appese a un bastoncino, perché non c'è più il mare, bensì un campo di frumento. I pantaloni appartengono a uno spaventapasseri senza faccia in mezzo al campo. Nick irrompe da una membrana di sogni notturni, rotola sul letto e cade sul pavimento con un tonfo.

'Che c'è?'

Geme, si siede sul pavimento senza dire parola, ad ascoltare assieme a lei le chiacchiere pacate sulla strada.

'Mi dispiace,' dice, 'Scusami, Joyce'.

'Niente, avrai avuto un brutto sogno.'

Infatti non era un sogno ma un risveglio. Un grido stridulo, una corsa frenetica, un'implorazione.

'No, aiuto!'

Due colpi netti. Ptang! Ptang! E poi scruta attraverso la finestra, di corsa per la discesa bianca, sotto la luna, una figura nuda, pantaloni in mano che sventolano in aria. E poi, mamma che irrompe nella camera, che si trascina lungo il pavimento e tenta di afferrarsi alle sue gambe da ragazzino, mentre lui fugge via e si va a nascondere nella stalla.

'*Aiutu! Aiutu, Niculinu!*'

Segue un secondo colpo, mentre lui si aggrappa alla pancia della mula. E poi un instante d'illuminazione gli dice che queste immagini devono essere obliterate dalla memoria.

Ma ora, infine, si scuotono entrambi. L'alba, in un uovo ripieno di pensieri foschi, becca dall'interno del guscio per liberarsene. Finalmente lo scassa e si rotola con la timida testa bagnata e si mette a cinguettare flebilmente per cominciare un viaggio incerto.

'Meglio che mi muovo, no?' Sussurra, sorpreso dal tono calmo della sua voce, 'voglio anticipare un po'.

Nessun segno da Joyce. Nick ci riprova timidamente.

'Nella ... un po' strana quella ragazza,' sorride, ma il sorriso è troppo personale per viaggiare sul filo della voce nel buio, 'si preoccupa perché vado da solo ... un uomo di mare come me. Certo che non c'è proprio necessità che io ci vada oggi ... se tu hai bisogno ... resto. Joyce, se vuoi resto.'

Nick attende, trattenendo il respiro. Nulla.

'E tu, Joyce ... potrai cavartela da sola?'

'Ma certo, Nick. Vattene pure.'

'Lascia stare le pulizie. Ci penso io quando torno, nel pomeriggio. Sarà una gita breve questa.'

'Sicuro, non ti preoccupare di noi. Vai pure, Nick. Vattene.'

Parte Terza

I Granchi

Nick

Anche se non ci saranno stati più di quindici chilometri di distanza, da ragazzo Nick considerava il mare come una forza aliena, mistica, minacciosa. E non solo lui, in generale per gli abitanti su in cima al paese il mare era altro mondo.

Una volta, al mare ci andò davvero. Quel giorno accompagnò il nonno a portare un carico di fichi secchi al treno in marina. Si misero in viaggio sulla mulattiera ripida e tortuosa, che scendeva in marina verso Civa. Arrivati alla stazione, a metà mattina, il nonno gli disse,

'Non ti allontanare, aspettami qui che torno fra poco.'

'Ma io voglio andare a vedere il mare.'

'E guardalo da qui, no?'

'Posso andarci fino al muro?'

'No, *Niculinu*, se il mare si agita troppo, un'onda ti può portare via.'

'Come, anche da così lontano?'

'Certo Nicola, anche da lontano.'

Ovviamente esagerava per mettergli un po' di paura, ma l'intensità sul suo volto lasciava il sospetto che forse il nonno ci credesse sul serio.

Inevitabilmente, quando andò a Messina per prendere la nave che l'avrebbe portato in Australia, fu sopraffatto alla vista del mare. Ci vollero un paio di giorni prima che Charlie Mannu potesse convincerlo a risalire sul ponte. Quando alla fine riuscì a superare il timore e salì, fu ricompensato dalla vista di tutta quell'immensità azzurra che teneva a galla la nave nelle sue forti braccia, come una madre. E per gratitudine, per averlo accolto con tanto amore quando arrivò in Australia, considerò sul serio di fare il pescatore. Anche loro facevano soldi a quei tempi. Quegli italiani di allora possiedono mezza Fremantle! Alla fine, invece, si mise a fare il costruttore edile, perché offriva maggiori possibilità di far soldi. E comunque, al mare ci può andare lo stesso nei weekend.

Mentre si avvia verso Mandurah trainando la barca, la strada è tutta sua. Niente file di traffico, solo strada aperta e una successione di case di periferia, forme silenziose che avanzano dal buio. Il paesaggio è tutto in pianura, docile, trasognato, mentre la luce del sole inizia a spargersi e d avanzare, promettendo un'altra giornata afosa. Su in cielo, un falco pende come un ragno da una nuvola viola.

Accende la radio. Una voce anziana intona, 'On The Road Again' fra gli spot di un cinema all'aperto e di una crema solare. La voce è grezza, ma è più che probabile che i suoi piedi non siano abituati a camminare scalzi sulla terra.

La canzone che torna in mente proprio adesso è ... (ah, come si sta sistemando bene il puzzle!) una che gli insegnò suo zio Saru. A quel tempo erano tutti insieme (cioè lui e i suoi genitori) a San Luca, in piena montagna, dove gli Amedeo possedevano un pezzo di proprietà. Lì le montagne sembravano ancora più ripide e rocciose e il fiume si separava in due torrenti chiamati *Furiu* e *Ingannu*.

Un giorno si trovava con sua madre giù all'Ingannu, dove lei andava a lavare il bucato. Arrivò Saru in pantaloni a coste e coppola da pastore. Guardava Nicola che saltellava sull'acqua da una pietra all'altra e fischiava sommessamente. Sua madre continuava a lavare, ignara di Saru.

'Ehi, tu, *Niculinu*,' chiamò Saru, e gli fece segno col pollice di accostarsi.

Percepiva un qualcosa d'inquietante in Saru e quindi, prima di andarci, consultò sua madre con lo sguardo. Gli occhi di sua madre incrociarono i suoi un istante prima di voltarsi via. Allora, Nick sentì il dovere di ubbidire perché era suo zio.

Saru lo condusse su per una ripida salita, dove le capre pascolavano in un campo trapunto di felci verde senape.

'Sta qui,' disse, ' tieni sott'occhio quelle capre laggiù, basta che non le lasci andare verso l'Ingannu. Quando torno t'insegno una canzone.'

Doveva essere stato un valido incentivo (oppure era stata la paura di Saru), perché rimase lì dov'era, anche se la desolazione della montagna gl'incuteva tanta paura. Saru, comunque, non si assentò a lungo. Quando tornò, aveva le orecchie rosse come la carne e gli occhi da ubriaco. Gli sorrise, per rassicurarlo, ma Nicola percepì molta crudeltà in quel sorriso. E c'era altro, puzzava. Non era il solito odore di sudore e latte stantio del pastore, c'erano anche altri odori. Odori che aveva annusato su altre persone prima. Lui voleva solo tornare da sua madre, ma Saru insistette per mantenere la promessa, per cui lo prese a sé e gli insegnò la canzone. Certe cose ti restano in mente per i motivi sbagliati. Di quell'incidente ricorda vividamente una grande paura e il disgusto che provò nell'avere la guancia scura e ruvida di Saru contro la sua. Ebbe la sensazione di non sentire una parola di quelle che Saru gli stava dicendo. E invece sì, perché la canzone se la ricorda ancora parola per parola.

Picciotti nun vi faciti meravigghia
Ca vaiu camminannu pi lu scuru
Vaiu circannu a cu iavi 'na figghia
Pi la dari a mia ca sugnu sulu.
E se quarcunu voli mi la pigghia
Ci rumpu li corna a unu a unu ...

Saru portò la mano all'orecchio, rosso come la cresta di un gallo, e si mise a stornellare in direzione dell'Inganno dove la sua voce s'immerse fra lo scoscio dell'acqua che scorreva giù dalla montagna. E a sentire quel suono gli prese una morsa di tristezza. Non vide l'ora di tornare fra le miti colline di San Michele, dove c'era una vera casa, un letto comodo e più che altro, c'era *Nannu*.

Voleva dire questo a sua madre, ma quando tornò lei era intenta a sferzare le lenzuola contro una pietra come fossero una frusta. Quando alzò lo sguardo, il suo volto era risentito (strano, non si ricorda bene il suo aspetto, ma quel risentimento ce l'ha proprio davanti agli occhi).

'Domani torno a casa,' disse, 'tu resti qui ancora un po' con tuo padre. L'aria di montagna ti farà bene.'

I cespugli trapuntano i tumuli sabbiosi della costa e corrono come piccoli roditori scuri in direzione opposta. Solo lui ha la direzione giusta. Il mondo corre controcorrente e a lui resta solo una direzione da prendere: un altro mondo sommerso in sogni profondi che emergono dalla nebbia dell'inconscio.

Ti ricordi Nick? Torna indietro, ripassa gli anni e riportati a quel giorno d'estate, quando eri così piccolo che il tuo alito aveva ancora l'odore del latte di tua madre. Quell'estate in cima alla montagna a San Luca. Niente odore di spruzzo di mare là sopra, niente uliveti con i loro tronchi nodosi. Ti ricordi? Anche se hai passato mezzo secolo di oblio. Eccoli lì, un paio di pantaloni a coste che svolazzano davanti agli occhi, che ti conducono molto indietro, nel passato lontano al di là dell'oceano, oltre la collina che ti cullò, per arrivare ad un altro terreno nel cuore dell'interno. A un terreno selvaggio e sassoso come il paesaggio lunare, cosparso da ginestre, fichi d'india e macchie di more sulle quali si avventavano i cani abbaiando per stanare qualche coniglio.

Ti ricordi quel tempo in estate trascorso con tuo padre, ovvero l'uomo che credevi fosse tuo padre? Ti ricordi le capre col volto di vecchie zie tristi, che pascolavano sulle rupi precarie dei terreni di San Luca, mentre lui, (l'uomo che credevi fosse tuo padre) trascorreva la giornata a costruire flauti di canna, seduto sul muro di sassi che segnavano il limite fra il suo podere e le vaste terre del *Barune*?

Lo vedi ancora seduto lì, coltello in mano, tagliuzzare il bastoncino, coi pantaloni da pastore, rappezzati e macchiati dal suolo? Senti l'odore del latte di capra sui bottoni del suo panciotto nero di feltro? Vedi la coppola grigia con la visiera piegata nel mezzo e gli scarponi di cuoio e la suola di gomma sozza di terreno di montagna?

Tu odiavi stare lì, anche se lui ti amava non, a quanto pare, per te stesso, ma perché sei nato dalla donna che amava più di se stesso e della propria dignità; la donna che a sua volta lo tradiva. E così, ogni mattina ti faceva la ricotta fresca usando la linfa del fico per coagulare il latte appena munto che odorava di pelle di capra. E tu, che avevi appena cinque anni, ed eri reso moccioso da un amore nutrito dal senso di colpa ti mangiavi la ricotta senza farti toccare le labbra, perché (come lui) ti lasciava in bocca il sapore della terra e del concime di capra.

Il peggio era la notte nella capanna di ginestra, tu e lui, che ti dava l'impressione che foste le ultime persone rimaste al mondo. E ciò che rendeva le ore ancor più deprimenti era che si sedeva fuori al buio e si ostinava a suonare il fischietto che si era fatto con le sue stesse mani. Il suono era così malinconico, così invasivo, come se spellasse trucioli dalle ossa. L'unica tregua era il dormire. Ti arrotolavi strisciandoti nel buio come un rettile, per sfuggire a quel suono del fischietto che agitava i tuoi sogni.

E te lo ricordi quell'altro uomo? Sì, proprio lui, Saru. Il tuo zio-forse-padre che veniva per tormentare il tuo padre-forse-zio. Saru era alto e forte e i suoi capelli erano neri come peli di Labrador.

Tuo padre, seduto sul letto di legno di quercia, suonava il flauto di canna e Saru irrompeva dentro la capanna, portandoci la sua barbarità e la rabbia.

'Indovina dov'ero ieri sera, Carmine. Lo sai dove sono stato tutta la notte? Sono stato a San Michele. Ho fatto delle cose. E tu, Carmine, dove sei stato?'

Ma Carmine continuava a suonare, strappando raggi di luce alla notte. E Saru si arrabbiò e gli disse di smettere, ma lui si ostinava e Saru s'inferocì ancora.

'Per tua fortuna hai il piccolo con te, se no ti calcerei sotto il letto a strisciare col ventre insieme alle pulci.'

Con calma, senza incrociare gli occhi col suo fratellastro, Carmine si mise gli scarponi ai piedi. Saru proseguì a provocarlo.

'Le capre, dovrebbero essere già sulla serra a quest'ora.'

'C'è tempo.'

'Che tempo! Quelli del *Barune* saranno sul posto all'alba. Se trovano le nostre capre nella loro proprietà le scannano, Carmine.'

Giù nella vallata, mentre Saru liberava la mula e la lasciava pascolare, continuava anche a tormentare suo fratello.

'Dove sei andato ieri sera, Carmine? Lo vuoi sapere dov'ero io?'

Tuo padre non rispose. Ma tu, *Niculinu*, tu qualcosa sapevi; perché quella notte ti eri svegliato per fare la pipì, ma avevi paura di uscire all'aperto e così hai chiamato,

'Pa, Pa!'

314

Nessuno rispose, la notte era piena di paura. Poi, fra il fruscio di occulti animali notturni, hai sentito il belato di una capra, triste come un lamento, che portava sulla schiena tutta la tragedia dell'umanità. Tutt'intorno c'erano solo ombre silenziose e sassi sparpagliati come ossa. E giù dalla valle dell'Inganno arrivava il gorgoglio dell'ultima acqua di primavera. Te lo ricordi quello, Nicola Amedeo?

Alla radio una ragazza fa la voce da gattina sexy:

'*Ciao, sono Samantha. Quest'estate lascia che ti tenti con una vacanza al Kingsley Motel in Busselton. Abbiamo tutto: spiagge da sogno, paesaggi spettacolari, cucina fantastica. Vieni a gustare il nostro* smorgasbord *e tante altre belle cose ...*'

Voce fuoricampo: '*Chissà se anche lei è inclusa nel pacchetto.*'

Sulla rampa di lancio c'è già una lunga fila di barche che aspettano il turno. Be', almeno troverà qualcuno che gli possa dare una mano a lanciare la barca.

Quando arriva il suo turno, Nick va a fare retromarcia ma taglia in acuto l'angolo e la ruota posteriore del carrello sbanda contro il bordo della rampa, rimbalza e poi cade, causando un gran tonfo. Altri gli lanciano sguardi sprezzanti. Forse sospettano che abbia preso una sbornia ieri sera. Poi, dal nulla arriva una voce che ben conosce.

'Che succede? Dico io, potresti anche lasciarmi dormire, no?'

Dalla cabina appare il capo assonnato di John. Da dov'è spuntato? Nonostante il fastidio iniziale, è molto contento di vederselo davanti. Il volto scuro s'illumina talmente che sembra un ragazzino, felice di avergli giocato uno scherzo, come per dire, 'Questa volta ci sei cascato!' E da tanto che John Amedeo non mostra il suo lato simpatico, nonstante quella sigaretta che tiene storta fra le labbra.

'Mannaggia, papà ci vuoi veramente ammazzare?'

Dietro di lui sporge la testa una ragazza con il viso rotondo e le labbra abbondanti, che aveva già visto alla festa ieri sera. Il labbro di sopra è coperto di peli vellutati che solo il pieno sole rivela. In altri tempi e in situazioni diverse avrebbe potuto essere la sgualdrina del paese. Ma in questo momento Nick non la vede così. Tutta quella carne esposta, che normalmente lo avrebbe eccitato, ora lo lascia freddo. I suoi capelli sono grassi e spettinati. Ha la pelle pallida. In qualche modo suscita compassione più che altro.

'Che diavolo succede?' Dice Nick.

La ragazza ridacchia, un po' maliziosa, ma la sua voce è stanca e sembra piuttosto patetica.

'Che ti ridi, Naomi?'

John le pianta una sculacciata sul sedere. La ragazza si ritira di nuovo in cabina, senza smettere di ridere. È probabile che abbiano già scopato come prima colazione. I tonfi per la strada avranno aiutato.

'Dove vai, eh? Che direzione prendi, vecchio?'

Nick non risponde. E così, tirando forte la sigaretta in modo provocatorio, John aggiunge, 'Vengo con te.'

'Dici? Ti ricordi che successe l'ultima volta che sei venuto a pescare con me?'

Gli venne il mal di mare. Poi quella sera andarono ad un barbecue e l'incidente fu oggetto di conversazione e di grande ilarità.

'Il battesimo del mare gli ha fatto male,' andava dicendo Nick agli ospiti, 'di certo, col tempo saprà adeguarsi, il ragazzo.'

Invece non era mai più andato a pescare con lui. Forse avrebbe dovuto insistere. Chissà forse il loro rapporto sarebbe migliorato. Ora prova a persuaderli a scendere.

'Avanti voi due innamorati, ho da fare oggi.'

'Naomi, vedi?' dice John, 'che ti avevo detto, il vecchio non mi può vedere proprio.'

'Dai, John, sei ancora brillo. Vieni giù.'

Nick gli allunga la mano. John disegna un pesce in aria con l'indice. Da bambino era molto bravo nel disegno, un vero talento.

'Nient'affatto! Vengo con te. Veniamo tutti e due, vero Naomi?' La ragazza ridacchia senza freni. Anche lei ha bevuto.

'Sicuro, per un buon pesce io ci sto sempre.'

'Be', allora puoi darmi una mano a lanciare la barca,' dice Nick infine, con tono rassegnato, ma in fondo sperando che suo figlio non cambi idea.

John è sempre stato incline ad avere incidenti. A volte a Nick è venuto il sospetto che lo faccia apposta, per attirare l'attenzione su di sé. E guarda caso, quando salta in barca, cade male e il piede s'infila fra la lama dell'ancora e la corda. Gli causa un piccolo graffio al tallone, ma lui come sempre si mette a urlare.

'Vaffanculo! M'ha tagliato il piede.'

Naomi lo tira a sé ridendo.

'Che piagnisteo che sei, vieni qui che te lo bacio.'

La presa in giro lo manda su tutte le furie e per ripicca prende in mano una candela d'accensione, che trova nella cassetta dei ricambi, e si mette a pungere Naomi sul braccio. Dovrebbe essere un gioco, ma si vede che le fa male sul serio. D'un tratto, si accorge che stanno andando in direzione dell'estuario.

'Ehi, ma dove va il vecchio?'

A volte suo figlio anziché fare una domanda direttamente a lui, si rivolge a una terza persona. Questo lo infastidisce parecchio, ma fa finta di nulla. John insiste,

'Il mare è in direzione opposta.'

'Lo so, ma noi si va all'estuario, a prendere i granchi.'

Be', in effetti quello non era il suo piano, ma ora che si trova due giovani sulla barca è l'unica cosa da fare. Il pericolo del mal di mare è molto ridotto nelle acque calme dell'estuario. E poi se uno di loro si dovesse sentire male, sarà più facile retrocedere. Meno male che nel congelatore ci mette sempre le teste di muggine per attirare i granchi.

Joyce

Una nebbia si sparge sull'Oceano Indiano. Questa non è una delicata tendina di freddo che presto si dilegua in una calda giornata d'estate. E nemmeno un vapore acqueo che arriva dall'Antartide e minaccia l'afa con un'ondata di freddo. No, questo è un sipario da teatro, un velo da illusionista capace di creare sogni e allo stesso tempo di infrangerli; un velo che nasce dal mare e si sparge per i sobborghi come una ragnatela gigante.

Attraverso la tenda della sua camera Joyce osserva Nella mentre dirige gli addetti alla pulizia dopo l'orgia della notte. Gli ultimi ospiti sono andati, rincantucciati ciascuno nella propria cella d'esistenza, per far svanire nel sonno gli eccessi e la vergogna. Però mentre gli uomini smantellano i vari attrezzi, il giardino è intento a procedere nella sua mimica stilizzata, che oggi potrebbe rivelare un dramma fatale. Certe cose si apriranno, altre si schiuderanno come enigmi e le rivelazioni saranno tali da lasciare senza parole.

Finestre. Joyce è molto avvezza a scrutare attraverso le finestre, per studiare il mondo attraverso lo squarcio stretto della sua esistenza. E non solo lei: Lynne McLuskie, Flo, Mamma; tutte donne (eccezione fatta, forse, per Nella) che fissano il mondo dall'interno di celle, senza mai osare attraversare la soglia che dà sul mondo esterno. Di sicuro i pericoli esterni sono preferibili a quelli che stanno dentro le mura, no?

Le finestre ricreano se stesse di continuo, proiettandosi sempre pochi passi in avanti. Per coloro che una volta tanto osano solcare la barriera, come fece sua madre, come fecero Lynne e lei stessa, non ci vuole tanto prima che l'esterno diventi un nuovo interno, che nuovi muri sorgano intorno e nuove finestre incornicino lo spazio per renderle ancora una volta prigioniere.

Attraverso la finestra, la scena proiettata sullo schermo della sua memoria avrebbe potuto essere ideata da un grande cineasta col debole per la psicologia ovvia e gli sfondi grandiosi.

Il paesaggio è assolutamente vasto, da Wagner. Tutt'intorno una terra rossa, tracciata da sparse macchie di vegetazione, cumuli di terra piatti (troppo bassi e troppo sparsi per poterli chiamare colline) e un cielo cosmico che guarda al paesaggio da un blu atroce. Semplicemente uno spazio che mima il tempo, ecco.

Da quella vastità epica, la casa coloniale si fa avanti come un fantasma sotto la luna. Concentra l'occhio dentro la casa, su tre donne raggruppate, le tre teste incorniciate dalla finestra, con gli occhi che scrutano attraverso un vetro polveroso, il paesaggio reso minaccioso dallo spazio, dal sole e dalle paure della madre. Tre donne alla finestra che aspettano un salvatore.

Desmond arrivò alla grande tenuta nell'inverno del '47. Aveva ventinove anni, esibiva baffi alla Clark Gable, nonché un cappello di feltro e una sciarpa. Le sue mani lunghe e delicate davano l'impressione di un uomo che aveva trascorso la vita in salotti, a disegnare gesti eleganti nell'aria rarefatta, spiegando dei punti sottili sull'esistenzialismo. Le fosse polverose di Binji Cross si saranno sentite sottomesse o forse divertite alla vista di quelle mani. Ma le donne ne rimasero affascinate.

Mamma si riprese e cominciò a parlare di Melbourne ancora una volta. 'Mi dicono che la città sta attraversando un periodo di rinnovamento urbano. Spero che non tocchino lo splendido palazzo delle poste, è un'icona caratteristica della città.'

Ma Desmond voleva parlare del Mediterraneo.

'Attraversare lo stretto di Messina è stata un'esperienza magica. Provate ad immaginare: momenti prima dell'alba; nebbia e ombre che scolpiscono fantasmi tutt'intorno. Mentre la nave avanzava verso il porto fra due promontori, mi sono detto, eccomi fra Scilla e Cariddi. E come Ulisse, stavo navigando fra i due mostri mitici, solo che al contrario dell'eroe greco, non avrei voluto altro che trovarmi prigioniero di uno dei due mostri.'

'Meno male, caro,' disse mamma, untuosa, 'meno male che non ci sei cascato preda, Desmond.'

'Ti dico, Millie, ho provato una sensazione così forte, così identificabile ... ho sentito che tutta la mia vita era stata un viaggio verso quel momento.'

Come non poteva lei, una ragazzina di appena quindici anni e nata in una prigione composta da un milione di chilometri quadrati di vuoto, non essere trasportata da quelle parole?

'O, Desmond ti prego, mi ci porti un giorno in quel posto? Me lo prometti?'

'Zio Desmond, se non ti dispiace, Joysie cara. Stai parlando con mio fratello, sai.'

'Sì ma è così giovane, non mi viene di chiamarlo zio.'

'Joyce!'

'Non farci caso, Millie, lasciala che mi chiami come vuole. Io non ci faccio caso.'

'Sarà come dici, ma devo insistere. In fin dei conti sei suo zio.'

'Non sono più una bambina, mamma ...'

'Ebbene, non mettiamoci a litigare anche su quello, cara.'

E così i confini furono stabiliti, ma per qualche tempo non riuscirono a mettersi d'accordo su nulla. Joyce gli parlava evitando di usare alcun appellativo, cosa non tanto facile da sostenere in un ambiente così vasto che si temeva costantemente di perdere contatto.

Tutto ciò cambiò con l'arrivo di Flo. Appena completato il primo anno d'università e già diciannovenne, Flo non fu affatto disposta a chiamare il ventinovenne Desmond, zio. C'è da aggiungere, però, che l'interesse di Flo nei confronti di Desmond era puramente accademico. Essendo comunque una ragazza precoce, e grazie a certe esperienze già avute, Flo riconosceva delle caratteristiche in Desmond che la quindicenne non era ancora in grado di comprendere o che semplicemente non sarebbero state rilevanti per lei.

Non si trattava di sentimenti d'incesto. Non era lei di certo una nuova Salomé; una voluttuosa, scalza, seminuda danzatrice del ventre. E comunque non era lui un Erode. Povero, caro Desmond. Non si dica mai!

Zio Desmond era tanto lontano da quella figura biblica, quanto uno degli innocenti da lui massacrati. Era magro, pallido e con radi capelli. Il suo aspetto era, se non proprio spirituale, certamente da bibliotecario. L'esca perfetta per una quindicenne sopraffatta da una passione che la metteva in confusione e vergogna. Era come una bambina cieca, in cerca di un capezzolo da cui nutrirsi, guidata dall'istinto e motivata dal desiderio di sopravvivere e di crescere.

A quindici anni, mentre altre ragazzine sognavano di farsi suore, di rifugiarsi su un'isola rocciosa per scrivere poesie, di salvare i senzatetto e i bisognosi, di assistere i ciechi a vedere e i muti a parlare ... Joyce sognava di sposare Desmond e di intraprendere con lui un viaggio per tutta la vita, alla ricerca di nuove scoperte del favoloso mondo antico.

Ancora più seducente per la sua fantasia sfrenata era che il mondo antico fosse oltre oceano, molto lontano da quello spazio vuoto che era Binji Cross. Al contrario dell'ambiente in cui era nata, che era sfruttato da suo padre, temuto da sua madre e incompreso dalla famiglia intera, il mondo antico di Desmond era abitato da miti perenni: da eroi e da mostri, da re e poeti, da figure fantastiche create dal bisogno umano di sogni e di dei.

Sognare fu facile a Binji Cross, quell'inverno scrutando attraverso la finestra quel paesaggio ondeggiante, privo d'alberi.

'In questo periodo, sono in uno stato di grande eccitazione,' diceva Desmond, dopo aver consumato il solito arrosto domenicale, tirando fumo, tranquillo, con la pipa in bocca, 'da quanto ho appreso di recente, hanno scoperto il sito dell'antico oracolo di Cuma.'

'Oh che bello! Raccontacelo ti prego.'

Lo sguardo severo di sua madre non riuscì a smorzare l'entusiasmo giovanile di Joyce (così puerile adesso che ci ripensa!). Che cosa fosse questo oracolo di Cuma, Joyce non ne aveva nessuna idea. Amava il suono della frase e alla sua età bastava quel tanto.

'Purtroppo, Desmond, dovrai illuminarci visto che siamo dei villani incolti.' Disse mamma e lanciò uno sguardo sfuggente a papà.

'La Sibilla di Cuma interessa sia i teologi che gli archeologi, perché si crede abbia profetizzato la venuta di Cristo, come racconta Virgilio nella quarta ecloga.'

Gli occhi delle donne rimasero fissi giù nel loro piatto come segno di reverenza per tanta erudizione. Perfino Flo, la giovane cinica che si sforzava a tutti i costi di dimostrare che lei non s'impressionava facilmente, questa volta studiò il colore della zucca che aveva rifiutato di mangiare.

Papà buttò giù la sua birra Kalgoorlie con eccessivo rumore, poi peggio ancora, aprì la bocca.

'Mi dicono che nella zona del Kimberley ci stanno

delle grotte con figure d'arte aborigena dipinte migliaia d'anni fa. Direi che per gli amanti d'arte varrebbe la pena farci una visita.'

Mamma non si degnò di alzare le sopracciglia, ma c'era un limite alle sue buone intenzioni e non tentò neanche di smorzare un arido boccone d'aria.

'Sì,' disse Desmond in tono caritatevole, 'in effetti avevo letto di questo. Molto affascinante si dice.'

'Considerando tutta quella storia che hanno,' disse Flo, che aveva il talento per ridurre ogni conversazione a dibattito, 'come mai non riuscivano a ritrovare la grotta?'

'Chi? Gli Aborigeni o i Greci?' Si sbilanciò papà.

Questa volta mamma lo gelò con uno sguardo di sbieco.

'I Romani, Cec.'

'Come?'

'Virgilio era un poeta romano.'

'Vuoi dire che i Romani dipingevano grotte anche loro?'

Il petto della mamma si sollevò con un sospiro di lunga sofferenza. Desmond, il magnanimo, recuperò la situazione facendo marcia indietro.

'Dici giusto, Flo, eppure il sito preciso fu perso per molti secoli. Quindi lascio a te immaginare quanta eccitazione quando l'eminente archeologo italiano, Professor Amedeo Maiuri, scoprì delle grotte non lontano da Napoli che confermano esattamente la descrizione che ci ha lasciato Virgilio dell'oracolo di Cuma. Purtroppo io sono venuto a sapere di questa scoperta solo di recente e durante l'ultimo mio viaggio in Italia non ne ero al corrente. Fa nulla, di certo ci andrò alla prossima visita in Europa.

'E quando pensi di andarci?' chiese Joyce, trattenendo il respiro. E a se stessa disse, *non ancora, ti prego, non prima del mio diciottesimo compleanno.*

'Fra non molto, Joyce. Ho degli affari da sbrigare a Melbourne, nel frattempo farò domanda per uno scambio di lavoro in un'università italiana. Se dovesse fallire quel progetto spero di poterci comunque andare a mie spese fra un paio d'anni. Che ti prende Millie?'

Le guance di mamma arrossirono, poi il sangue inscenò

un ritiro ugualmente improvviso, lasciandole il volto più pallido di prima.

'Nulla, proprio nulla Desmond.'

Ma nel suo petto diede un grande sospiro e le ciglia calarono misteriosamente sopra gli occhi azzurri. Col tempo mamma dimostrò un inquietante talento nella tempistica dei suoi umori. E i sogni di Flo non erano meno stravaganti.

'Parigi,' disse, facendo rotolare la erre in bocca, 'quella è la mia meta, non appena avrò ottenuto la mia laurea di storia.'

'Be', Parigi,' disse Desmond, sorseggiandosi il tè caldo, 'certo Parigi è una città molto civilizzata. Senza dubbio.'

'In effetti ci ho pensato per un po', di laurearmi in lingua francese e fare un concorso per gli esteri, invece ho preferito la storia, europea ovviamente, perché ... be', veramente non so, c'è sempre gente che vuole sapere del passato, no?'

'La storia consiste in ciò che l'umanità trova conveniente da raccontare,' pontificò Desmond, 'più significativo della storia è il mito. Il mito non è altro che un tentativo di dare senso alla storia ... chi sta per arrivare?'

Emergente dalla polvere come una visione avanza lenta e ingombra, una donna con un bambino al fianco, accompagnata da un'altra donna più anziana. Arrivata al cancello entrò nel giardino col passo lento e sicuro di una che trascorre la sua esistenza all'aperto e si sente in possesso del suolo sotto i suoi piedi.

Mamma si voltò verso la finestra e alla vista delle figure che si avvicinavano alla casa, si turbò e incominciò a tremare.

'Non offrirgli niente da mangiare, Cec ti prego, perché poi non ci lasceranno più in pace.'

Scappò a rifugiarsi in camera. Fino a quel momento, Joyce non aveva compreso quanto fosse intensa la paranoia di sua madre. Anche dopo che le donne furono mandate via, mamma continuò a urlare.

'Non ne posso più. Voglio andarmene, Cec. Voglio scappare da questo luogo.'

Poi tornò e fece le scuse e in tal modo completò l'umiliazione di papà. Joyce cominciò a capire che l'ambiente di Binji Cross, così vasto, così silenzioso e spirituale, era troppo per un forestiero indisposto a farsi travolgere da esso. Ascoltare Desmond mentre parlava del Mediterraneo forniva una via per scappare da quell'immensità di terra rossa e cielo azzurro.

Per quanto riguarda la mamma, aveva osato l'inimmaginabile e non ci era riuscita. La sua colpa non fu tanto che osò mangiare la mela, piuttosto che non si era preparata adeguatamente, svuotandosi prima di riceverla. Ciò nonostante, com'è possibile non essere ammirevoli della sua audacia? *Mamma sei stata tu la vera pioniera.*

Papà aveva un violino. Si sapeva in famiglia, perché mamma, in quel momento in cui i genitori ancora si parlavano, spesso raccontava la storia di come papà l'aveva 'sedotta' suonando 'Dark Eyes' a una festa d'estate alla tenuta. L'insinuazione era che papà l'avesse 'stregata' e che se non fosse stato per quel violino, un tipo come lui non lo avrebbe nemmeno considerato. Considerazioni di livello sociale non erano mai estranee alle conversazioni di famiglia. E forse perché mamma ne aveva fatto una questione personale, papà molto spesso rifiutava le richieste di suonare il violino, con la scusa che era fuori esercizio.

'E poi,' diceva, masticandosi un pezzo del labbro inferiore che era sempre bagnato, 'Millie ne ha fatto un tale caso, che di sicuro vi deluderei.'

Comunque, si sapeva che papà era 'musicale', dotato inoltre di una bella voce, che usava solo quando era lontano dalla gente, o stava in sella da solo, o lavorava sul tetto di uno dei tanti edifici della tenuta ed era tanto concentrato sul suo lavoro che dimenticava le sue inibizioni.

Il peggio arrivava quando era ubriaco. Papà non era un gran bevitore, ma una o due volte l'anno (Natale, compleanno) beveva eccessivamente. E allora si metteva a cantare *Old Shep*, oppure *In the Luggage Van Ahead*; numeri malinconici e sentimentali che lasciavano imbarazzati gli ascoltatori sobri.

'Cec ha il carattere irlandese,' diceva la mamma, e da come lo guardava di sbieco, si vedeva che il suo commento non veniva inteso come un complimento. 'E come se fosse nato nella contea di Cork o giù di lì.'

Ma in quelle occasioni l'alcool rendeva papà impervio alla critica o alla derisione.

> *While the train rolled onward*
> *A husband sat in tears*
> *Thinking of the happiness*
> *Of just a few short years*
> *For baby's face brings*
> *Pictures of a cherished*
> *Hope that's dead*
>> *But baby's cries can't waken her*
>> *In the luggage van ahead.*

Una notte, non molto tempo dopo l'arrivo di Desmond a Binji Cross, quando la conversazione a tavola era ancora condita dai sapori di luoghi lontani e papà era stato ancora una volta lasciato da parte, successe una cosa strana. Papà si alzò dalla tavola senza aver mangiato nulla, andò a chiudersi nel suo studio e d'un tratto si mise a suonare 'Dark Eyes'. Ne uscì un suono talmente angoscioso, forse perché la casa non era più abituata, visto che non suonava da molto tempo. Qualche errore si sentiva pure, però produsse una musica così intensa di emozione, come se avesse fatto pratica per anni sulle corde del suo cuore.

Tutti rimasero stupiti. Ma lo shock più devastante doveva ancora arrivare. Nel momento in cui papà tornò in sala da pranzo, con gli occhi che brillavano come quelli di un uomo innamorato per la prima volta, mamma scattò in piedi e si avventò contro di lui.

'Perché lo hai fatto? Non ti permettere di farlo mai più, Cecil, mai! Odio quella canzone! Mi senti, Cecil, la odio!'

La sua veemenza era così insolita, così crudele che Desmond sentì il dovere di difenderlo.

'Oh Millie, dici sciocchezze. Desmond ha suonato molto bene.'

'Ha fatto una cosa infida. Infida e spregevole. E comunque i miei occhi sono azzurri.'

Non molto tempo dopo, papà cominciò a lamentarsi che

non si sentiva bene.

Nick

Le braccia dell'estuario di Mandurah si allargarono per ricevere la Nella-John come una figliuola prodiga. Sotto il ponte la barca solca il suo corso, traballante. L'acqua si apre a forma di un'ampia V, fermenta e s'increspa, lasciando dietro una scia di schiuma. Un vento fresco sfreccia sul canale portando con sé un salubre sentore di sale.

Nick è proprio convinto che sia arrivato il momento di piantare il seme dal quale germoglierà qualcosa di magico. Si sente esplodere di felicità. John si strofina le mani. 'Eh, ma questo è bello,' grida sopra il rombo del motore, con voce allegra da bambino ingenuo, 'mi piace tanto.'

Che strano avere suo figlio sulla barca! Se l'avesse saputo prima che sarebbe stato così semplice portarlo con sé, l'avrebbe fatto più spesso. In tutti questi anni, non gli è mai venuta l'idea di portarlo sulle acque calme dell'estuario. Lo vede con la coda dell'occhio, messo lì in piedi in calzoncini, maglietta e capelli scompigliati dal vento. È un bell'uomo, dal profilo forte e virile. Quella sua aggressività gli può giovare tanto. Bisogna essere resistenti nella vita. Non fa nulla che a volte si sia comportato da canaglia, il carattere ce l'ha per cimentarsi nella vita e farsi strada. Se qualcosa dovesse accadere a lui, la famiglia resterà in buone mani, di quello ne può essere sicuro.

'Come va lo stomaco?'

'Tutto a posto.'

'Fra poco si farà ancora più calmo. Più tardi, vedrai che l'acqua sarà piatta come un tavolo.'

John fissa lo sterzo in mano di Nick.

'Senti,' dice, 'fai tu per un po' mentre io innesco le reti. Sai come fare, no?'

'Certo!'

Ebbene, non gli manca l'iniziativa al ragazzo. Afferra lo sterzo con impeto. Ha le mani enormi, più grandi delle sue ma non tanto spesse. Mostrano poca evidenza di aver fatto lavoro fisico. Alla sua età le mani di Nick erano come scorza di *jarrah*. Le dita di John sono lunghe e lisce, quasi femminili.

'Fa attenzione a non avvicinarti troppo ai pali rossi e verdi, sennò ci si arena.'

E adesso può andare giù a prendere le esche dal congelatore. Naomi è accampata sulla cuccetta, profondamente addormentata. Indossa jeans aderenti alle cosce abbondanti. L'occhio di Nick cade sull'apertura nella blusa dalla quale s'intravede una grossa tetta. Gli piacciono bene impostate al ragazzo, proprio come a suo padre. In effetti la ragazza assomiglia un po' a Rosie.

Trascina le reti su in coperta e lega i galleggianti alle corde, tenendo sott'occhio il tachimetro, perché stanno per passare sotto il ponte.

'Rallenta,' gli grida Nick sopra il frastuono del motore.

Sul ponte ci sono già un sacco di ottimisti con lenza in mano che sperano di acchiappare qualche pesce. Un ragazzino saluta con la mano al loro passaggio, lanciando sguardi ammirevoli alla barca. Al di là del ponte l'estuario si allarga e si stende davanti agli occhi.

'Guarda!'

Nick indica la striscia esposta dalla marea ingombrata da uccelli di mare che beccano. Nell'estuario affluiscono stormi di uccelli acquatici: pellicani, gabbiani, cormorani, cigni e altre specie che non conosce, ciascuno che vive la propria tacita battaglia per sopravvivere. Questo è un mondo che conosce poco. Troppo vasto, troppo aperto. Qui è impossibile poter misurare dove ti trovi.

Lassù, le montagne proteggevano il tuo piccolo mondo. I vecchi t'indicavano un mandorlo o una casa e ti raccontavano una storia. L'importante era proprio quello, la storia per aiutarti a dare un senso alle cose.

Qui mancano le storie, ecco la differenza. È casa tua, il luogo di nascita dei tuoi figli eppure ti senti uno straniero, come se vivessi su un pezzo di terra in affitto; una terra che non potrai mai possedere, di cui non puoi fidarti e forse in fondo temi di poterla conoscere troppo intimamente. Un tempo Nick lavorava la terra: spazzò via un'intera foresta di vegetazione, e non ci fece caso. Strette di rimpianto gli scorrono dentro come scie d'acqua. Rimpianto per cose fatte e cose non fatte. Per fortuna ha suo figlio con lui, per salvarlo da ruminazioni deprimenti.

'Ehi,' dice John, e d'un tratto i suoi piccoli occhi scuri si fanno lucidi, come se la cupidigia si fosse dissolta dentro, 'prepariamo quelle reti, oggi mi sento fortunato.'

Quando arrivano al largo, smorzano il motore. Nick strappa la plastica che imballa le teste di muggine che lo guardano con i loro occhi gelati. Non sembrano né amareggiati né tragici, solo rassegnati, forse persino soddisfatti nella consapevolezza che ancora servono a qualcosa.

Lentamente, Nick inserisce il filo di ferro nell'occhio, poi lo allaccia nell'intreccio della rete e di nuovo lo infila nella testa. Suo figlio lo guarda, ma mostra poca curiosità. Altre cose lo interessano.

'Quanti ne prendiamo, eh? Che ne dici, facciamo un colpo?'

'Certo, cosa credi? Il tuo vecchio non ha mai fatto cilecca. Niente paura, sono di vecchia fama io.'

'E sì,' dice John, e tira un calcio rabbioso allo sterzo, 'quello lo so bene.'

'Ehi, stai attento che lo spacchi.'

John ride, come se l'immagine dello sterzo che si frantuma sotto i suoi piedi gli provocasse grande ilarità.

'Quanto è il tuo record di sempre?'

Gli sta lanciando una sfida.

'Oh, non è permesso per legge prenderne più di due dozzine. Una notte tutta insieme con una comitiva ne abbiamo riempito un intero bidone. La sera, ci siamo diretti verso la riva, dal lato di Pinjarrah, li abbiamo cucinati sulla spiaggia e abbiamo fatto un gran festino. Tanti anni fa.'

Nick si dà da fare a preparare le reti con tanta furia che si punge il dito. Il sangue fermenta sotto la pelle, una bolla appare sul dito e scorre verso le unghie. Lui bestemmia e se lo lecca. Il sapore del proprio sangue lo eccita.

'La tua compagna,' dice, accarezzando un argomento che sa già caro ad entrambi, 'le piace tanto dormire, vero?'

'Chi, Naomi? Certo,' sogghigna, 'le piace tanto il

materasso.'

E ora ci ridono entrambi. L'acqua è piatta. La barca si muove appena, galleggia pian piano da un lato all'altro.

'Ho l'impressione che piace anche a te, il materasso.'

John si schermisce, come farebbe lui al posto suo.

'Sì, non lo nego ... anche perché avevo un esempio non facile da emulare, che dici?'

'Lascia stare quello, passami un'altra rete, dai.'

Nick prova a fare il padre serio, ma non riesce a cancellare un pizzico di piacere dalla sua voce; poi aggiunge,

'L'importante è avere il controllo ... sempre il controllo.'

La nebbia si è alzata. Un alito d'aria fresca porta conforto e gioia. John accende una sigaretta, appoggia il gomito sullo sterzo, scorre lo sguardo intorno all'estuario come se cercasse un punto specifico. Nick segue il fumo che si alza sulla testa di John e scopre batuffoli di nuvole appena apparse a sud. Si tratta del primo avvistamento di nuvole da giorni. Segno che il tempo cambia.

Nick procede a lavorare con furia mentre John fuma e osserva, senza che si dicano nulla fino a quando tutte le dodici reti sono pronte.

'OK, gettiamole in acqua.'

Con uno scatto del polso Nick lancia la rete che cade sull'acqua con uno sguazzo e sparisce nel fondo. Solo il galleggiante sferico è visibile nell'acqua. Una pausa mentre la barca si allontana alla deriva una decina di metri e poi ne lanciano un'altra. Osservano con attenzione, senza dire una parola, finché i dodici galleggianti sono in fila sull'acqua.

E ora si rilassano e aspettano, per dare tempo ai granchi di avvicinarsi alle esche. Durante la pausa e con le mani e la mente inattive, il silenzio si fa imbarazzante. Lo spettro di venti e più anni d'incomprensione pesa fra loro. Per la prima volta si trovano faccia a faccia senza distrazioni: né musica, né movimento. Niente alcool con cui offuscare l'effetto della loro prossimità. L'impatto di tutti quegli anni di silenzio pesa sul pensiero. È possibile si possa recuperare?

John si toglie la maglietta e si sdraia sul banco. Quella sua schiena pelosa ... l'ululato di quel lupo di Saru si fa sentire nel vento di questo estuario straniero. Ma per il momento, almeno John non lo sente. Con gli occhi chiusi e il corpo rilassato, ha perso la sua caratteristica irrequietezza e sembra tranquillo.

John tossisce e infrange l'illusione.

'Dovresti fumare di meno. Non ti fa tanto bene, figliolo.'

'Già.'

Il dondolio dell'acqua li rende benevoli, una pigrizia deliziosa si sparge dentro Nick. Con gli occhi chiusi appoggia le spalle contro il bordo della barca e si lascia cullare verso sogni lontani. Visioni di un vasto mare verde nel tramonto tentano di invadergli la mente, ma lui resiste e riesce a bloccarle. Questo momento appartiene a lui e suo figlio.

'L'acqua è torbida, non credi?'

'Meglio così. Significa che i granchi si stanno muovendo laggiù e rimestano il fango. L'acqua torbida è un buon segno per i pescatori di granchi. Aspetta che arrivi mezzogiorno, l'acqua si farà di nuovo limpida e si potrà vedere a occhio nudo se ci sono dei granchi nelle reti. Solo che non ce ne saranno ... forse qualcuno. I granchi si vanno a nascondere di nuovo nel fango a quell'ora.'

'Si fanno un pisolino allora?'

'Infatti, amano l'acqua infangata. Si sentono al sicuro.'

'E allora quanto pesava il più grosso granchio che hai mai preso?'

'Vuoi dire qui nell'estuario?'

'Sì.'

'Un paio d'anni fa li prendevano fino a ventisei pollici di traverso, cioè da un artiglio all'altro. Fuori, nell'oceano aperto, ce ne sono anche di più grossi. La gente dice di averne pescati di oltre un metro. Be', insomma, io ho qualche dubbio su questi.'

È ovvio che questo discorso eccita John. Le sue palpebre si schiudono lasciando appena una fessura, come un predatore fissato sulla preda.

'Ora di tirare su?'

'Aspetta, diamogli ancora tempo.'

John si stende di nuovo e chiude gli occhi. Un senso d'urgenza preme su Nick e lo fa parlare.

'Eh, John ... lo sai ... lo sai che se vuoi sul serio prendere i granchi dovresti venire a marzo, dopo le prime piogge. Ti metti sul muro del canale con una rete in mano e ti sarà facile pescarli mentre si avviano verso l'oceano.'

Nick libera la sua fantasia, che si tuffa nell'acqua verso il fondo. La visione è ipnotica. Tentagli puntati, minacciosi, pronti a slanciarsi contro i rivali nel fondo torbido. Che coraggio ragazzi! Essere un granchio deve essere la cosa più coraggiosa al mondo. Trascorrere la vita laggiù: una grossa bestia con la corazza blu e il ventre bianco come l'avorio, tentagli tanto duri e incisivi da tagliare il dito di un uomo, mentre saltellano sul fango a caccia di prede, difendendo il proprio spazio, battagliando di continuo. Laggiù ogni istante è una sfida per sopravvivere. In questo momento, mentre gli uomini siedono in barche in questo estuario sotto un cielo di seta, a caccia di loro, il vero eroe è appunto l'umile granchio che lotta battaglie silenziose.

'Un essere proprio ammirevole, il granchio.'

'Cosa?' dice John, 'come dici?'

John grugnisce, si gira e volta il suo ventre peloso al sole. John Amedeo è il granchio.

'Mannaggia che sete! Vorrei qualcosa da bere.'

Si alza e cerca nel frigo portatile. Nick si è dimenticato di rifornirlo con delle bevande. Forse è meglio così, dopo aver bevuto per tutta la notte. Ci trova una bottiglietta d'acqua rimasta dall'ultima gita al mare. Il volto di John fa una smorfia ma ne beve un sorso comunque.

'Che merda!'

John Amedeo è un granchio: selvaggio, ottuso, sepolto nell'ignoranza delle sue origini, che sbanda qua e là nel buio, sulle sue chele in cerca di uno spazio suo. Se solo sapesse!

'Lo sai, John ...' Vale la pena a questo punto? 'lo sai ... in Sicilia, non lontano da dove vivevo io, c'era questo pozzo.'

'Come?'

'Un pozzo, sai un pozzo d'acqua. Sarà stato profondo più di una cinquantina di piedi. La gente lo usava per attingere acqua da bere.'

'Non ci stavano i rubinetti?'

'Ma no, abitavamo in campagna, in montagna. Si

andava a prendere l'acqua alla fontana giù nella valle.'

'Un po' primitivo, no?'

'Be', se si vuole, ma ce la cavavamo lo stesso ... Comunque, lo chiamavano *Puzzu di Fimmina Morta* che vuol dire 'Pozzo di donna morta'. La ragione era che molti anni prima una donna era stata assassinata e buttata giù nel pozzo.

'In seguito si diffuse per la contrada la convinzione che il pozzo fosse stregato e certuni passando sulla strada sentivano il pianto della donna. Si diceva anche che il quattro marzo, data della sua morte, riappariva seduta sul muro del pozzo e si lamentava.'

John ha acceso ancora una sigaretta, si fa indietro, appoggiandosi sul gomito sinistro. I suoi occhi, di là dal fumo sembrano pesanti e cinici.

'Madonna, mette paura sta cosa!' Difficile dedurre dal tono se lo canzona o dice sul serio. 'Scommetto che sei contento di aver lasciato quel posto da piccolo.'

'Be', certo. Ad ogni modo, c'era quest'uomo che abitava più su in montagna, suo figlio era mio compagno di gioco, che ogni tanto si ubriacava e faceva delle pazzie.'

'Che vuoi dire?'

'Be', fuggiva verso il pozzo gridando che voleva trascorrere la notte con la *Fimmina Morta*.'

'Caspita! Avrà avuto una moglie brutta!'

Scoppiano tutti e due a ridere. Mica male l'umorismo del ragazzo!

'Nel frattempo sua moglie gli correva dietro, chiamando in aiuto i vicini: *Fermatilu, fermatilu ca s'ammazza!* Allora gli uomini del vicinato lo rincorrevano per acciuffarlo e ricondurlo a casa.

'Ebbene, una volta ci arrivò realmente al pozzo prima che lo potessero riprendere e fece proprio quello che aveva promesso, si buttò dentro. La cosa strana fu che era proprio il quattro di marzo.'

'Porco diavolo, papà, sicuro che non ce l'hai una latta di birra o qualcos'altro da bere?'

'No, ascolta. Dopo quell'incidente la gente diceva che chiunque andava a prendere acqua dal pozzo in quella data avrebbe avuto una tragedia in casa. Quindi il quattro marzo non si vedeva mai anima viva vicino al pozzo.

'Un anno, però una donna da poco arrivata nella zona mandò la figlia a prendere acqua dal pozzo. Quella notte ...'

'Cadde morta suppongo.'

'No. L'intera famiglia bevve l'acqua e non successe nulla; ma una quindicina di giorni dopo arrivò una lettera dal Canada che annunciava la morte di uno zio e che ... ascolta bene ... aveva lasciato una grossa somma alla famiglia.'

John ci ride sopra, la storia stuzzica il suo senso del ridicolo.

'Allora suppongo che tutta la contrada si recò al pozzo il quattro marzo dell'anno seguente, eh?'

'Non credo, per incominciare la persona che moriva poteva essere qualcuno in famiglia.'

'Sì però i soldi potevano prenderli lo stesso.'

A ecco, i soldi! Il ragazzo c'è un po' troppo attaccato. Nick prova a incrociare il suo sguardo, per vedere di che umore sia, ma John mantiene lo sguardo basso.

'Ebbene, meglio darci sotto, che ne dici, John? Dai, io manovro tu tiri, O.K?'

Nick fa dietrofront con la barca poi si avvicina leggermente a sinistra del primo galleggiante. John afferra la corda con l'uncino, la prende in mano e tira lentamente. Quando si è esaurito il fiacco della corda, dà un tiro improvviso che porta la rete a galla.

'Neppure un'esca,' dice John, deluso.

Ma con la rete che segue viene su un bel granchio. John impazzisce di gioia.

'Wow, guarda un po' questo! Ehi Naomi, vieni a vedere!'

Alza in aria la rete e nel momento di eccitazione non si rende conto che il granchio sta per scendere giù sul lato della rete, quasi pronto a sfuggire.

'Presto, buttalo nel secchio.'

John gira la rete sottosopra e la sbatte forte sull'orlo del secchio, finché il granchio casca dentro. Il primo sembra aver spalancato gli argini. I granchi arrivano a galla a due a due e anche a tre per ogni retata, come se volessero essere catturati. Sembra un suicidio di massa.

John lavora come un forsennato. Con quell'intensità tipica di un Amedeo, tutte le sue energie si concentrano su questo lembo d'estuario. La sua schiena è bagnata, gocce di sudore gli scorrono dal collo e si attaccano sui peli del torace. È in lotta mortale con quel mondo torbido laggiù e sta trionfando lui. L'estuario è un formicolio di vite che vogliono morire. Questa immagine sbalordisce Nick che dice,

'Mi fanno pena queste bestie.'

John non lo sente. In questo momento non sentirebbe nemmeno una bomba. Naomi, intenta a spargere crema solare sulle gambe, gli dà una risposta. Più o meno.

'Poveretti!' dice, 'poveretti!' e si unge l'altra gamba.

E allora tocca a Nick essere testimone del miracolo che sta per accadere. Con ciascun granchio che viene rimosso dall'estuario, Nick si sente scorrere via la linfa vitale e una sorta di nausea prende radice dentro di lui. Nel susseguirsi di quella letargia si rivela una verità che da tempo gli ronzava alla periferia dell'inconscio. Ora capisce che più distruggi nella vita, più in te qualcosa muore. E meno male che i due giovani sono del tutto ignari del suo sgomento.

Joyce

Il cortile del convento ha l'aspetto triste e vuoto. Si chiede se abbia sbagliato indirizzo. A parte tutto, Joyce non si era aspettata questa solida facciata di mattoni rossi con il grande balcone centrale, che sembra fatto apposta perché un capo di stato o un arcivescovo o un dittatore si affacci e pronunci parole d'autorità e repressione. No, questo edificio ha poco a che fare con il tema di semplice fede e amore universale predicato da Geoff Lambert.

Si sposta con la macchina sul retro e trova il parcheggio pieno, alcune auto sono messe addirittura sul prato. La prospettiva di tanta gente la intimidisce, ma la curiosità la spinge a procedere. In fondo, si dice, toccandosi il crocefisso che le pende dal collo, mentre passa davanti alle aiuole di pansé e di calendule, la domenica è il giorno per andare in chiesa, purificarsi l'anima, spruzzare via un weekend pieno di bile, di rammarico, di tradimenti, e di cibo, cibo e ancora cibo.

Mentre si dirige verso il portico sul retro, dal terzo piano si sentono sgorgare voci che cantano inni e si spargono sulla strada. E per un istante è disposta a credere nel mondo semplice di Geoff Lambert, perché le voci che le arrivano alle orecchie sono pure come l'argento: la brezza della fede assoluta. Alla porta, un uomo in giacca e cravatta le porge un volume d'inni, poi le indica con la mano di accomodarsi più avanti, senza cessare di cantare.

'Amazing Grace, how sweet the sound.'

Guarda caso, una delle prime persone che vede è Geoff. Sta in piedi, di spalle, in una fila di cinque o sei giovanotti abbracciati con le mani sulle spalle, gli occhi chiusi, che si ondeggiano mentre cantano. Le viene in mente la visione delle catacombe di Roma, quando la fede doveva essere pura e fresca e piena di passione.

Il leader adesso arriva sul palco.

'Gesù è dappertutto. Queste parole le abbiamo sentite tante volte, ma che cosa significa? Vuol dire, prima di tutto, che Gesù è in noi. Guardate quell'uomo, o donna, o bambino accanto a voi e troverete Gesù. Per cui, amate quella persona come amereste Gesù.

'Gesù si rivela con più forza nella congregazione. L'amore vola qui su di noi, fra di noi. Sentiamolo quell'amore, tocchiamolo. Quando vi toccate fra di voi, toccate Gesù; quando vi parlate, parlate con Gesù; ogni volta che sorridiamo l'uno all'altro sorridiamo a Gesù. E allora, proprio in questo istante dimostriamo il nostro amore per Gesù.'

Tutti si mettono faccia a faccia e si abbracciano. Una donna con un bambino in braccio abbraccia Joyce e le fa una carezza sul viso, poi continua a fare lo stesso con gli altri. Ognuno va in cerca di mani e di guance d'altri in un'orgia di contatto fisico. Tranne Joyce. Solo lei è incapace di rispondere. È lei l'unica fra tutta quella gente che non riesce ad abbandonarsi alla collettività o a prendere parte in quell'organismo di affetto e desiderio. Quando è stata l'ultima volta che ha preso la mano di un'altra persona? La desolazione della sua esistenza le fa pena.

Le lacrime rischiano di rivelare la sua tristezza, per fortuna il leader annuncia all'assemblea di mettersi in gruppo. Joyce gravita verso un gruppetto di tre donne formato da un'anziana con capelli di ovatta, un'indiana di nome Shanti, oltre i trent'anni, grassoccia, dall'aspetto calmo e contento. La terza nel gruppo avrà quarant'anni, anche se ne mostra di meno a causa della sua statura piccola e il volto da ragazzina furba. Jean, quella con i capelli bianchi, prende Joyce per la mano e la conduce all'interno del gruppo. Poi si mette a parlare.

'Quando mio marito era ancora in vita, devo ammettere che non sentivo la voce di Gesù che mi chiamava. Amavo mio marito e i figli- cosa naturale per una donna, no? – e a quel tempo sembrava sufficiente.

'Poi Robert è scomparso e ho cominciato a frequentare queste assemblee con regolarità. Mi dava la sensazione che qui ci fosse qualcosa di speciale, solo che non riuscivo a capire cosa. Poi una sera, proprio in questo punto dove siamo adesso, ho avuto una visione di mio marito in piedi accanto ad una lunghissima tavola con tanta altra gente. Non era una tavola normale però. Si allungava verso l'orizzonte, fin dove arrivava l'occhio. Tutti mangiavano, tranne mio marito che stava in piedi di fronte a due sedie vuote, aspettando.' Il gruppo ascolta il racconto in silenzio come se si trattasse di un avvenimento perfettamente plausibile.

'Naturalmente,' continua la donna, ' mi sono resa conto subito che una delle due sedie era riservata per me.'

Le altre donne assentono solennemente col capo e si concentrano per ottenere un'esperienza collettiva della visione di Jean. Dopo una lunga pausa prende la parola Shanti.

'Il Signore ci ha ispirati a venire in Australia. Non abbiamo ancora lavoro, ma siamo in buone mani, Gesù aiuterà mio marito a trovare impiego nel momento giusto.'

E dopo questo suo contributo piuttosto laconico, la donna si tira indietro tutta calma e sicura di sé.

'Non ne dubito, Shanti.' Dice Meg, l'altra donna del gruppo, il cui volto piccolo e furbo dà l'impressione di schermire tutto ciò che dice. Ha una cicatrice al lato del mento. Sarà una voglia oppure un'ustione, che aumenta l'impressione che Meg non sia il tipo da confidarsi ad una sconosciuta. E adesso Meg fissa direttamente Joyce e chiede, 'E tu mi sembri nuova da queste parti, vero?'

'Sì, è la prima volta,' risponde Joyce, il cui sconforto s'intensifica sotto lo sguardo persistente dell'altra donna.

'Conosco Geoff, Geoff Lambert...' Poi per evitare che sia malintesa, aggiunge, ' Ero curiosa di conoscere questo luogo, di cui avevo sentito parlare.'

'E io invece,' dice Meg, 'mi stavo chiedendo se fossi anche tu motivata da un sogno o una visione .'

'No, niente di tutto questo e ... tu?'

Meg torce il naso, sprezzante. La sua espressione dice che una storia da raccontare ce l'ha ed è disposta a condividerla, ma solo con una persona meritevole della sua amicizia.

Nick

Tutto calmo nell'estuario. Il vento si è affievolito e tutte le cose rallentano aspettando la stasi del dopopranzo. Anche i granchi dovrebbero andarsene a dormire sotto la sabbia del fondo, invece continuano la loro inarrestabile marcia dentro le reti, posseduti da una forza misteriosa che li induce ad attuare un suicidio di massa.

Saranno quasi le dodici, seduto nel suo trono di nuvole, il sole si affaccia per buttar giù il suo sguardo cinico. Ma John non vede nulla di ciò. Per lui il sole non conta e nemmeno quel mare vasto di là dal ponte. Concentra tutte le sue energie su quel pezzo di mondo sommerso. John sta vivendo il suo momento di eccellenza. Lancia le reti, una dopo l'altra e quelle cadono sull'acqua schiumosa per affondare verso il fondo dove i granchi aspettano.

'Ehi, se continuiamo di questo passo quel bidone l'avremo traboccante fra poco.'

Nick ha capito, eccome! In effetti, all'età di suo figlio ... anzi fino a ieri, anche lui sarebbe stato come un granchio, del tutto inconsapevole che potesse esistere altro mondo di là da questo letargo di acqua torbida.

Eppure, contemporaneamente e del tutto inaspettata, quella sensazione di nausea persiste, brulicando dentro il suo corpo. Con ogni rete che viene a galla colma di granchi, qualcosa affonda dentro di lui.

'Lascia stare, John, basta così. Siamo già oltre il limite.'

'E chi ci vede?'

Eppure, nonostante i capillari di sangue agli occhi, parte della ferocia di John è sparita dal volto, al suo posto resta una docile resa e magari un po' di compassione. E allora l'estuario è riuscito a fare un piccolo miracolo. E a conferma di ciò, John lascia cadere la rete sulla barca. Il trionfo rende John acquiescente. E sembra che il giorno procederà nel suo corso normale. Rientreranno a casa col bidone pieno di granchi, li cuoceranno nel pentolone di rame sul fuoco dove ieri avevano arrostito il maiale. Solo che oggi suo figlio sarà con lui a fargli compagnia. *Amedeo,* scandisce le lettere. C'è qualcosa di distinto in quel nome, un nome che vale la pena portare avanti.

E poi? E poi, nulla. Che altro c'è da sperare nella vita oltre al piacere di potersi sedere col proprio figlio e godersi insieme il frutto di una giornata di pesca? Nick non vuole soffermarsi a lungo su questo pensiero, per paura che la visione che ha appena invocato con tanta gioia, vada a infrangersi nuovamente.

Avvicina la barca per recuperare l'ultima rete. John afferra la corda, attorciglia il lasco, poi tira con forza. È a quel punto che cattura il granchio gigante. La sua apparizione dal profondo dell'acqua è annunciata da uno sguazzo enorme.

'Madonna, che mostro! Guarda un po' papà!'

Il suo volto si distende in segno di gratitudine, come se la cattura di questo straordinario esemplare fosse dovuto alla presenza di Nick. Il granchio è senza dubbio un bestione blu. Solo uno degli artigli copre l'intera rete. Il dorso è una corazzata di almeno trenta centimetri di diametro. Sarà arrivato dal mare e sbandato nelle acque basse dell'estuario.

'Scommetto che non ne hai mai preso uno così

grosso.'

'È magnifico!' Ammette Nick.

'Guarda qui, papà. Hai mai visto un mostro simile?'

John alza la rete con aria trionfante. È un ragazzino che mostra al padre il trofeo vinto con tanta fatica. Troppo grande perché sia contenuto dentro la rete, il granchio sarebbe potuto scappare con facilità, se non perché un artiglio si è incastrato nel groviglio della corda. John gira la rete sottosopra e la sbatte sull'orlo del bidone nel tentativo di forzare il granchio a mollare. Ma l'artiglio si stringe ancora più forte.

'Presto, Naomi, portami le tronchesine,' urla John.

Nick si mette in panico.

'No, non farlo, John.'

E abbandonando lo sterzo si precipita verso suo figlio. John ha frainteso le sue intenzioni.

'Dai, lascia fare a me,' dice Nick, 'so io come si fa.'

Non può permettergli di mutilarlo. Non questo magnifico esemplare, che magari avrà procreato la metà dei granchi di questo estuario. E spinto da un istinto che non sa spiegare né ostacolare, nel momento in cui John sta per tagliare la chela, Nick lo afferra al polso.

'Ehi, che sta a fare questo qua?' John si rivolge a Naomi, confuso, 'che cazzo sta facendo?'

'No, John, ti prego.'

Lo shock di vedere suo padre che implora, ancora più che la sua forza, gli fa mollare l'attrezzo dalla mano. E ora si sfidano per avere la rete. Nella lotta la rete è spinta oltre il lato della barca. Segue un tira e molla fra i due sull'acqua mentre il granchio gigante si ostina a stare appeso alla rete come un trapezista, poi, accorgendosi che di sotto c'è solo acqua, molla e cade libero nel mare.

'Ehi! Che cazzo!'

John rimbalza furioso come un primate. Lancia la rete in acqua cercando di riprendere il granchio. Troppo lento. Tutti e tre seguono la traiettoria nell'acqua finché sparisce. John va per tuffarsi nel tentativo pazzo di afferrarlo con le mani. Nick gli va incontro con la mano tesa.

'Che fai?'

John sbatte via la sua mano dal proprio braccio.

'Non fare sciocchezze, John, quell'acqua è profonda almeno sette piedi.'

E allora John lo fissa. Il suo volto è rabbioso, alza il mento e glielo punta contro. I suoi occhi si gelano.

'Perché cazzo, l'hai fatto ... eh? Come ti permetti di farmi questo smacco?'

Che altro può aggiungere Nick? E poi, lo sforzo gli ha fatto mancare il fiato.

'Tu non volevi farmelo avere quel grosso granchio. Non volevi darmi sta soddisfazione, vero?'

Non sono le parole a fargli del male, è lo sguardo. L'odio l'avrebbe sopportato, ma non la freddezza. Non è solo che suo figlio ha frainteso del tutto il motivo, c'è il fatto che quegli occhi freddi gli dicono che fra di loro ci sono muri e montagne e infiniti oceani che li separano. Quel che gli fa male più di tutto è la mancanza totale di comprensione fra di loro, proprio quando aveva incominciato a sperare.

Quel respiro ansante del padre fa infuriare il figlio. E ora avanza a passo minaccioso.

'Non credere che non ho capito che gioco stai facendo, bastardone. Devi averla vinta sempre tu. Sei sempre stato prepotente con tutti. E allora vaffanculo! Vaffanculo, ti dico!'

Troppo inferocito per potersi controllare, John attraversa il limite. Quel che segue è inarrestabile. Si lancia contro suo padre con una mano al mento, e un braccio sul petto. A sorpresa Nick non risponde. Sente il braccio di John strisciargli il torace e lo trova confortevole.

'Ehi, calmati, John,' gli fa, sorpreso dal tono quiete della propria voce.

Ma la sua passività è momentanea. Mentre John continua a sbatterlo di qua e di là il suo corpo s'incomincia a irrigidire. Pianta un braccio sul ventre nudo di John (suo figlio lo supera di una mezza testa di statura) e lo spinge col gomito.

Naomi è andata a rifugiarsi in cabina e ora grida attraverso la porta,

'Smettetela voi due. Fermatevi. Voglio tornare a casa.'

Né l'uno né l'altro le danno ascolto. Venti anni di

rancore esige il suo ricatto. E adesso lottano con tutte le forze. John tenta furiosamente di incastrargli il collo col braccio, mentre il padre cerca di evitarlo, arretrando e tenendolo lontano col braccio allungato. Ma l'ansimare del padre insieme alla maggior agilità del figlio favoriscono l'ultimo. A un certo punto Nick inciampa contro il bidone del gasolio di riserva e perde l'equilibrio. John gli salta addosso, riesce ad afferrarlo al collo, ma non è capace di buttarlo a terra. Nick, le cui braccia stringono la vita di John, si trova con la faccia in aria a fissare il volto inferocito di suo figlio e al di là scorge il cielo. Le due immagini sovrapposte suggeriscono un collegamento, ma quale?

Ora cessano di lottare. L'orecchio di Nick è appoggiato sul petto di suo figlio come se ascoltasse il battito del suo cuore. Per un istante c'è equilibrio fra di loro. Quasi un abbraccio. Ma poi John raccoglie tutte le sue forze, stringe la testa di suo padre e gliela sbatte di qua e di là, poi lo spinge con forza. Nick cade alla rovescia e tenta di aggrapparsi a qualcosa, la mano trova l'orlo del bidone e lo abbatte.

I granchi, felici per l'inaspettata libertà, si spargono per tutto il fondo della barca, correndo sulle chele di qua e di là. Naomi si mette a gridare. Nick con i granchi pronti ad arrampicarglisi sulla faccia salta in piedi, mentre John si rifugia sul sedile di bordo. In lui l'aggressione si trasforma in paura. Assediato dalle creature che ha tormentato per tutto il giorno, John le fissa con gli occhi pieni di panico. L'assurdità della situazione colpisce Nick e lo riempie d'ilarità. E poi c'è quella faccia di John che solo un momento prima aveva l'aspetto di un assassino e d'un tratto è contorta dalla paura per queste piccole creature terrorizzate. Questa sì ch'è buffa!

Nick esplode in una risata incontenibile che si mescola al vento e al mare e al cielo; e risveglia tutte le creature dell'estuario. Come potrà mai contenere quest'esplosione di emozioni? Senza smettere di ridere, mette i piedi in mezzo ai granchi e chiama suo figlio.

'John, guarda, sono innocui. Non c'è nulla da temere.'

E be', magari, un paio di granchi gli avranno inciso gli artigli sui piedi, ma non è niente quello. Nient'altro che un morsetto, mentre si affannano per salvarsi e magari cercano conforto, poveretti. Che danno possono causargli questi piccoli crostacei di fronte alla magnificenza della natura?

E a mani nude Nick comincia a raccoglierli uno per uno e li butta di nuovo nell'estuario. John protesta ma non ha il coraggio di scendere dal sedile. E questo fa ridere Nick ancora più forte. Vedere quei poveri granchi sparire in fondo all'acqua, di nuovo liberi, lo rende immensamente felice.

Ed è proprio a questo punto, all'apice della sua gioia che qualcosa come una chela di granchio lo morde e non molla. Nick barcolla. L'estuario incomincia a scorrergli intorno come un torrente.

'Ehi, che cazzo ti prende?' dice John, 'che stai facendo?'

Tocca a Naomi, di solito senza idee, far ricorso al suo istinto femminile e prendere una decisione.

'Presto, dammi una mano,' dice lei, 'appoggiamolo sul lettino di sotto.'

Joyce

'Joyce, non mi dire che mi avevi presa per una di quelle sciocche fanatiche in quel posto lì. Ma dai!'

La risata di Meg è impulsiva e libera, tale come il suo comportamento in tutte le cose. Joyce si guarda in giro circospetta e subito prova imbarazzo perché sa che Meg ride di lei. Pure Meg butta uno sguardo in giro, ma con disprezzo.

'Vedi? Il bar è quasi vuoto,' il tono di Meg è derisorio, 'e comunque chi se ne frega! Quel che pensa la gente non mi preoccupa più.'

Il vero motivo per cui era andata in *quel posto lì,* è che sta scrivendo una tesi sull'effetto della religione sulla società patriarcale.

'I cattolici non saranno forse i peggiori, ma di certo i più visibili. Non ha senso scrivere sugli utteriti e neanche sui musulmani, a parte il fatto che ho poco accesso a quella gente. Hai visto come si comportavano quegli imbecilli? Ci hai fatto caso? Gli uomini abbracciati agli uomini. E pure le donne. Non mi dire che quelli non sono un tantino froci.

Cioè, a me non interessa affatto di come preferisce scopare la gente. Quel che non posso soffrire è l'ipocrisia.'

Joyce muove il portacenere, appoggia i gomiti sul tavolo e il mento sulle nocche, pronta per una lunga invettiva.

'Solo un idiota ci casca a quelle cretinate. No, Joyce, ho già avuto abbastanza cazzate nella vita da dire: adesso basta. Non mi fido delle palle di nessuno, solo delle mie. Almeno quelle che dico io, le conosco, capisci? Adesso, ho quarantadue anni. Se ci riesco mi resta ancora metà della mia vita. Anche di meno, perché dopo settantacinque anni non lo chiamo più vivere. Quella è una frode. Nessuno dovrebbe avere il diritto di prolungare la vita fino alla tarda vecchiaia. Punto e basta.'

Meg è fatta così. Ha preso la strada dell'autoaffermazione e non c'è modo di frenarla. Joyce riconosce il fanatismo. È l'esplosione che arriva dopo anni di repressione.

'Stamattina quando ti ho vista entrare, mi sono riconosciuta per quella che ero io quattro anni fa.'

Era sposata con un 'puzzolente' dirigente di una grossa agenzia pubblicitaria.

'Mentre io impazzivo a star dietro ai suoi tre mocciosi, lui si faceva strada negli affari, ottenendo gran successo non solo con i clienti ... ma facendosi un vera collezione di amanti.

'Questo è continuato per anni. Era sempre *in viaggio di lavoro*. Ma io non ci facevo caso. Sapevo che Colin era capace a mettere insieme affari e piacere, ma non mi preoccupava poi tanto. In un certo senso, mi consideravo fortunata. Mio padre non aveva la testa per gli affari, di conseguenza non fece gran carriera. Mia madre si trovava spesso al verde per le spese di casa. Era molto stressante. Con Colin i soldi non mancavano. Avevamo una grande casa, la piscina, due auto. E così, mi dicevo che avere un fetente per marito non era poi così male.'

'Ti capisco bene.'

'Ah allora riconosci il tipo, vero?'

'Be' ...'

'Certo che sì. Credimi, gli uomini sono tutti gli stessi: dei veri bastardi. Comunque io non ero il tipo da starmene a guardare. Quando un'occasione si presentava, non mi tiravo indietro. Ma c'è un limite a quanto te la senti di fare, dopo aver combattuto un'intera giornata con tre maschietti. E il peggio era quando tornavo a casa e figli mi chiedevano dove ero stata. Hai mai provato a mentire ai tuoi figli? E perché? Per nascondere il tuo tradimento di un marito schifoso? Per me mentire a mio marito era molto più facile, consapevole che lui faceva altrettanto a me. Per una ragione che sfugge alla mia comprensione, i bambini pensano che alle loro madri non interessi fare sesso. Papà, però, gli fa capire ben presto che la promiscuità è un dovere dell'uomo. Stammi a sentire, Joyce, gli uomini sto giochetto se lo sono fatto su misura!'

'Ho l'impressione che tu abbia sfatato questo mito, Meg.'

'Ti dico una cosa, vorrei sfatarli per bene quei tipi. Lo sai che mi combinò quel rospo? Una sera – era di ritorno da Bangkok o un posto simile- mi telefona (non ha avuto il coraggio di presentarsi e dirmelo in faccia, il codardo) e si scusa perché si è innamorato della moglie di uno dei suoi dipendenti; che ha provato da tempo ad evitare che la cosa si facesse seria, anche per proteggere i bambini; ma che purtroppo .... bla ... bla ... bla...

'O, mia cara!'

'Sì, e quello non fu il peggio.'

Spegne la sigaretta nel portacenere. È chiaro che le servono tutte e due la mani per dare dimostrazione grafica del peggio o magari per dare pieno sfogo al proprio sdegno.

'Lo sai che proposta mi fece quello stronzo? Lasciami citare, "Sia io che Kay," mi fa, "siamo determinati a non far soffrire i bambini ... nessuno di noi vuole una rottura totale ... sono sicuro che potremo arrivare ad un accordo civile ..." In poche parole, il bastardo pretendeva di avere la botte piena e la moglie ubriaca. E poi per giunta mi fa, "ovviamente tu sei libera di prenderti il tuo spazio, se non hai già fatto qualche mossa." Ti dico una cosa mia cara, gli uomini sono degli stronzi.'

'Devo ammettere che mi sembra piuttosto ... originale il tuo ex.'

'Altro che! Lì per lì, non sapevo se mettermi a piangere o ridere. Più che altro, mi è venuta una grande rabbia contro me stessa; per aver lasciato passare tutto per anni; per aver sacrificato gli anni migliori della mia vita con quel miserabile maiale; e per essermi fatta prendere da stupida da lui.

'Comunque, quella sera mi feci un lungo pianto poi mi addormentai. La mattina dopo mi svegliai con la testa lucida. Mi resi conto che mi restava ancora tanta vita, che i miei figli erano cresciuti (Aaron aveva quattordici anni) e, soprattutto, che era stato lui a lasciarmi, non il contrario. Salutai i figli e invece di andare al lavoro, alle nove fui dal mio legale. Ti dico, sinceramente Joyce, fu la miglior mossa della mia vita. E inoltre, i figli sono d'accordo con me.'

'Non protestarono?'

'Assolutamente no! Per loro è meglio così. I figli non sono stupidi. Si erano accorti da qualche tempo che il matrimonio era finito. Per quando riguarda il loro padre, lo vedono più spesso adesso di prima ... quando non è ubriaco.'

'Oh!'

'Sì, infatti. L'idillio d'amore non è durato tanto. Senza dubbio lei si è accorta presto di che tipo è lui e gli ha sbattuto la porta in faccia. Dopodiché, si è arreso. I weekend non fa altro che bere e se non sta attento perde anche il lavoro.'

Meg è una donna spietata.

'L'ho fregato,' dice ridacchiando, 'questo è certo. L'ho fregato e non mi pento affatto. L'unico rimpianto è che ci ho messo troppo tempo prima di farlo.'

'I figli che ne dicono?'

'I figli stanno bene, i giovani si accorgono presto che la vita non è altro che una lotta per sopravvivere. Lui ha provato a fare il furbo e invece ci ha rimesso. Ora non gli resta nulla. Io ho la casa, i bambini, un uomo che mi sa trattare bene ...'

'Allora ti sei risposata?'

'Ma scherzi! Un altro certificato di matrimonio non lo voglio vedere nemmeno col binocolo. La mia libertà mi è costata tante sofferenze. Non sono disposta a disfarmene ancora una volta. No, il mio compagno è uno studente di mezza età anche lui. Siamo d'accordo che staremo insieme solo finché ci conviene. Niente patti, niente impegni seri. A me sta bene così.'

D'un colpo Joyce si sente sopraffatta da una grande urgenza di tornare a casa. Nulla a che fare con il racconto della vita di Meg.

'Dovrei veramente andare adesso. Veramente.'

'Hai detto *dovresti*? Ti rendi conto che usi il linguaggio di una donna psicologicamente invalida?'

'Non capisco.'

'No, e anche se avessi capito non sei il tipo da volerlo ammettere a te stessa. Tuo marito ti tiene la corda al collo e non lo sai.'

Meg è il tipo di cui si legge nei romanzi. Perfino adesso che le sta seduta accanto, Joyce trova difficile credere che al mondo esista veramente della gente che un giorno decide di cambiare vita e procede a farlo. La sua esperienza della vita le ha insegnato che nulla mai cambia, che le cose hanno solo l'apparenza di cambiare. E anche quella finzione si deve pagare.

C'è tutta quell'asprezza, cinismo e insicurezza da superare. C'è la prospettiva di perdersi in tutta una confusione di argomenti, ideologie e sentimenti. Si sente stordita solo a pensarci.

E poi c'è d'altro. Anche se potesse tuffarsi nelle correnti della vita come ha fatto Meg, rimane una differenza cruciale fra loro due. Il marito di Meg deve essere distruttibile. Non è cosa facile liberarsi dei Nick Amedeo di questo mondo. Gli uomini per lei saranno sempre più o meno di Nick.

Steve

Strano come le cose si presentano, la vita può essere del tutto imprevedibile. Domenica mattina, quando solitamente sarei sul mare a pescare con Nick, Lily ed io eravamo intensamente impegnati nel letto. Penso che qualcosa debba essere cominciata durante la notte. Avendo bevuto più di quanto mi giovi al party di Nick, non ricordo bene cos'è successo quando siamo arrivati da Lily. Direi non tanto, viste le condizioni in cui mi trovavo. Comunque, stamattina mi sono svegliato nel letto di Lily con delle sensazioni piuttosto piacevoli. Lily mi ha portato il caffè a letto avvolta in una vestaglia color pesca ed era bellissima. Il caffè non lo abbiamo bevuto. Poi ci siamo addormentati di nuovo, per almeno tre ore. Quando mi sono svegliato, Lily non c'era più. Ho pensato che fosse andata a prendere Paul con la macchina, visto che aveva pernottato a casa di amici. Tuttavia quando è tornata, senza suo figlio, era ben vestita e il suo viso brillava di una luce trionfale.

'Scommetto che hai venduto un'altra casa.' Le ho detto in tono scherzoso.

'No Steven, qualcosa di meglio. Sono stata dalla signora Stansfield.'

Io sono rimasto di stucco.

'Ascoltami, Steven, il signor Amedeo ha avuto la sua chance e non l'ha voluta. A proposito, la Stansfield è veramente seccata con lui per come l'ha trattata. In effetti, credo che questo appalto sia troppo grosso per una piccola azienda come la *Amedeo & Son*. La compagnia dove ho trovato lavoro è specializzata in progetti di questo tipo.'

Be', ha tanta grinta Lily, non c'è dubbio. Una donna ammirevole, senza dubbio. Per quanto riguarda gli affari è molto capace, però, se devo essere onesto, trovo la sua ambizione un po' eccessiva. E Nick non gradirà ciò che Lily sta per combinare, non gli piacerà per nulla. Quando ne sarà informato, non la prenderà bene, il vecchio Nick. Devo ammettere che, per quanto voglia bene a Lily, quel che ha fatto non è del tutto giusto. D'altro canto il detto dice bene, *non c'è posto per i sentimenti negli affari.*

Nick

Sdraiato con la faccia verso il cielo, ascolta i sommessi suoni dell'estuario, mentre John gongola per l'abbondanza dei gamberi che continua a pescare. Gli occhi di Nick si chiudono e rivelano un mare verde melmoso, invaso da brulicanti crostacei che si attaccano a vicenda con gli artigli. Non è questo il mare turchese del suo passato che ammirava da lontano attraverso forme ripide. Questo mare è immenso, stagnante. E l'odore è putrido.

Un groppo gli s'inserisce in gola, proprio sotto il nodo d'Adamo e Nick è sopraffatto da una sensazione di vomito verdastro. Apre gli occhi e, attraverso il vetro intravede il cielo. Tutto è ridotto a cielo e acqua. E ora un viso sconosciuto appare davanti e oscura il cielo. È l'ultimo filo che lo connette con un mondo che è pronto a lasciare indietro, senza rimpianto. E ora tende l'orecchio all'eco di quel tumulto di vita.

'Sta male, John. Credimi, sta male sul serio.'

'Nooo! Il vecchio è OK È indistruttibile. Forte come un bue. Gira un po' a sinistra, così. Questa rete non l'abbiamo tirata da un po'.

'Io ti dico che ha bisogno urgente di un medico.'

'Sta bene lui. Niente paura. Ehi, guarda queste due grosse bestie! Attenta Naomi, che cazzo fai ... stai strisciando troppo vicina alle reti ...'

'Guarda come si affanna a respirare.. .non lo vedi?'

'Non dire stupidaggini! Il vecchio non è come pensi tu. Porca madonna, ma che fai! Ecco mi è scappato ... per colpa tua, scema che sei. T'ho detto di non avvicinarti troppo alla rete.'

'Tuo padre sta morendo. Che tipo di mostro sei?

'Lasciami stare.'

Il tempo passa e finalmente Nick sente che la barca scivola silenziosa in direzione dell'oceano.

Finalmente torna a casa.

Per tornare, ora che si è arrivati alla fine e quindi al principio. E nel mezzo ci sono le colline e il Cimarra, e l'oceano e gli eucalipti, e il bosco e Joyce e, in una parola: il Tempo.

Per tornare, dunque. Per fiutare con le narici dilatate il proprio percorso verso una sorta di principio che in effetti non è altro che un segnale indicatore di convenienza, arbitrario, un capriccio: un punto immaginario nella configurazione del tempo.

È l'anno 1901, o giù di là. Un nuovo secolo restio a

nuove cose e visioni di futuro. È tardo autunno nell'uliveto del Barune Ricciardi. Notte. La smania si può fiutare dal *catoio* accanto, nei mucchi di olive appena raccolte abbuffate d'olio. L'hai sentita sotto gli ulivi, dove le donne hanno cantato, litigato, spettegolato l'intera giornata. La si ascolta ora nei rumori fiacchi delle donne buttate giù a dormire su sacchi di iuta. La smania ti riacciuffa nel letto, negli odori di quei corpi che si girano e rigirano, tormentati dai pidocchi, dal lavoro logorante da mattina a sera.

La medesima smania si nota sul volto del nonno, nei suoi occhi azzurri, sui suoi denti corti in mezzo a labbra troppo sensuali per un uomo. *Nannu*, che soffre d'insonnia, malanno comune alle persone che comandano, siede a tavola accanto alla luce fievole di una lampada a olio, il cui stoppino emette un fumo nero che si attorciglia e vola in alto per dileguarsi sulle travi annerite del soffitto.

Si accorge che resta poco vino nel fiasco dopo il pasto di ceci. Chiama Rusalia, l'orfana sedicenne che ha assunto come domestica, per andare a riempire il fiasco dalla cantina. Il vino gli serve per riuscire a superare la lunga notte d'autunno.

Entra la ragazza in una vecchia veste a sacco, rappezzata in più parti. Troppo corta per la sua statura, rivela gambe come tacchi color tabacco. I suoi capelli neri e grassi le cadono intorno al viso, ma non celano quella luce inquietante che emana dai suoi occhi. *Nannu* non riesce a sopprimere del tutto sensazioni selvagge.

'Eccovi il vino, *Signuri Camperi*.'

'Ah, sei una buona figlia, *Rusalia*.'

Lei ride imbarazzata, grata di ricevere un raro complimento che vale ancora di più poiché glielo fa quest'uomo grande e potente.

'Volete altro, *Signuri Camperi*?'

'No, figlia mia, puoi andare.'

E a questo punto la ragazza doveva ritirarsi, solo che capì in qualche modo che quest'uomo, doverosamente rispettato e temuto, non è altro che ... un uomo; forse persino un po' timoroso. E allora, rimane lì a fare lavoretti da nulla e si mette a canticchiare canzonette che non dovrebbero essere cantate in una notte esausta, poco adatta all'allegria.

'Ho detto che puoi andare, *Rusalia*. Va a riposarti. Sarai stanca.'

La sua risposta arriva con un frustino d'impudenza.

'Certo che no, *ca siti babbu*, non sono affatto stanca.'

Tanta impertinenza scuote la ragazza stessa. Di sicuro un piccolo demonio ha preso possesso del suo corpo, e d'un tratto viene travolta da un mulino d'emozioni che non comprende e non riesce a controllare.

Fatti avanti, su, avvicina quella lampada con mano tremante, non soffermarti sugli occhi- gli occhi neri da giovane zingara- invece fissa lo sguardo su quella fila di bottoni sul fronte, ciascuno diverso dall'altro. Pausa su quello sbottonato dall'occhiello, infila lo sguardo attraverso l'apertura, finché arriva a quel fungo di mammella, appena tumescente dopo una notte di pioggia.

Eppure, anche a questo punto, il vecchio non vuol fare altro che mirare a bocca aperta il miracolo della giovinezza, al massimo accarezzarle la nuca e rimandarla a sognare i suoi sogni giovanili. Lei però continua a ripetere, 'Ca *siti babbu!*' E lo fissa - con gli occhi pieni di desiderio- proprio lì, sul suo simbolo di uomo maturo, dove una ragazzina non dovrebbe guardare. E così il destino gira e rigira e tesse un intreccio- perché proprio a quel punto un vento carico delle melodie del giorno e degli odori d'autunno che già preannunciano la disperazione dell'inverno- trova una fessura nella finestra e spegne la lampada; lasciando agli occhi del nonno l'immagine di quel mucchio di olive nel *catoio* accanto e la sensazione sensuale di quelle perline sul suo dorso nudo ...

È una visione che darà via al prossimo gesto e incastrerà il destino in un corso inarrestabile.

Cosicché una generazione più avanti, un'altra donna dai seni maestosi ...

Cosicché mezzo secolo nel futuro, al lato opposto della terra, una donna con labbra come la Vergine Maria, avrebbe partorito ...

Cosicché, in questo estuario, mentre la barca si allontana inesorabile verso un nuovo inizio ...

Una visione dal passato lo chiama. Il vecchio gli fa cenno col dito e Nick non può, non vuole indugiare oltre. Eccola lì attraverso il finestrino: il golfo, le luci fievoli e distanti some stelle. Si alza la voce di un ragazzino, pura come un nuovo principio.

'*Nannu, Nannu mi ci porta dda sutta?*'

'*Unni, figghiu meu?*'

'*Da sutta o mare, o beddu lustru.*'

Joyce

Ferma l'auto nel parcheggio della spiaggia. È già pieno, ma la gente continua ad arrivare con borse, ombrelli e frigo portatili, nonostante sia previsto un cambiamento di tempo. Ma il suo sguardo è fissato al di là della gente, sul mare. Tanta luce!

Meg avrà letto il suo pensiero perché dice,

'Amo tanto il mare. Un giorno, quando avrò i soldi, voglio farmi una crociera da qualche parte. Un po' borghese lo so, ma è sempre stato il mio sogno.'

Si ricorda che fu proprio qui la prima volta che lei e Nick ... e che lei scoprì il potere della sua femminilità. Capitò in una notte inondata di pioggia inaspettata e con il vetro dei finestrini convenientemente appannato dal loro fiato. Si rivelò essere un amante perfino troppo schietto. Le guance gli bruciavano, i suoi occhi erano come porcellana, non vedevano lei, guardavano oltre a lei, al proprio desiderio. Per un attimo temette che ancora una volta ... Ma come poteva lei evitare di essere trasportata dall'incendio Amedeo? Ma perché? Perché mai, perfino a questo punto, quando si sente d'un tratto scarica, ogni suo pensiero torna a lui?'

Le viene un fremito tanto forte che perfino Meg, ancora alle prese col suo sogno borghese, se ne accorge.

'Che ti prende?'

'Nulla ... ho bisogno di rincasare.'

'Sorella mia, quel tuo marito ti ha incatenato sul serio.'

Meg non può mai capire la sua paura; la desolazione di doversi trovare ancora una volta tutta sola. È una sensazione che non prova da tanto tempo. Sul mare passa una barca.

'Che barca è quella?'

'Quale? Ce ne sono tante di barche laggiù.'

Lascia stare. Meg non capirebbe affatto. Come potrebbe mai? Di sicuro però che laggiù c'è la barca di Nick che naviga via sul lontano orizzonte.

Le nuvole hanno oscurato il sole. L'aria sta per rinfrescarsi e porterà sollievo. Meno male.

'Penso che adesso andrò a casa, Meg.'

Steve

Sono ancora sotto shock. Non mi pare possibile ... intorno alle tre del pomeriggio, John mi ha telefonato da Mandurah. Aveva la voce terribile.

'Il vecchio ... il vecchio,' continuava a balbettare.

'Che succede, John?'

'Il vecchio ... diglielo tu a mamma.'

'Non mi dire che ha avuto un incidente. Si è fatto male?'

E poi un urlo strozzato.

'Porco diavolo, sei ottuso, sei. È morto.'

Più tardi, quando ho accompagnato le donne di ritorno dall'ospedale, abbiamo trovato John seduto al tavolo della cucina, con una montagna di granchi davanti. Era ubriaco e singhiozzava. Alla faccia delle lacrime di coccodrillo! Quello lì ha la sensibilità di una lastra di cemento.

Nella, del tutto distrutta, quando lo ha visto, ha perso le staffe. In una voce da far tremare le pareti ha gridato,

'Sei un animale, John Amedeo, sei peggio di un animale!'

EPILOGO

Joyce si stava chiedendo se sua figlia ricordasse qualcosa di speciale, ovvero singolare, di questo giorno di Pasqua, il 25 marzo. Quando Nella- tipicamente propensa a diluire le proprie tragedie esponendole al flusso esterno- apre la bocca e dice,

'Ehi, qualcuno s'è ricordato? È il compleanno di papà oggi. Nel pomeriggio andremo a visitarlo al cimitero.'

Come se suo padre avesse solo cambiato indirizzo in questi ultimi sette anni. Comunque neanche lui ha potuto fermare il tempo. Il mondo è cambiato per tutti, e non meno per Nella.

Eccola seduta in cucina, con un grembiule a fiori avvolto intorno ai fianchi abbondanti, mentre lo allaccia di dietro. Messi vicino a lei sono i suoi 'assistenti'. Nikki, cinque anni e qualcosa, le cui guance bianche e rubiconde da angioletto non richiamano affatto il nonno, il cui nome porta. E Michael, di tre anni: impulsivo, piagnucoloso, aggressivo, incline a monopolizzare l'affetto di tutti e sempre pronto ad assalire suo fratello, se mai s'intromette fra lui e sua madre. Ovviamente è lui il vero Nicola. Proprio il contrario. Le cose spesso risultano così: sottosopra, contro le aspettative.

Prendi Nella ad esempio. Chi mai avrebbe pensato che il suo destino era di fare la madre, una grande e generosa madre che ama curarsi dei figli e proteggerli. Felice e sovrappeso, sta sempre dietro a quei due bambini; prendendone prima uno, poi l'altro in braccio e stringendoli a sé, trasferendo su di loro il proprio eccesso d'energia vitale. Nella, con quel sangue passionale siciliano, sempre sul punto di eruttare, come l'Etna, emozioni di affetto, rabbia o compassione.

Se Joyce fosse stata un uomo, si sarebbe rifiutata di credere che Nella fosse sua figlia, carne e ossa di un fantasma di donna con la pelle bianca da cadavere. Eppure non c'è dubbio, Nella Lambert, nata Amedeo, è in effetti il coronamento di tutta la sua vita. Nella, tipicamente, ha estratto la miglior linfa dalle sue radici. Dalla Sicilia, l'istinto per l'amore e le passioni, per inscenare e superare tragedie, per la capacità di sopravvivere, per quella sensualità divagante appena estratta dalla polpa della terra.

Da Joyce si è appropriata di una porzione abbondante di tolleranza e forza morale, di razionalità (ma non troppo da soffocare le sue passioni) e quel tanto di moderazione da trattenere l'eccesso di amore e odio.

E ora, in questo sabato di Pasqua, sta in cucina circondata da pentole, scodelle e ciotole varie, pronta a congiurare magiche pietanze per la cena pasquale. Le patate sono bollite. La farina, il latte, il miele e le uova sono pronti per il purè che li trasforma in gnocchi. Le sue mani impastano con amore.

'OK voi due, fate attenzione a come fa la mamma. Va bene? ... no Michael, per ora osserva solo, fra poco aiuti anche tu.'

Il seno barcolla con l'oscillare del tavolo e l'impasto sprofonda e si gonfia sotto il peso delle sue mani. Lei sorride mentre osserva i bambini. Si compiace pensando a domani, quando presenterà con orgoglio le sue creazioni che daranno piacere e conforto alla sua famiglia, nonostante le delusioni degli ultimi tempi.

Michael si agita di nuovo, allora lei tira due bozzoli d'impasto e li passa ai bambini facendoli sedere ai lati opposti del tavolo.

E Joyce? Sta seduta lì, nella sua sedia a rotelle, spettatrice silenziosa, testimone stupefatta davanti a un miracolo, perché l'abbondanza di vita in Nella non manca mai di rianimarla. Ma adesso deve smettere di dar sfogo alla propria ebbrezza o ai suoi rimpianti. È arrivato il momento di ascoltare Nella, la voce della vita, il battito della speranza. Il tempo bussa forte alla sua porta.

'Mamma, vorrei proprio che ci potessi parlare tu e fargli entrare un po' di senso in testa. Si oppone al fatto che Nikki frequenti la scuola di San Barnabas. E lo sai perché? Perché dice che gli riempiono la testa di religione. Figurati, un uomo che solo pochi anni fa si era quasi fatto prete ... e forse ci sarebbe riuscito se non fosse stato per me ... ora dice che le organizzazioni religiose sono un male. Guarda l'inquisizione, mi fa, o quel pazzo dell'Ayatollah. Dico io, che discorsi sono questi, eh? Ciò che combina l'Ayatollah sono affari suoi, non c'entra nulla con la scuola dei miei figli. E comunque io i miei figli li voglio mandare alla scuola cattolica, perché quella è la mia religione. Dico giusto o no? Certo che ho ragione io... Mike, lascia tuo fratello in pace e torna al tuo posto.

'Lui mi fa: l'unica vera religione è di vivere come Cristo, senza lussi, come fece Lui. Come dire che la religione cattolica non segue gli insegnamenti di Cristo. Ti dico io, mamma, quell'uomo ha delle idee così strambe!

'Eccoti un altro pugno di pasta, Mike, ma non buttarlo a terra questa volta. Allora, che stavo dicendo? Ah ecco, lui dice che se i bambini devono frequentare una scuola religiosa preferisce che vadano a una di quelle ... come si dice? ... *interdominative* ... o qualcosa del genere. E io gli faccio, e che cosa sarebbe questa inter ... quello-che-è? ... e lui, "è una scuola che non si associa a nessuna setta cristiana". E io gli faccio, allora vuoi dire che non credono in Dio? E poi perdo la pazienza e gli dico, "secondo me tu parli come un ateo". E lui mi fa, "mi fai ridere per come parli, visto che tu in chiesa non ci metti piede da un Natale all'altro." Quello è diverso, gli dico, io non ho bisogno di andare in chiesa per pregare. Posso farlo in casa mia.

'In effetti, detto fra me e te, mamma, non prego molto spesso. Ma ciò non vuol dire che non credo in Dio. Certo che ci credo, bisogna credere perché ... non si sa mai. E così io prego quando ho qualcosa da chiedergli. E mi pare giusto, no? Cioè, se Dio esiste veramente, non avrà mica bisogno delle preghiere della gente. Sarebbe come dire che Dio si sente solo. Sciocchezze.

'Ad ogni modo, ieri infine ho dovuto mettere giù il piede. I figli andranno da San Barnabas, punto e basta. E lui mi fa, "certo che ci vanno, una volta che ti metti una cosa in testa nessuno può farti cambiare idea. Non capisco neanche perché fingi di consultarti con me, tanto tu hai ormai deciso ..."

'E allora io perdo le staffe e gli grido, e va bene, se tu mi fai infuriare così te la do vinta e mando i figli alla scuola statale che è infestata di droghe e ragazzi di strada e insegnanti che non si curano ... non ci far caso, Nikki, tuo fratello non l'ha fatto apposta, caro.

'Lo so che non dovrei arrabbiarmi così con Geoff. Vorrei essere come te, mamma. Sei sempre stata una grande signora, così composta ... sarà la tua razza inglese ... la regina, eccetera. E invece io ho il carattere italiano di mio padre. Mi agito troppo. Michael, non puoi avere ancora acqua, caro, l'hai sparsa per tutto il tavolo ... e immagino che tu pensi che io sia un po' cocciuta, ingiusta verso Geoff. Ma vedi, il motivo per cui m'impunto così è che so di aver ragione. Lo riconosce pure Geoff. Quel che dice Geoff è solo quel che pensa di credere. Ma io so bene che in fondo è anche lui d'accordo con me.

'Credo che noi donne siamo più capaci di riconoscere il carattere degli altri, perché siamo più aperte a loro. Forse, il fatto che siamo capaci di crescere una creatura dentro di noi ci rende ... non so ... più altruiste.

'Gli uomini invece sono più egoisti. No, non proprio egoisti, piuttosto egocentrici, *separati,* incapaci di sforare il loro guscio. Mi fanno pena gli uomini, saranno degli esseri molto soli, non credi mamma?

'Lo sai, papà mi faceva pena a volte (Questo non dovrei nemmeno dirtelo, perché ti rattrista.) Mi dava l'impressione, ogni tanto, che fosse molto solo. Sì, lo so che aveva molti amici e ovviamente aveva te, però vedevo un qualcosa in lui ... non so, a volte mi sembrava patetico. Non so se mi spiego. Talvolta dava l'impressione che fosse impossibile raggiungerlo, che nessuno ci riuscisse.

'Sai, quando sono rimasta incinta del primo, ho chiesto a Dio di mandarmi un maschietto. Voglio dargli il nome di mio padre, gli ho detto. E infatti è arrivato il maschio. La seconda volta mi sono detta, certo che preferisco avere una bimba, basta che sia di buona salute e bella come il primo, il sesso non importa. Ebbene Michael è bello come Nikki, solo che adesso sua eccellenza si rifiuta di provare per una bambina. Se lo avessi saputo prima avrei chiesto di avere una femminuccia.

'E, lo so che pensi, mamma, due figli bastano oggi come

oggi. E non ti do torto, considerando come si sono messe le cose per noi, economicamente parlando. Ma quel che mi dà sui nervi sono le ragioni balorde che Geoff ti dà. OK se mi dicesse che i figli costano troppo, mi potrei convincere. Invece, lui mi fa una predica sull'eccesso di popolazione nel pianeta. Quello sì che mi dà sui nervi. Non è mica colpa mia se in Cina hanno tutti quei miliardi di gente. E poi, che differenza fa se io dovessi avere una bambina? Non mi dire che una figlia in più affonderebbe la terra!

'Geoff sta sempre in ansia per i guai degli altri. Si preoccupa più dei problemi del mondo che di quelli della propria famiglia. Tocca a me provvedere ai bambini, perché siano ben nutriti e abbiano le scarpe ai piedi. Meno male che uno di noi ci pensa a queste cose. Certo, anch'io vorrei che tutti fossero felici al mondo, ma il mondo è troppo grande e complesso per me. Non posso fare altro che curarmi della mia famiglia e pensare agli amici. In effetti, è un peccato per noi non fare un altro figlio, perché Geoff e io produciamo figli bellissimi. Lo so che la mamma è sempre di parte, sono come due principini. Meno male che assomigliano più al padre, anche se io non sarei male se perdessi qualche chilo.

'O mamma non mi guardare in quel modo! Lo so cosa pensi, è ora di mettermi a dieta. Hai ragione, non appena i due ragazzi saranno sistemati a scuola, lo farò. Devo mantenermi in forma con quel bel marito che ho. Quando usciamo insieme, le donne non smettono di fissarlo. Be' non mi dispiace poi tanto, in un certo senso mi fa sentire orgogliosa, basta che non gli mettono le mani addosso. A proposito, senti questa, mamma ... una cosa molto buffa. Sai in chi mi sono imbattuta, giorni fa? Stavo nel negozio di giocattoli a guardare alcuni puzzle per Nikki (sai bene quant'è bravo a risolverli), quando Geoff è sparito e non lo trovavo da nessuna parte. Poi Tonia, una mia cara amica- una ragazza veramente splendida, più tardi viene a prendere il caffè e te la faccio conoscere- entra e mi dice, "se cerchi tuo marito lo troverai dal New Life Shop. Ti consiglio di non indugiare, con la reputazione che ha quella donna, potresti trovarti in cerca di un nuovo marito."

'Ad ogni modo, ci sono andata e indovina chi era quella

donna? Meg. Te la ricordi Meg, no? Era amica tua per un po', ti ricordi? Arrivava da noi in quelle gonne indiane, capelli a spazzola e non portava mai il reggiseno. Era proprio una bersagliera. Ora gestisce questo negozio New Age, sai ... cristalli, rinascita ... quella roba là. Comunque, la trovo lì con mio marito. Gli stava per misurare le vibrazioni, a suo dire. Ma io sospetto che gli facesse altri controlli (e sono convinta che tutt'oggi non porta il reggiseno.) Ovviamente io sono andata su tutte le furie, con lei e con lui, anche se Geoff è così ingenuo che forse non si era neanche accorto che stava succedendo. Lo sai, la prima volta che noi ... accadde un giorno mentre lui mi stava facendo l'ennesima predica su Gesù e ce l'avevo talmente sullo stomaco che mi sono detta, 'Questo ora è troppo. O lo faccio smettere o lo mando a quel paese'. E allora me lo sono messa sotto. Be', quasi quasi gli avevo già calato i pantaloni fino alle ginocchia, prima che lui si rendesse conto di quel che stava accadendo. Ti dico una cosa, mamma, a quell'uomo, gli serve una scorta per proteggerlo.

'Naturalmente Meg mi ha riconosciuta subito. "O" mi fa, "non sapevo che fosse tuo marito, il mondo è davvero piccolo." Sì, le ho detto, fin troppo piccolo per me, e non solo quello, mio marito non ha bisogno di alcun controllo. Le sue vibrazioni sono a posto, te lo assicuro personalmente. A questo punto Geoff si fa tutto rosso e Meg prova a rimettersi le tette a posto ... O Dio mio, senti puzza di bruciato?'

Corre a controllare il sugo, poi il forno. Nulla. Punta il naso in aria e annusa per tutta la cucina inseguendo l'odore e nota che il cavo elettrico della padella si è bruciato. Lo alza in aria come evidenza.

'Niente di male il mio odorato, vero? E ora come faccio a friggere *i mulinciani?* Li metto nel forno, ci vorrà un po' più di tempo.

'Dicevo è come un bambino, Geoff. Quando ti guarda con quegli occhi stralunati, ha l'aspetto di un bambino da proteggere. Ho questa strana nozione che le persone con gli occhi azzurri siano vulnerabili. Per fortuna io ho gli occhi scuri, li considero un segno di resistenza. È strano che tu abbia gli occhi verdi e che quelli di papà fossero grigi, mentre

John ed io abbiamo gli occhi scuri.

'Le cose non vanno mai come le immaginiamo. La vita ha infiniti mezzi per sorprenderci ... chi era che diceva questa frase? Infatti, mi pare fosti tu, mamma. E allora avevi ragione. Per esempio non mi aspettavo mai che John avrebbe avuto tutta quella malasorte. Considera che non gli mancava nulla: un'azienda ben messa, il capitale non gli mancava e aveva qualificazioni commerciali solide. Eppure, neanche a dirlo, in poco tempo ha sperperato l'intero patrimonio. E pensare che all'inizio ci convinse che avrebbe fatto furore. Ricordi? Nell'85 si mise a comprare ogni cosa, compresa una grossa vigna nel sud-ovest. Ti ricordi? Diceva di voler costruire un castello sulla proprietà, un vero castello come quelli che hanno in Francia. Certo che quelle erano stravaganze, era diventato un esibizionista, non credi?

'Io gli dissi, John, non essere tanto facile coi soldi, non ti giova per nulla. La gente si prende d'invidia. Ma lui non mi ascoltava neanche, era pieno di sé, come se avesse qualcosa da dimostrare. Gli uomini hanno sempre cose da provare, il bisogno di confrontarsi con altri. John si dava quelle arie da pezzo grosso. Se la faceva in giro con una Rolls Royce e parlava persino di acquistare un suo aereo. E quasi ogni settimana la sua foto era sulle pagine del giornale. Quel tipo di comportamento attrae il malaugurio. Credo che papà avesse ragione. Qual'era quella parola che usava? Il *malocchio*. Credo che qualcosa di vero ci fosse: più ti vanti, più invidia susciti nella gente. Tutto quel malaugurio prima o poi ti fa fallire.

'E alla fine se non fosse stato per Lily sarebbe finito in carcere. Figurati tu come avrebbe reagito papà se fosse stato ancora vivo e suo figlio a un passo dal carcere. Senza parlare dei bambini! Che infanzia avrebbero avuto sapendo che il loro zio era un criminale? Eppure, hai notato com'è cambiato John negli ultimi tempi? Si è fatto più calmo, serio. Sembra essere invecchiato parecchio. Credo sarà per il meglio, vuol dire che ha messo un po' di giudizio in testa, finalmente. Be', insomma i suoi trentun anni ce li ha.

'Eppure, mi fa tanta pena. Anche se ha fatto delle stupidaggini in vita sua, la sorte non l'ha protetto. Voglio dire, certi individui sembrano incalzati dalla sfortuna. Altri, invece, non fanno mai un passo storto. Prendi Lily ad esempio. Certo che la Lily ha la testa a posto, ma non credo che sia solo questione di giudizio, o capacità o checché sia. Io sono convinta che ci sia di mezzo la fortuna. E John, purtroppo, attira su di sé tanta sfortuna, qualunque cosa intraprende. Come se avesse una maledizione su di lui.

'Lo sai mamma, (questo te lo sussurro perché non voglio che i bambini sentano ... anche se non sono capaci di capire ...) a volte John mi dava l'impressione, in quei giorni, che volesse veramente disfarsi di tutti quei soldi. Come se la sua missione fosse di distruggere tutto quel che papà aveva creato con tanti sacrifici. Sembra assurdo lo so, ma come si può spiegare il fatto che non appena ha avuto l'eredità, si è buttato in una sfrenata corsa agli acquisti senza senso?

'Sto facendo dei discorsi morbosi, vero mamma? È la tua prima giornata fra di noi ed eccomi che ti racconto queste storie deprimenti. Scusa. Mi sa che mi sento messa al muro dal fatto che siamo stati obbligati ad andare ad inchinarci davanti a Lily ... ah, eccomi di nuovo con le lacrime agli occhi per un nulla ... Nikki va a prendere un fazzolettino per mamma ... è lì sull'armadio ... OK Mike, prendine uno anche tu, solo uno per ciascuno ... In effetti no, non dovrei parlare in questo modo. Lily è stata brava. Si lo so quel che dice la gente di lei, ma alla fine è stata lei a salvarci. Se John può godersi la Pasqua con noi domani, lo si deve a Lily. Ti dico una cosa però, non è stato facile convincerla. Cioè, all'inizio non mi voleva nemmeno dare ascolto. Non era affatto disposta a darmi un prestito per interesse di John. E se vogliamo essere onesti, John ne ha dette delle sciocchezze su di lei. Ovviamente, è preso dall'invidia per il fatto che Lily ha avuto molto successo, mentre lui ...

'Nessuno è al corrente di questo, ma a te lo posso dire. La ragione per cui John è stato assolto dall'accusa di falsificazione di documenti non è stata per *non luogo a procedere*. C'era più che abbastanza per procedere. Quel mio fratello ne combina di tutti i colori e non è neanche tanto scaltro se vogliamo. La prima volta che sono andata da lei, le ho chiesto trentamila dollari. Lei per un nulla non mi ha buttato fuori. E io le ho fatto, non è per John, Lily, fallo per noi, per la famiglia e per i bambini. 'Niente affatto,' mi diceva, lei aveva lavorato sodo per farsi una posizione e non aveva alcuna intenzione di sprecare soldi su un incapace come John.

'Sarai ripagata, Lily.'

'Chi lo farà? Di certo non lui. John Amedeo è un fallito.'

'Lo farò io, Lily. Io ti ripagherò.'

'Alla fine, ha proposto di vendere la casa. Subito, ero contraria. Non la casa, pensavo, la casa che papà aveva costruito per la famiglia. Quella non la vendo. Poi ho pensato a John che doveva andare in prigione e la vergogna che avrebbe provato la famiglia e i bambini che si sarebbero recati a scuola con i compagnetti che li avrebbero presi di mira, e quello non potevo accettarlo. Ad ogni modo, la casa era troppo grande per noi. Troppe pulizie da fare ...

'Abbiamo fatto un bell'affare. Stentavo a crederci. Chi l'avrebbe mai pensato che quella gente di Hong Kong avrebbero pagato tanti soldi! Sarà stata la località. Certo che era una casa di lusso, però troppo grande per noi. Lily ci ha guadagnato un bel po'. Naturalmente, anche per lei era un bell'affare. Be', se non lei, sarebbe stato qualcun altro.

'Comunque sia, siamo fortunati se si considera che la maggioranza è costretta a pagare un mutuo per tutta la vita. Però non ci resterà tanto dopo aver messo a posto questa vecchia casa.

'Se penso a tutte quelle proprietà che papà ci aveva lasciato ... non avremmo avuto bisogno di guadagnare per tutta la vita. Che bella vita sarebbe stata quella! Ma forse è per il meglio. Quando vedo l'effetto che i soldi lasciano su certa gente, forse è meglio non averne troppi. Tanto per cominciare, la vita di John è stata distrutta dai soldi dell'eredità. E pure Lily mi fa pena, per il modo in cui sbatte di qua e di là. Delle volte, va via per settimane. Pensa l'effetto di non avere la mamma sui bambini. Ti ricordi Leanne quando era bambina? Trascorreva talmente tanto tempo con me, che alla fine mi chiamava mamma. Ed è toccato a me spiegarle che non doveva farlo. Lily ne sarebbe stata mortificata.

'È una ragazzina stupenda, Leanne. Da grande sarà bellissima. Inoltre, è molto affettuosa. Ogni volta che vengono in visita, si siede sul mio grembo e starebbe lì per ore. I maschietti naturalmente si prendono di gelosia, specialmente Michael ... sì caro, parlo di te. Devi lasciare Leanne in pace domani quando viene, non ti è permesso tirarle i capelli.

'Negli ultimi tempi ho notato che Leanne si è fatta ancora più timida e si rifiuta di giocare con i ragazzi. Se ne sta seduta lì, silenziosa. Mi fa pena, Lily la trascura di certo. Da come stanno le cose, è Steve che si prende più cura di Leanne che la madre. E pure Steve ha troppo da fare attualmente.

'Eh mamma, hai notato come si è rifatto quell'uomo? Trapianto di capelli, denti incapsulati ... hai conosciuto quel tipo che gli sta sempre accanto? Uno fanatico della palestra. Trascorre il tempo in palestra a fare i pesi. Sono convinta che a quello gli manchi qualcosa. Dico io, come puoi essere felice se la più grande preoccupazione che hai è lo spessore del tuo bicipite!

'Spero che Steve non si faccia come il suo amico. Sarebbe un peccato. Preferivo Steve com'era quando lavorava per papà. Ti ricordi? Un po' grassoccio e ... non so, normale. Mi piacciono le persone ordinarie, specialmente se sono anche quiete. Forse perché a me piace parlare come vedi. E be', qualcuno deve pur ascoltare, no? Ora, Steve non fa altro che parlare di diete e trattamenti per questo o quell'altro. Francamente trovo strano come sia diventato così ossessionato dal suo fisico. Io do la colpa a Lily anche per quello. Lo trascura per andare dietro ai soldi.

'Certo che i soldi servono. Qualche soldo in più servirebbe anche a noi. Lo stipendio di Geoff ci lascia un po' scarsi. Il problema di Geoff è che non è un uomo pratico. Sta sempre con la testa nelle nuvole. Lo sai qual'è la sua passione ultimamente? Scrivere. È ciò che sta facendo in questo momento nel suo casotto. Trascorre ore là dentro scrivendo articoli come, *La Politica della Povertà*, e cose del genere. L'altro giorno mi ha fatto vedere uno dei suoi articoli in questa rivista, *Il Nuovo Internazionalista*, *Servizio Speciale di Geoff Lambert*. Era così ... erudito! Ovviamente, io non ci ho capito un'acca. Mi sentivo tanto fiera di lui, però, quando gli ho chiesto quanto lo avevano pagato per scriverlo, lui è andato su tutte le furie. "Non fai altro che pensare ai soldi," mi ha detto. E mi ha accusata di essere materialista. Certo che ai soldi si deve anche pensare. Quando hai due piccoli da sfamare, uno di noi deve pur preoccuparsi dei soldi.

'E ora si è messo a scrivere un libro. Pagina dopo pagina. Quell'uomo è talmente intelligente! Peccato che gli manchi il senso pratico, però. Vedo che se non trovo io un lavoro, un giorno saremo al verde. E allora ho cominciato a rifletterci, Mamma. C'è l'occasione di mettermi nel *business* del catering con Tonia ... ehi, non ti ho ancora parlato di lei. È italiana, be' i suoi genitori lo sono, o meglio, lo erano. Da quando è morto suo padre, lei e suo fratello hanno gestito il frutteto. Figurati dall'età di quindici anni ha dovuto sgobbare nel frutteto per sfamare un'intera tribù di fratelli e sorelle!

Tonia e io siamo grandi amiche. Per me lei è una delle persone più sincere che io abbia mai conosciuto. Possiede anche gran senso dell'umorismo. Be', quello è indispensabile quando la vita è tanto faticosa. Eppure, le cose sono andate bene per loro. Tanto che hanno comprato la proprietà accanto e quando il fratello si sposa alla fine dell'anno andrà a vivere in quella casa.

'Ad ogni modo Tonia e io abbiamo deciso di mettere su un *business* di *catering* insieme. L'inizio sarà modesto, una piccola azienda gestita da casa, perché in questa fase le priorità sono i bambini e tu, ovviamente.

'Non si può sbagliare col catering oggigiorno. La gente deve pur mangiare e con tante donne che lavorano, c'è bisogno di un prodotto come il nostro, cioè pasti fatti a casa freschi che le persone possano ordinare per telefono.

'Insomma, non voglio che la famiglia dipenda solo dallo stipendio di Geoff per sopravvivere. Così, lui potrà dedicarsi alla scrittura. Questo mi farebbe piacere. Geoff ha troppo talento per fare l'insegnante.

'Ma non preoccuparti, mamma, non ti trascurerò mai, voglio prendermi cura di te io stessa. Non mi fido delle case di cura. Sono posti orrendi. Ogni volta che vado a visitare zio Basil mi sento triste.

'Ehi mamma hai calcolato che alla fine dell'anno zio Basil compirà cent'anni? Cento anni, dico! Figurati! Sono convinta che il suo segreto sia il suo carattere gentile. Persone del mio tipo al contrario non sono longeve. Usiamo troppa vita agitandoci. Gli faremo una grande festa. Ehi, forse gli arriverà un telegramma dalla regina. O magari no, perché non si è mai naturalizzato. Lo sapevi? Vive in Australia da ... quanti anni? Sessanta ... settanta? E tutt'ora parla inglese con l'accento italiano. Certe volte non capisco come parla.

'Be', comunque domani lo vado a prendere più presto così può trascorrere più tempo con noi. Deve essere orrendo restare in quel posto la domenica di Pasqua.

'Mamma che hai? Sembri preoccupata. Te l'ho già promesso, tu in quel posto non ci andrai mai. Ad ogni modo, sei ancora giovane. Cinquantasette mi pare, vero? Il medico dice che hai delle buone chances di recupero. Io ci credo. Vedo che già stai per riprenderti. Qui con quest'aria fresca è probabile che ti curerai e potrai riprendere a parlare. Quello sarebbe bello.

'Non mi ricordo se ci ho messo l'olio ... Sì, credo di sì. Alla pasta bisogna aggiungere un goccia d'olio, almeno così diceva papà, ti ricordi? Rincasando dal lavoro si piantava in mezzo alla cucina, mani sui fianchi, come un galletto in procinto di cantare, e dava ordini, "Joyce mi raccomando non fare cuocere troppo la pasta. Non c'è cosa al mondo che odio di più della pasta scotta. E non scordarti di metterci un po' d'olio nell'acqua per evitare che si appiccica ..."

'Ti ricordi, mamma? Considera che lui non cucinava mai ... se non quel suo maiale a Natale. Ti piaceva il maiale? A me no. Non credo che piacesse a tanti. Ma tutti stavamo al gioco, fingendo che fosse la cosa più deliziosa al mondo, mentre in realtà avremmo preferito qualcosa di più leggero. Eppure nessuno di noi osava dirgli la verità. Papà era uno che non potevi offendere, neanche per sogno. Forse perché era un tipo tanto affettuoso. Amava la gente e le persone amavano lui. Ognuno attingeva istintivamente al suo calore. Era come un orso, ben pasciuto e confortevole. In verità, non era poi tanto alto. C'era una sorta di grandezza in lui. Sarà stato il modo in cui si muoveva.

'Non ti manca ogni tanto, mamma? Certo che sì. In quelle occasioni che celebriamo, mi viene tanto il desiderio di rivederlo con noi. Come domani, ad esempio, sarebbe così bello se i ragazzi potessero vedere il loro nonno. Per non dire che papà sarebbe immensamente felice. Amava così tanto i bambini. Ti ricordi come amava tenere in braccio i bambini? Era così affettuoso con loro. Neppure Geoff, che è un padre ottimo, sa come calmare un bambino che piange. Papà? Lo prendeva in quelle sue grosse braccia, lo dondolava per un po', e il bambino si calmava. Ti ricordi?

'Lo so che non dovrei riportarti a questi ricordi, mamma. Non è stato facile per te da quando è scomparso papà. E neppure per noi. Per fortuna il peggio è ormai parte della storia. In effetti, le cose stanno per migliorare per noi. Qui ti troverai molto bene. Papà era solito dire che un giorno gli sarebbe piaciuto traslocare in collina. Ebbene, eccoci qua. La mattina ti svegli e i *kookubarra* smaniano sugli alberi. Anche se la voce dei *kookubarra* non è poi tanto bella!

'Ci siamo innamorati tutti e due di questo posto nel momento in cui l'abbiamo visto. La casa è molto grande. Un po' mal messa, quello sì, ma chi se ne frega? Certa gente va matta per queste case in stile coloniale. In particolare se costruite in pietra come questa. Credo che a papà sarebbe piaciuta. Spesso parlava delle vecchie case di campagna in Sicilia, costruite in pietra.

'Anche la zona è bella. E se ci rifletti, siamo solo a mezz'ora di macchina dalla città. E dovresti vedere quanta terra abbiamo intorno alla casa. Spazio dove possono giocare i bambini e terra per farci un piccolo orto. Guarda lì, vedi quei pomodori che sto usando per il sugo, li ho raccolti nell'orto, come pure le melanzane. L'anno prossimo, ho intenzione di piantare patate e altri ortaggi. Almeno potrò controllare quanto pesticida uso.

'Geoff, manco a dirlo, non vuole che usi pesticidi del tutto. Vorrebbe che coltivassi gli ortaggi per gli insetti. Lui può parlare in quel modo, visto che nell'orto non ci mette mai piede. Ti saprà dire qual è la percentuale degli affamati del Botswana, però se gli chiedi di piantare una cipolla nell'orto non sa da dove cominciare.

'Quando abbiamo deciso di traslocare in collina era pieno di gioia, alla prospettiva di essere in mezzo agli alberi.

Adesso non li nota nemmeno. Dice di amare la natura eppure passa tutto il weekend dentro quattro pareti. Mmm! Serve ancora sale qua dentro, ma meglio non dirlo a Geoff, perché lui è contrario all'uso del sale.

'Sai che un giorno all'inizio del nostro trasloco, Geoff si dava da fare nel giardino, dietro del casotto- cosa rara per lui- quando è arrivato in casa zoppicando, mano sulla gamba, gridando che era stato morso da un serpente.

'Manco a dire che, non sapendo nulla di queste cose lo portai di corsa dal medico, veloce tanto da causarmi quasi un infarto. Spunta fuori che non era stato morso, era solo uno squarcio inflitto da un ramo mentre fuggiva per la boscaglia. Però lui si ostinava che aveva visto un serpente, e così ci andai io stessa in giardino e indovina che ho scoperto? Un grosso scinco intanato sotto una catasta di legna secche!

'Ti dico una cosa, mamma, gli uomini sono degli sbruffoni. Si danno delle arie da gorilla, poi di fronte a un piccolo dolore sono dei bambini. E se si ammalano sul serio ... si disperano tanto come se tutto il mondo stesse per morire. Anche papà era fatto così, ti ricordi?

'Ecco, la pasta è fatta. Grazie, bambini per avere assistito la mamma. Ora ci laviamo le mani e chiediamo a papà di accompagnarvi per una passeggiata giù al ruscello. Quello vi piace, no? Certo che vi piace. Quando tornate potrete di nuovo aiutare la mamma.'

Esce sulla veranda e chiama.

'Geoff! Geoff!'

La sua voce forte e argentea s'infrange nella luce bianca e si dilegua con essa. Come se fosse nata su queste colline, figlia di un pastore ...

'Sai che facciamo, mamma, ti mettiamo la sedia fuori sulla veranda. È una giornata splendida e potrai ammirare la veduta sulla valle. Eccoti qui. Un panorama stupendo, non ti pare?'

Il volto di Nella è tranquillo. Le rimbocca la coperta e dice, 'È così bello averti qui con me, mamma.'

Finalmente, Joyce Hathaway-Amedeo ha scoperto il suo ruolo: star seduta muta a osservare il mondo. E le viene la sensazione che mai nella vita si sia sentita tanto in armonia con il suo flusso vitale come in questo momento, su questa valle, in questa giornata luminosa d'autunno, con la luce d'oro soffusa dal prossimo arrivo d'inverno che tinge la valle di un pallido bagliore.

'Che c'è, Michael? Non hai voluto andare al ruscello con papà. OK caro, possiamo sederci anche noi e guardare da qui, va bene? Ti dico una cosa, mamma, questo bambino crescerà molto attaccato alla mamma, lo vedo già. Nikki al contrario ama stare con suo padre, forse perché Geoff è più gentile di me. Che mi porti, caro? Ah, *Il libro dei Granchi*. (È veramente fissato con i granchi, questo bambino.) Vuoi che mamma te lo legga? OK siedi qua, ecco ...

Il granchio è un animale molto resistente. Ha un forte guscio che lo protegge come una corazza ...

E così ... qualcosa schiarisce e qualcosa prende forma. È la sua vita che si presenta in una forma nuova e distinta: un anello vitale nella catena del destino. Joyce Hathaway, in se stessa sterile e depressa, è stata un vincolo essenziale nella formazione del mondo che la circonda. Senza di lei non ci sarebbero stati Nella, né Michael e Nikki, o John. Senza di lei Binji Cross sarebbe stato diverso, come il resto dei luoghi e le persone collegati a lei. Senza di lei, questa valle non starebbe a palpitare verso mezzogiorno con quell'aria d'attesa prima della rivelazione.

Troverai il granchio nascosto fra le rocce. Potrai attirarlo dal suo nascondiglio usando un'esca.

A pensare che ci sono voluti tanti anni, e la morte di Nick, e la perdita delle facoltà verbali e motorie (con solo qualche movimento sottile come il barlume dei suoi occhi verdi per distinguerla dai morti) per farle capire che, sì, la sua vita ha avuto uno scopo.

Alla fine Joyce Hathaway-Amedeo è capace di provare un sentimento che cercava per tutta la vita: di amare in modo assoluto un'altra persona. Perché in modo da poter amare un altro (adesso lo capisce, lo vede chiaro come un'immagine su uno specchio) bisogna avere fede nel proprio valore; nella propria capacità di amare e quindi- paradossalmente- di poter abbandonare se stessi.

Il granchio è un essere insaziabile. Per sopravvivere si ciba di vermi e pesciolini; o anche di creature morte che trova sul fondo del mare.

'Puah!'

'Hai ragione caro, puah!'

L'esistenza del granchio è piena di pericoli, però grazie alla corazza e ai suoi forti artigli, che può anche fare ricrescere, è ben adatto alla sua vita nell'acqua.

Finalmente è arrivata a questo punto. Svuotata di tutte le finzioni, di tutte le responsabilità, libera dall'auto-compassione e dal dubbio; senza che le venga chiesto altro se non di 'esistere', Joyce è capace di amare veramente.

Muove lo sguardo sulla valle dove si profila un'aria di attesa. Gli alberi di *jarrah* che si sono ritirati sulla cima della collina opposta adesso osservano le file geometriche del frutteto non con invidia o sdegno, ma calmi ed eterni. Assetati dalla lunga estate aspettano l'inverno con pazienza.

Il granchio è un animaletto litigioso. Lotta con ferocia contro i suoi rivali e altri granchi.

Da questo lato la valle è tacita e in attesa. Gli aranci dal fogliame verde-scuro sono silenziosi sotto le loro forme tozze e rotonde. Ma le riportano alla memoria un suono da qualche parte ...

Per tutto il mondo ci sono granchi che si nascondono fra le rocce, in mezzo alle alghe, intanati sotto la sabbia e strisciando qua e là sul fondo del mare.

I suoi occhi si fanno lucidi mentre seguono il sentiero di ghiaia dove sono spariti Geoff e Nikki. Scruta fra le fronde di felce ma sente solo le loro voci nello scroscio dell'acqua.

E d'un tratto, c'è qualcosa d'altro. Se aguzza l'udito, lo sente: un tonfo insistente di piedi che man mano si avvicina. Intravede la sua forma attraverso gli aranci, indossa pantaloni a coste e infine scorge il suo volto di pastore; spirituale come un giorno di sole nel tardo autunno, in cui il vigore dell'estate si mescola perfettamente con l'anima dell'inverno. È possibile? Sì, non c'è dubbio, anche se la zazzera ricciuta non ha traccia di grigio e la forma grassoccia della mezza età è rimpiazzata dalla robustezza giovanile. Arriva e prende il suo posto accanto a lei.

Totalmente felice, Joyce si adagia sul cuscino. Ecco!

Finalmente è pronta a lasciarsi andare, a osservare il tempo che passa in tutta la sua meraviglia.

Finalmente! Come poteva mai immaginare che la felicità potesse essere così semplice. Così semplice!

'Mamma, perché piangi? Non ti turbare, te l'ho detto, mi prenderò io cura di te. Tutto andrà per il meglio, vedrai.'

Infine, è arrivato il momento di andare ...

'Mamma? ... Mammaaa.'

Appendice

Parte Prima

P 61; *'No Santina, anzi, me ne compiaciu. Auguri e mille anni felici…'* In italiano, nell'originale

P 63; '*This, Pino done for me. Tree munse he worke.*'
'*Beautiful, eh?*'
Pino fatto per me questo. Tre mesi ci lavora su. Bello, no?'
Santina parla male l'inglese.

P 87; *Nu omu di pocu*
Un uomo di poca sostanza
Cugghiuna! Coglioni

P 156; *Affacciativi carusi, viniti cca a salutari 'u Camperi Amedeu.*
Affacciatevi ragazzi, venite fuori a salutare il campiere Amedeo

Parte Seconda

P 196; *Corba niuri e sparveri*
Signu di lacrimi e diluri.
Corvi neri e falchi, segno di lacrime e sfortuna.

P 199; *Ci vaiu iu a cercarlu*
Vado io a cercarlo

P 200; *Duvia mi metti ancora i pisu u maru meu,*

ma nun si ferma mai!'
Dovrebbe metter un po' di peso, il poveretto, ma non si ferma
mai

P214; *Vutti ca spanni*
purceddu ca m'penni
giarra a sonu tunnu
e furnu sempri chinu
fannu lietu l'invernu.
Botte che spande
Maiale appeso
Giara d'olio a colpo sordo
Forno sempre pieno
Rendono lieto l'inverno

P 221; *'Fora, fora di cca. Nun ci nne caprettu pi chist'annu.'*
Fuori da qui, quest'anno non ce n'è capretto.
'C'è, c'è; ca sintemu u sciauru.'
Sì che c'è, che sentiamo il profumo.

P 218 *spasulatu, mangia 'n dernu,*
poltrone, parassita

P 218; *'Chidda vota mi capitau ca nu 'riccimmenni'*
vuia diri nu pezzu grossu'
Accadde a quel tempo che un *'rich man'*, vale
a dire un pezzo grosso.

P 219; *'Madonna mia, ma quantu nni sapi! Eh unni*
vaci a scavare tutte sti frottoli?'
Madonna mia, quante ne sa! Ma dove va a
scavare tutte queste frottole?

P 232; *Sentiti, sentiti li singhiuzza*
Di Mastru Cirinu ca si strazia
Ca nun ci fu mai chiu granni diluri
De li tempi di la spagnola o lu diluviu

Viniti, viniti u munnu tuttu

Pi tiniri la vegghia e lu luttu
Ca oggi mi muriu lu me beccu
E mi lassau l'arma e u cori siccu

E vinniru tutti ricchi e puvireddi
Genti di Civa, Dauru e Filicuddi
Quannu sintiru li brami di Mastru Cirinu
Pe lu so beccu beddu Malandrinu.

Ma la chiù bedda figura 'Gna Tinnara la fici
Ca cumpariu dda cu tutti li so amici
Cu li capiddi a tuppu e tisa tisa
E commu sciusciava tutta mafiusa!

Vardati Malandrinu lu me amuri'
Chiangiva Mastru Cirinu 'n diluri
Vardati li so labbri fini e beddi
Lu pilu tisu commu li crispeddi.'

Ascoltate, ascoltate i singhiozzi
Di Mastro Cirino che si strazia
Ché mai ci fu tanta sofferenza
Dai tempi della Spagnola o dal diluvio

Venite, venite tutti quanti
Per tener la veglia e il lutto
Ché oggi mi è morto il becco
Lasciandomi l'anima e il cuore afflitto

E vennero tutti ricchi e poveretti
Gente di Civa, Dauru e Filicuddi
Quando sentirono i pianti di Mastru Cirino
Per il suo adorato becco Malandrino.

Ma la miglior figura 'Gna Tinnara la fece
Che arrivò con tutti i suoi amici
Con i capelli raccolti a chignon
E come se la tirava tutta boriosa!

'Guardate Malandrino il mio amore
Piangeva Mastro Cirino in gran dolore
Guardate se sue labbra così belle
E i capelli ritti come le crispelle.

P 234; *Di lu Cimarra e tutta la cuntrata*
Vinni genti di roba, doti e purtata
Vinniru pezzi grossi e gran signuri
Puru Vanni Amedeu gran camperi.

Vinniru li so figghi, niputi e nori
Petru, Gianninu, Carmini e Turi
Ma quannu cumpariu Saru Sapuritu
A li fimmini ci vinni u svenimentu.'

Dal Cimarra e tutt'intorno alla contrada
Arrivò gente possedente, di dote e portata
Vennero pezzi grossi e gran signori
E pure Vanni Amedeo gran campiere.

Vennero i suoi figli, nipoti e nuore
Pietro, Giannino, Carmine e Salvatore
Ma quando apparve Saro Saporito
Alle donne gli prese il capogiro

Parte Terza

P 307; *Picciotti nun vi faciti meravigghia*
Ca vaiu camminannu pi lu scuru
Vaiu circannu a cu iavi 'na figghia
Pi la dari a mia ca sugnu sulu.
E se quarcunu voli mi la pigghia
Ci rumpu li corna a unu a unu ...

Giovanotti non vi meravigliate
Se io vado a spasso nel buio

Sto cercando chi abbia una figlia
Per darmela perché son solo.
E se qualcuno vuole portarmela via
Gli spacco le corna ad uno ad uno.

P 320; *While the train rolled onward*
A husband sat in tears
Thinking of the happiness
Of just a few short years
For baby's face brings
Pictures of a cherished
Hope that's dead
But baby's cries can't waken her
In the luggage van ahead.

Mentre il treno scorreva
Un marito era in lacrime
Pensando alla felicitá
Del tempo appena scorso
Poiché il viso del bimbo
Riaccende visioni di
Speranza ormai svanita
Ma il pianto del bimbo
Non puo svegliare colei che giace
Nel reparto dei bagagli di fronte.

P 345; *ca siti babbu*
Come siete scemo

P 346; *'Mi ci porta nu iornu a du beddu lustru, Nannu?'*
Mi ci porti un giorno a quelle belle luci, Nonno?